Apartamentul

Lira®

Lira și *Cărți romantice* sunt mărci înregistrate ale
Grupului Editorial Litera
O.P. 53; C.P. 212, sector 4, București, România
tel.: 031 425 16 19; 0752 101 777
e-mail: comenzi@litera.ro

Ne puteți vizita pe
www.litera.ro/lirabooks.ro

Apartamentul
Danielle Steel

Editor: Vidrașcu și fiii
Redactor: Camelia Bădașcu
Corector: Păunița Ana
Copertă: Flori Zahiu
Tehnoredactare și prepress: Ioana Cristea

Descrierea CIP a Bibliotecii Naționale a României
STEEL, DANIELLE
Apartamentul / Nora Roberts;
trad.: Graal Soft – București: Litera, 2019

ISBN 978-606-33-3531-0

I. Sofonea, Mihaela (trad.)

821.111(73)-31=135. 1

DANIELLE STEEL

Apartamentul

Traducere din limba engleză
Mihaela Sofonea

LITERA®
2019

Copiilor mei iubiți,

Beatrix, Trevor, Todd, Nick, Sam, Victoria, Vanessa, Maxx și Zara.

Mă rog ca fiecare dintre voi să fie fericit și să aibă alături oamenii și partenerii potriviți.

Să aveți viață frumoasă, iar soarta să fie blândă cu voi.

Vă doresc pace, fericire și iubire, din toată inima și cu toată dragostea,

Mami/DS

capitolul 1

Claire Kelly urcă scările în grabă, cât de repede putu, ducând două sacoșe de alimente, spre apartamentul de la etajul patru în care locuia de nouă ani, în Hell's Kitchen, New York. Purta o rochie de bumbac neagră, scurtă, și sandale sexy, cu toc și funde care se legau până la genunchi. Erau mostre cumpărate la o expoziție comercială din Italia, în urmă cu un an. Era o zi călduroasă de septembrie, marțea de după Ziua Muncii[1], și era rândul ei să cumpere de mâncare pentru cele trei femei cu care împărțea apartamentul. Locuia acolo de la 19 ani, de pe vremea când era studentă în anul II la Școala de Design Parsons. Acel apartament devenise cămin pentru toate patru.

Claire era designer de încălțăminte la Arthur Adams, o linie de pantofi clasici, ultraconservatori. Erau bine lucrați, dar banali și îi înăbușeau creativitatea. Walter Adams, al cărui tată fondase compania, credea cu tărie că pantofii de ultimă modă erau o tendință trecătoare și îi cenzura toate schițele inovatoare. Drept urmare, zilele de lucru ale lui Claire erau un motiv de frustrare constantă. Afacerea rezista, dar nu prospera, iar Claire simțea că putea face mai multe, dacă ar lăsa-o. Walter se opunea mereu, indiferent despre ce era vorba. Claire era sigură că afacerea și profiturile lor s-ar fi îmbunătățit dacă ar fi ascultat-o, dar Walter avea 72 de ani, credea în ce făceau și nu era adeptul pantofilor de lux, oricât de mult l-ar fi implorat ea să încerce.

---

[1] În SUA, Ziua Muncii se sărbătorește în prima zi de luni a lui septembrie. (n.red.)

Claire nu avea de ales decât să-i facă pe plac, dacă voia să-și păstreze slujba. Visul ei era să creeze pantofi sexy, moderni, pe care să-i poarte cu plăcere, dar nu avea nici o șansă la Arthur Adams, Inc. Walter ura schimbarea, spre mâhnirea lui Claire. Cât timp rămânea acolo, știa că avea să creeze pantofi decenți și clasici, pentru totdeauna. Chiar și încălțămintea fără toc era prea conservatoare pentru ea. Walter o lăsa uneori să adauge o nuanță fantezistă sandalelor de vară pentru clientele lor care mergeau în Hamptons, Newport, Rhode Island sau Palm Beach. Convingerea lui era că doamnele care cumpărau de la ei erau bogate, conservatoare, mai în vârstă și aveau anumite așteptări de la brand. Nimic din ce spunea Claire nu schimba asta. Walter nu voia să atragă cliente mai tinere. Prefera să se bazeze pe cele vechi. Nu îl puteai contrazice în această privință. Și, an după an, nu exista nici o surpriză în marfa pe care o expediau. Claire era frustrată, dar măcar de patru ani avea un serviciu. Înainte de asta, lucrase pentru o linie de masă, care producea pantofi atrăgători, dar ieftini. Însă afacerea falimentase în doi ani. Arthur Adams ținea la calitate și design tradițional mai mult decât la orice. Atât timp cât respecta instrucțiunile lui, brandul și slujba ei erau în siguranță.

La 28 de ani, lui Claire i-ar fi plăcut la nebunie să adauge cel puțin câteva modele incitante liniei lor de pantofi și să încerce ceva nou. Walter era neînduplecat și o certa când mai încerca să forțeze nota. Nu renunțase niciodată la ideea de a încerca să adauge puțin stil adevărat în ceea ce făcea. O angajase pentru că era un designer bun, serios și bine pregătit, care știa cum să creeze pantofi comozi și ușor de produs. Îi făceau în Italia, la aceeași fabrică cu care lucrase și tatăl lui Walter, într-un mic oraș numit Parabiago, aproape de Milano. Claire mergea acolo de trei sau patru ori pe an pentru a discuta despre producție. Era una dintre cele mai de încredere și respectate fabrici din Italia și produceau și alți pantofi, mai atrăgători, în afară de ai lor. Ori de câte ori ajungea la fabrică, Claire tânjea după acei pantofi întrebându-se dacă va avea vreodată șansa să creeze încălțămintea pe care și-o dorea. Era un vis la care refuza să renunțe.

Părul blond, lung și drept i se lipi de gât până ajunse la etajul patru pe tocuri. După nouă ani, se obișnuise cu scările și pretindea că îi păstra picioarele în formă. Găsise apartamentul întâmplător, plimbându-se prin cartier. Locuia la căminul pentru studenții din anul I de la Parsons pe atunci, pe 11th Street, și rătăcea spre centru, prin Chelsea, mergând spre nord, prin ceea ce fusese cândva una dintre cele mai rău famate zone din New York, dar care dădea semne de civilizare. Din secolul al XIX-lea, Hell's Kitchen era cunoscut pentru mahalalele sale, pentru apartamentele ieftine, luptele între găști și crimele în rândurile huliganilor irlandezi, italieni și mai târziu portoricani care locuiau acolo, într-o perpetuă stare de conflict. Toate acestea dispăruseră până să sosească Claire din San Francisco, pentru a merge la școala de design. Era aceeași școală la care mama ei studiase design interior în tinerețe. Fusese visul lui Claire să frecventeze Parsons și să studieze designul vestimentar. În ciuda bugetului limitat, mama sa reușise să facă economii, iar Claire putuse astfel să se înscrie la școală și să locuiască la cămin în primul an.

În al doilea semestru, Claire căuta deja un apartament de ceva vreme și auzise de Hell's Kitchen, dar nu se încumetase să meargă acolo până într-o după-amiază de sâmbătă din primăvara aceea. Întinzându-se de pe 30th Street până spre 50th Street, în West Side, de pe 8th Avenue până la Hudson River, Hell's Kitchen era locul în care trăiau actori, dramaturgi și dansatori, pentru că era foarte aproape de cartierul teatrelor, de celebrul Actors Studio, de Baryshnikov Arts Center și de Alvin Ailey American Dance Theater. Multe dintre vechile clădiri erau încă în picioare, unele din ele, depozite și fabrici care fuseseră transformate în apartamente. Dar, în ciuda modestelor sale îmbunătățiri, cartierul își păstra încă în mare măsură aspectul inițial, și multe clădiri încă erau dărăpănate.

Văzuse un mic anunț într-o fereastră, care menționa un apartament de închiriat, și chiar în seara aceea sunase la numărul scris pe el. Proprietarul îi oferise o mansardă la etajul patru. Clădirea era o veche fabrică transformată în spațiu de locuit cu 15 ani în urmă, și o informase că prețul chiriei era plafonat, ceea ce suna bine pentru ea. Când mersese să o vadă a doua zi, fusese uluită să constate că spațiul era uriaș. Era o cameră de zi ca de mansardă, cu pereți din cărămidă și o podea de beton vopsită într-o culoare nisipie, patru camere mari de depozitat, care aveau să fie folosite ca dormitoare, două băi curate și moderne și o bucătărie simplă, mobilată de la IKEA. Era mai mult spațiu decât avea Claire nevoie, dar era luminos și însorit, într-o stare decentă, iar clădirea fusese cât de cât renovată.

Chiria era de două ori mai mare decât suma pe care și-o permitea ea și nu își putea imagina cum ar fi să locuiască acolo singură. Holurile clădirii erau întunecoase, cartierul avea încă ceva necizelat, și apartamentul era situat pe 39th Street, între 9th și 10th Avenue. Proprietarul îi spusese cu mândrie că fusese una dintre cele mai rău famate străzi din Hell's Kitchen cu patruzeci de ani în urmă, dar lucrurile se schimbaseră acum. Strada era murdară și cu aspect industrial, dar Claire era entuziasmată de mansardă. Nu trebuia decât să-și găsească o colegă de apartament, care să plătească jumătate de chirie. Nu îi spusese nimic despre asta mamei ei, căci nu voia să o sperie cu privire la cheltuieli. Claire își dăduse seama că dacă găsea pe cineva cu care să împartă chiria, putea fi mai ieftin decât la cămin.

Săptămâna următoare întâlni o fată la o petrecere, a cărei specializare principală era creația literară, la NYU. Avea 20 de ani, era cu un an mai mare decât Claire și crescuse în Los Angeles. Abby Williams era la fel de scundă pe cât era Claire de înaltă. Avea părul brunet, creț și ochi aproape negri, în contrast cu părul blond lung, drept și ochii albaștri ai lui Claire. Părea o persoană de treabă și era pasionată de scrisul ei. Povestise despre nuvele, voia să înceapă un roman după ce termina facultatea și menționase în treacăt că părinții ei lucrau în televiziune. Claire aflase ulterior că tatăl lui Abby era bine-cunoscutul director al unui post TV important, iar mama ei lucrase ca scenaristă/producătoare pentru numeroase emisiuni de mare succes. Atât Abby, cât și Claire erau singure la părinți, fiind ambițioase și dedicate studiilor lor, hotărâte să justifice încrederea părinților în ele. Merseseră să vadă apartamentul împreună, iar Abby se îndrăgostise și ea de el. Habar n-aveau cum îl vor mobila, altfel decât cumpărând piese second-hand în timp, dar se gândiseră că se încadrau în buget și, două luni mai târziu, cu binecuvântarea și semnăturile prudente ale părinților pe contractul de închiriere, se mutaseră și, de nouă ani, locuiau acolo. Cele două femei împărțeau apartamentul de patru ani și, după ce absolviseră, din dorința de a se baza mai puțin pe banii părinților, de a fi mai independente și de a reduce costurile, decideseră să mai primească două colege de apartament, pentru a tăia și mai mult din cheltuieli.

Claire o cunoscuse pe Morgan Shelby la o petrecere la care mersese în Upper East Side, dată de un grup de tineri brokeri de la bursă. Petrecerea era plictisitoare, bărbații erau plini de ei, astfel ea și Morgan ajunseseră să intre în vorbă. Morgan lucra pe Wall Street și avea o colegă de apartament pe care o ura, într-o locuință pe care nu și-o putea permite și spusese că era în căutarea unui apartament mai central, care să fie mai aproape de locul în care lucra. Schimbaseră numerele de telefon și, două zile mai târziu, după ce vorbise cu Abby, o sunase și o invitase să arunce o privire la apartamentul din Hell's Kitchen.

Singura ezitare a lui Claire fusese legată de vârsta lui Morgan. Avea 28 de ani la acel moment, cu cinci ani mai mare decât Claire, și o slujbă bună în finanțe. Morgan era drăguță, cu păr negru, frumos aranjat și picioare lungi. Claire avusese prima ei slujbă la firma de pantofi care ulterior falimentase și acum trăia cu bani puțini, iar Abby era chelneriță la un restaurant și încerca să scrie un roman. Amândouă se întrebau dacă Morgan nu era cumva prea „adultă". Din clipa în care o văzuse, fata îndrăgise mansarda și aproape că le implorase să-i dea voie să se mute cu ele. Locul în care se afla apartamentul era mult mai convenabil pentru serviciul ei de pe Wall Street. Luaseră cina împreună de două ori și o plăcuseră. Era inteligentă și angajată, avea un simț al umorului nemaipomenit, istoricul ei bancar era unul serios și, după șase săptămâni, se mutase cu ele. Restul era istorie; era acolo de cinci ani, iar acum erau cele mai bune prietene.

Abby o întâlnise pe Sasha Hartman printr-o prietenă a unei prietene de la NYU, la două luni după ce se mutase Morgan cu ele și căutau o a patra colegă de apartament. Sasha era studentă la Medicină la NYU, sperând să se specializeze în obstetrică-ginecologie, și îi convenea și ei poziția apartamentului. Le plăcuse pe toate cele trei femei care locuiau în mansardă și le asigurase că nu va fi niciodată în preajmă. Era fie la cursuri, fie la spital, fie la bibliotecă, studiind pentru examene. Era o tânără cu voce blândă, din Atlanta, și pomenise de o soră care locuia și ea în New York, în Tribeca. Uitase să precizeze că erau gemene identice, fapt care crease o mare consternare în ziua în care se mutase, când sora ei apăruse subit, cu același păr blond, cu un tricou și blugi la fel, iar cele trei locatare ale apartamentului crezuseră că văd dublu.

Valentina, sora geamănă a Sashei, se bucura când erau confundate, având această satisfacție de cinci ani încoace. Cele două surori erau apropiate, Valentina avea cheia apartamentului, dar erau diferite ca ziua de noapte. Valentina era un top-model de succes, trăia în lumea celor puternici, iar Sasha era un medic dedicat, garderoba ei constând în mare măsură din halate medicale. Timp de cinci ani după ce se mutase în mansardă, făcuse rezidențiatul la Centrul Medical Langone de la NYU. Cele patru erau precum ingredientele neobișnuite și neașteptate ale unei mâncări fabuloase. Timp de cinci ani, cele patru colege de apartament locuiseră împreună, se ajutaseră, se iubiseră și deveniseră prietene apropiate. Oricare ar fi fost rețeta și indiferent cât de diferite erau ele și viețile lor, funcționa. Deveniseră o familie prin propria alegere, iar mansarda din Hell's Kitchen ajunsese să le fie cămin. Conviețuirea le convenea de minune tuturor. Erau ocupate, aveau o viață agitată și slujbe solicitante și se bucurau de timpul petrecut împreună. Toate patru erau de acord că apartamentul pe care îl descoperise Claire cu nouă ani în urmă era o raritate și o bijuterie. Le plăcea la nebunie să locuiască în Hell's Kitchen, pentru istoria și aerul său vag dubios și pentru că era un loc sigur. Oamenii spuneau că semăna mult cu Greenwich Village, cu cincizeci de ani în urmă, și nu ar fi putut găsi 280 de metri pătrați la prețul acela nicăieri altundeva în oraș. Zona era lipsită de rafinamentul, pretențiile și chiriile astronomice din SoHo, Meatpacking District, West Village, Tribeca sau chiar și Chelsea. Hell's Kitchen avea o realitate care devenise plictisitoare sau se pierduse în alte locuri. Toate patru iubeau apartamentul și nu doreau să locuiască în altă parte.

Faptul că locuiau într-o clădire fără lift avea dezavantajele sale, dar nu le deranja. Se aflau la o stradă distanță de una dintre secțiile de pompieri mari din oraș,

Engine 34/Ladder 21, iar în nopțile aglomerate auzeau mașinile ieșind în grabă din stație, cu sirenele pornite, dar se obișnuiseră. Puseseră mână de la mână pentru a cumpăra aparate de aer condiționat; dura ceva timp până se răcorea spațiul acela vast, iar căldura funcționa destul de decent iarna, făcând ca dormitoarele mici să fie confortabile și încălzite. Aveau tot confortul pe care și-l doreau și de care aveau nevoie.

Când se mutaseră împreună, aduseseră cu ele visurile, speranțele, carierele și trecutul și, încetul cu încetul, își descoperiseră temerile și secretele.

Cariera lui Claire era clară. Voia să facă pantofi fabuloși, pentru care să devină celebră în lumea modei într-o zi. Știa că nu avea să ajungă niciodată să creeze pentru Arthur Adams, dar nu putea risca să renunțe la o slujbă de care avea nevoie. Învățase o lecție de la mama sa, care abandonase o slujbă promițătoare la o firmă de design interior importantă din New York pentru a-l urma pe tatăl lui Claire în San Francisco, când se căsătoriseră. Acolo, el înființase o afacere cu care se chinuise cinci ani, pentru ca apoi să falimenteze. Nu mai voise ca mama lui Claire să lucreze vreodată, iar ea petrecuse ani în șir acceptând în secret mici proiecte de decorare, pentru a nu-și supăra soțul, dar aveau nevoie de bani, iar economiile ei, ascunse cu grijă, îi permiseseră lui Claire să meargă mai întâi la o școală privată, apoi la Parsons.

Cea de-a doua afacere a tatălui ei avusese aceeași soartă ca prima. Claire se întristase auzindu-și mama încurajându-l să încerce ceva nou după cele două eșecuri, până când, în cele din urmă, bărbatul sfârșise prin a se ocupa de vânzări imobiliare, pe care le ura, și devenise posac, taciturn și plin de resentimente. O văzuse pe mama ei abandonându-și visurile pentru el, renunțând la propria carieră, dând cu piciorul unor mari oportunități și ascunzându-și talentul, pentru a-l sprijini și proteja.

Această situație o făcuse pe Claire să ia hotărârea de a nu-și compromite niciodată cariera pentru un bărbat și nu voia să se căsătorească vreodată. O întrebase pe mama ei dacă regreta că renunțase la cariera pe care ar fi putut-o avea în New York, iar Sarah Kelly spusese că nu. Își iubea soțul și făcea tot ce putea având în vedere situația, lucru care i se părea extrem de trist lui Claire. Întreaga lor viață trăiseră încercând să se descurce, lipsindu-se de plăceri deosebite și uneori chiar și de vacanțe, astfel încât Claire se poată merge la o școală bună, pentru care mama sa plătise din economiile sale secrete. Pentru Claire, căsătoria însemna o viață de sacrificii, de renunțare la sine și de lipsuri și jurase că nu va lăsa niciodată să i se întâmple așa ceva. Nici un bărbat nu se va amesteca în cariera ei și nu îi va răpi visurile.

Morgan împărtășea aceeași temere cu Claire. Amândouă își văzuseră mamele renunțând la viețile lor pentru bărbații cu care se căsătoriseră, deși în cazul lui Morgan situația era și mai gravă. Căsătoria părinților ei fusese un dezastru. Mama ei renunțase la o carieră promițătoare la Baletul din Boston când rămăsese însărcinată cu fratele lui Morgan, Oliver, iar apoi cu Morgan, la scurt timp. Regretase toată viața că renunțase la dans, ajunsese dependentă de alcool și practic băuse până murise, când Morgan și fratele ei erau la colegiu, iar tatăl lor decedase într-un accident la scurt timp.

Morgan se întreținuse singură în timpul colegiului și al facultății de afaceri și abia de curând își achitase împrumuturile pe care le făcuse în perioada studenției. Era convinsă că alegerea mamei sale de a-și sacrifica în tinerețe cariera de balerină pentru căsătorie și copii îi distrusese viața. Nu intenționa ca ei să i se întâmple asta. Certurile violente ale părinților săi și consumul de alcool al mamei, care uneori bea până își pierdea cunoștința sau alteori o găseau beată când se întorceau de la școală, erau singurele lucruri pe care și le amintea Morgan din copilărie. Fratele ei Oliver era cu doi ani mai mare, se mutase din Boston la New York și se ocupa de PR. Firma la care lucra era specializată în echipe sportive, iar partenerul său era Greg Trudeau, celebrul portar de hochei pe gheață din Montreal, care era vedeta echipei New York Rangers. Lui Morgan îi plăcea mult să meargă la meciuri cu Oliver pentru a-i face galerie lui Greg. Le luase și pe colegele de apartament de câteva ori și le plăcuse tuturor, iar cei doi bărbați le vizitau frecvent, fiind îndrăgiți de toate.

Situația familială a Sashei era mai complicată. După ce absolvise colegiul, iar Valentina debutase deja ca model în New York, părinții lor trecuseră printr-un divorț dureros, în urma căruia mama nu-și revenise niciodată. Tatăl lor se îndrăgostise de o tânără care era top-model, într-unul din magazinele universale pe care le deținea. Se căsătoriseră un an mai târziu și avuseseră două fiice, ceea ce o înfuriase și mai mult pe mama gemenelor, dovedind că iadul era o nimica toată față de furia unei femei părăsite de soț pentru a se însura cu un top-model de 23 de ani.

Dar bărbatul părea fericit ori de câte ori se întâlneau gemenele cu el, și își iubea fiicele de trei, respectiv cinci ani. Valentina nu era deloc interesată de ele și credea că tatăl ei era ridicol, dar Sasha era de părere că surorile ei vitrege erau drăgălașe și rămăsese apropiată de tatăl său după divorț.

Mama lor era avocată de divorțuri în Atlanta și era bine-cunoscută pentru atitudinea necruțătoare de la procese, în special după propriul divorț. Sasha se ducea în Atlanta cât de rar putea și îi era groază să discute cu mama sa la telefon, care încă făcea comentarii răutăcioase la adresa tatălui lor, ani buni după ce acesta se recăsătorise. Era istovitor să discute cu ea.

Părinții lui Abby erau căsătoriți și se înțelegeau bine, iar carierele lor agitate din televiziune îi împiedicaseră să îi acorde atenție fiicei lor, dar o susțineau mereu, pe ea și pasiunea ei pentru scris.

Carierele celor patru femei evoluaseră într-un ritm constant în cei cinci ani de când locuiau împreună – lui Claire mergându-i bine la ambele firme de pantofi la care lucrase. Visa să lucreze la o firmă de pantofi de lux într-o zi, dar câștiga un salariu decent, chiar dacă nu era mândră de pantofii pe care îi crea.

Morgan lucra la firma lui George Lewis, unul dintre geniile de pe Wall Street. La 39 de ani, George își construise un imperiu în administrarea investițiilor private, iar lui Morgan îi plăcea mult să lucreze cu el, consultându-se cu clienții cu privire la investițiile lor și zburând cu avionul lui în alte orașe, unde aveau loc ședințele. Își admira enorm șeful și, la 33 de ani, își atinsese deja obiectivele.

Sasha își făcea rezidențiatul în obstetrică și voia să obțină o specializare dublă în sarcinile de mare risc și infertilitate, așa că avea înainte ani întregi în același ritm frenetic. Și îi plăcea să se întoarcă acasă la colegele sale de apartament, cu care stătea de vorbă și se relaxa după o zi grea la muncă.

Singura a cărei carieră se modificase considerabil era Abby, care își abandonase romanul la jumătate, cu trei ani în urmă, când îl întâlnise pe Ivan Jones, de care se îndrăgostise, un producător Off Off Broadway[1], care o convinsese să scrie piese experimentale pentru teatrul său. Colegele de apartament și părinții ei preferau ficțiunea și proza pe care le începuse față de ceea ce scria pentru Ivan. Acesta o asigurase că ceea ce scria acum era mult mai important, avangardist și probabil avea s-o facă renumită, ceea ce nu era cazul cu „aiurelile comerciale" pe care le scrisese înainte, iar ea îl credea. Îi promisese că avea să-i monteze piesele, dar nu o făcuse nici după trei ani, ocupându-se doar de ale lui. Colegele de apartament ale lui Abby bănuiau că era un impostor, dar fata

[1] Producții teatrale din New York, parte a mișcării anticomerciale și avangardiste (n.red.)

era convinsă că era talentat, sincer și genial. Ivan avea 46 de ani, iar Abby devenise secretara lui, dădea cu aspiratorul la teatru, picta decorurile și vindea bilete. În ultimii trei ani fusese sclava lui cu normă întreagă. El nu fusese căsătorit niciodată, dar avea trei copii cu două femei. Nu îi vedea niciodată pentru că relația cu mamele acestora era pur și simplu prea complicată și îi inoportuna activitatea artistică. Și, în ciuda tuturor scuzelor sale jalnice cu privire la motivul pentru care nu îi producea piesele, Abby era în continuare convinsă că o va face într-o zi și credea că este un bărbat de cuvânt, în ciuda dovezilor contrare. Era oarbă la păcatele și la greșelile lui, printre care și la promisiunile pe care și le încălca în mod repetat. Și, spre marea disperare a colegelor ei de apartament, Abby era mereu dornică să îl creadă și să îi acorde o nouă șansă. Ivan semăna cu jocurile de noroc, la care Abby nu câștiga niciodată. Celelalte își pierduseră răbdarea în ceea ce îl privea cu multă vreme în urmă. Nu îl găseau fermecător, însă Abby, da. Era încrezătoare, îndrăgostită și îi sorbea cuvintele. Colegele ei de apartament renunțaseră mâhnite să mai discute despre asta. Abby era complet vrăjită de Ivan și își sacrifica viața și timpul scriind pentru el și neprimind nimic în schimb.

Părinții ei o rugaseră să se întoarcă în L.A., pentru a lucra din nou la roman sau pentru a o ajuta să-și găsească de lucru în domeniul filmelor artistice sau în televiziune. Ivan îi spusese că dacă va face asta avea să se înjosească, devenind comercială ca ei, și insista că era mai bună și mai talentată de atât, așa că Abby rămăsese cu el, așteptând să-i monteze una din piese. Nu era proastă, dar era loială, avea nevoie de afecțiune și era naivă, iar el profita din plin cu fiecare ocazie. Nici una dintre colegele ei de apartament nu-l plăcea și urau ce îi făcea. Dar nu mai vorbeau cu Abby – nu avea rost. Aceasta credea tot ce îi spunea el. Fetele știau că Ivan împrumutase bani de la ea de câteva ori și nu i-i mai înapoiase niciodată. Abby era sigură că o va face când situația lui se va îmbunătăți. Nu își întreținea nici copiii. Mamele acestora erau amândouă actrițe care cunoscuseră succesul după aventura cu el, iar Ivan considera că erau mult mai capabile să își întrețină copiii decât el. Era un bărbat care evita responsabilitățile. O fermecase pe Abby, și sperau toate că ea se va trezi la realitate în curând. Nu o făcuse însă în trei ani și nici nu dădea vreun semn că s-ar trezi din coșmarul cu Ivan. Însă colegele ei de apartament erau cât se poate de conștiente și îl urau pentru că o folosea și o umilea.

Nu era prima relație problematică pe care o avea Abby. Dintre ele, ea era mama răniților. În cei cinci ani de când locuiau împreună, fusese cu un actor foarte sărac care nu își găsea niciodată de lucru, nici măcar ca ospătar. Acesta locuise o lună în casa lor până când se plânseseră celelalte. Abby fusese îndrăgostită de el, dar el iubea o fată care se afla într-un centru de dezintoxicare de șase luni. Mai fuseseră scriitori, alți actori și un aristocrat britanic ghinionist, însă cu o minte sclipitoare, care împrumutaseră constant bani de la ea, și mulți ratați, artiști aspiranți și bărbați care o dezamăgiseră mereu, până când se dăduse bătută. Și, din nefericire, încă nu era pregătită să renunțe la Ivan.

Claire avusese doar întâlniri neimportante în ultimii șapte ani. Lucra atât de mult, că rareori avea timp să iasă, dar nu-i păsa. Muncea până seara târziu și în weekenduri. Cariera ei de designer însemna mai mult pentru ea decât orice bărbat. Avea ambiția care îi lipsise mamei sale. Și nimic și nimeni nu avea să i-o ia. De asta era sigură. Rareori se vedea cu un bărbat de mai mult de câteva ori. Nu avusese niciodată o relație serioasă, era dedicată pantofilor pe care îi crea. Bărbații erau mereu surprinși să descopere cât de pasionată era de munca ei și cât de indisponibilă devenea din clipa în care ajungeau să fie interesați de ea. Pentru ea, orice poveste serioasă de dragoste era o amenințare la cariera și bunăstarea ei emoțională. Avea o masă de design în colțul camerei de zi din apartament și deseori stătea acolo după ce fetele se duceau la culcare.

Cât timp fusese la Facultatea de Medicină, iar acum ca rezidentă la obstetrică-ginecologie, Sasha nu avusese deloc timp pentru întâlniri. Avea scurte relații din când în când, dar stilul de viață și programul ei făceau aproape imposibilă orice fel de viață personală. Era fie de gardă, fie epuizată, fie dormea. Arăta foarte bine, dar efectiv nu avea timp pentru un bărbat și își petrecea timpul în halat medical, spre deosebire de sora sa geamănă, la fel de frumoasă, care se distra tot timpul. Teoretic, Sasha agrea ideea de căsătorie și de familie, dar pentru ea erau încă la ani distanță. Și, în realitate, deseori se gândea că ar fi mult mai simplu să rămână necăsătorită. Bărbații cu care ieșea ocazional se săturau de programul ei solicitant în câteva săptămâni.

Dintre toate cele patru colege de apartament, doar Morgan avea o relație serioasă și, din fericire, îl plăceau toate pe prietenul ei, având în vedere că rămânea frecvent peste noapte în apartamentul lor. Max Moore avea propriul apartament pe West Side, dar al lor era mai convenabil pentru el, căci restaurantul lui era după colț. Îl cunoscuseră toate într-o seară, la un an după ce Morgan și Sasha se mutaseră în apartament, când ieșiseră să vadă restaurantul nou, un fost bar de cartier dărăpănat, pe care Max îl cumpărase și îl transformase într-un loc popular, cu un bar animat și mâncare nemaipomenită. El și Morgan începuseră să iasă împreună câteva zile mai târziu. În cei patru ani care trecuseră de atunci, restaurantul devenise înfloritor și avea mare succes în cartier. Max's îl ținea ocupat pe bărbat zi și noapte. Era zilnic acolo până la 2.00 noaptea, iar la 10.00 dimineața pleca iar la muncă pentru a se pregăti de prânz. Max era un tip nemaipomenit și îl îndrăgeau toate. Era înnebunit după sport, un bucătar grozav și foarte muncitor. Era o persoană cumsecade din toate punctele de vedere. Provenea dintr-o familie irlandeză numeroasă care se certa mereu, dar, în esență, se iubeau unii pe ceilalți. La 35 de ani, i-ar fi plăcut să se căsătorească și să aibă copii, dar Morgan îi spusese clar încă de la început că mariajul și copiii nu făceau parte din planurile ei. Max credea că se va mai îndupleca în privința asta, dar fata nu o făcuse de patru ani, iar el nu o forța. Ea avea 33 de ani, așa că se gândea că aveau timp și era ocupat cu restaurantul, sperând să mai deschidă cel puțin încă unul, ceea ce era costisitor, așa că nu se grăbea nici el. Dar ajunsese să își dea seama cât de hotărâtă era Morgan să nu se căsătorească niciodată și să nu aibă copii. Relația lor era plăcută și serioasă, dar cariera lui Morgan însemna totul pentru ea și nu intenționa să o pună în pericol.

Claire se schimbă în pantaloni scurți, tricou și sandale fără toc când se întoarse acasă de la serviciu, iar Abby ajunse puțin mai târziu, îmbrăcată cu o salopetă peste un maiou rupt, plin de vopsea. Avea vopsea și în păr și o pată albastră pe față, văzu Claire ridicând privirea de la planșa de desen și zâmbindu-i. De obicei, Morgan venea târziu de la serviciu, după ce se întâlnea cu clienții, deseori la un pahar, iar Sasha ajungea de la spital la orice oră, în funcție de tură, și cădea lată în pat.

– Bună, spuse Claire cu un zâmbet cald. Pot să ghicesc ce ai făcut astăzi.

– Am inspirat toată ziua vapori toxici de la vopsea, spuse Abby mormăind istovită în timp ce se prăbușea pe canapea, fericită că ajunsese acasă.

Ivan avea o ședință cu un potențial sponsor, dar spusese că s-ar putea să o sune mai târziu. Locuia într-o garsonieră din East Village, puțin mai mare decât o debara. Plătea o chirie modică și trăia într-un imobil de șase etaje, fără lift. Garsoniera o subînchiriase gata mobilată de la un prieten.

– Găsești de mâncare în frigider, îi spuse Claire. Am fost la cumpărături în drum spre casă. Avem sushi, care arată destul de bine.

Cumpărau pe rând alimentele de bază pentru toată lumea, ceea ce funcționa mai bine decât să încerce să își dea seama cine ce mâncase. Erau generoase și bine intenționate și nu se certau niciodată pe bani. Se respectau una pe cealaltă, motiv pentru care conviețuirea lor funcționa atât de bine.

– Sunt prea obosită ca să mănânc, spuse Abby.

Vopseaua o îngrețoșase. Ivan se răzgândise referitor la culoarea decorurilor de patru ori. Era dramaturg, regizor și producător, așa că avea dreptul să dicteze cum ar trebui să arate decorurile.

– Cred că fac o baie și mă duc la culcare. Ziua ta cum a fost? o întrebă Abby.

Claire se gândi, ca întotdeauna, că era plăcut să te întorci acasă și să găsești oameni cărora să le pese de tine. Acasă, părinții ei nu vorbeau niciodată unul cu celălalt și nu o făcuseră de ani buni. Era mai ușor astfel.

– Lungă. O bătălie continuă, răspunse Claire, cu o expresie descurajată. Walter îmi detestă toate noile schițe și vrea să le modific pentru a se potrivi cu stilul lor. Și am o nouă stagiară, fiica unei prietene de-a lui din Paris. Pare de 12 ani și urăște totul în State. Din spusele ei, e mult mai bine în Paris și nimeni de aici nu știe ce face. Tatăl ei este bancher, iar mama lucrează pentru Channel. Se poate să aibă vreo 22 de ani și crede că le știe pe toate. Walter le face o favoare părinților ei, așa că m-am trezit cu ea pe cap.

– Poate că i-ar plăcea să picteze decoruri, spuse Abby zâmbind larg. Sau să dea cu aspiratorul prin teatru. Asta ar pune-o la punct.

– Preferă să îmi critice schițele, spuse Claire, corectând ceva pe planșa de desen, în timp ce intra Morgan.

Avea picioare lungi, purta tocuri și un taior bleumarin de pânză, cu o fustă scurtă. Părul ei brunet era coafat modern, îl purta până la umeri și avea în mână câteva cutii cu mâncare de la restaurantul lui Max. Le așeză pe masa de metal pe care le-o găsise mama lui Claire, on-line, la un preț nemaipomenit.

– Scările acelea mă vor omorî într-o zi. Max ne-a dat pui fript și salată Caesar.

Le trimitea mereu mâncare sau le gătea duminică seara, lucru care le plăcea tuturor.

– Ați mâncat? întrebă Morgan zâmbindu-le și așezându-se lângă Abby pe canapea. Se pare că ai pictat decorurile din nou, spuse Morgan cu un ton neutru.

Era obișnuită să o vadă plină de vopsea.

Nu arăta ca o scriitoare, ci ca un zugrav în cea mai mare parte a timpului.

– Știi, ai putea să-ți găsești de lucru ca zugrav. Cel puțin ai face parte dintr-un sindicat și ai primi o leafă decentă, o tachină ea, scoțându-și pantofii cu toc și întinzându-și picioarele. Restaurantul era ticsit în seara asta, comentă ea.

– Mereu e așa, răspunse Claire. Mulțumim pentru mâncare.

Se ridică de la masa de desen, ademenită de mirosul delicios al mâncării trimise de Max. Puiul avea o aromă ispititoare.

Merseră toate trei în bucătărie, scoaseră farfurii și tacâmuri, iar Morgan deschise o sticlă de vin să o împartă, în timp ce Abby se duse să ia șervețele și pahare și, un minut mai târziu, stăteau la masă râzând și vorbind, în timp ce Claire le-o descria pe noua stagiară. Nimic nu mai părea atât de rău când puteau să râdă sau să vorbească despre o problemă. Dialogurile lor erau întotdeauna pline de jovialitate, nu exista niciodată gelozie între ele, erau doar niște bune prietene care nu aveau nimic de împărțit și se cunoșteau bine - atât slăbiciunile, cât și calitățile. Erau iertătoare, tolerante cu stările proaste ocazionale și se sprijineau întotdeauna una pe cealaltă, în provocările cu care se confruntau. Toate aveau joburi solicitante, care erau un motiv de stres în plus în viețile lor.

Tocmai terminau de mâncat când pe ușă intră Sasha, cu părul blond prins cu un elastic strâns în vârful capului, de unde se ițeau două creioane, și cu stetoscopul în jurul gâtului. Purta saboți și halatul medical familiar, parcă singurele piese vestimentare din garderoba sa. Claire nu-și mai amintea când o văzuse ultima dată în rochie.

– Am ajutat la nașterea unor tripleți astăzi, le anunță ea pe cele trei femei de la masă, așezându-se lângă Morgan.

– Cel puțin ai făcut ceva util, spuse Claire admirativ, iar Sasha clătină din cap când Morgan îi întinse un pahar de vin.

– Sunt încă de serviciu. S-ar putea să fiu nevoită să mă întorc mai târziu. Era cât pe ce să pierdem unul din tripleți, dar se aflau trei medici obstetricieni în sală. M-au lăsat să închid cezariana, ceea ce a fost de-a dreptul impresionant. Au fost acolo și trei pediatri. Mama are 46 de ani - copiii erau concepuți in vitro. S-au născut la șapte luni, dar vor fi în regulă. Nu știu de ce ar dori cineva tripleți la vârsta ei. Soțul ei are peste 60 de ani - va avea 80 și ceva când copiii vor absolvi facultatea. Dar erau în al nouălea cer, căci erau primii copii pentru amândoi. S-au căsătorit anul trecut. Familie într-o clipă. Ea are un serviciu foarte bun pe Wall Street, iar el este directorul executiv al nu știu cărei companii. Poate că așa vom fi și noi într-o zi, spuse Sasha zâmbind, luând din salata Caesar. Mâncase un sendviș la spital, dar nu putea rezista niciodată mâncării pe care le-o trimitea Max - era întotdeauna delicioasă.

– Nu contați pe mine, spuse Morgan, terminându-și vinul, la ideea de a avea tripleți la 40 și ceva de ani. Mai curând m-aș arunca de pe un pod.

– Mi-ar plăcea foarte mult să am un copil, spuse Abby, însă nu chiar acum.

– Și să sperăm că nu cu Ivan, spuse Morgan cu sinceritate, dacă vrei să îl întreţină. Ai nevoie de un tip cu serviciu, dacă vrei să ai copii și să ai o relație cu cineva responsabil, ceea ce nu e cazul cu Ivan.

Fetele știau că părinții încă o ajutau pe Abby, acum, la 29 de ani, fapt care o stânjenea. Voia să fie independentă, dar până atunci nimeni nu îi cumpărase lucrările.

Claire câștiga un salariu decent, iar Morgan muncea din greu pentru banii pe care îi primea de la George Lewis. Părinții ei nu avuseseră nici un sfanț, iar ea și fratele său munceau din copilărie. Știau amândoi cum e să crești cu bani puțini. Abby și Sasha să născuseră în familii bogate, sau cel puțin familii care aveau bani și care „o duceau bine". Însă condițiile diferite în care crescuseră cele patru colege de apartament nu le separau. Erau deschise cu privire la trecutul lor și știau prea bine că viața, cu sau fără bani, nu era atât de ușoară pe cât părea din exterior.

– Nu vreau copii mult timp de-acum încolo, spuse Abby gânditoare.

– Poți avea un copil la 46 de ani, zise Sasha zâmbind larg și luând o bucată de pui.

Toate păreau încântate că erau împreună, luau masa și se relaxau la sfârșitul zilei.

– Pare un pic cam târziu, spuse Abby abătută.

Lua totul textual, la fel cum credea minciunile lui Ivan.

– Nu zău, spuse Sasha râzând. Amintiți-mi să nu fac copii la aproape 50 de ani. Dar nu-și putea închipui că va avea copii nici mai devreme. Avea încă ani de studiu în față, dată fiind specialitatea pe care și-o alesese. Nu știu care este răspunsul. Viața trece atât de repede, la naiba, că te trezești într-o zi și îți dai brusc seama că ai îmbătrânit. Nu pot să cred că am deja 32 de ani. Mă simt ca și când aș fi avut 18 ani, zise Sasha clătinând din cap și rămânând pe gânduri.

– Nu mi te plânge mie – sunt cu un an mai mare decât tine. Morgan i se adresă direct, apoi privi serioasă spre celelalte două femei. Iar voi, fetelor, sunteți niște copile. Era cu cinci ani mai mare decât Claire și cu patru decât Abby. Totul trece foarte repede și mai am atât de multe de făcut ca să ajung acolo unde îmi doresc.

Evoluase foarte mult de când terminase școala de afaceri și, după standardele majorității, avea mare succes. Morgan avusese mereu așteptări mari de la ea însăși.

Apoi Sasha se ridică de la masă căscând și își duse farfuria în bucătărie, punând-o în mașina de spălat vase.

– Mă duc la culcare, în caz că mă vor suna mai târziu, spuse ea și dispăru în dormitor un moment mai târziu, după ce îi mulțumi lui Morgan pentru cină.

Abby merse să facă un duș, încercând să scape de vopsea. Și, un pic mai târziu, Morgan se băgă în pat cu ceva de citit pentru serviciu, iar Claire se întoarse la planșa de desen. Fusese o seară plăcută. Rareori se întâmpla să fie toate acasă la cină. Acest fapt făcuse ca ziua să pară mai ușoară, iar problemele cu care se confruntaseră, mai puțin neplăcute. Claire zâmbi în sinea ei, gândindu-se la colegele sale de apartament. Erau femei bune toate și oamenii care însemnau cel mai mult pentru ea, în afară de mama sa. Se susțineau reciproc în preocupările lor. Exact așa cum ar fi trebuit să fie o familie, se gândi ea, reușind să creeze un detaliu care îi plăcea mult într-unul din desene. Și partea cea mai bună pentru toate era că nu era familia în care se născuseră, ci aceea pe care o aleseseră și funcționa pentru toată lumea.

În timp ce se concentra la desenul ei, spera că aveau să locuiască împreună pentru totdeauna sau pentru o vreme foarte, foarte îndelungată. Apartamentul era cufundat în tăcere, în timp ce ea cugeta la acest lucru. Fetele adormiseră deja. Ea era pasărea de noapte a grupului și îi plăcea să lucreze până târziu. Trecuse de ora 2.00 când stinse luminile și se duse în dormitorul ei. Se spălă pe dinți, își puse cămașa de noapte și se strecură în pat câteva minute mai târziu. Nu își dăduse seama că lucrurile aveau să evolueze astfel, dar aceasta era casa și familia pe care și le dorise întotdeauna. Nici una din ele nu era ursuză sau furioasă și nu se dezamăgiseră niciodată una pe cealaltă. Nimeni nu făcuse sacrificii care să stârnească resentimente pentru totdeauna. Iar apartamentul din Hell's Kitchen era adăpostul de care avea nevoie fiecare dintre ele pentru a-și urma visurile.

capitolul 2

În metrou, în drum spre serviciu a doua zi, Morgan văzu că restaurantul lui Max era pomenit la pagina șase din *New York Post* și zâmbi în sinea ei citind. Cele câteva rânduri dedicate afacerii vorbeau despre mâncarea și atmosfera grozave și enumerau câțiva dintre actorii, scriitorii, dansatorii și sportivii care își petreceau timpul acolo; desigur, întotdeauna îl menționau pe Greg. Citea *Wall Street Journal* și *New York Times* în fiecare dimineață când se întorcea de la sală, la ora 6.00, dar îi plăcea să arunce o privire prin *Post* și să citească bârfele de la pagina șase, pentru frivolități și picanterii și știa cine le dăduse probabil informațiile despre restaurant. Îl sună pe fratele ei de îndată ce coborî din tren și merse pe jos până la serviciu. Era o altă zi caniculară, și Morgan purta o fustă neagră scurtă, o bluză albă apretată și tocuri, iar bărbații o remarcau în timp ce trecea pe lângă ei.

– Drăguțe vorbele despre restaurant, îl complimentă Morgan când Oliver răspunse la telefon.

Se ocupa de PR de când absolvise Universitatea Boston, obținând o licență în comunicare, cu 12 ani în urmă, iar acum era vicepreședintele unei importante firme din New York și avea câțiva clienți bine-cunoscuți, cei mai mulți în domeniul sportului. Dar îi plăcea Max și îi făcea câte o favoare ori de câte ori putea. Unul dintre clienții săi, un atacant la echipa Yankees, era pomenit și el la pagina de bârfe în dimineața aceea.

– A fost drăguț din partea ta să faci asta, adăugă Morgan.

Se înțelegea bine cu fratele ei. Era singura ei rudă în viață și se apropiaseră foarte mult de la moartea părinților, când erau încă mici amândoi.

Oliver și partenerul său aveau un apartament drăguț în Upper East Side și îi plăcea să o tachineze că locuiește în Hell's Kitchen, dar le făcea plăcere să o viziteze în mansardă și le îndrăgeau pe colegele ei de apartament. Oliver îi mărturisise că era gay după moartea părinților. Spusese că nu ar fi îndrăznit să o facă cât timp tatăl lor fusese în viață. Acesta fusese antreprenor și îi critica deschis pe gay, poate pentru că bănuia că și fiul său era unul dintre ei. Însă Oliver se simțea bine în pielea lui. La 35 de ani, el și Greg, partenerul său, erau împreună de șapte ani.

Și Greg avea propriile probleme de familie. Provenea dintr-o familie catolică simplă, cu cinci băieți, din Quebec. Patru dintre ei erau jucători profesioniști de hochei, iar tatăl lui fusese devastat când îi mărturisise că este gay. Acum spunea deschis că știuse că era gay dintotdeauna, de pe la nouă sau zece ani. Pur și simplu îi plăceau băieții, iar tatăl său se obișnuise în cele din urmă, deși era trist din această pricină. Morgan și Max mergeau la schi uneori cu Greg și Oliver, când Max putea să își ia liber. Acesta îi tachina în legătură cu câinii lor, ceea ce îl făcea pe Oliver să mormăie. Era unul dintre puținele lucruri asupra cărora nu era de acord cu Greg. Aveau doi terieri Yorkshire și un chihuahua, după care Greg era înnebunit și pe care îi îmbrăca în echipamentul miniatural al celor de la Rangers, confecționat special pentru ei.

– Pentru Dumnezeu, ai 117 kilograme și ești portar de hochei. Nu putem să ne luăm un câine de talie decentă, cum ar fi un labrador sau un golden retriever? Ne fac să părem atât de *gay*! se plângea Oliver, iar Greg râdea.

– Suntem! îi reamintea el lui Oliver, zâmbind larg.

Oliver bombănea neconvingător și amenința în mod regulat că își va lua un Saint Bernard, dar îi iubea și el pe câini. El și Greg nu încercaseră niciodată să ascundă ce erau. Greg era unul dintre cei mai importanți sportivi care recunoscuseră deschis că erau gay.

– Vreți să luați cina la restaurant sâmbătă? îl întrebă Morgan pe fratele ei, intrând în clădirea de birouri.

– O să-l întreb pe Greg. Spunea ceva despre o aniversare în Miami. Dacă suntem în oraș, mi-ar plăcea mult. Te anunț.

Suna bine. Îi transmise un pupic și închise, iar gândurile i se îndreptară instantaneu spre muncă. Ea și George, șeful ei, aveau programată o întâlnire în dimineața aceea cu un client care căuta să investească foarte mulți bani. George îl curta de luni bune. Făcuse niște investiții foarte profitabile pentru unul dintre prietenii potențialului client, iar Morgan își făcuse temele pentru întâlnire și discutase pe îndelete planurile cu George. Avusese câteva sugestii suplimentare care îi plăcuseră lui George și plănuia să le prezinte și pe acestea. Făceau o echipă bună. Întotdeauna el îi spunea că era genială la cifre și că putea să citească o foaie de calcul mai repede decât contabilii lor, găsind o greșeală care scăpase tuturor.

George era necăsătorit, chipeș și plin de succes, dar relația sa cu Morgan se rezumase întotdeauna la muncă. Nu amesteca niciodată plăcerea cu afacerile, lucru pe care ea îl respecta la el. La 39 de ani, era curtat cu insistență de toate amatoarele de bani din New York, printre care se numărau și câteva femei drăguțe, unele având chiar conturi impresionante. Se simțeau în siguranță cu George, dat fiind că și el avea propriii bani. Făcuse o avere în ultimii ani, iar Morgan îl respecta pentru asta. Era genial în ceea ce făcea și își merita succesul. Învățase multe lucruri de la el în ultimii trei ani. Nu se întâlneau niciodată în societate, dar îi plăcea să călătorească împreună cu el. Mergeau în locuri minunate pentru a se întâlni cu clienții sau pentru a verifica investițiile – Paris, Londra, Tokyo, Hong Kong, Dubai. Viața ei profesională era de vis.

Verifică toate datele pe computer, își organiză hârtiile pe birou pentru prezentare, dădu câteva telefoane, și noul client apăru la ora 10.00. Era un bărbat celebru, în vârstă de 50 și ceva de ani, care făcuse avere în urma bulei Dotcom din tehnologia avansată[1]; se spunea că este miliardar și era interesat de tot ce aveau de spus George și Morgan. George sugerase câteva completări la portofoliul său, unele dintre ele de mare risc, fapt care nu păru să îl facă pe client să dea înapoi. Preluase sugestiile lui Morgan și chiar menționase că erau ale ei. Întotdeauna era cinstit. Morgan îi mulțumi imediat după plecarea clientului, iar George părea încântat. Clientul fusese foarte receptiv la tot ceea ce propuseseră.

– Intrăm în joc, spuse el zâmbind larg.

Era foarte priceput, iar lui Morgan îi plăcea la nebunie să îl vadă interacționând cu clienții. Își perfecționase abordarea, transformând-o în artă.

Apoi Morgan se întoarse în biroul ei, iar ziua zbură, fiind prinsă cu ședințe și documentarea pe care trebuia să o facă după întâlnirea din dimineața aceea. Întotdeauna își făcea temele și studia datele cu meticulozitate. George

---

[1] În 1995, începea perioada care urma să fie cunoscută sub numele de bula Dotcom, caracterizată printr-o explozie de afaceri on-line apărute peste noapte. Acestea se listau la Bursă și obțineau finanțări de zeci sau sute de milioane de dolari înainte de a ajunge să obțină profit. Apogeul a fost atins în martie 2000. (n.red.)

știa că putea să conteze pe ea, și Morgan îi dădu informațiile așteptate la finalul zilei.

Avu o întâlnire cu un analist de bursă, cu care ieși să bea ceva în seara aceea. Voia să discute cu el două noi oferte publice inițiale și să afle ce părere are. Avea îndoieli în privința uneia. Visul ei era ca într-o zi să aibă propriii clienți. Nu risca atât de mult ca George, dar avea cunoștințe temeinice, folosea practici investiționale rezonabile și avea o experiență nemaipomenită obținută în cei șase ani de la terminarea școlii de afaceri. Cariera ei evolua frumos, chiar dacă nu avea să atingă vreodată culmile la care ajunsese George în strălucitoarea lui carieră, dar cine știe ce se putea întâmpla? Progresele profesionale erau vădite. Viața ei era pe un drum bun.

Era altă zi stresantă pentru Claire, ca urmare a disputei cu Walter în legătură cu numărul de pantofi pe care trebuiau să îi realizeze pentru linia de primăvară. El voia întotdeauna să meargă la sigur, atât când venea vorba de cantitate, cât și de design. Claire își dorea să îi acorde o libertate mai mare, dar nu o făcea niciodată. Niciodată nu ceda în nici o privință. Iar Monique, noua stagiară franțuzoaică, o enervă cât era ziua de lungă. Claire avea senzația că dădăcește un copil irascibil și nu avea timp să îl împace. Când se întoarse la apartament, era extrem de furioasă și își dorea să aibă curajul să își dea demisia. Dar avea nevoie de bani și nu voia să riște să rămână fără serviciu în timp ce își căuta altă slujbă sau să riște serviciul pe care îl avea dacă începea să caute de lucru, iar Walter auzea despre asta și o concedia. O legase de mâini și de picioare, iar ea nu își dorea decât să creeze pantofi mai interesanți.

Puse cheile pe masa din hol și aruncă o privire la corespondență – erau doar facturi și reclame; în rest, primea totul pe e-mail sau pe Facebook. Observă că Sasha era deja acasă. O văzu întinsă pe canapea, desculță și în pantaloni scurți, citind o revistă. Sasha ridică privirea și îi zâmbi, sorbind dintr-un pahar de vin, ceea ce însemna că terminase serviciul, fapt care era o ușurare pentru ea. Rareori avea timp liber, iar Claire nu își aducea aminte când o văzuse ultima dată citind o revistă.

– În sfârșit, ți-au mai dat o pauză?

Era fericită pentru ea.

– Nu lucrez săptămâna asta, spuse Sasha vag, sorbind din vin. De ieri. Nu aș numi-o vacanță.

Sasha îi aruncă un zâmbet, apoi se ridică în fund pe canapea.

– Am avut o zi jalnică, i se plânse Claire. S-ar putea să trebuiască să o omor pe micuța franțuzoaică, dacă nu îl omor mai întâi pe Walter. Încep să am fantezii în privința asta. M-am săturat să fac pantofi pentru femei fără imaginație și fără bun-gust.

– Atunci demisionează, spuse Sasha direct. Dă-i dracului! De ce să fii nefericită la serviciu?

– Hei, nu mă știi? Am nevoie de bani. Nu am moștenit o avere și ce mă fac dacă rămân fără serviciu șase luni? S-ar putea întâmpla asta, zise Claire îngrijorată.

– Te poți apuca de prostituție, spuse Sasha cu un glas frivol și, deodată, parcă nu erau cuvintele ei.

Era întotdeauna sensibilă în legătură cu temerile lui Claire legate de job și viitor.

Apoi Claire o privi mai bine și miji ochii, scrutând-o îndeaproape.

– Zâmbește, îi spuse ea pe un ton secretos femeii frumoase de pe canapea.

Sasha avea o frumusețe naturală, pe care nu o putea umbri nimic, nici măcar părul nepieptănat și halatul de spital.

– De ce?

– Nu contează de ce – zâmbește.

Sasha făcu ce i se spuse și zâmbi larg, dând la iveală o dantură superbă, perfectă. Nici măcar nu purtase aparat dentar. Fusese perfectă de la naștere. Iar Claire râse în momentul în care aceasta zâmbi.

– Doamne, ar trebui să fiți obligate să purtați un semn sau să vă tatuați numele pe frunte.

Doar când zâmbeau se putea observa o vagă deosebire între surorile gemene. Deși arătau la fel și erau cu adevărat identice, exista o diferență aproape microscopică în zâmbetul lor. Claire o remarcase, însă Valentina continua să o păcălească de cele mai multe ori, mai ales atunci când voia, ceea ce se întâmpla deseori. Era mai răutăcioasă decât sora ei geamănă și explica faptul spunând că Sasha era mai mare cu trei minute și, drept urmare, mai serioasă. Valentina se considera sora mai mică și stătea întinsă pe canapea sorbind din vin.

– Am crezut că ești Sasha explică Claire, dar Valentina știa deja și părea amuzată.

Îi plăcea teribil să le păcălească. Din anumite puncte de vedere, se purta ca un copil obraznic, spre deosebire de sora ei mai responsabilă.

– Sasha zicea că ajunge acasă până la ora asta, dar tocmai m-a sunat să-mi spună că a fost reținută la spital. Are o naștere. Nu știu de ce nu și-a ales o specializare mai bună, cum ar fi chirurgia plastică.

– Liftingul facial pare și mai dezgustător decât nașterile, spuse Claire cu sinceritate, turnându-și un pahar de vin.

Valentina desfăcuse cu nonșalanță una dintre cele mai bune sticle de vin alb, deși de cele mai multe ori prefera șampania. Era răsfățată de bărbații cu care se întâlnea, care erau bogați și cei mai mulți dintre ei erau de două ori mai vârstnici decât ea, fiind înnebuniți după tânără. Era greu să nu fie, și fata avea toate obiceiurile unui copil răzgâiat, spre deosebire de Sasha. Toate fetele din apartament o iubeau pe Sasha și o tolerau pe Valentina. Uneori era amuzantă, dar nici una dintre ele nu ar fi vrut să locuiască cu ea. Nici Sasha. Valentina o scosese din minți în perioada copilăriei și a adolescenței, deși aveau în continuare o relație apropiată, cum se întâmplă în cazul gemenilor.

Valentina se duse în dormitorul Sashei și ieși de acolo câteva minute mai târziu, purtând o fustă foarte drăguță, cu care Claire nu o mai văzuse pe colega sa de apartament îmbrăcată tot anul. Valentina lua tot ce dorea, întotdeauna, și nu îi cerea niciodată voie surorii sale.

– Nu va avea niciodată timp să o poarte, îi spuse Valentina lui Claire, așezându-se și turnându-și alt pahar de vin. Mie îmi stă oricum mai bine. Ea slăbește pentru că lucrează prea mult. Totul atârnă pe ea.

Claire nu sesizase vreo diferență de greutate între ele și nimic altceva care le-ar fi diferențiat, în afară de zâmbet. Stătură de vorbă o vreme, apoi Valentina își reluă lectura din *Vogue* și peste o jumătate de oră apăru Sasha care fu surprinsă să vadă că sora ei era îmbrăcată cu fusta ei.

– De ce ai luat-o?

Nu părea fericită să o vadă și părea pe grabă.

– Tu nu o porți niciodată, așa că o iau împrumut pentru câteva zile.

„Iar apoi vei uita să mi-o înapoiezi", se gândi Sasha. I-o trimisese tatăl ei de la unul din magazinele lui din Atlanta. Aparținea unui bine-cunoscut designer, iar tatăl său știa că nu avea niciodată timp să își cumpere haine. Valentina nu avea nici o problemă când venea vorba să își cumpere îmbrăcăminte sau să ia ce dorea de la sora ei. Oricum avea multe haine pe care le primea după ședințele foto.

– Mi-a trimis-o tata, îi spuse Sasha, ca și când acest fapt dădea importanță fustei.

Valentina ridică din umeri. Nu se înțelegea cu tatăl lor și nu o plăcea pe cea de-a doua soție a acestuia, lucru pe care nu îl ascundea câtuși de puțin.

– O să ies în oraș, îi spuse Sasha surorii ei, iar Valentina se așeză din nou pe canapea, îmbrăcată cu fusta împrumutată.

– Te întorci la spital?

– Am o întâlnire, spuse Sasha stânjenită. Am uitat. Tocmai m-a sunat să îmi amintească.

– Cu cine? întrebă Valentina părând surprinsă, la fel și Claire, căci Sasha nu mai avusese o întâlnire de luni întregi.

– Un tip pe care l-am cunoscut luna trecută. Probabil credea că ești tu. Se purta de parcă m-ar fi cunoscut, iar apoi și-a dat seama că ne-a confundat.

– Și-n continuare crede asta?

Valentina era amuzată, iar Sasha era iritată.

– Bineînțeles că nu. I-am spus, dar m-a invitat în oraș oricum. Este actor și model de lenjerie intimă pentru Calvin Klein.

– Trebuie să fie drăguț, spuse Valentina, privind spre sora ei.

– Cred că da. Nu aveam de gând să ies cu el, dar a făcut mare caz de faptul că aș fi uitat, și nu am vrut să recunosc că așa era. Mă duce la un vernisaj pe undeva, iar apoi la cină.

Nu părea genul de întâlnire tipică pentru Sasha, care se vedea de obicei cu alți doctori, oameni pe care îi întâlnea la conferințele medicale sau care aveau legătură cu munca ei. Un actor/model nu era stilul ei și nici măcar al Valentinei.

– I-am spus că ne întâlnim într-o jumătate de oră, continuă Sasha.

Acum, că se gândea la asta, îi părea rău că Valentina îi luase fusta – nu știa cu ce să se îmbrace.

– Îmbracă-te cu ceva sexy, o sfătui Valentina, în timp ce Sasha dispăru în camera ei, cotrobăi prin garderobă și scoase o rochie albă de bumbac, pe care o aruncă pe pat.

Valentina apăru o clipă mai târziu și clătină din cap.

– Arăți de parcă te duci la plajă. Ai o fustă neagră dreaptă, strâmtă în fundul șifonierului și o bluză argintie mulată, fără umeri. Ia-le pe alea.

Sasha ezită un minut, apoi încuviință din cap. Valentina știa mult mai multe despre modă decât ea. Fugi la duș și fu gata zece minute mai târziu, însă părul ei blond și lung era încă ud.

– Usucă-ți părul ca să-i dai volum, machiază-te și ia-ți niște tocuri, o sfătui sora ei geamănă, în timp ce Sasha intra din nou în baie, ieșind zece minute mai târziu și arătând ca și când se ducea într-adevăr la o întâlnire, doar că nu găsea pantofi cu toc în șifonier.

Intră în camera de zi desculță, iar Claire îi înmână o pereche de sandale cu toc. Avea norocul să poarte același număr. Sasha arăta nemaipomenit în ținuta pe care i-o alesese sora ei geamănă și cu încălțămintea colegei de apartament.

– Acum ești sexy! îi spuse Valentina zâmbindu-i.

Sasha arăta acum ca Valentina, însă de-abia putea merge pe tocurile imense ale lui Claire.

– Nu se poate fără tocuri? Cred că era scund oricum. Nu-mi aduc aminte.

– Nu, nu se poate, spuseră Valentina și Claire la unison.

Cinci minute mai târziu, tocurile Sashei se auzeau pe scări, iar ea se simțea ca o impostoare, sperând să nu-și rupă gâtul de la înălțimea aceea amețitoare. Se considera o copie jalnică a surorii ei gemene, iar cel cu care se întâlnea dorise probabil o întâlnire cu Valentina, nu cu ea. Fusese povestea adolescenței lor. Mereu schimbau locurile. Sasha scria lucrări și dădea examene în locul Valentinei, iar aceasta mergea uneori la întâlniri, dându-se drept Sasha.

Sasha opri un taxi pe 10th Avenue și îi dădu șoferului adresa unei galerii din Chelsea, unde trebuia să-l întâlnească pe cel care o invitase în oraș. Îl văzu imediat ce intră, iar el veni direct la ea.

– Uau! Arăţi uimitor.

Avea telefonul mobil în mână şi făcu o poză înainte ca ea să apuce să-l oprească.

– De ce ai făcut asta? întrebă Sasha stânjenită.

– Pun tot ce fac pe Instagram, îi spuse Ryan Phillips.

Gândul acesta o făcu să se simtă jenată şi îl urmă în galeria aglomerată, unde bărbatul părea să cunoască pe toată lumea.

Ryan era un bărbat chipeş, cam de vârsta ei şi, în timp ce femeile roiau în jurul lui, Sasha se simţi goală în bluza pe care îi spusese sora ei să o poarte. Pur şi simplu nu era stilul ei şi era ciudat să nu fie îmbrăcată în halatul de medic. Câţiva bărbaţi stătură de vorbă cu ea, iar Ryan era atent, dar ea continua să creadă că arăta ca o copie ieftină a Valentinei şi era epuizată când plecară de la galerie şi luară un taxi până la un restaurant din SoHo, aglomerat şi zgomotos, şi unde îl cunoştea, din nou, toată lumea. Conversaţia fu aproape imposibilă după ce se aşezară la masă şi îi mai făcu o poză cu telefonul, fapt care o scoase şi mai tare din sărite. Se întreba dacă le spunea oamenilor că îşi dăduse întâlnire cu celebrul manechin Valentina, nu cu sora ei geamănă. Se simţea ca o impostoare în prezenţa lui, dar îşi spusese că i-ar face bine să iasă după atâta vreme. Nu o mai invitase nimeni în oraş de luni întregi şi se simţea vinovată că nu făcea efortul de a cunoaşte oameni noi şi de a ieşi. Dar acum, că era acolo, totul era foarte ciudat. Era un bărbat chipeş, dar nu aveau nimic în comun şi se îndoia că o va mai invita a doua oară să iasă împreună.

– Şi cu ce te ocupi? o întrebă el după ce comandaseră, strigând peste larma restaurantului zgomotos.

Sasha observase că i se vedeau muşchii clar conturaţi pe sub tricoul negru, pe care îl purta cu nişte blugi de aceeaşi culoare. Arăta fantastic şi nu era greu să-ţi dai seama că mergea la sală în fiecare zi.

– Sunt medic obstetrician, strigă la rândul ei, iar el păru uluit de răspuns.

– Credeam că ești manechin, ca sora ta.

Ea clătină din cap, zâmbind larg.

– Nu, sunt rezidentă la obstetrică-ginecologie la un spital NYU. Mă ocup de nașteri.

Ceea ce-i spusese îl lăsă fără cuvinte pentru moment, apoi încuviință din cap.

– Presupun că e o chestie cool.

Habar nu avea cu ce se ocupa când o invitase în oraș. Îi plăcea pur și simplu cum arăta și tânjise după Valentina luni la rând.

Sasha nu o spuse, dar Ryan era prea tânăr și prea sărac pentru sora ei, care ieșea doar cu bărbați foarte bogați și mult mai în vârstă. Tânărul nu era pe potriva ei.

– Îți place să fii doctor? o întrebă el, neștiind ce să îi spună.

– Foarte mult. Ție îți place să fii actor?

– Da, voi avea un rol într-un film în L.A. Aștept vești. Am participat la o audiție săptămâna trecută. Am avut câteva roluri în seriale difuzate în cursul zilei, iar reclamele pentru Calvin Klein sunt grozave.

Ea încuviință din cap și, după ce le fu adusă cina, iar zgomotul din jurul lor crescu, fură scutiți să mai continue conversația, până când ieșiră din nou în stradă. O cuprinse cu brațul când plecară de la restaurant, cu o privire întrebătoare.

– Vrei să vii la mine acasă? E la câteva străzi de-aici.

Geografia nu era o problemă, dar nu-l cunoștea și era evident că se aștepta să se culce cu ea în schimbul cinei. Și, oricât de drăguț era, nu o atrăgea ideea de a face sex cu un străin.

– Trebuie să fiu la spital la 6.00, mâine-dimineață. Ar trebui să merg acasă, zise ea, neștiind ce altceva să spună.

„Glumești?“ ar fi fost nepoliticos și nu voia să pară mironosiță.

– Da, bine. Va trebui să mai facem asta cândva, spuse el, cam neconvingător.

Sasha își dădea seama că pentru el, dacă nu avea de gând să i se bage în pat, nu prea mai avea rost să o revadă. Ryan o conduse la un taxi cinci minute mai târziu și îi făcu cu mâna în timp ce se îndepărta. Sasha se simți amețită; seara fusese zgomotoasă, plictisitoare și nesatisfăcătoare. Nu știa cu nimic mai mult despre el decât știuse când se întâlniseră, în afară de faptul că era luat în considerare pentru un rol într-un film din L.A. Avu sentimentul că scopul unor astfel de întâlniri, cu bărbați ca el, nu era să se cunoască unul pe celălalt, ci doar să iasă în oraș, să se îmbrace frumos, să ia masa împreună, să socializeze la petrecerea de la galerie și, dacă era posibil, să ajungă în pat. Aproape nici unul din aceste lucruri nu o atrăgea și erau atât de superficiale, încât vizionarea emisiunilor de jocuri de la TV părea mai intimă. Se simțea ca și când ar fi irosit întreaga seară și o dureau picioarele din cauza pantofilor cu tocuri ridicole pe care îi împrumutase de la Claire. Nimic nu părea să merite. Și era umilitor și prostesc că dăduse curs unui astfel de lucru. Când taxiul se apropie de strada ei, auzi sirene în depărtare și văzu vreo șase mașini de pompieri, cea a șefului de unitate, parcată de-a curmezișul, și câțiva polițiști care blocau traficul, împiedicându-i să intre pe stradă. Taximetristul se opri, se uită la ce se întâmpla și se întoarse să-i spună că nu o putea duce până la destinație.

– Este în regulă, spuse ea, plătindu-l și lăsându-i un bacșiș generos. Pot să merg pe jos de aici.

Deși, când coborî din taxi, simți un fior de teamă pe șira spinării.

Intrarea era blocată de cinci mașini de pompieri și de poliție, o ambulanță și două mașini ale paramedicilor. Un polițist o opri de îndată ce încercă să înainteze.

– Nu puteți merge acolo, domnișoară. Au luat foc câteva clădiri. E prea periculos. Va trebui să așteptați aici.

Îi arătă un cordon de poliție pe care nu îl putea depăși, iar Sasha își lungi gâtul să vadă ce clădiri ardeau.

Părea să fie mare agitație în mijlocul străzii, spre care alergau bărbații. Pompierii purtau echipamente grele, căști și măști pe față și se grăbeau spre clădiri. Văzu că erau ridicate scări pe fațada a două imobile și atunci își dădu seama cât de aproape era clădirea lor de foc. Inima începu să îi bată puternic în timp ce privea, gândindu-se la colegele ei de apartament. Trebuiau să fie acasă toate în seara aceea și se întreba dacă erau de partea cealaltă, pe 39th Street, sau așteptând, pe 10th Avenue. Își scoase telefonul să le sune, ca să verifice. Și, în același timp, văzu că Secția 34, care își avea sediul la doar o stradă distanță de ele, trimisese două cisterne la locul incendiului.

Privi agitația din susul și din josul străzii, și acum putea vedea flăcările care ieșeau din amândouă clădirile. Pe acoperiș erau pompieri care făceau găuri cu topoarele, pentru a lăsa dogoarea să iasă, în timp ce alții îndreptau furtunurile cu apă înspre flăcări. Fumul care ieșea era negru, ceea ce, știa, însemna că focul făcea încă ravagii. După ce avea să fie sub control, fumul avea să devină alb.

– Dumnezeule! exclamă Sasha, părând șocată și agitată când Claire răspunse la telefon. Ce s-a întâmplat? De ce nu m-ați sunat nici una?

– Nu aveai ce face. Nu am vrut să-ți stricăm întâlnirea. Am ieșit la o jumătate de oră după ce-ai plecat. A început într-o clădire și a luat foc și următoarea cam acum o oră. Se pare că nu pot să-l oprească.

– La naiba, nu suntem decât la două clădiri distanță. Voi unde sunteți, fetelor?

– Pe 10th Street. Morgan a mers la restaurantul lui Max și ne-a adus niște sticle cu apă. Se simte dogoarea focului până aici.

Aerul era ticsit de fum. În timp ce privea, Sasha văzu doi pompieri cu măști pe față coborând de pe scări și ducând oameni înveliți în pături. Unul dintre ei nu se mişca, iar celălalt era o bătrână, care părea îngrozită, în vreme ce pompierul cobora scara cu ea. Era evident, privind fumul care ieşea în vălătuci pe ferestre, că mai rămăseseră prea puţine lucruri intacte înăuntru. Şi ce nu era mistuit de flăcări era înecat de jeturile puternice de apă. Părea că ar putea să-şi piardă apartamentul, dar, dintr-un motiv sau altul, focul se îndrepta spre vest, nu înspre ea, şi altă clădire din capătul îndepărtat luă foc sub ochii tuturor. Se simţi vinovată pentru uşurarea ei când văzu că flăcările se îndepărtaseră de clădirea lor, deşi îi părea rău pentru oamenii care locuiau în partea cealaltă, în clădirea care explodase în flăcări.

– Situaţia nu arată prea bine, spuse Sasha tristă. Tocmai au scos o bătrână, i-au pus masca şi au urcat-o în ambulanţă, iar acum mai aduc doi.

– Dai o mână de ajutor? o întrebă Claire, în timp ce Sasha îi privea cu ochi mari.

– Nu au nevoie de mine, decât dacă nu cumva vreuna din doamnele acelea în vârstă naşte. Sunt trei maşini cu paramedici care ştiu ce să facă mai bine decât mine.

Două ambulanţe tocmai trecuseră pe lângă ea cu sirenele pornite. Sasha mai vorbi la telefon cu Claire în următoarea oră. Nici una dintre ele nu voia să plece din locul în care se afla, ca nu cumva să rateze ceva important. Şi, în cele din urmă, o oră mai târziu, apărură primele semne de fum alb prin găurile din cele trei acoperişuri şi pe ferestrele clădirilor. Flăcările se domoleau. Ambulanţele trecuseră în goană pe lângă Sasha de câteva ori. Fata le pierduse şirul şi zări două tărgi cu siluete lipsite de viaţă, acoperite cu pături. Mai văzu un pompier care era adus la o ambulanţă, după ce un coleg de-al lui îl scosese rănit dintr-o clădire. Veniseră maşini de pompieri din tot oraşul.

Era 2.00 dimineaţa când agitaţia începu să se potolească, dar pompierii ieşeau din toate cele trei clădiri cărând cadavre. Sasha auzi polițiștii din jurul ei vorbind că muriseră șapte oameni, cinci erau răniți, plus pompierul pe care îl văzuse transportat. Vorbi apoi cu Claire din nou, asigurându-se că Morgan și Abby erau cu ea. Morgan sugeră să se întâlnească la restaurantul lui Max, la celălalt capăt al străzii. Clădirea lor nu mai era în pericol, dar li se spusese că va mai dura o oră sau două înainte să se poată întoarce acasă. Sasha era sigură că va duhni a fum când vor ajunge. Însă ar fi putut rămâne fără casă în seara aceea dacă vântul și-ar fi schimbat direcția, și se gândi la oamenii care muriseră când ocoli blocul pentru a se întâlni cu celelalte fete pe 10th Avenue. Rămaseră tăcute în drum spre restaurantul lui Max. Închisese cu jumătate de oră în urmă și număra banii, în timp ce personalul din bucătărie și picolii făceau curățenie. Max ieșise se vadă ce se întâmplase de vreo două ori și le mai adusese apă, apoi se întorsese la muncă. Fusese o seară aglomerată.

– Ce vâlvătaie, comentă el când sosiră, văzându-le obosite pe toate patru.

Sasha se clătina încă pe tocurile înalte ale lui Claire. Celelalte purtau tricouri, pantaloni scurți și încălțăminte cu talpa plată, luate în grabă.

– Șapte oameni au murit din cauza inhalării fumului, spuse Sasha cu tristețe. Cred că cei mai mulți erau bătrâni.

Nu îi cunoșteau pe nici unul personal, dar locatarele mansardei îi recunoscuseră pe unii dintre vecinii lor din vedere și le făcuseră cu mâna din când în când. Era tragic să se gândească la cum își sfârșiseră viața. Era unul din riscurile clădirilor foarte vechi. Unul dintre pompieri îi spusese lui Morgan că focul se declanșase de la un scurtcircuit, într-o clădire care nu fuseseră renovată, ca a lor și, dat fiind că apartamentele aveau chiria plafonată, acolo locuiau câțiva dintre chiriașii inițiali.

Băură împreună o sticlă de vin la restaurantul lui Max și, în cele din urmă, la ora 3.30, li se permise să se întoarcă în apartament. Clădirea duhnea a fum și deschiseră toate ferestrele când ajunseră acasă, pornind aerul condiționat, dar era evident că va dura zile întregi sau mai mult ca mirosul de fum să dispară. Clădirile aflate în apropiere ardeau încă mocnit, iar pompierii le stropeau cu apă atât pe dinăuntru, cât și pe dinafară. Nimic din bunurile personale dinăuntru nu avea să mai rămână.

– Frate, a fost cât pe ce! spuse Morgan, așezându-se pe canapea cu Max.

În graba lor, nu luaseră nimic cu ele. Doar Abby își înșfăcase laptopul, în care se afla romanul ei. Iar Claire strecurase niște fotografii cu părinții ei în poșetă. Restul păruse neimportant, dar le-ar fi părut rău să-și piardă casa. Instalaseră detectoare de fum în mansardă cu ani în urmă și nu avuseseră niciodată un incendiu în cartier, atât de aproape. Era un sentiment ciudat și deprimant, mai ales că muriseră oameni.

Era 5.00 dimineața când se duseră toate la culcare, dar înainte, Claire se întoarse spre Sasha.

– Apropo, cum a fost întâlnirea ta?

Sasha uitase deja de ea, în agitația stârnită de incendiu.

– Ridicolă, răspunse ea. O pierdere totală de timp. Aș prefera să stau acasă cu voi toate, să muncesc sau să dorm, spuse ea căscând. Era frumușel, dar nu am avut ce să vorbim.

– Mai sunt și băieți buni, îi reaminti Morgan, iar Sasha păru sceptică și Claire clătină din cap.

– Cred că l-ai luat tu pe ultimul care mai rămăsese, comentă Claire zâmbind, referindu-se la Max, care mergea să se pregătească de culcare și lăsă fetele să discute despre întâlnire.

– La ce te aștepți de la un model de lenjerie intimă, pentru Dumnezeu? o întrebă Morgan pe Sasha.

– Îmi tot făcea poze ca să le pună pe Instagram, să le vadă cei care-l urmăresc, spuse Sasha. Probabil că le-a spus că ieșise cu Valentina.

Morgan și Claire bănuiau că era probabil adevărat. Nu prea avea cum să fie impresionat de rezultatele obținute de Sasha la Facultatea de Medicină și, pretinzând că ieșise cu Valentina, i-ar fi dat pe spate pe toți prietenii. Morgan bombăni auzind că pusese poze de la întâlnire pe Instagram.

– Cel puțin ai încercat, o consolă Morgan pe Sasha, care se întoarse spre Claire. Și cum dracu' mergi pe tocurile astea? Mie mi-a fost teamă că voi cădea și-mi voi fractura șoldul.

– Nu poți să mergi la o întâlnire în saboți sau șlapi, sublinie Claire, și toate râseră.

– De ce nu? Așa am făcut cu ultimul tip cu care am ieșit. Era rezident la ortopedie. Am ieșit după serviciu în halate medicale și ne-am simțit destul de bine, până când a recunoscut că era logodit, dar nu era sigur că se va căsători, așa că ieșea cu alte fete pentru a vedea ce simțea cu adevărat pentru logodnica lui.

– Drăguț, comentă Morgan.

– Presupun că nu eram ce trebuie pentru el. Am auzit că s-a căsătorit pe 4 Iulie. Ea este asistentă la Terapie intensivă și probabil că el și-ar fi dorit să fie cu o doctoriță. Poate că sunt nebuni cu toții. Ce bine că nu am timp să merg la întâlniri. Nu știu de ce m-am deranjat în seara asta.

Doar ca să nu își iasă din mână și credea că așa trebuia să facă. Sora ei spunea mereu că nu trăia deloc. Iar Valentina nu se înșela, dar Sashei nu îi păsa.

– Două întâlniri nereușite nu sunt o scuză pentru a trăi ca o călugăriță. Și nu aveți nici o scuză, îi spuse Morgan lui Claire. Nu puteți sta singure mereu. Trebuie să faceți un efort pentru a găsi tipul potrivit.

– Și apoi ce? Te căsătorești și ajungeți să vă urâți pentru tot restul vieții? spuse Claire pe un ton pesimist.

Părinții ei nu se urau, dar, după părerea ei, tatăl îi distrusese viața mamei sale. Iar aceasta îl lăsase, ceea ce era și mai rău.

– Lucrurile nu stau mereu așa, insistă Morgan, deși așa se întâmplase cu părinții ei, care nu ar fi trebuit să se căsătorească niciodată.

Însă cei din generația ei erau mai atenți și mai prudenți în legătură cu persoana cu care se căsătoreau și cu motivul pentru care o făceau. Sau locuiau pur și simplu împreună, ceea ce lui Morgan i se părea mai logic. Motivele pentru care se căsătoreau părinții lor nu mai erau valabile. Să renunți la viața ta, la carieră și la un oraș pentru un bărbat le părea tuturor o idee proastă care aducea nefericirea, așa cum se întâmplase în cazul părinților lui Claire și ai lui Morgan.

– Ei bine, cred că mă voi lăsa de întâlniri pentru o vreme, spuse Sasha ușurată.

– Nu e ca și când ai fi excelat la capitolul acesta, o tachină Morgan. Nu poți să te dai bătută după o întâlnire plictisitoare. E ridicol.

– Nu, este ridicol să ieși cu tipi cu care nu ai nimic în comun.

Sasha era prea obosită ca să se mai gândească la asta acum. Le spuse noapte bună colegelor de apartament și se îndreptă spre dormitorul ei pentru a se culca. Trebuia să fie la spital la 6.00 dimineața ca să asiste la nașteri. Viața ei era mult prea reală pentru a pierde timp cu bărbați precum Ryan și nu avea atâta nevoie de o cină. Când se întinse și închise ochii pentru un minut, el îi ieși complet din minte și îl uită. Fusese o seară lungă și înspăimântătoare pentru cei care riscau să-și piardă casele și tragică pentru cei care muriseră, ceea ce făcea ca întâlnirea ei să pară neînsemnată. Căzu într-un somn adânc, recunoscătoare chiar și pentru jumătate de oră, mai ales că apartamentul lor scăpase de flăcări.

capitolul 3

Abby picta din nou decorurile la teatru, iar Ivan lua prânzul cu un agent teatral, când intră o tânără drăguță, care părea puțin pierdută. Avea niște sâni enormi, care aproape îi ieșeau din maioul bărbătesc. Purta blugi mulați și avea un păr blond lung și ciufulit, care o făcea să arate de parcă tocmai s-ar fi dat jos din pat. Abby se întrebă dacă Ivan programase audiții, dar nu aveau nici un rol în piesa lor actuală, nici în următoarea, pentru o fată de vârsta ei.

Lăsă pensula din mână și se uită spre ea.

– Te pot ajuta cu ceva?

– Eu... Am ceva pe care voiam să-l las pentru Ivan Jones. Mi-a spus că i-l pot lăsa la teatru. Este aici?

Abby clătină din cap și observă că fata ținea la piept un plic maro gros.

– Este o piesă pe care am scris-o, și Ivan a spus că se va uita peste ea. Sunt de la Actors Studio. Sunt actriță și lucrez la piesa asta de doi ani. Cred că am nevoie de puțin ajutor și el s-a oferit. Mă numesc Daphne Blake.

Ceva din cuvintele ei îi trezi o amintire. Abby venise la teatru cu un plic exact la fel, cu trei ani în urmă, când Ivan o convinsese să încerce să scrie o piesă în loc de romanul la care lucra, apoi îi promisese că o va pune în scenă. I se declanșă o alarmă în minte și simți pericolul.

– Ești scenograf? o întrebă fata cu interes.

– Nu, și eu sunt dramaturg. Facem cu toții ce este de făcut pe aici: pictăm decorurile, vindem bilete înainte de spectacole și facem curățenie în teatru. Vrei să îmi lași mie plicul? I-l voi da când se întoarce, spuse Abby încet, încercând sa nu pară agitată sau suspicioasă.

Nu avea de ce să își facă griji, iar Ivan avea tot dreptul să citească piesele altora. Deși punea în scenă doar piesele lui avangardiste, care nu primeau niciodată recenzii bune și nici măcar nu atrăgeau atenția presei. Ivan era foarte furios că toate piesele pe care le regizase fuseseră ignorate. Nici măcar cei care se ocupau de spectacolele Off Off Broadway nu spuneau nimic despre munca lui. Era cea mai mare insultă posibilă. Avea un mic cerc de sponsori, care îi dădeau bani doar atât cât să se descurce și care credeau în munca lui. Însă nu folosise nici un bănuț din fondurile acelea pentru a monta vreuna din piesele lui Abby.

– Te deranjează dacă aștept? o întrebă fata, strângând plicul la piept, ca și când cineva ar fi încercat să i-l fure.

Și Abby simțise asta cândva în legătură cu munca ei. Cu atât mai mult în privința romanului neterminat decât atunci când venea vorba de operele experimentale pe care Ivan voia să le scrie. I se păreau încă forțate și nefirești. Dar avea încredere în el.

– Nu, dar s-ar putea să întârzie, poate destul de mult, îi spuse Abby fetei. Cred că avea de făcut și niște comisioane.

O enerva puțin prezența fetei acolo, așteptând sosirea lui Mesia sau cuvintele oracolului. Și ea avea aceleași sentimente în ceea ce-l privea. Stilul lui era eteric și ciudat. Dar știa atât de multe despre teatrul experimental, încât Abby îl considera unul dintre geniile neglijate ale timpurilor lor. Și se pare că la fel stăteau lucrurile și în cazul acestei fete care se așeză pe rândul al doilea în teatru ca să-l aștepte, în timp ce Abby continuă să picteze decorurile cu mână tremurătoare. Picta un diavol mare pe care aveau să-l folosească în actul al II-lea și era plină de vopsea roșie, care arăta ca stropii de sânge în părul ei.

Fata așteptă două ore fără a scoate un sunet, citind o carte pe care o avea cu ea, iar Abby aproape că uită că era acolo. Iar apoi apăru Ivan și zâmbi spre Abby care era pe scenă.

– Cum merge? o întrebă el, referindu-se la diavolul pe care îl picta. Sper că este înspăimântător.

O privi radios când li se întâlniră privirile și ea simți că i se înmoaie genunchii, la fel cum se întâmpla de fiecare dată când se uita la ea.

O fermeca și ar fi făcut orice pentru el. Tresăriră amândoi când fata vorbi cu o voce blândă din rândul al doilea, în teatrul luminat discret. Abby închisese luminile, lăsând doar spoturile puternice de pe scenă, astfel încât să poată vedea ce lucra și uitase că era acolo. Ivan se îndreptă spre sunetul vocii și fu speriat când observă că îl privea cu adorație, lucru pe care îl sesizase și Abby și nu-i plăcu. Plutea ceva amenințător în aer.

– Ce faci aici? o întrebă surprins.

– Ai spus că pot să trec să îți las piesa ca să o citești, îi reaminti ea.

– Da, așa e, spuse el, ca și când uitase și zâmbi spre ea.

Morgan îl comparase totdeauna cu Rasputin când se concentra asupra femeilor. Sasha era de părere că era pur și simplu un ticălos. Dar Abby vedea ceva la el, ceva ce le scăpa prietenelor ei, iar tânăra care îi vorbea gândea același lucru.

– O voi citi duminică și luni când teatrul este închis și îți voi spune părerea mea. Apoi îi veni o idee. Vrei să mergem la o cafea și să îmi povestești despre ea câteva minute? Dacă tot m-ai așteptat, îmi poți explica ce încerci să realizezi, ca să nu ratez intenția pe care ai avut-o.

Abby știa la fel de bine ca el că piesa nu ar trebui să aibă nevoie de interpretarea dramaturgului, ci ar trebui să vorbească de la sine. Dar nu spuse nimic și continuă să picteze decorurile, prefăcându-se că nu ascultă.

Fata îi acceptă imediat propunerea și părăsiră teatrul câteva minute mai târziu, prinși în conversație despre piesă, în timp ce ea îi explica mesajul. Și, pentru un minut, pe Abby o cuprinse greața. Știa deja povestea. I-o spusese și ei în ultimii trei ani. Îl văzuse flirtând și cu alte tinere, actrițe care dădeau probe sau tinere regizoare care căutau de lucru. Niciodată nu lua asta în serios și nu se simțea amenințată, dar de data asta, dintr-un motiv necunoscut, se simți astfel. Fata părea inocentă, dar hotărâtă, iar el era foarte zelos când vorbea cu ea.

Ivan se întoarse o oră mai târziu, fără fată, și îi explică lui Abby ce au vorbit, ca să nu se îngrijoreze. Nu voia să fie supărată.

– Tatăl ei are foarte mulți bani și este dispus să susțină orice piesă pe care i-ar regiza-o cineva. Sunt sigur că ea nu se pricepe deloc la scris, dar ne-ar prinde bine banii, iar dacă taică-său cel bogat este dornic să ne ajute, voi citi aproape orice îmi dă ca să ne menținem teatrul pe linia de plutire. Nu cred că e un lucru rău. Cel puțin îi explicase de ce era dispus să stea de vorbă cu ea și părea atât de interesat de piesa ei. Uneori trebuie să te prostituezi puțin, pentru binele tuturor. Nu ca părinții tăi, pentru mase, ceea ce înseamnă să îți trădezi propriile valori într-o manieră de cea mai joasă speță, dar câteodată îngerii apar în viețile noastre și s-ar putea ca tatăl ei să ne ofere exact susținerea de care avem nevoie.

Abby suspină ascultându-l, vrând să creadă că ce spusese cu privire la motivul pentru care citea piesa era adevărat. Nu era complet sigură, dar era dispusă să îi acorde prezumția de nevinovăție. Lui îi plăcu foarte mult diavolul pe care îl pictase în după-amiaza aceea, deși mai toată vopseaua roșie era pe cămașa și în părul ei. Apoi o întrebă dacă voia să vină la el în seara aceea, după ce va lua cina cu un prieten care avea probleme cu femeile, despre care voia să discute.

– E prea târziu la miezul nopții? întrebă el, mângâindu-i gâtul și lăsându-și mâna să coboare spre sânii ei, iar ea se topi sub atingerea lui.

– Nu, e bine.

Avea să fie pe jumătate adormită până atunci, dar gândul că se va putea cuibări în brațele lui, satisfăcută după ce vor face dragoste, era prea tentant pentru a rezista. Era un amant iscusit care înțelegea corpul unei femei, iar sexul era ca un drog și o făcea să uite orice altceva – răstimpul îndelungat de când aștepta să-i pună în scenă piesa și chiar și pe fata bogată care îl așteptase la teatru toată după-amiaza.

– Voi veni la miezul nopții, spuse ea cu voce slabă când el o sărută.

Apoi își aminti că unele dintre colegele ei de apartament se gândeau să treacă pe la restaurantul lui Max sâmbătă seara și se întrebă dacă el voia să li se alăture după spectacol. Nu-i spusese niciodată că nu le plăcea pe colegele ei de apartament, dar ea o simțea cu ușurință. Și era reciproc. Ivan le evita ori de câte ori era posibil, iar când Abby îl invită, îi dădu un răspuns vag.

– Spectacolul mă va istovi. Nu voi fi în stare să fac față unei mulțimi de oameni și unui restaurant zgomotos. Dar mersi oricum. Poate altă dată?

Ea încuviință din cap și nu insistă. Știa că investea multă energie în piesele pe care le monta.

– Însă tu mergi cu ele dacă vrei. Eu mă voi duce acasă și mă voi băga în pat.

Invitația fusese una obișnuită, pentru cineva care nu avea planuri, însă cina de duminică seara pe care o luau în mansardă era o tradiție săptămânală și venea toată lumea.

– Vrei să luăm cina la apartament duminică seară? îl întrebă ea timid.

Ivan se purta stângaci cu prietenele ei și aproape niciodată nu participa la mesele lor ca în familie, care se țineau în mod obișnuit duminica seara. Mereu avea câte o scuză ca să nu vină.

– Trebuie să mă întâlnesc atunci cu contabilul, spuse el repede. Iar acum trebuie să citesc piesa fetei, ca să putem obține banii și susținerea tatălui ei. O să luăm amândoi cina săptămâna viitoare, promise el.

Dar întotdeauna se eschiva când venea vorba de planuri și niciodată nu ținea minte serile pe care ea i le sugera. Singurul mod în care petrecea timp cu el era pe nepusă masă, când avea el chef și nu era prea istovit după spectacole. Abby nu era surprinsă că refuzase – era obișnuită. Era o persoană inventivă până în măduva oaselor și nu era ușor să îl convingi, așa că nu mai încercă.

Îl lăsă la teatru și se duse acasă să se spele, încercând să scape de vopsea înainte de a se întâlni cu el la garsonieră. Lui Ivan nu îi plăcea lipsa de intimitate de acasă de la ea și prefera să petreacă nopțile împreună, atunci când se întâmpla, la el. Era un loc înghesuit și dezordonat, dar puteau fi singuri în timp ce se abandonau lucrurilor ispititoare pe care le făceau în pat.

O sărutase din nou înainte să plece, iar fata i se părea neînsemnată acum lui Abby. Era un mijloc pentru atingerea unui scop – banii pentru teatru, de care știa că avea nevoie cu disperare. Până și susținătorii săi obișnuiți aveau finanțe limitate. Iar un teatru atât de avangardist precum al lui nu producea prea mulți bani. Deseori jucau cu sala pe jumătate goală, pentru că foarte puțini oameni îi înțelegeau creația. Era foarte neclară.

Când fusese foarte strâmtorat, Ivan o rugase să-i împrumute bani de câteva ori pentru a-l ajuta să plătească chiria la teatru, iar ea o făcuse, rămânând astfel fără bani în următoarele câteva săptămâni. Nu voise niciodată să le ceară bani părinților ei pentru el, dat fiind că el nu era de acord cu munca lor, lucru pe care nu ezita să-l afirme. Banii pe care îi dădea erau din economiile ei, și Ivan era mereu iritat că părinții ei nu erau dispuși să îi susțină teatrul, la cât de bogați îi credea. Abby nu îi spusese niciodată că tatăl ei era convins că era un impostor care scrie aiureli și că nu avea să ajungă nicăieri, niciodată. Își dorea ca Abby să înceapă să scrie din nou materiale „normale", nu ceea ce el considera a fi „gunoi" experimental. Nici Ivan nu îi plăcea mai mult decât îl plăceau ei pe el.

Abby sosi la mica garsonieră a lui Ivan la miezul nopții, iar el dormea dus. Părul lui, care începea să încărunțească, era răvășit când îi deschise ușa și păru surprins să o vadă, apoi o strânse în brațe. Era gol când deschise ușa și nu părea să-l deranjeze, fiind o noapte caldă și neavând aer condiționat. Abby rămăsese fără suflu după ce urcase până la etajul șapte, cu atât mai mult după ce Ivan îi scoase hainele și începu să facă dragoste cu ea înainte să ajungă în pat. Făcură dragoste toată noaptea și adormiră unul în brațele celuilalt în zori. Nopțile precum aceasta o țineau legată de el și îi alungau toate îndoielile și dezamăgirile. Ivan se pricepea foarte bine să o dea pe spate iar și iar, să-i sucească mințile și să îi facă trupul să cânte de parcă ar fi fost o harpă.

Sasha era de gardă sâmbătă seara, dar trecu pe la restaurantul lui Max pentru a lua cina. Morgan era deja acolo, Claire nu avea nici un plan, așa că veni împreună cu Sasha, iar Abby spusese că s-ar putea să treacă pe acolo în drum spre casă, după ce termina treaba la teatru. Planurile lor de sâmbăta seara erau întotdeauna neconturate și spontane, iar Max le rezerva o masă, în cazul în care apăreau.

– Ivan vine? le întrebă Sasha pe celelalte, sperând că nu.

– Nu, Abby a spus că va fi „prea obosit" după spectacol, slavă Domnului, îi răspunse Claire.

Iar Sasha se ruga să nu fie sunată și chemată la spital, dar, pentru orice eventualitate, nu avea să bea. Oliver și Greg spuseseră că s-ar putea să vină și ei, iar Sasha o invitase pe Valentina, dar aceasta era plecată în weekend în St. Bart's cu un nou bărbat. Spunea că era francez, un tip nemaipomenit, în vârstă de 60 de ani, multimilionar, care tocmai se mutase la New York. Bărbații cu care se întâlnea Valentina erau îndeajuns de în vârstă pentru a-i fi tați, așa că Sasha nu era surprinsă. După ce se îndepărtase de tatăl ei, Valentina părea disperată să îl înlocuiască într-un alt fel.

În timp ce cele trei femei pălăvrăgeau relaxate, apărură Oliver și Greg, bronzați și relaxați, după ce petrecuseră luna august în Hamptons, unde stătuseră într-o casă împreună cu prietenii. Erau cu toții încântați de revedere.

Comandară vin, mai puțin Sasha. Restaurantul era aglomerat în seara aceea. Max le trimise aperitive, iar ei discutară, povestindu-și ce mai făcuseră și vorbind despre incendiul din apropiere, care îi speriase pe toți. Claire se plânse din nou de stagiara ei franțuzoaică, iar Morgan spuse că avea o mulțime de clienți noi; entuziasmată, Sasha spera să lucreze la clinica de infertilitate în lunile următoare, și conveniră să cumpere o nouă canapea neagră de piele pentru apartament, de la unul din furnizorii de decorațiuni ai mamei lui Claire. Iar Oliver anunță că el și Greg voiau să organizeze cina de Ziua Recunoștinței la ei acasă în anul acela, pentru toți cei care nu plecau la părinți. Vorbiră despre ce se mai întâmplase și făcură planul pentru sezonul de toamnă împreună, iar Morgan sugeră să închirieze o cabană de schi pentru un weekend în Vermont, ceea ce li se păru tuturor o idee bună. Max și Morgan erau pasionați de schi, la fel ca Oliver și Greg, iar Sasha spuse că i-ar plăcea și ei, dacă nu va fi de gardă în weekendul acela. Claire nu schiase niciodată, dar spuse că s-ar putea să vină oricum, doar ca să fie cu ei. Părea foarte distractiv, deși mereu vorbeau despre asta, însă nu găseau niciodată un moment care să fie potrivit pentru toată lumea.

Comandară felurile lor preferate de mâncare la cină și încercară câteva lucruri noi, pe care Max le adăugase în meniu și le recomanda. Nimeni nu fu dezamăgit. Sasha îi făcu pe toți să râdă când le descrise întâlnirea cu modelul de lenjerie intimă. Nu se aștepta să o caute din nou și nu-i păsa. Și, exact când își termină povestea, veni Abby, care părea ușor agitată, se scuză că întârziase, își ceru scuze și pentru Ivan, spunând că era istovit și se dusese acasă la culcare. Nu îi duceau lipsa, dar se bucurau să o vadă pe Abby. Aceasta spuse că spectacolul se desfășurase bine, deși nimănui nu-i păsa. Chelnerul strânse farfuriile de pe masă, iar ei comandară desert și cappuccino. Sasha primi un mesaj, și o clipă mai târziu privi încruntată spre prietenii săi.

– Tocmai mi s-a terminat pauza.

Purta blugi și un pulover roz și se putea schimba în uniforma medicală când ajungea la spital – nu trebuia să mai treacă pe acasă. O chemau pentru niște gemeni. O internaseră pe mamă cu o săptămână în urmă ca să împiedice travaliul prematur, dar nu mai puteau amâna. Copiii mai aveau o lună până la termen și apăruseră complicații. Sasha trebuia să plece.

– Mă cheamă datoria, spuse ea ridicându-se și pupându-i pe fiecare înainte de a pleca. Ne vedem mâine. Vin la Ziua Recunoștinței, apropo, dacă nu lucrez, îi spuse ea lui Oliver când îl îmbrățișă. Nu mai suport să tragă ai mei de mine. Întotdeauna, unul din ei se supără. Stau aici de Ziua Recunoștinței și probabil voi fi de gardă atunci. Dacă nu sunt la spital, contați pe mine. Îi voi spune Valentinei, dar poate că ea va fi în Gstaad sau Dubai cu un nou tip.

Valentina nu mai fusese acasă de sărbători de ani întregi, din toate motivele pe care tocmai le menționase Sasha. Era prea stresant pentru ele și, fără să vrea, părinții lor le făceau zile negre. Era ca și când s-ar fi jucat jocul cu odgonul, iar Sasha se simțea precum frânghia, trasă în direcții opuse de părinții care încă se certau, la șapte ani după ce divorțaseră.

– Te aşteptăm bucuroşi, o asigură Oliver, şi ea ştia că Ziua Recunoştinţei va fi minunată la ei acasă.

Aveau un apartament frumos şi le plăcea mult să primească prieteni, lucru la care se pricepeau, spre deosebire de Morgan, care nu fusese niciodată o gazdă atât de bună ca fratele ei și nu se pricepea la gătit la fel de bine ca Max, care le gătise de Ziua Recunoștinței, cu un an în urmă.

Sasha plecă imediat, iar ceilalți rămaseră să facă planuri pentru toamnă. Zâmbea încă gândindu-se la seara pe care o petrecuse cu ei în timp ce mergea cu taxiul spre spital, iar apoi trecu în viteză prin sala de urgență și pe holurile din spate, urcă într-un ascensor, îndreptându-se spre sala de nașteri, unde știa că o așteptau pentru a asista sosirea pe lume a gemenilor.

În lift, se trezi gândindu-se la Valentina și întrebându-se ce făcea cu bărbatul cu care era în St. Bart's. Poveștile ei de dragoste nu țineau de obicei decât câteva luni. Nici ea, nici Sasha nu păreau să aibă capacitatea de a se atașa de cineva pe termen lung. Motivul evident era căsătoria nereușită a părinților lor, care fusese toxică cu mult timp înainte de divorț. Valentina iubea un pic cam prea mult distracția și nu avea mari pretenții de la bărbații cu care ieșea – nu trebuiau decât să fie bogați și bătrâni. Iar Sasha era „prea ocupată" pentru a se implica serios într-o relație, însă alți doctori și chiar rezidenți păreau să reușească să aibă relații și să se căsătorească, dar ea nu se putea vedea făcând asta încă sau poate niciodată. Era prea speriată că lucrurile vor merge prost.

Ieși din lift dusă pe gânduri și se izbi de un doctor care purta un halat alb. Acesta se îndrepta tot spre sala de nașteri, și Sasha aproape că îl doborî la pământ și fu cât pe-aci să cadă odată cu el.

– Îmi pare rău! șopti ea, îndreptându-se și ridicând privirea spre o față pe care o mai văzuse, dar nu o cunoștea.

Apoi plecă în grabă, merse să se spele și să își schimbe hainele și câteva minute mai târziu intră în sala de nașteri în care se afla mama gemenilor. Era altă mamă în vârstă, deși bărbatul care stătea lângă ea părea mult mai tânăr decât aceasta. Vedeau tot felul de combinații în perioada aceea, bărbați și femei, cupluri de același sex, oameni mai vârstnici, mai tineri și paciente infertile care aveau nașteri multiple, cu ovule donate. Existau numeroase opțiuni și posibilități, și rareori vedeau la spital gemeni identici ca ea și Valentina, fiindcă nu puteau fi concepuți decât pe cale naturală, iar hormonii folosiți pentru infertilitate produceau gemeni fraterni, nu identici, care erau un dar al naturii.

– Bună, sunt doctor Hartman, zise Sasha și zâmbi calm spre pacientă, care avea dureri puternice, provocate de travaliu, căci nu i se făcuse anestezia epidurală.

Vorbeau despre cezariană, dar încă nu luaseră o decizie. Mama gemenilor dorise să nască natural, dar se răzgândi rapid, după durerile provocate de contracții. Plângea, în timp ce bărbatul mai tânăr care o însoțea o mângâia pe cap și o ținea de mană, spunându-i vorbe liniștitoare.

– Este mult mai rău decât am crezut că va fi, reuși să spună, când Sasha îi sugeră epidurala.

Femeia fu de acord, iar Sasha se duse la oficiul asistentelor pentru a chema anestezistul. Se întoarse două minute mai târziu, în timp ce femeia în travaliu trecea din nou prin contracții dureroase, care o făcură să țipe.

– Te vei simți mult mai bine în câteva minute, după ce îți administrăm substanța, o asigură Sasha, iar anestezistul de serviciu intră în sală.

Norocul făcuse să se afle la același etaj, în altă sală de nașteri. O pregăti pentru epidurală, în vreme ce ea continua să plângă de durere și, zece minute mai târziu, care i se părură o eternitate, se liniști. Vedea contracțiile pe monitor, dar nu le simțea, iar soțul ei mai tânăr era ușurat. Păruse panicat când intrase Sasha în cameră. Aceasta se pricepea de minune să își calmeze pacientele și să le facă să simtă că totul era sub control. Lua decizii bune, rapide, iar atitudinea ei față de pacienți era extraordinară. Toți doctorii cu care lucrase erau impresionați de ea. Acum trebuia să decidă dacă să îi facă cezariană sau să o lase să nască pe cale naturală. Pulsul bebelușilor era puternic, deși aveau să se nască prematur, cu patru săptămâni mai devreme, și exista un argument solid pentru a-i lăsa să se nască pe cale naturală, stimulându-i să respire.

Discută cu cei doi referitor la opțiunile pe care le aveau, și aceștia voiau să evite cezariana dacă era posibil. Veni și rezidentul-șef și fu de acord cu decizia. O duseră pe femeie cu targa mobilă spre sala de nașteri, urmați de anestezist, o asistentă, tatăl copiilor și alți doi doctori, fiind vorba de gemeni. În sala de nașteri erau așteptați de doi pediatri, iar Sasha observă că unul dintre ei era doctorul pe care fusese cât pe ce să-l doboare la pământ, când ieșise valvârtej din lift. Își dădu seama că și el era rezident, de la Secția de terapie intensivă neonatală, fiindcă, tehnic vorbind, gemenii erau prematuri. Însă era un lucru destul de obișnuit să se nască gemeni la 36 de săptămâni, și monitoarele fetale atașate de burta mamei și intern arătau că bebelușii erau bine.

Îi reduseră femeii doza de anestezic, astfel încât să poată împinge, și aceasta începu să țipe din nou, spunând că durerea era prea mare.

– Atunci hai să scoatem copiii și totul se va termina, spuse Sasha relaxată, urmărind lucrurile cu vigilență.

În sală se simțea încordarea și nerăbdarea, și Sasha îi spuse mamei să împingă, însă aceasta nu făcea decât să plângă și să țipe. Sasha știa că îi aștepta cezariana dacă nașterea dura prea mult, pentru a evita presiunile suplimentare asupra bebelușilor și îi spuse ferm să împingă, consolând-o pentru durere, iar apoi, dintre picioarele femeii apăru un cap și, cu o mișcare sigură și rapidă, Sasha scoase umerii și corpul unei fetițe care plângea din toți rărunchii. Mama râse printre lacrimi, apoi începu să țipe din nou, în timp ce asistentele luau primul copil pentru a i-l duce rezidentului de la pediatrie, care îl verifică atent, în vreme ce Sasha asista al doilea copil mai mare și mai greu de manipulat decât primul. După o clipă ieși și băiatul, ambele cordoane ombilicale fuseseră tăiate, iar bebelușii arătau sănătoși și respirau bine, deși aveau să fie supravegheați îndeaproape și ținuți într-un incubator câteva zile. Erau destul de mari – 2 kilograme și jumătate –, ceea ce era normal pentru gemenii născuți la 36 de săptămâni.

Totul decursese bine, iar Sasha simți că tensiunea dispare din încăpere când soțul și soția se sărutară, încântați și ușurați deopotrivă. Mamei i se permise să își țină copiii în brațe și îi așeză puțin la sân, înainte de a fi duși la Terapie intensivă neonatală, unde fură supuși altor teste și puși într-un incubator împreună. Sasha felicită cuplul și îi acordă mamei câteva îngrijiri după naștere, de îndată ce bebelușii fură luați din încăpere. Îi dăduseră ceva pentru a o seda și femeia tremura violent în urma experienței prin care trecuse, o reacție normală.

Sasha conversă cu ea, în timp ce o cosea.

– Ți-am spus că am și eu o soră? E soră geamănă identică, pe care o cheamă Valentina. Te vei distra de minune cu bebelușii tăi.

Continuă să stea de vorbă cu mama ca s-o distragă de la ceea ce făcea și, după ce îi verificară semnele vitale, o duseră la Terapie intensivă, unde aveau să o țină sub observație înainte de a fi trimisă în salon. Sasha o lăsă cu asistentele și îi promise că va veni să o vadă a doua zi, felicitând-o din nou.

Soțul ei se afla la Terapie intensivă neonatală cu bebelușii, iar mama adormi în urma administrării sedativelor. Sasha merse să își ia o cafea din camera medicilor și tocmai sorbea din pahar când intră rezidentul de la Terapie intensivă neonatală, dorind și el o cafea. Erau amândoi bucuroși de nașterea reușită. Era 3.00 dimineața, iar timpul zburase pe negândite.

– Cum se simt? îl întrebă Sasha pentru a se pune la curent cu starea bebelușilor, pentru că el îi examinase mai atent decât ea.

– Perfect. Îi zâmbi. Ai făcut o treabă bună. Eram sigur că vei fi nevoită să faci cezariană când am văzut că femeia nu voia să împingă, dar ai convins-o cu delicatețe.

– Mulțumesc. Îmi pare rău că a fost cât pe ce să te dărâm când am ajuns aici. Nu eram atentă și voiam să ajung înainte să nască. A durat ceva mai mult decât credeam. Nu am vrut să te trântesc.

– Nu cred că ai fi putut, spuse el râzând. Era solid, cu umeri puternici și mult mai înalt decât ea. Dar ești puternică, nu glumă, o tachină el. Am jucat fotbal în colegiu.

– Mă bucur că totul a mers bine, spuse ea, relaxată.

Știau amândoi că lucrurile nu stăteau întotdeauna așa și era devastator când se întâmpla asta. Sasha mai asistase la nașteri în care bebelușul murea la scurt timp sau se năștea mort. Ura acest aspect al muncii. Dar în seara aceea fusese incitant și distractiv, iar finalul, unul bun.

– Am asistat la nașterea unor tripleți la începutul săptămânii. A fost destul de înspăimântător. Ai ratat momentul, spuse ea relaxată.

– Am auzit. Eram liber. Se mai întâmplă câteodată, dar nu prea des.

Ea râse, știind exact ce voia să spună.

– În seara asta luam cina cu prietenii când m-au sunat și mi-au spus să vin, zise ea.

El presupuse că Sasha avusese o întâlnire. O femeie care arăta ca ea ar fi putut ieși în oraș în fiecare seară, se gândi el.

– Norocul meu că te-au chemat, spuse el sincer, zâmbindu-i, iar ea se îndrepta spre vestiar pentru a se schimba din nou în hainele pe care le purtase la cină. Sper să mai avem ocazia să lucrăm împreună.

Ea dispăru prin ușile rabatabile spre vestiar și nu o revăzu înainte să plece. Îi spuse ceva uneia dintre asistentele de serviciu când merse să verifice gemenii.

– Este foarte sexy rezidenta care a asistat la naștere în seara asta, zise el zâmbind larg, iar asistenta râse pentru că o cunoștea bine pe Sasha.

– Nu te ambala prea tare, îl avertiză ea.

– E căsătorită?

Ar fi fost dezamăgit, dar nu l-ar fi mirat. Majoritatea doctorilor cu care lucra erau căsătoriți. Era posibil să fi luat-o vreun tip norocos.

– Nu iese cu nimeni de aici. Își face treaba și nu se ține de prostii. E o femeie serioasă. Nu am văzut-o niciodată pălăvrăgind cu băieții.

– Poate că are un prieten, spuse el posomorât.

– Nu știu care-i povestea ei, dar, oricare ar fi, nu o spune. E nemaipomenit să lucrezi cu ea, dar nu intră niciodată în detalii personale cu nimeni.

– O să fiu atent la ea, spuse el, simțindu-se brusc obosit după ce tensiunile serii se risipiseră și își dădu seama că nu știa cum o cheamă, așa că o întrebă pe asistentă.

– Sasha Hartman. Succes, spuse ea, cu o sclipire în privire și, un moment mai târziu, rezidentul de la Terapie intensivă neonatală părăsea și el clădirea.

Îl chema Alex Scott, iar Sasha și-l scosese din minte până să ajungă acasă și să se bage în pat. Singurul ei gând era că fusese o seară reușită la spital și că se distrase la restaurantul lui Max cu prietenii. Nu avea nevoie și nici nu voia mai mult de atât.

capitolul 4

Așa cum promisese, Max găti cina la mansardă duminică seara. Aduse toate ingredientele de la restaurant și făcu două feluri de paste, o salată mare și friptură pentru toată lumea. Adusese câteva baghete franțuzești, focaccia proaspăt coaptă, vreo șase feluri de brânză și o prăjitură cu ciocolată, care fusese făcută în după-amiaza aceea. Toată lumea era binedispusă și se strânsese în bucătărie, în timp ce el gătea. Morgan și Claire așezau masa. Oliver deschise sticla de vin. Greg făcu sosul pentru salată. Abby era acolo, dar Ivan se întâlnea cu contabilul și plănuia să citească piesa lui Daphne Blake după aceea, așa că nu venise. Sasha se întorsese acasă de la spital chiar înainte ca toți ceilalți să se așeze la masă, și li se alătură îmbrăcată cu obișnuita ei uniformă medicală albastră. Greg pusese niște muzică și era o atmosferă veselă. Max turnă vin, iar Morgan așeză farfuriile pline cu mâncare în fața fiecăruia. Era un festin și genul de duminică seara pe care îl îndrăgeau cu toții. Râseră și vorbiră mult. Era o reuniune familială a unor oameni buni, cu sentimente pozitive, în casa pe care o iubeau. Abby păru puțin încordată la început fără Ivan, dar se relaxă după al doilea pahar de vin și, pentru că nu era de serviciu în seara aceea, bău și Sasha.

– Unde este Valentina? strigă cineva din celălalt capăt al mesei, iar Sasha răspunse.

– Este încă în St. Bart's, cu un tip nou. E francez.

– Și bogat, adăugă Morgan și toată lumea râse.

Stătea lângă Max, iar el o cuprinse cu brațul când îi mulțumi pentru cină. Era delicioasă și mâncară tot.

Claire făcu cafea pentru doritori, iar Abby o aduse. Toată lumea participase, fusese o seară perfectă, și la miezul nopții Oliver și Greg plecară. Greg avea antrenament a doua zi devreme, iar Oliver trebuia să ducă un client important la *Good Morning America*, la 7.00 dimineața. Ceilalți mai zăboviră o vreme, iar Claire și Sasha spălară vasele, în timp ce restul stăteau și vorbeau. Nimeni nu voia ca seara să se termine. După ce îi mulțumiră toate lui Max pentru că adusese mâncarea și gătise, el și Morgan se duseră la culcare. Ea trebuia să se trezească devreme a doua zi.

Dispărură în camera ei și vorbiră încet, așezați pe pat. Lui Max îi plăcea enorm să petreacă noaptea cu ea acolo, deși o tachina spunând că era ca și când ar fi dormit într-un internat de fete, dar îndrăgea atmosfera primitoare. Se simțea ca acasă, nu ca într-un apartament în care locuiau patru femei. Uneori îi părea rău că el și Morgan nu locuiau împreună, dar știa că putea sta cu ea oricând dorea și de obicei o făcea de două sau trei ori pe săptămână. Însă amândurora le plăcea să petreacă timp și singuri. Erau foarte ocupați și aveau slujbe extrem de solicitante.

Max se întinse în pat și îi făcu semn.

– Vino lângă mine.

Nu fuseseră singuri toată seara și, în intimitatea camerei ei, voia să facă dragoste cu ea. Și ea se gândea la același lucru. După patru ani împreună, rar aveau această ocazie în timpul săptămânii sau nu aveau dispoziția necesară dacă se întâlneau seara târziu, după ce el pleca de la restaurant, dar serile de duminică erau speciale pentru ei, când uitau de stresul profesional și puteau fi pur și simplu doi oameni care se iubeau și își puteau arăta iubirea.

Se ținură în brațe după aceea și, câteva minute mai târziu, el dormea adânc, iar ea îl privea zâmbind. Era un bărbat atât de bun. Nu știa cum de fusese atât de norocoasă să-l găsească, dar știa că fusese binecuvântată. Ea și Oliver erau amândoi norocoși să aibă partenerii pe care îi aveau și își construise fiecare relația pe care și-o dorea, care era foarte diferită de ceea ce văzuseră în copilărie. Viața ei cu Max era perfectă exact așa cum era, mansarda din Hell's Kitchen era căminul ei și femeile cu care locuia erau surorile pe care nu le avusese niciodată. Max înțelegea cât de mult însemna asta pentru ea și nu mai încerca să schimbe lucrurile. O accepta așa cum era, independentă, muncitoare, plină de succes, bună cu el și cu o fobie față de căsătorie.

*

În camera de zi, Claire și Abby stăteau pe canapea, iar cea din urmă recunoscu că își făcea griji pentru Ivan și îi spuse despre Daphne Blake și piesa ei.

– Știu că nu m-ar înșela, dar îl asaltează și este atât de tânără și are un tată bogat, care vrea să îi susțină piesa. Dacă îl prinde în mreje cumva? Știi cum sunt bărbații. Sunt atât de naivi.

Claire se gândi că Ivan era orice altceva, numai naiv nu, dar nu i-o spuse lui Abby și încercă să o liniștească, fără a afirma ce credea despre el.

– Nici tu nu ești bătrână, pentru Dumnezeu, spuse Claire, frustrată la cât de oarbă părea Abby la numeroasele ei calități și la defectele la fel de numeroase ale lui Ivan, dintre care lipsa de onestitate era în capul listei. Era sigură că Ivan o mințea în legătură cu fata, dar nu voia să o supere. Este cu cinci ani mai mică decât tine și cui îi pasă dacă are un tată bogat? Ivan este îndrăgostit de tine.

– Sper că ai dreptate, spuse Abby.

Părea mai calmă și mai încrezătoare față de cum se simțea. Se duseră amândouă la culcare mai târziu, iar Claire era convinsă că Ivan o înșela pe prietena ei și că o mai făcuse, probabil, de multe ori. Erau atâtea nopți pe care nu le petrecuse cu ea, ascunzându-se în spatele unor scuze ieftine ori pur și simplu nu venise la o întâlnire sau nu răspundea la mobil când îl suna Abby. Însă ea îi acorda întotdeauna prezumția de nevinovăție.

Sasha se dusese deja la culcare, epuizată de muncă și relaxată după seara plăcută pe care le-o oferise Max.

Max plecă înainte să se trezească fetele a doua zi dimineața și îi șopti lui Morgan că trebuia să se ducă la piața de pește în Bronx, pentru a lua provizii proaspete. Îi plăcea să aleagă cu mâna lui peștele, carnea și legumele. De obicei, bucătarul venea cu el și uneori Max îl lăsa să meargă singur. Conducea restaurantul cu mână fermă și toată lumea îl plăcea și îl respecta acolo. Era iubit de toți.

A doua zi Morgan ajunse la birou înaintea tuturor. Voia să se pregătească pentru prima întâlnire și mai avea de citit și de verificat niște cifre pe calculator. George voia să facă o investiție și îi promisese că îi va spune opinia ei înainte de întâlnire. Se uita la informațiile de pe computer când îi atrase atenția ceva. Era doar un nume de pe lista de directori ai noii companii de care erau interesați. Căută numele pe Google și văzu că fusese condamnat de jurați cu cinci ani în urmă, însă se renunțase la acuzațiile împotriva lui. Fusese acuzat de către SEC[1] că făcea tranzacții bazate pe informații privilegiate, dar fusese absolvit și scăpase fără condamnare, însă Morgan îi reținuse numele. Nu-i plăcea faptul că era unul din directorii companiei și îi pomeni despre asta lui George mai târziu în dimineața aceea, iar el râse.

– Nu a fost decât o mare confuzie, o coincidență când cineva din familia lui a cumpărat și a vândut niște acțiuni. Nu-ți face griji, a fost reabilitat. Însă primești nota 10 pentru că ți-ai făcut temele. Îi zâmbi și păru încântat. Sunt mândru de tine.

Însă ei tot nu îi plăcea ideea că vor investi într-o companie în care unul dintre directori fusese acuzat de fraudă, chiar dacă numele său fusese reabilitat. Credea cu tărie în teoria că nu iese fum fără foc și nu-i plăcea ideea că va trebui să-i explice situația clientului lor. Însă nu veni vorba despre acest subiect, iar George îi spusese înainte de ședință că nu merita să pomenească de el, deși ea nu era de acord. Era unul dintre rarele momente când nu se puneau de acord, dar era șeful ei și Morgan îi urmă indicațiile. Clientul era încântat de companie și trebuiau să facă o ofertă publică inițială într-un an. Era genul de companie high-tech tânără, care le putea aduce tuturor o grămadă de bani dacă se dezvolta.

Morgan uită detaliul după ședință. Avu alte dosare de care trebuia să se ocupe și pentru care trebuia

[1] U.S. Securities and Exchange Commission – Comisia pentru Bursă și Valori Mobiliare (n.red.)

să se documenteze. Nu se mai văzu cu George în dimineața aceea și la prânz o sună Claire.

– Îmi pare rău că te deranjez la serviciu, spuse ea cerându-i scuze.

– S-a întâmplat ceva?

– Nu... Da... Mă tot cert cu șeful de o lună. E foarte frustrant. Am nevoie de niște sfaturi bune despre afaceri. Coborî tonul conspirativ: Nu știu dacă să rămân și să îndur sau să caut altceva și să-mi dau demisia. Vrei să luăm cina mâine-seară să vorbim despre asta?

– Sigur. Morgan era flatată de rugăminte și era evident că prietena ei era tulburată și speriată de ceea ce va găsi pe piața locurilor de muncă dacă pleca. La Max, la 19.30? Îi voi spune că vrem o masă retrasă, în spate.

– Mulțumesc, spuse Claire, recunoscătoare, fiind sigură că Morgan o va ajuta să își dea seama ce era bine să facă.

Aceasta se pricepea mai bine la afaceri decât Abby sau Sasha, deși ar fi fost dispuse și ele să o asculte.

– Cu drag, spuse Morgan, apoi se întoarse la lucru, iar Claire reveni la desenele pentru linia de primăvară, pe care le ura.

Walter părea că îi suflă în ceafă constant, ca și când nu ar fi avut încredere în ea. Iar micuța prostănacă din Paris o scotea din minți.

Sasha nu trebuia să fie la spital până la amiază, după cina de duminică seara, așa că putea dormi cât dorea, însă, cu toate acestea, era cât pe ce să nu se trezească la timp. Ajunse la spital în mare grabă. Purta blugi negri și un pulover alb și își scoase iute halatul alb, cu ecuson, din dulap. Fu surprinsă să îl vadă iar pe rezidentul de la Terapie intensivă neonatală în camera medicilor.

– Se pare că petreci mult timp aici. Probabil că nu prea aveți treabă pe secție, îl tachină ea, iar el nu vru să recunoască faptul că îi verificase programul și o așteptase.

– Nu am avut ocazia să mă prezint aseară, spuse el, simțindu-se stânjenit.

Era atât de frumoasă, că îi tăia respirația, era atât de calmă și de detașată.

– Mă numesc Alex Scott.

– Sunt Sasha Hartman, spuse ea simplu, grăbindu-se spre ușă.

Știa deja că o așteptau trei femei în travaliu, iar una dintre ele era gata să nască. Era o mamă-surogat, care aducea pe lume gemenii altcuiva, iar părinții gemenilor plănuiau să fie în sală cu ea – avea să fie nebunie. Mama-surogat era căsătorită, avea cam 30 de ani și trei copii. Era a doua oară când își împrumutase corpul pentru a purta copiii altcuiva. Credea că era o cauză nobilă și o sursă bună de venit. Părinții biologici ai gemenilor erau disperați să aibă un copil și fuseseră dispuși să plătească oricât.

– Vrei să iei cina cu mine cândva... sau prânzul? o întrebă el repede, în timp ce Sasha se pregătea să plece.

Se întoarse surprinsă spre el. Gândul de a lua masa cu el, sau orice altceva mai mult decât o cafea în camera medicilor, nu îi trecuse prin cap. Părea doar un tip prietenos de la serviciu și îl considera un coleg și nimic altceva. Nu avea nici cea mai vagă idee că era interesat de ea.

– Oricare, spuse ea, pe un ton neutru, ca și când ar fi fost vorba de afaceri, gândindu-se la copiii pe care avea să-i moșească și să li-i dea părinților legali.

– Mâine? întrebă el repede, cu speranță în privire.

– Mâine, ce?

Se grăbea să plece și vedea și el asta.

– Mâine, cină?

– Prânz. La cantină. Sunt de serviciu.

Alex știu că era cea mai bună ofertă pe care o putea primi pentru moment.

– Sună bine. Și eu. Te caut la prânz să văd cum ai programul.

Ea încuviință din cap, își duse mâna la tâmplă mimând un salut militar și dispăru pe ușă, iar el își înăbuși un strigăt de bucurie când își aruncă paharul gol de cafea și se întoarse în secția lui. Fusese deja o zi minunată și era doar amiază. De-abia aștepta prânzul de a doua zi.

Sasha era deja în sala de nașteri, verificându-și pacienta, care se descurca bine cu contracțiile. Părinții erau atât de entuziasmați, încât plângeau deja și nici măcar nu venise momentul ca femeia să împingă. De-abia așteptau să-și țină bebelușii în brațe. Dar, momentan, pacienta era mama-surogat și Sasha se concentra asupra ei. Copiii erau așezați frumos, situația pe monitoare arăta bine și Alex Scott era ultimul lucru la care se gândea.

Teatrul era ca un tunel întunecat în serile de luni, dar Abby merse oricum în după-amiaza aceea. Mai avea de lucru la decoruri și un pic la tâmplărie. Împreună cu un îngrijitor, se ocupa de curățenie lunea și îl sunase pe Ivan de dimineață, însă acesta nu-i răspunsese și nici nu o sunase înapoi. Dispăruse fără urmă de două zile și, când Abby se întoarse la apartament la 18.00, era panicată. Se întâlni cu Claire în hol și urcară scările împreună, iar Abby îi spuse că nu vorbise cu el toată ziua.

– Probabil că este doar ocupat, doarme sau citește piesa acelei fete. Știi cum e el. Uneori parcă se deconectează vreo două zile, zise Claire încercând să o liniștească.

Nu era prima dată când Ivan făcea asta, dar Abby avea o presimțire urâtă acum. Nu-i plăcea privirea plină de adorație acelei fete. Și de ce citea piesele altora când încă nu le pusese în scenă pe ale ei?

Rămăseseră fără suflare amândouă când ajunseră la etajul patru și deschiseră ușa apartamentului. Celelalte nu ajunseseră încă. Claire știa că Morgan se întâlnea cu un client la o cafea, iar Sasha nu avea să ajungă acasă decât peste câteva ore, dat fiind că începuse serviciul abia la prânz.

– Încearcă să nu-ți faci griji, îi spuse Claire liniștind-o si compătimind-o pentru starea în care o vedea. O să apară. Mereu o face.

„Din nefericire", adăugă ea în tăcere. Cel mai bun lucru care i s-ar putea întâmpla lui Abby, știa, ar fi ca Ivan să dispară cu adevărat, dar știa totodată cât de supărată ar fi. Claire se duse în dormitorul ei și se schimbă de hainele de lucru, încercând să nu se gândească la problemele ei cu șeful. Mama ei o sună puțin mai târziu, doar ca să vadă ce mai făcea. Claire încerca să discute cu ea cel puțin o dată pe săptămână, dar uneori uita sau era prea ocupată. Sau pur și simplu nu găsea momentul potrivit. Mama îi spuse că acceptase alt mic proiect de amenajări interioare, dar tatăl lui Claire nu știa. Nu voia să-l supere și decora doar camera de zi și două dormitoare pentru o prietenă. Întotdeauna minimaliza ceea ce făcea și încerca să pară ca și când ar fi fost o favoare, nu muncă. Așa îi descria situația soțului ei dacă o vedea cu mostre sau afla. Mama lui Claire făcea acest lucru de ani de zile, deși lucra minunat, iar clienții ei erau întotdeauna foarte mulțumiți. De obicei cheltuia mai puțini bani decât bugetul alocat și avea o slăbiciune pentru găsirea unor accesorii și piese de mobilier care arătau bine, la prețuri rezonabile. Ea și Claire decoraseră împreună mansarda cu nouă ani în urmă și adăugau noi elemente din când în când, pentru a o face să arate interesant. Celelalte fete iubeau ce făcea Sarah pentru ele. Avea un ochi nemaipomenit când venea vorba de culoare și găsise niște site-uri grozave. Îi spusese și lui Claire să se uite peste ele și uneori îi trimitea pur și simplu lucruri în dar.

Claire și mama ei aveau o relație apropiată, iar acum, că se maturizase, aprecia și mai mult educația pe care aceasta i-o dăduse, cu micile ei proiecte decorative, nepretențioase, dar constante, care fuseseră ascunse de tatăl ei, ca să nu-l supere. Claire era de părere că mama ei ar fi trebuit să își înființeze propria firmă de design interior cu ani în urmă, indiferent de părerea tatălui său, dar nu era stilul lui Sarah. Toți anii de căsnicie și-i petrecuse măgulindu-l, consolidându-i încrederea în sine și încurajându-l după ce dăduse greș în mod repetat. Mama ei nu renunțase niciodată, îl sprijinise mereu. Chiar îl ajuta să vândă proprietăți imobiliare, aranjându-i casele scoase la vânzare. Claire o considera o sfântă.

Lui Sarah îi plăcea să o asculte pe Claire povestind despre New York. La treizeci de ani după ce plecase și se mutase în San Francisco cu soțul ei, încă îi era dor de oraș și de viața mai interesantă pe care o dusese acolo. Traiul lor în San Francisco devenise din ce în ce mai anost de-a lungul anilor. Stânjenit de numeroasele sale eșecuri, Jim nu mai voia să călătorească sau să primească vizite, iar Claire credea că duceau o viață tristă. El ura opera, simfoniile și baletul, pe care mama sa le îndrăgea, nu mergea niciodată la teatru și aveau puțini prieteni. Singurele lucruri grozave din viața lui Sarah Kelly erau fiica ei și munca acesteia, însă în opinia lui Claire nu era de-ajuns. Își dorea să poată face mai mult pentru mama ei ca să o răsplătească pentru tot ce făcuse până ajunsese la vârsta maturității. Însă mergea rareori în San Francisco, cu excepția Zilei Recunoștinței și a Crăciunului, și întotdeauna o deprima. Își dorea să-și poată răpi mama și să o aducă în New York cu ea, eliberând-o de viața tristă pe care o ducea. Merita mai mult, dar mama ei insista că era bine. Lucrurile nu ieșiseră așa cum sperase, dar era o fire veselă și nu se plângea niciodată. Și era fericită că Claire locuia în New York, unde i-ar fi plăcut să se afle și ea.

– Când mai mergi în Italia? o întrebă mama, în timp ce stăteau de vorbă. Trăia indirect prin ea și îi plăcea enorm să știe că Claire putea ajunge în Europa cu serviciul.

– Abia peste câteva luni. Poate după Crăciun, când intră în producție linia de primăvară. Încă lucrez la schițe.

Nu-i spuse mamei ei cât de plictisită și de nefericită era la serviciu. Nu voia să-și facă griji în privința ei. Avea destule pe cap, cu un soț pe care îl asculta plângându-se mereu. Claire nu voia să o împovăreze mai mult.

Stătură de vorbă o jumătate de oră, apoi Claire închise, bucuroasă că vorbise cu ea. Își dădu seama că Abby îl găsise pe Ivan și îl luase la un tir de întrebări, ceea ce era o greșeală, după părerea lui Claire. Îi acorda mai multă atenție decât merita, după ce nu-i răspunsese la telefoane.

– De ce nu m-ai sunat? îl întrebă Abby pe un ton ascuțit. Ți-am lăsat șase sau șapte mesaje ieri și cinci astăzi. Ți-am trimis și SMS-uri.

– Știi că urăsc tehnologia, spuse el. Și am rămas fără baterie la telefon. Nu am găsit încărcătorul. Tocmai am dat de el sub pat.

– Și ce crezi despre piesa lui Daphne?

Abby trecu direct la subiect părând geloasă, lucru de care Ivan își dădea bine seama.

Claire tresări în tăcere când auzi întrebarea.

– Este foarte bună, spuse el serios. Nu atât de bună ca ale tale, dar îi pot spune sincer tatălui ei că are talent. Îl voi suna mâine, dar am vrut să te sun pe tine întâi, ca să mă asigur că ești bine. Îmi făceam griji pentru tine.

Nu fusese îndeajuns de îngrijorat încât să o sune mai devreme, dar Abby se înmuie pe loc auzindu-l. Nu îi rămăsese în minte decât că era îngrijorat – exact ceea ce voia să audă – că îi păsa de ea. Părinții ei fuseseră ocupați când era mică și nu erau niciodată prezenți. O lăsau cu o bonă și își vedeau de carierele lor, iar ea tânjea după afecțiune încă de atunci. O iubeau, dar pur și simplu nu aveau destul timp pentru ea. Chiar și acum, trebuia să discute cu secretarele când îi suna. Tatăl ei era întotdeauna în vreo ședință, iar mama era pe platoul unui nou serial TV.

– Ce faci în seara asta? îl întrebă pe un ton mai blând, sperând că el va sugera să se vadă.

– Am o întâlnire cu alt potențial sponsor. Avem nevoie de bani ca să plătim chiria.

Teatrul nu era încă profitabil. Nu fusese niciodată. Împrumuta de la unu ca să-l plătească pe altul și mereu cerșea bani de la foste iubite sau prieteni. Le datora tuturor o avere.

Și avea dreptate, aveau mare nevoie de un înger. Poate că acesta avea să fie tatăl lui Daphne.

– Ne vedem mâine la teatru, spuse el pe un ton afectuos și închise o clipă mai târziu.

– Unde era? o întrebă Claire, încercând să nu sune la fel de furioasă pe cât se simțea, în numele prietenei sale.

Abby părea însă ușurată că primise vești de la el și mulțumită de ceea ce îi spusese.

– A rămas fără baterie și nu a găsit încărcătorul, așa că nu a primit mesajele mele. Citea piesa lui Daphne și se întâlnește cu un potențial sponsor.

Toate acestea i se păreau lui Claire niște aiureli și scuze jalnice. Ivan era un mincinos nerușinat, dar îi mergea întotdeauna, pentru că Abby voia să-l creadă, iar dezamăgirea devenise un mod de viață pentru ea. Nici măcar nu mai era surprinsă.

– Cum i s-a părut piesa ei?

– A spus că e bună și se pare că tatăl ei este dispus să pună niște bani la bătaie. Ivan are mare nevoie de ajutor.

Claire era de părere că avea nevoie mai curând de un șut în fund, dar nu făcu decât să încuviințeze din cap. Nu mai avea ce să spună. Toate spuseseră tot ce era de zis în ultimii ani.

Când îl văzu la teatru a doua zi, Abby îi zise din nou lui Ivan cât de îngrijorată fusese.

– M-a apucat deodată groaza că ești cu Daphne, spuse ea, stânjenită să o recunoască, iar el o cuprinse în brațe și o strânse, apoi o privi în ochi.

– E doar o copilă. Știi că te iubesc.

Dar Abby știa totodată că era o copilă cu o siluetă grozavă și un chip drăguț. Și un tată bogat.

– Habar n-aveam unde ești, spuse ea încet.

– Analizam piesa lui Daphne. A trebuit să o citesc de câteva ori și, mă gândeam în dimineața aceasta, poate putem obține destui bani de la tatăl ei ca să montăm și piesa ta. Voi sta de vorbă cu el despre asta.

– Când te întâlnești cu el? întrebă Abby încet, cuibărindu-se încă în brațele lui, care erau ca un drog pentru ea.

– Probabil că în weekendul acesta. Aștept să primesc vești de la el. Este un bărbat foarte ocupat și sper că își dă seama cât de talentată este fiica lui și că merită să o susțină. Dar știi cum e cu oamenii aceștia importanți și prioritățile lor.

Era o împunsătură voalată la adresa tatălui lui Abby, care spusese întotdeauna clar că nu-i va da niciodată bani pentru a monta piesa fiicei lui. Acesta se întâlnise cu Ivan o dată și nu îl plăcuse. Reputația lui Ivan nu-l impresionase și-l considera arogant, un mincinos cu pretenții și își dorea ca fiica lui să se întoarcă în Los Angeles să lucreze la romanul ei. Dar el și mama lui Abby erau de părere că fata lor era îndeajuns de matură pentru a decide singură și pentru a comite greșeli. Nu intenționau să nu o mai ajute financiar, forțând-o astfel să se întoarcă acasă. Sperau doar că avea să vadă adevărul într-o bună zi.

Cariera ei în Off-Off-Broadway nu se îndrepta nicăieri. Ivan avea o mie de explicații și scuze și o implora să nu renunțe, devenind sclava unei arte comerciale ca părinţii ei. Avea un dispreţ profund pentru ceea ce scria mama lui Abby, oricât de mare era succesul acesteia. Considera că Abby avea un talent mult mai mare şi mai pur şi o implora să reziste. Până acum o făcuse. Dar, la 29 de ani, nu avea cu ce să se laude. Iar părinţilor ei le părea rău pentru ea şi recunoşteau cu tristeţe cât de naivă era.

Ivan părăsi teatrul devreme în seara aceea pentru o întrevedere cu partenerul sponsorului cu care se întâlnise o seară înainte. Iar Abby fu uşurată că nu fusese vorba de Daphne în toată povestea asta. Ajunse acasă la miezul nopţii, după ce toată lumea se culcase. Mansarda era tăcută. Ivan îi trimise un mesaj înainte să se ducă la culcare. Îi spunea că o iubeşte. Totul părea să revină la normal în relaţia lor. Abby nu-şi făcea griji în privinţa lui Daphne - nu era decât un mijloc pentru a ajunge la banii de care aveau nevoie pentru teatru. Şi Ivan o iubea. Era liniştită. Asta era tot ce conta. Restul avea să se aşeze mai devreme sau mai târziu. Nu trebuia decât să continue să creadă în ea însăşi şi să aibă încredere în el, exact cum îi spusese acesta.

capitolul 5

Marţi, cu puţin timp înainte de prânz, Alex Scott plecă să o caute pe Sasha. Întrebă de ea la oficiul asistentelor şi află că avea o operaţie de cezariană, estimând că va ieşi din sală cam într-o jumătate de oră - terminase deja şi pacienta era dusă la salon în câteva momente. Reveni după 30 de minute şi o văzu îndreptându-se spre oficiul asistentelor cu o expresie satisfăcută. Totul mersese bine. Alex îi ieşi repede în cale, chiar înainte să ajungă.

- Dimineaţă aglomerată? o întrebă el amabil, bucuros să o vadă.

Nici el nu avea prea multe cazuri în ziua aceea. Nu avuseseră urgențe prea grave până în momentul acela și câteva dintre pacientele de ieri fuseseră mutate în salonul nou-născuților sănătoși.

– A fost destul de civilizat, spuse Sasha relaxată.

Nu avea pe nimeni în travaliu în clipa aceea, doar paciente pe care le asistase deja la naștere și cele de cu o zi înainte. Era un moment de liniște. Avea două paciente cărora li se recomandase odihna la pat pentru a evita travaliul prematur și trimisese câteva mămici și copii acasă.

– Atunci haide să profităm, înainte ca lucrurile să o ia razna, sugeră Alex, referindu-se la prânzul pe care trebuiau să-l ia împreună. Mai vrei să mâncăm la cantină? Am putea încerca unul din micile restaurante din apropiere, dacă vrei ceva comestibil.

– Probabil că ar fi un șoc pentru organismul meu. Trăiesc doar cu mâncare de la cantină. Și în clipa în care mergem într-un loc decent, amândoi vom avea o urgență de îndată ce ne vom așeza. Mereu se întâmplă dacă încerc să mănânc în afara spitalului când sunt de gardă.

De obicei nu avea timp să mănânce, în afară de un baton proteic pe care îl ținea în buzunar și pe care îl căuta. Era slăbuță și avea aceeași siluetă ca a surorii ei top-model, mergea la sală în fiecare zi și ținea o dietă strictă.

Un minut mai târziu, luară liftul până la cantină vorbind despre mâncare. Ea își luă un iaurt, o salată și o farfurie cu fructe, apoi adăugă un fursec mare cu fulgi de ciocolată, în timp ce Alex luă mâncare caldă. Găsiră o masă lângă fereastră, ca să poate vedea lumea de afară. Sasha observă că Alex o privea insistent când își așeză farfuriile pe masă, laolaltă cu o cola dietetică.

– Ții cură de slăbire? o întrebă el curios.

– Nu, sora mea ținea mereu în adolescență. M-a învățat să nu mănânc nimic din ce îi plăcea ei, ca să nu poftească. E de râs, dar avem aceleași obiceiuri alimentare. Urăște fructele și legumele și ar trăi doar cu gogoși și fursecuri dacă ar putea, spuse Sasha zâmbind larg, iar el râse. Avea o naturalețe a ei și părea să se simtă bine în propria piele, cel puțin la spital. Este top-model, adăugă Sasha pentru a nuanța lucrurile.

– Și tu ai putea fi, spuse el admirativ.

Nu părea să fie conștientă de felul în care arăta și nu era plină de sine ca majoritatea femeilor drăguțe. Alex avusese de suferit de-a lungul anilor din pricina atracției față de femeile frumoase. Sasha era diferită, o femeie cerebrală, foarte pricepută în profesia ei.

– Nu dacă vreau să am mintea liniștită, spuse ea referindu-se la cariera de model. Deși cred că nici ceea ce facem noi nu este tocmai sănătos pentru minte, dar cel puțin nu trebuie să o facem în bikini, stând în zăpadă sau într-o haină de blană vara, pe tocuri de 17 centimetri. Nu e atât de ușor pe cât pare să fii top-model și așa pot să port pantofi fără tocuri, zise Sasha, zâmbindu-i de partea cealaltă a mesei.

– De unde ești? o întrebă el, remarcând o vagă urmă de accent, dar nu era sigur de proveniența acestuia.

– Atlanta. M-am mutat aici ca să merg la NYU și am rămas pentru Facultatea de Medicină. Am avut noroc că am fost admisă. Îmi place aici.

– Și mie. Sunt din Chicago. Este un oraș frumos. Îmi lipsește.

Nu îi spuse că făcuse colegiul la Yale și medicina la Harvard. Mereu i se părea că s-ar fi lăudat. Tatăl și fratele său fuseseră și ei la Harvard.

– Chicago este puțin mai liniștit decât New York, adăugă el.

– Mama mea este de-aici. E avocată, spuse Sasha simplu, iar el încuviință din cap.

– La fel și a mea – legislația antitrust. Îi place foarte mult, dar mie nu mi s-a părut niciodată distractiv. Vrea să devină judecătoare cândva. Ar fi bună la asta.

– A mea este avocată de divorțuri, spuse Sasha încet, nevoind să admită cât de dificilă era. Ce te-a făcut să alegi medicina? îl întrebă.

Îi plăcea să discute cu el. Aproape că nu lua niciodată prânzul și nu avea timp să socializeze cu colegii ei.

– Tata este cardiolog, iar fratele meu este ortoped. Mi s-a părut că asta trebuie să fac. Dar tu?

– Întotdeauna am vrut să fiu medic, chiar și în copilărie. Doar că nu știam ce specializare. Cred că infertilitatea și obstetrica de mare risc sunt potrivite pentru mine. Mai ales acum, cu mamele vârstnice, riscurile sunt atât de mari, iar infertilitatea pare un domeniu din care poți avea multe satisfacții, când funcționează. Îmi place foarte mult ceea ce fac.

– Și mie. Cred că mă voi orienta spre pediatrie, totuși. Terapia intensivă neonatală este fascinantă, dar aș prefera să mă ocup de copiii care nu sunt născuți prematur.

O întrebă unde locuia și Sasha îi spuse despre mansarda din Hell's Kitchen.

– Locuiesc acolo de cinci ani. Am trei colege de apartament. Oarecum, au devenit familia mea, dat fiind că nu prea ajung pe acasă, iar propria mea familie s-a cam destrămat de la divorțul părinților, când aveam 25 de ani. Ai zice că ai ajuns la maturitate la vârsta aceasta, dar a fost o lovitură destul de grea. Tata s-a recăsătorit și are două fetițe, însă mama nu. Se concentrează pe cariera ei.

Alex îi spuse că avea o garsonieră mobilată la o stradă distanță de spital, pe care o folosea pentru a dormi și nimic altceva. Apartamentul din Hell's Kitchen pe care i-l descrisese i se părea grozav, mai ales că acolo era înconjurată de oameni la care ținea. Ochii ei se luminară și se umplură de căldură când vorbi despre colegele ei de apartament, despre frați și partenerii acestora. Părea a fi exact ceea ce spusese, o familie pe care și-o alesese.

Familia lui biologică era mai obișnuită decât a ei. Părinții încă erau căsătoriți, Alex avea un frate cu patru ani mai mare decât el, care nu era căsătorit, deși avea 36 de ani. Își petreceau vacanțele și sărbătorile împreună, pentru că nici unul dintre fii nu era însurat, și le plăcea să fie împreună. Ea nu îi dăduse aceeași impresie, însă nu îi oferi detalii. Dar păruse încordată când vorbise despre părinții ei, mai ales despre mamă și spuse că nu dorea câtuși de puțin să se întoarcă în Atlanta pentru a lucra acolo, dorindu-și să stea în New York. Era fericită aici. Alex nu se hotărâse dacă voia să se întoarcă în Chicago pentru a se angaja la o clinică de acolo sau să rămână în New York. În Chicago era mai ușor de trăit, cu excepția vremii, și lui Alex îi plăcea ideea de a fi aproape de familia sa, dar orașul lui natal era aproape, un scurt zbor cu avionul, în cazul în care rămânea în New York. Se ducea acasă în weekend ori de câte ori putea.

– Familiile ca a ta sunt destul de rare în zilele noastre, spuse ea după ce Alex îi povesti despre ai lui. Aproape că îl invidia ascultându-l și observându-i afecțiunea din privire. Oamenii locuiesc în toată țara, departe de frați și părinți. Sora mea trăiește și ea aici și suntem apropiate, dar foarte diferite. Însă sunt fericită că este aici. Vine și ea pe la apartament când nu este în Tokyo, Paris sau Milano. Duce o viață fascinantă în comparație cu a mea, spuse Sasha, ca și când și-ar fi cerut scuze, însă nu și-ar fi dorit viața Valentinei pentru nimic în lume și nici alegerile pe care le făcea aceasta în materie de bărbați. Majoritatea oamenilor cred că o asemenea viață este incitantă. Cred că este oarecum tristă. Oamenii sunt foarte superficiali, toți încearcă să te folosească și, după ce trece marele tău moment, ce faci? Mi se pare înspăimântător; totul se rezumă la sclipirea aia de moment și nimic nu e real. Uneori îmi fac griji pentru ea. De fapt, mereu.

Sashei i se păreau neinteresanți bărbații de care era atrasă sora sa. Erau exact opusul unui om ca Alex, căruia Valentina nu i-ar fi acordat prea multă atenţie. Sashei îi plăcea la nebunie cât de normal părea, din câte îşi putea da seama. Provenea dintr-o familie stabilă, cu care îi plăcea să păstreze legătura, iar poveştile lui despre fratele său mai mare, Ben, îi reaminteau puţin de primii ei ani cu Valentina, înainte de divorţul părinţilor. Valentina era deja top-model şi de atunci alegerile pe care le făcuse în viaţă păreau din disperare.

Valentina se jucase cu drogurile o vreme, un lucru obişnuit în lumea aceea. La 32 de ani, era cu capul mai pe umeri, dar într-o bună zi cariera ei avea să se încheie, iar Sasha nu şi-o putea imagina pe sora ei ducând o viaţă liniştită, cu un soţ şi copii. Acum avea nevoie de frenezie, strălucire şi de o viaţă luxoasă. Ajunsese să fie dependentă de asta şi, spre deosebire de Sasha, îi plăcea să fie în lumina reflectoarelor. Avea să fie dificil să revină cu picioarele pe pământ într-o zi. Şi să îmbătrânească era un coşmar pentru Valentina sau să îşi piardă frumuseţea. Ori de câte ori vorbeau despre asta, Sasha vedea panica din privirea ei. Alerga tot mai mult în fiecare an, încercând să scape de viitor şi de adevăr.

– Şi tu cum te distrezi? o întrebă el pe Sasha, şi pentru o clipă ea nu ştiu ce să răspundă.

– Ce spui? Poţi să-mi explici mai exact?

Râseră amândoi, pentru că aproape că nu aveau timp liber sau nu avuseseră de ani întregi.

– Muncind, cred. Iubesc ceea ce fac.

O spusese şi mai devreme şi se vedea că aşa era şi că se implica în tot ce făcea. Nu-i rămânea timp pentru prea multe.

– Dar tu?

– Îmi place să navighez, spuse el imediat. Fratele meu are o barcă mică pe lac. Ieşim ori de câte ori avem ocazia. Jucam tenis cândva, dar nu am niciodată timp să joc aici. Eram sportiv în copilărie, însă nu mai sunt în formă, ca pe vremuri.

El și Sasha aveau aceeași vârstă, dar Alex spuse că se accidentase deseori practicând sport în colegiu.

– Îmi place să petrec timp în aer liber, continuă el. Voiam să mă fac jucător profesionist de baseball când eram mic, pompier sau pădurar, orice, numai să fiu în aer liber.

– Eu voiam să mă fac doctoriță, asistentă sau veterinar, spuse ea zâmbind. Mama făcea o criză ori de câte ori spuneam că vreau să devin asistentă medicală. Este foarte ambițioasă și o feministă feroce. Ar fi preferat să îmi doresc să ajung președintele Statelor Unite ale Americii, dar mi se pare o slujbă nefericită. Toată lumea te urăște, critică ceea ce faci și încearcă să te facă să pari de toată jena. Poate mamei i-ar plăcea să fie președinte, însă nu cred că ar primi prea multe voturi. E cam dură.

Lui Alex îi plăcea faptul că Sasha nu era astfel. Își dădea seama că era puternică, dar avea o anumită blândețe și îi plăcea cât de deschisă și de directă era.

– Am putea să luăm cina împreună cândva? o întrebă, făcându-și în cele din urmă curaj să o invite.

Era atât de frumoasă, că se simțea încă intimidat de ea. Nu flirta cu el, nici nu făcea pe timida și îl trata mai curând ca pe un amic decât ca pe un bărbat cu care ieșea. Nu era sigur ce însemna asta. Poate că nu era interesată sau atrasă de el. Încă nu își dădea seama care era treaba, iar Sasha păru surprinsă un moment când el pomeni de cină, ca și când nu i-ar fi trecut prin cap. Alex nu-și dădea seama dacă ea voia sau nu. Nu spusese nimic de vreun prieten sau de viața ei personală în timpul prânzului, doar despre familia și munca ei.

– Vrei să spui la o întâlnire? întrebă ea, aproape înecându-se rostind cuvintele.

– Da, cam așa, spuse el prudent. Ești interesată?

Ea ezită înainte de a răspunde.

– Nu am prea mult timp liber, spuse ea sincer, însă nici el nu avea, dar asta nu îl împiedicase să o invite.

Voia să iasă cu ea, oricât de rar sau de ciudat ar fi fost. Și viața lui personală fusese haotică în timpul facultății și al rezidențiatului. Era normal, având în vedere viața pe care o duceau amândoi.

– Trebuie să mai și mănânci, îi atrase el atenția, și, din ce văd, nu ar fi prea costisitor să fii hrănită. Nu mănânci mult.

Nu terminase fructele și nici salata – era mai interesată să discute cu el –, deși fursecul cel mare dispăruse.

Râse auzindu-l și se relaxă din nou.

– Sigur. Poate. Cred că da. De ce nu?

– Nu aș spune că este un răspuns extrem de entuziast, dar merge, spuse el zâmbind.

– Ezit să ies cu cineva în momentul de față. Știi cum este viața noastră. De fiecare dată când fac un plan, trebuie să anulez. Îmi schimb programul la fiecare cinci minute sau sunt de gardă și mă cheamă oricând și trebuie să plec înainte să fie adusă mâncarea. Îi enervează pe oamenii normali. Te saturi destul de repede. Și trăiesc în halat medical și în saboți. Cât de sexy e asta?

Nu prea, știau amândoi, dar era o femeie frumoasă și inteligentă, și Alex era hotărât să iasă cu ea. Îi plăcea totul la ea și avea sentimentul nebunesc că erau făcuți unul pentru celălalt. Nu mai întâlnise niciodată o femeie pe care să o placă atât de mult.

– Înțeleg. Și eu sunt doctor. Viețile noastre vor fi normale într-o zi, spuse el cu speranță în glas.

– Poate că nu, spuse ea sinceră, dacă rămân la obstetrică.

– Așadar, vei face un jurământ de castitate?

Ea zâmbi.

– Nu. Dar urăsc să dezamăgesc oamenii, și mereu o fac. Și trebuie să faci eforturi când te întâlnești cu cineva.

– Cina nu e mare lucru. Avem fiecare dreptul să anulăm de zece ori, dacă e nevoie, din pricina serviciului. Poți să vii la cină în halat medical și saboți.

Părea că vorbește serios, iar ea zâmbi. Îi ușura hotărârea și o făcea să îi vină greu să refuze. Și îl plăcea și ea. Nu putea vedea în viitor, dar o încânta ideea de a lua cina cu el, mult mai mult decât masa recentă cu actorul/modelul de lenjerie intimă. Cel puțin aveau medicina în comun și amândoi aveau un program haotic.

– Bine, fu ea de acord. Cină în halat medical și saboți. Batem palma.

– Ce zici de vineri sau sâmbătă? Cineva a greșit programul și mi-a dat liber în weekend.

– Norocosule! Eu lucrez vineri, și e posibil să mă cheme sâmbătă. Putem să încercăm și sper să nu fie nevoie să merg la spital.

– Perfect.

Schimbară numerele de telefon, iar ea primi un mesaj de la Secția de nașteri. Una dintre mamele care trebuiau să stea în pat intrase în travaliu și tocmai i se rupsese apa. Voiau ca Sasha să o examineze. Medicul ei era în operație. Privi cu regret spre Alex și îi spuse că trebuie să plece, dar avuseseră un prânz plăcut. Erau acolo de mai bine de o oră și puseseră bazele pentru o prietenie sau orice altceva decurgea din asta. Avuseseră o discuție plăcută, și Sasha se simțea surprinzător de în largul ei cu el, mai mult decât cu majoritatea bărbaților. Doar că nu îi plăceau jocurile pe care trebuia să le joci și pe care păreau să le dorească mai toți bărbații la o „întâlnire". Nu flirta și întotdeauna spunea ce gândea, ceea ce îi înspăimânta pe mulți bărbați. Alex nu părea să fie deranjat – dimpotrivă, îi plăcea. Sasha se întreba cum s-ar înțelege el cu Valentina. Nu era stilul ei și bănuia că sora sa îl va găsi plictisitor, dar nu era și părerea Sashei. Conversația lor fusese animată și profundă, și ei îi plăcea că Alex era sincer și nu părea orgolios, lucru care îi displăcea la medici. Mulți dintre medicii bărbați aveau impresia că nu se ridică nimeni la înălțimea lor și erau plini de ei. Și îi plăcea că Alex părea capabil de autoironie, că era destul de modest și respectuos cu ea.

Părăsiră cantina, și el o conduse înapoi la Secția de nașteri, unde ea îi mulțumi pentru prânz, iar Alex se întoarse la Terapie intensivă neonatală, de la același etaj. Tocmai primise și el un mesaj. Trebuiau să se întoarcă amândoi la treabă.

– Ne vedem sâmbătă, spuse el, mai relaxat decât se simțea. Nu uita să vii îmbrăcată în uniformă medicală, o tachină el, vorbind pe jumătate serios. Astfel pot să o port și eu pe a mea și nu va trebui să caut o cămașă curată.

Sasha râse.

– Voi încerca să port niște blugi, promise ea, iar el se îndepărtă pe hol cu un zâmbet pe față.

– De ce ești atât de fericit? îl întrebă Marjorie, asistenta-șefă, când ajunse în secția lui. Ai luat droguri? spuse ea zâmbind.

Era plăcut să lucreze cu el, iar asistentele îl îndrăgeau și era un băiat chipeș.

– Am o întâlnire, îi mărturisi el, vorbind ca un puști.

Era greu de crezut că însemna atât de mult pentru el.

– Norocoasă fata! îi spuse asistenta.

Era căsătorită și mai mare cu zece ani decât el, așa că nu era interesată, dar toată lumea credea că Alex e o partidă. O asistentă spusese că era „o bucățică bună", însă el nu știa. Habar n-avea de lucrurile pe care le spuneau despre el, ceea ce era totuna.

– Norocosul sunt eu, o corectă el.

Abia aștepta seara de sâmbătă. Când intră în sala de travaliu pentru a-și consulta pacienta, Sasha zâmbea și ea.

Claire și Morgan se întâlniră la restaurantul lui Max pentru a lua cina în seara aceea. Claire trecuse pe la apartament pentru a se schimba, iar Morgan venise direct la serviciu. Max era fericit să o vadă și o sărută când intră.

– Cu cine iei cina?

Îi văzuse numele pe lista de rezervări și era curios.

– Claire. A vrut să discute cu mine între patru ochi. Cred că despre serviciu.

El încuviință din cap și o conduse spre masă. Restaurantul era aglomerat în seara aceea, iar Claire ajunse câteva minute mai târziu, cu o privire abătută. Îl pupă pe Max la intrare și o văzu pe Morgan așteptând-o cu un pahar de vin.

– Mulțumesc că ai acceptat să iei cina cu mine, spuse ea așezându-se.

Faptul că nu se întâlneau în apartament făcea ca lucrurile să pară mai formale, dar Claire nu voise să fie distrasă de Abby, care se plângea de Ivan, sau de Sasha, care se întorcea de la spital. Voia atenția lui Morgan și sfaturile ei profesionale, întotdeauna bune. Claire nu avea cu cine altcineva să stea de vorbă și nu îi plăcuse niciodată să o îngrijoreze pe mama ei, care voia să creadă că avea o slujbă stabilă. Claire nu era atât de sigură și nici dacă ar trebui să rămână. Începea să simtă că își distrugea viitorul în designul de pantofi cu ceea ce aștepta Walter de la ea.

– Așadar, spune-mi, ce s-a întâmplat? o întrebă Morgan cu un zâmbet cald, în timp ce Claire își exprima temerile.

– Urăsc schițele pe care trebuie să le fac pentru el. Nu schimbăm aproape deloc pantofii de la un sezon la altul. Vor să rămână aceiași. Walter detestă schimbarea, spuse ea mohorâtă. Dacă oamenii vor crede că asta este tot ce pot face? Și este atât de frustrant că nu am șansa să fac nimic creativ. Niciodată nu am ocazia să concep pantofii pe care îi doresc. Walter este îngrozit de toate sugestiile mele.

– Ar cumpăra clienții voștri pantofi mai îndrăzneți dacă te-ar lăsa să îi faci?

Claire se gândi.

– Probabil că nu. Dar nici măcar nu mă lasă să încerc un model. Dacă fac cea mai mică modificare la pantofii de anul trecut, îmi sare în cap. Nici măcar nu trebuie să creez linia pentru un nou sezon. Aş putea să-i dau pur şi simplu aceleaşi desene de trei ori pe an. Şi devine din ce în ce mai urâcios. Nu cred că are încredere în mine şi ştiu că nu îi place stilul meu. Ce să fac? Dacă îmi dau demisia, s-ar putea să nu găsesc altă slujbă. În perioada asta nu prea găseşti de lucru şi nu îmi permit să rămân fără serviciu. Dacă rămân, simt că o parte din mine – latura creativă – moare.

– Ai suficienţi bani puşi deoparte ca să nu lucrezi o vreme? o întrebă Morgan direct.

– O lună sau două, nu mai mult, răspunse Claire sincer. Îi plăceau hainele drăguţe şi ocazional cheltuia peste măsură, fiindcă lucra în domeniul modei şi voia să fie îmbrăcată modern, iar hainele erau costisitoare, mai ales brandurile pe care le prefera. Avea gusturi rafinate. Nu aş putea rezista şase luni, dacă ar dura atât de mult să găsesc de lucru. Dar s-ar putea să mă concedieze oricum. Nu cred că mă place – nu m-a plăcut niciodată. Însă acum ne certăm tot timpul. Parcă am fi căsătoriţi.

– Asta nu e bine, spuse Morgan zâmbind. Uneori trebuie să rişti. Numai tu ştii dacă ai ajuns într-un punct-limită sau nu. Poate că trebuie să cauţi şi să întrebi discret de alte slujbe.

– Dacă află şeful meu, am încurcat-o, spuse Claire îngrijorată.

Era o dilemă, iar lui Morgan îi părea rău pentru ea. Era limpede că Claire se simţea îngrădită şi sufocată de slujba ei.

– O mai am şi pe stagiara aceea prostuţă pe cap, fiica unui prieten de-al lui din Paris. Îi spune totul. Este spionul lui.

Situația i se părea nefericită lui Morgan și era evident că prietena ei era stresată. Avea nevoie să se descarce, motiv pentru care îi sugerase să ia cina împreună.

– Aș vrea să am propriul brand, dar asta nu se va întâmpla niciodată. Costă o avere să înființezi o linie de pantofi.

– Poate ai putea găsi un sponsor, spuse Morgan optimistă, pentru a o încuraja, căci Claire părea disperată.

– Nu am încă destulă experiență și nici un nume. Nu îmi voi crea niciodată un renume de care să îi pese cuiva creând pantofi pentru Arthur Addams.

– Poate că acesta este răspunsul pe care-l cauți, spuse Morgan gânditoare. Dacă nu te plătește o avere și nu îți clădești o reputație, s-ar putea să-ți pierzi vremea acolo.

– Aș accepta un salariu mai mic dacă aș lucra la o companie mai bună, în care să am șansa să îmi prezint creațiile.

– Poate că asta trebuie să faci – să cauți companii în care ți-ar plăcea să lucrezi și să le anunți că vrei să faci o schimbare. Este riscant, dacă șeful tău află. Dar se pare că nu ai nici o ieșire dacă nu o faci.

– Așa este. Simt că mă sufoc acolo și îmi distrug șansele de a găsi o slujbă mai bună.

– Atunci întinde-ți antenele puțin și vezi ce apare.

Claire încuviință din cap, gânditoare. Morgan îi dădea curajul de care avea nevoie pentru a căuta altceva. Știa că putea conta pe sfaturile ei bune. Încă vorbeau despre asta când Morgan ridică privirea surprinsă. La masa lor venise un bărbat chipeș, care le zâmbea. Avea un păr negru ca pana corbului, grizonant la tâmple, ochi albaștri pătrunzători, purta un costum foarte bine croit și un ceas scump din aur. Arăta de parcă ar fi pozat pentru coperta revistei *Fortune* sau GQ.

Bărbatul zâmbi mai întâi spre Morgan, apoi o privi țintă pe Claire. Și ea îl pironea cu privirea. Era limpede că Morgan îl cunoștea, însă Claire habar n-avea cine era.

Nu-l mai văzuse niciodată la apartament și nici în altă parte, deși avea o figură vag familiară, ca și când l-ar fi văzut în ziare. Morgan făcu prezentările. Era George Lewis, șeful ei. Avea o înfățișare distinsă, stând acolo și zâmbindu-le.

– Am hotărât să văd ce-i cu atâta tevatură, apropo de restaurantul prietenului tău, îi spuse el lui Morgan. Tocmai am luat cina aici cu un prieten. Laudele sunt binemeritate. Mâncarea este grozavă.

Morgan zâmbi. Max avea să fie încântat când va auzi. George avea standarde înalte. Morgan știa că mergea la cele mai bune restaurante din oraș. Bărbatul își îndreptă din nou atenția spre Claire, cu un zâmbet cald, surprinzător de intim. Era fermecat de ea, deși aceasta nu purta decât niște blugi și un pulover simplu, cu un decolteu doar cât trebuie de provocator. Puloverul era de la Céline, cheltuise o avere pe el și se vedea. Avea o manichiură perfectă, iar părul blond și lung îi atârna pe spate. Părea mai tânără decât era, la 28 de ani, și era frumoasă. Morgan văzu că George era atras de ea, ceea ce nu o surprinse. Avea o slăbiciune pentru femeile frumoase, în special cele tinere. Era unul dintre cei mai râvniți burlaci din oraș. Și, aruncând o privire, Morgan văzu că la ușă îl aștepta un bărbat arătos, mai în vârstă. Dar George nu părea să se grăbească să i se alăture.

– Sunt foarte încântat te cunosc, îi spuse el lui Claire, zăbovind o clipă înainte de a pleca, fără tragere de inimă.

– Nu e deloc cum mă așteptam, comentă Claire după ce plecase. Observase că fusese atras de ea, sau se prefăcea să fie, și o tulburase un pic. Credeam că e mai în vârstă. Arată ca un play-boy.

– Face 40 de ani în decembrie. Își ia munca foarte în serios. Dar îi plac femeile frumoase și le ia ca pe un accesoriu, bănuiesc. Nu știu să fi avut vreo relație serioasă. Nu vorbește despre viața lui personală la muncă, dar apare în ziare la rubrica mondenă și iese la întâlniri cu femei foarte cunoscute, majoritatea actrițe și modele. Cred că Valentina a ieșit cu el, cu ceva vreme în urmă.

– Îmi aduc aminte vag că îl ura. Nu știu de ce.

– Nu este îndeajuns de rău sau de bătrân pentru ea, râse Morgan.

Valentina schimba bărbații ca pe șosete. Îi folosea o dată, apoi îi arunca.

– Nu cred că este suficient de extravagant pentru ea, continuă Morgan. Iese peste tot în oraș cu femei celebre, dar e destul de discret. Și nu vorbește niciodată. Părea fascinat de tine.

Morgan o considera pe Claire frumoasă, dar nu atât de atrăgătoare pe cât îi plăcea lui de obicei. Era o persoană reală și se vedea. Probabil că George se juca doar cu ea și flirta, deși nu o făcuse niciodată cu Morgan la serviciu, lucru pe care ea îl respecta la el. Nu-și făcea niciodată de cap la birou.

Cele două continuară să vorbească despre problemele profesionale ale lui Claire, iar sfatul final al lui Morgan fu să înceapă să caute de lucru discret, să își întindă antenele și să anunțe câțiva dintre producătorii de pantofi de lux că își dorea o schimbare. Planul nu era lipsit de riscuri, dar nu aveau să existe îmbunătățiri fără el, iar Claire spusese că se simțea pregătită să facă o schimbare. Nu mai putea continua în felul acela. Simțea că își distruge cariera doar pentru un salariu, și nici măcar unul imens. Dorise susținerea și încurajările lui Morgan și le primise. Aceasta nu o dezamăgise niciodată, iar Claire îi respecta sfaturile. Când veni nota de plată, Claire făcu cinste, pentru a-i mulțumi pentru ajutor. Deja uitaseră amândouă de George – părea o întâlnire neînsemnată, deși Morgan fusese impresionată de faptul că acesta încercase restaurantul lui Max și îi plăcuse. Max le sărută pe amândouă când plecară și spuse că va veni peste noapte la Morgan.

Merseră agale spre apartament, iar Claire se simți mai bine decât se simțise de luni întregi. Avea un plan și știa că era bun. Își făcu o listă cu firmele de care era interesată. Viitorul arăta mai luminos.

Max veni și petrecu noaptea cu Morgan, după cum spusese. Făcură dragoste dimineața, căci amândoi fuseseră prea obosiți seara, iar Morgan întârzie puțin la serviciu, dar nu avea nici o ședință în dimineața aceea. Nu trebuia decât să se documenteze și să se ocupe de chestiuni administrative până după-amiaza. Studia câteva dosare pe computer, când intră George în biroul ei, iar ea ridică privirea zâmbindu-i.

– Mulțumesc că ai încercat restaurantul lui Max aseară. Mă bucur că ți-a plăcut.

– Mi-a plăcut foarte mult. Voi reveni. Este nemaipomenit pentru o masă obișnuită.

George avea un apartament luxos, de o frumusețe legendară în Trump Tower, în nordul Manhattanului, dar Morgan știa că mânca deseori în centru și avea prieteni în Tribeca și SoHo și îi plăcea enorm să încerce restaurante noi. Îi plăcea să impresioneze femeile cu care ieșea cu locurile noi pe care le găsea. Iar reputația sa de partener generos și de bărbat sofisticat era binemeritată.

– Îmi place de prietena ta, spuse el simplu. Este o fată foarte drăguță. O cunoști bine?

Era interesat de ea. Arăta ca un top-model.

– Claire? exclamă Morgan, uimită de întrebare. Locuim în același apartament de cinci ani.

– Cu se ocupă?

Nu o mai întrebase pe Morgan niciodată despre vreo femeie și aceasta era surprinsă.

– E designer de pantofi. Vorbeam despre asta aseară. Este foarte talentată, dar are o slujbă plictisitoare.

– Nu sună tocmai amuzant. Are vreun iubit?

– Nu. Lucrează foarte mult și nu prea iese în oraș. Își ia cariera foarte în serios.

– Și eu, spuse el zâmbind larg. Însă îmi fac totuși timp să iau cina. Unde lucrează? întrebă George direct.

– Arthur Adams, răspunse Morgan încet.

Nu știa dacă Claire putea face față unor întâlniri cu un bărbat ca George sau dacă ar vrea măcar așa ceva. Se simțea stânjenită să răspundă la întrebări, însă Claire putea să-și poarte singură de grijă. Un moment mai târziu, el plecă din biroul lui Morgan.

În după-amiaza aceea, Claire primi la birou treizeci și ceva de trandafiri albi, într-o vază înaltă, cu un bilet pe care scria: „A fost minunat să te cunosc. George". O lăsase fără grai. Nici un bărbat nu-i mai trimisese asemenea flori. Erau superbe și scumpe, de la cea mai bună florărie din oraș.

– Cine a murit? o întrebă Walter când intră în biroul ei mai târziu în dimineața aceea pentru a discuta despre niște prețuri.

Ea sugerase o creștere a prețurilor, iar el nu fusese de acord, ca de obicei.

– Florile sunt de la un prieten, răspunse ea vag, părând stânjenită de buchetul enorm.

– Trebuie să fie înnebunit după tine, spuse el cu buzele țuguiate. Ar trebui să le duci acasă.

Claire încuviință din cap, neștiind ce să spună, dar după ce el plecă din birou, privi țintă spre flori, întrebându-se de ce i le trimisese George. Știa cine sunt femeile cu care ieșea el. Era o distanță ca de la cer la pământ între ea și ele și era ciudat ca el să fie interesat de ea. Fu cât pe ce să o sune pe Morgan ca să-i povestească, dar hotărî să nu o facă. Nu însemna nimic. Era pur și simplu un tip bogat, plin de succes, care juca un joc și ea nu avea nici o intenție să îi dea curs. Însă florile erau frumoase. Îi trimise un e-mail scurt și politicos pentru a-i mulțumi și se duse acasă la sfârșitul zilei. Deja se convinsese că nu va mai primi nici un semn de la el. Și nici nu își dorea cu adevărat. Lumea lui George Lewis era la ani-lumină de a ei și intenționa să o mențină astfel. Nu îi spuse nimic lui Morgan despre flori.

A doua zi, George îi trimise lui Claire un album frumos despre istoria pantofilor. Era un cadou atent și ea fu impresionată, dar totodată stânjenită. Era evident că încerca să o curteze, deși nu o sunase și nu o invitase în oraș, dar Claire se temea că o va face. Habar nu avea cum să se comporte cu cineva ca el. Era cu mult deasupra ei. Spera că își va pierde interesul față de ea înainte de a o suna sau de a-i mai trimite vreun cadou. Încă nu îi spusese nimic lui Morgan despre el și nu vorbise nici cu fetele despre asta. Devenea rapid un secret întunecat.

În acea săptămână, Claire trimise câteva e-mailuri cu CV-ul ei la firmele sale preferate de pantofi. Două dintre ele îi răspunseră, spunându-i că nu aveau nici un post liber, iar trei nu dădură nici un semn.

Claire nu avea nici o speranță, dar măcar încercase. Walter o enerva mai mult ca niciodată, criticând-o constant și fățiș.

George era punctul luminos al vieții ei în momentul acela, deși atenția pe care i-o acorda o tulbura. Nu era decât un gigolo care flirta cu ea, era sigură, și își reaminti să rămână cu capul pe umeri, mai exact să-și îndrepte atenția asupra muncii. Dar trandafirii și cartea o distrăgeau mereu. Era un bărbat greu de ignorat.

capitolul 6

Așa cum era de așteptat, Sasha a fost de serviciu la spital toată după-amiaza de sâmbătă. O chemaseră la ora 13.00, și se ocupă de trei nașteri, fugind de la una la alta, dar toate fuseseră simple și nu apăruseră probleme. Sasha termină exact înainte de ora 19.00. Trebuia să ia cina cu Alex la 19.30 și nu avea timp să ajungă acasă și să se schimbe.

Îl sună pe Alex de la spital cu gândul de a amâna întâlnirea dacă el voia, dat fiind că, chiar dacă ieșeau în oraș, era posibil să fie chemată din nou, deși el știuse că era de gardă în seara aceea și spusese că nu-l deranja și că își asuma riscul.

– Ți se împlinește dorința, spuse ea când Alex răspunse. Sunt în halat și saboți. Am stat toată ziua în Secția de travaliu și nașteri și am adus pe lume trei copii. E cam târziu să mă duc acasă să mă îmbrac. Ce vrei să facem? Rămâne pe altă dată?

– Ai mâncat? o întrebă el simplu.

– Nu, la micul dejun și două batoane proteice între nașteri.

– Perfect. Eu sunt flămând. Te iau de la Urgențe în zece minute. Ai terminat pentru moment?

– Da, până mă vor chema înapoi în toiul cinei.

Claire zâmbea pentru că Alex era atât de înțelegător și comunicau lesne. De obicei bărbații se agitau când trebuia să anuleze sau să își schimbe planurile. Dar el avea același stil de viață, și femeilor cu care mai ieșise la întâlniri nu le plăcuse.

– Bine. Mă îmbrac și eu în uniformă medicală, dacă te face să te simți mai bine. Ne putem juca de-a doctorul.

Începură să râdă amândoi.

– Scuze, nu a sunat prea bine. Sau poate că da, o tachină el. Îți place sushi?

– La nebunie.

– E un loc grozav la capătul străzii. Mâncarea este bună și te servesc rapid. Dacă te cheamă la spital, măcar vei fi mâncat. Ne vedem în cinci minute.

O așteptă la ieșirea de la Urgențe, în blugi și cu o cămașă albastră curată și frumos călcată și mocasini, ceea ce Sashei i se păru o ținută elegantă. Ea purta uniforma medicală, iar el îi spuse că arăta încântător, și vorbea serios. Merseră pe stradă în seara caldă de septembrie. Era plăcut să iasă din spital, și Sasha parcă ar fi fost în vacanță, așa se simțea în compania lui, vorbind despre alte lucruri în afară de muncă. Alex avusese dreptate, mâncarea de la restaurantul pe care îl alesese era delicioasă și le fusese adusă rapid. Stătură și se relaxară după aceea, vorbind despre schi, navigație și cărțile lor preferate. Erau câțiva autori care le plăceau amândurora și mărturisiră oarecum stânjeniți că fuseseră amândoi studenți buni.

– Cum vezi tu întâlnirea perfectă? o întrebă el, vrând să afle mai multe despre ea.

– Tocmai am avut-o. Conversație plăcută, mâncare bună, fără presiuni și o persoană plăcută cu care să te înțelegi, care nu face o criză că am întârziat și că s-ar putea să fiu nevoită să mă întorc la spital în cinci minute și căruia nu-i pasă ce port la cină. Îmi place să mă îmbrac frumos uneori, dar în cea mai mare parte a timpului întârzii prea mult ca să reușesc să mă mai îmbrac și sunt prea obosită ca să îmi mai pese când mă întorc acasă de la spital. Și adorm la cină pentru că nu am dormit deloc cu o seară înainte.

El întrunea toate criteriile ei pentru întâlnirea perfectă.

– Sunt puțin dezamăgit, spuse Alex părând abătut. Nu ai pomenit deloc de sex. Face parte din planurile tale când vine vorba de întâlnire? întrebă el plin de speranță, iar ea izbucni în râs.

– Am uitat, spuse ea sinceră. Oamenii încă fac asta? Cine mai are timp de sex cu o meserie ca a noastră?

– Am auzit că unii oameni încă o fac, o asigură el răspunzând serios ironiei ei. Este o idee demodată, recunosc, dar sunt un tip mai de modă veche și îmi plac tradițiile, deși nu la prima întâlnire. Poate la a doua sau la a treia? Sau la nouăsprezecea?

O privi plin de speranță, iar ea zâmbi.

Sasha chiar îl plăcea și își dădea seama că și el pe ea, exact așa cum era, nu îmbrăcată cu niște haine împrumutate de la sora ei și cu pantofii ridicoli ai lui Claire.

Nu se mai simțise niciodată atât de în largul ei la o primă întâlnire.

– Da, sex la a nouăsprezecea întâlnire sună bine, îl tachină ea. Până atunci s-ar putea să te căsătorești și să renunți cu totul.

Părinții ei nu mai dormeau împreună de ani întregi înainte de divorț și aveau dormitoare separate.

– Nu știu dacă sunt de acord cu asta, spuse Alex serios, răspunzând la comentariul ei. Părinții mei sunt încă îndrăgostiți, deși Dumnezeu știe cum, ținând cont că eu și fratele meu i-am scos din minți până am crescut. Dar au supraviețuit și se înțeleg foarte bine. Mi-ar plăcea să am o relație ca a lor într-o zi. Presupun că trebuie să îți dai silința.

Ea încuviință din cap și era cât se poate de sigură că părinții ei se înstrăinaseră treptat, până când căsnicia lor se dusese de râpă. Tatăl ei recunoscuse că fusese nefericit și că voia mai mult decât avusese cu fosta lui soție. Aceasta nu îi oferise afecțiune, ceea ce era de înțeles, cunoscând-o pe mama ei.

– Așadar, rămâne stabilit? Sex la întâlnirea numărul 19? Se pune la socoteală prânzul de la cantină? Dacă da, înseamnă că asta este a doua întâlnire, adică mai rămân doar 17. Ești liberă în următoarele două săptămâni și jumătate? Aș putea să îmi eliberez agenda, în caz că da, concluzionă Alex, iar ea râse.

– Poate că am putea să o lungim la trei săptămâni, contracară Sasha doar pe jumătate în glumă.

Vorbeau și se tachinau. Ei îi plăcea felul în care Alex glumea și poveștile lui despre fratele și părinții lui. Păreau genul de familie pe care își dorea să o fi avut, în loc de o mamă mereu furioasă și un tată absent.

– De fapt, la ultima întâlnire pe care am avut-o, am adormit pe canapea uitându-mă la un film. Când m-am trezit, fata cu care ieșisem se dusese la culcare fără mine, încuiase ușa dormitorului și îmi lăsase un bilet în care îmi spunea să nu aştept să mă conducă. Era a treia oară când făceam asta. Mi-a spus să o sun după ce mă odihnesc. Nu s-a întâmplat niciodată, aşa că m-am gândit că ajunge după trei încercări, iar fata era foarte plictisitoare. Poate că dacă am fi stat de vorbă măcar o dată, aş fi rămas treaz. Nu mi-a plăcut niciodată ideea de sex sportiv. Sunt un romantic incurabil și am această idee ridicolă că celor doi trebuie să le pese unul de celălalt. Poate că pare o prostie pentru cei mai mulți oameni și ultima persoană căreia i-am spus-o, o asistentă de la Urgențe, m-a întrebat dacă sunt gay. Se culca numai cu tipi pe care îi cunoştea on-line, la prima întâlnire, și era de părere că sunt ciudat fiindcă nu am ajuns în pat cu ea din prima zi în care am cunoscut-o. Așa ceva e distractiv la 18 ani. După aceea, e plăcut dacă îți pasă sau măcar dacă ajungi să o cunoşti pe cealaltă persoană. Este un efort prea mare să te culci cu străini.

Sashei îi plăcea ce spunea și era de acord cu el. Avea concepții similare cu ale ei, spre deosebire de Valentina, care recunoştea deschis că se culcă cu bărbații la prima întâlnire. Și fusese la fel de aventuroasă din punct de vedere sexual și în liceu. Nu avea nevoie de dragoste pentru a face sex. Sasha era mai de modă veche, la fel ca Alex.

– Sunt de acord cu tine, spuse ea încet. Cred că suntem din alte vremuri. Multă lume nu mai gândește astfel. Tipii cu care am ieșit credeau că trebuie să le oferi sex pentru un hamburger sau o friptură.

Alex zâmbi, fiindu-i familiară această teorie. Nu se mai simțise așa din facultate.

– Apropo, este în regulă dacă sexul nu intră în discuție până la a 36-a întâlnire sau niciodată. Îmi placi și îmi place ideea de a deveni prieteni mai întâi. Poate că ne putem întâlni și să adormim în fața televizorului cândva sau să ne uităm la un film. Dacă mă lași pe întuneric după trei nopți de gardă, poți fi sigură că voi sforăi în cinci minute. Însă mă trezesc să văd genericul. Îmi place să știu cine a regizat filmul pe care l-am ratat.

Ea râse și afirmă că face la fel.

– Mi s-a întâmplat asta la filarmonică anul trecut. Cineva mi-a dat bilete și, cu lumina stinsă și muzică, am dormit de la început la sfârșit. Cred că voi aștepta până termin rezidențiatul înainte să mai încerc o dată. Se irosesc biletele cu una ca mine.

– De asta sunt sporturile atât de grozave. Nu poți să dormi dacă joci fotbal pentru amatori. Deși am adormit la US Open cu fratele meu anul trecut. Era cât pe ce să mă omoare și mi-a zis că nu va mai irosi un bilet pentru mine a doua oară. De fapt, sunt de-a dreptul impresionat că am reușit să rămânem cu ochii deschiși pe parcursul cinei în seara asta, tu nu?

Alex îi zâmbea fericit; îi plăcea mult să discute cu ea și era atât de frumoasă de îi tăia răsuflarea. Și-ar fi dorit să facă dragoste cu ea, dar nu voia ca Sasha să se simtă presată și prefera să o ia încet. O făcea să se simtă în siguranță cu el, iar Alex simțea asta. Era o femeie care nu se grăbea.

Până plecară de la restaurant, Sasha nu primi nici un telefon de la spital și decise să se ducă acasă. Îl invită pe Alex la cină, la mansardă a doua zi. Era liberă, la fel și el. Max gătea, venea toată lumea și ar fi fost o ocazie plăcută ca Alex să-i întâlnească într-un cerc restrâns. Nu apucase să le vorbească despre el, dar momentan erau doar prieteni, și Alex spusese că i-ar plăcea să le cunoască pe colegele ei de apartament. După cină, bărbatul îi chemă un taxi și promise să fie la mansardă a doua zi.

– Mulțumesc pentru cină. A fost minunată, spuse ea, zâmbindu-i.

Iar conversația fusese și mai bună decât mâncarea.

– Pe mâine, spuse el făcându-i cu mâna când taxiul se puse în mișcare.

Sasha îi dăduse adresa din Hell's Kitchen și el aștepta cu nerăbdare seara în care o va revedea, iar colegele ei de apartament și familia extinsă păreau un grup distractiv.

Duminică, Morgan merse în parc cu Max înainte ca el să vină la ele să gătească cina. Claire ieși în oraș la cumpărături, și voia să treacă pe la magazinul de pantofi Bergdorf's să vadă dacă mai era vreun brand pe care îl scăpase din vedere și la care putea să își trimită CV-ul. Abby ar fi trebuit să își petreacă ziua cu Ivan, dar acesta o sunase în dimineața aceea spunându-i că avea gripă, așa că fata rămăsese la apartament, lucrând la o nouă piesă pentru el. Iar Sasha dormi până la începutul după-amiezii, recuperând nopțile nedormite. Era o zi însorită de septembrie și vremea începea să se răcească.

Sasha așeză masa pentru cină înainte să sosească ceilalți acasă, și la 18.00 ajunse toată lumea; Max aduse cumpărăturile, iar Oliver și Greg apărură la scurt timp. Toată lumea râdea și vorbea, Max și Morgan turnau vin, când apăru Alex. Sasha le spusese că va veni, menționând că era un prieten de la serviciu. Nimeni nu acordă importanță acestui fapt, căci toată lumea era bine-venită la reuniunile lor de duminică seara.

– Unde este Ivan? o întrebă Oliver pe Abby.

– E bolnav.

Apoi toată lumea își îndreptă atenția spre Alex, pe care Sasha îl prezentă, iar el păru puțin copleșit la început. Sasha îi explică cine erau colegele ei de apartament și că Oliver era fratele lui Morgan. Greg era partenerul acestuia, iar Max era iubitul lui Morgan și proprietarul minunatului restaurant din apropiere.

– Nu lipsește decât sora mea. Este încă în St. Bart's și se întoarce acasă mâine.

Însă în afară de ea și de Ivan, toată lumea era acolo. Alex stătu de vorbă cu toți și, după primele minute, se simți în largul lui, discutând despre hochei cu Oliver și Greg. Le spuse că fusese la câteva meciuri ale echipei

Rangers în sezonul precedent și îl văzuse pe Greg apărând și asigurând victoria echipei în finale, și fusese extraordinar.

Și, într-un moment în care Alex nu era atent, Claire privi spre Sasha și ridică dintr-o sprânceană în direcția lui, șoptindu-i:

– Care-i treaba cu el? E drăguț.

Sasha păru stânjenită și încearcă să pară indiferentă.

– Am lucrat împreună în sala de nașteri săptămâna asta.

– Lasă asta – arată nemaipomenit și pare drăguț.

Sasha încuviință din cap și nu îi spuse de cina din urmă cu o seară, nici de prânzul de la cantină. Nu știa încotro se îndreptau lucrurile, în cazul în care se îndreptau într-o direcție, și îi plăcea ideea lui de a deveni mai întâi prieteni. Era fericită că Alex venise la cină astfel încât să-i cunoască prietenii și să vadă unde locuia și cu cine.

Ca de obicei, cina fu delicioasă. Max gătise pulpă de miel în stil franțuzesc, cu mult usturoi, piure și fasole verde. Și adusese tiramisu de la restaurant pentru desert. Ori de câte ori gătea Max, era cea mai bună masă pe care o mâncau săptămâna aceea, iar vinul roșu pe care îl adusese era extraordinar. Lui îi plăcea să gătească pentru cinele lor ca în familie și era de părere că Alex era un nou membru nemaipomenit. Vorbiră despre vinuri franțuzești, iar Alex spuse că și lui îi plăcea să gătească. După cină, Morgan, Max, Oliver și Alex jucară poker, iar ceilalți strânseră masa.

După ce Max și Morgan se retraseră în dormitor la miezul nopții, Alex și Sasha rămaseră în cele din urmă singuri. Ceilalți plecaseră acasă sau se culcaseră între timp.

– Ce seară grozavă, spuse Alex. Îmi plac foarte mult colegele tale de apartament, iar Max este un tip nemaipomenit. Mi-ar plăcea să trec pe la restaurantul lui cândva. Este un bucătar grozav.

Se simțise ca și când ar fi petrecut o seară în familie, nu doar cu un grup de prieteni, și așa simțeau și ei. Întotdeauna se distrau. Alex mărturisi că îi plăcea și apartamentul, iar Sasha îi povesti cum mama lui Claire le ajutase să îl facă să arate ca un cămin și să se simtă ca acasă.

Vorbiră mult timp, apoi, fără tragere de inimă, Alex se ridică, iar ea îl conduse la ușă. Se simțea norocos că o cunoscuse și că îl invitase la cină cu prietenii ei.

– Mulțumesc că m-ai inclus și pe mine, Sasha. Nu m-am mai distrat așa de bine de ani buni. Ce program ai săptămâna asta?

– Sunt de gardă în următoarele cinci zile, dar am o zi liberă în weekendul următor.

– Hai să ne gândim ce am putea face.

– Mi-ar plăcea, spuse ea încet, apoi Alex o trase ușor în brațe și o sărută.

Era finalul perfect al unei seri încântătoare, iar ea îl privi uimită după ce se sărutară.

– Nu sunt sigur că este protocolul potrivit pentru cea de-a treia întâlnire, șopti el, iar ea chicoti. Dar mi s-a părut nemaipomenit. Tu ce crezi?

Ea încuviință din cap, Alex o sărută din nou și zăboviră la ușă câteva minute, sărutându-se, iar apoi, bărbatul dispăru pe scări. Întâlnirea numărul trei decursese foarte bine, iar Alex de-abia le aștepta pe celelalte.

capitolul 7

Valentina se întoarse de la St. Bart's a doua zi și o sună pe Sasha pentru a-i povesti cum se distrase. Era înnebunită după Jean-Pierre, care o tratase ca pe o regină. Se întorseseră cu avionul lui personal, ceea ce nu era deloc neobișnuit pentru ea, dar spuse că Jean-Pierre era diferit față de orice bărbat pe care îl cunoscuse vreodată și părea să cunoască oameni din toată lumea.

Nu era prima dată când Sasha auzea povestea asta, dar era mulțumită că sora ei era fericită, atât timp cât el era un tip cumsecade. Sasha nu era niciodată sigură cu ea.

– Când ne vedem? o întrebă Sasha.

– Plec la o filmare în Tokyo mâine, pentru *Vogue* din Japonia. De-asta ne-am întors.

Japonezii o iubeau și erau înnebuniți după părul ei blond și ochii verzi. Nu mai adopta o atitudine ingenuă în poze, pentru care se foloseau modele de 14 ani, dar încă era solicitată, iar agenția ei îi programa mereu sesiuni fotografice nemaipomenite, chiar și pentru versiunea americană a revistei *Vogue*. Valentina îi spuse Sashei că erau furioși pe ea pentru că stătuse atât de mult în St. Bart's, dar se distrase de minune.

– Vrei să treci pe la noi azi după serviciu? o întrebă Sasha.

– Nu pot. Mă duc la un vernisaj cu Jean-Pierre și luăm cina cu proprietarul după aceea.

Pomeni una din galeriile cele mai prestigioase din oraș.

– Eu lucrez astăzi. Vrei să ne întâlnim la cantină să luăm prânzul? Măcar așa am reuși să ne vedem înainte să pleci.

Valentina nu părea entuziasmată, dar fu de acord. Și ea voia să o vadă pe Sasha.

– Ne vedem la prânz, spuse Sasha, iar Valentina îi răspunse că va fi acolo.

Valentina întârzie 20 de minute. Sasha mânca iaurt și o banană la o masă când apăru sora ei. Purta o salopetă neagră mulată, o haină Dior vintage din blană de leopard, din anii 1950, pe care o găsise într-un magazin second-hand din Paris și niște tocuri amețitoare. Făcu senzație din clipa în care intră și se îndreptă spre masa Sashei cu haina în mână. Părea slabă ca o scândură în salopetă și arăta așa cum arată un top-model.

– Cineva o să te ucidă că porți haina aceea, îi spuse Sasha pe un ton scăzut.

– Să-i ia dracu'. Este o creație Dior. Am plătit o avere pentru ea.

– Nu e posibil să fii arestată pentru așa ceva?

Sasha părea agitată, iar Valentina râse. Aveau chipurile identice, la fel și trupurile, iar părul amândurora era lung, drept și blond, însă restul era diferit, la fel ca întotdeauna. Iar Sasha purta uniforma medicală și saboți.

– Ar trebui să te aresteze pentru că porți pantofii aceia. Nu poți avea încălțăminte decentă la spital? o întrebă Valentina, dezgustată de alegerile surorii ei în materie de pantofi.

– Nu când stau în picioare 18 ore pe zi.

În ciuda lucrurilor pe care sora ei le spusese, Sasha era fericită să o vadă și o îmbrățișă cu căldură. Fusese plecată aproape două săptămâni.

– Mi-a fost dor de tine. Cât stai în Japonia?

– Trei sau patru zile. Mă întâlnesc cu Jean-Pierre în Dubai la întoarcere și vom rămâne în weekend. Are afaceri acolo.

– Cu ce se ocupă, mai exact? întrebă Sasha, părând îngrijorată, în timp ce Valentina mușcă din banana ei și spuse că era tot ce își dorea la prânz, sorbind din cola dietetică a surorii ei.

Avea de lucru în câteva zile și întotdeauna mânca foarte puțin înainte de ședințele foto.

– Nu vinde droguri, nu?

În ultimii zece ani, Valentina ieșise cu unul sau doi bărbați care se ocupau cu așa ceva, dealeri de lux, iar unul dintre ei ajunsese în închisoare. Nu avusese niciodată probleme cu legea, însă bărbații din viața ei, da, câteodată.

– Bineînțeles că nu. E respectabil. Este om de afaceri. Nu-i place să vorbească despre munca lui.

– Asta nu este un semn bun niciodată, îi reaminti Sasha, dar Valentina nu o băgă în seamă.

Îi povesti ce făcuse în St. Bart's, despre starurile de cinema și oamenii importanți pe care îi întâlnise. Nu era ceva nou pentru ea, în domeniul ei profesional, dar întotdeauna era impresionată. Mai adăugă că Jean-Pierre avea cel mai mare avion pe care îl văzuse vreodată. Sasha râse și spuse cu inocență:

– Credeam că are altceva mai mare.

– Și asta, spuse Valentina, cu o expresie mai puțin inocentă.

Avea un apetit sexual dezvoltat și îi plăceau bărbații ușor perverși și nebunatici, de care Sasha nu fusese atrasă niciodată.

Apoi Sasha primi un mesaj prin care era anunțată că trebuia să se întoarcă la lucru. Petrecuseră doar o jumătate de oră împreună, dar era mai bine decât nimic.

– Când te întorci? o întrebă Sasha când ieșiră din cantină, după ce Valentina se îmbrăcă din nou cu haina de leopard.

Toate capetele se întoarseră, nu atât din cauza speciei protejate, pentru că cei mai mulți credeau că era un fals, cât din pricina faptului că Valentina era o femeie care atrăgea priviri și părea să aibă trei metri pe tocurile acelea.

– Cam peste o săptămână, în funcție de cât stăm în Dubai. Ți-l voi prezenta pe Jean-Pierre când ne întoarcem acasă.

Sasha se îndoia că va dori să îl cunoască, dar voia să știe cu cine ieșea sora ei și ce impresie avea să-i facă. Avea o gândire mai limpede și un ochi mai critic decât sora ei geamănă, care era dispusă să treacă cu vederea aproape orice, după ce ajungea să fie interesată de un bărbat. Și părea vrăjită de Jean-Pierre.

Se îmbrățișară în semn de rămas-bun, când pe hol apăru Alex, îndreptându-se spre cantină să ia prânzul și zâmbi când o văzu pe Sasha. Dar fu uluit de hainele ei, de buzele stacojii și de faptul că părea să fi crescut vreo trei palme.

– Sasha?

– Bună, Alex, răspunse Sasha pe care o cunoștea, în timp ce el rămase cu ochii pironiți la sora geamănă, care stătea lângă ea, și își dădu deodată seama că erau două.

– Să fiu al naibii! fu tot ce putu spune la început, privind mirat de la una la alta.

Erau același chip, aceeiași ochi verzi și același păr blond, dar una părea că se îmbrăcase pentru Halloween sau pentru coperta revistei *Vogue* din 1956.

Sasha făcu prezentările, iar el o mustră că nu-i spusese că ea și sora ei erau gemene identice. Amândouă fetele râseră văzând expresia uluită de pe fața lui. Valentina se distra copios. Alex părea șocat. Și, trebuia să recunoască, hainele ei erau izbitoare, ca un șoc electric. Pentru Valentina, era ceva banal.

– Am uitat că nu știi, spuse Sasha zâmbindu-i.

Alex tocmai o cunoscuse pe sora ei geamănă, în toată splendoarea ei. O imagine făcea cât o mie de cuvinte.

– De unde era să știu? exclamă el, întorcându-se spre Valentina. Ei bine, sunt foarte încântat să te cunosc, spuse el sincer. Poate că am putea lua cina toți trei cândva.

– Ar fi drăguț, spuse Valentina politicos. Habar n-avea cine era sau dacă însemna ceva pentru sora ei care nu îi spusese despre el. Voi fi în Tokyo și în Dubai săptămâna asta. Poate când mă întorc.

– Desigur, răspunse el, impresionat.

Sasha trebui să plece, iar cele două femei îl lăsară pe Alex să ia prânzul și să se gândească la fata pe care o cunoscuse. Cu stilurile lor extrem de diferite, în ciuda faptului că aveau chipuri și trupuri identice, măcar nu avea să le confunde.

Sasha o conduse pe Valentina până în hol și o pupă din nou lângă ușa rotativă.

– Ai grijă de tine, spuse ea, ca o soră mai mare, cum și era, de fapt, tehnic vorbind, chiar dacă doar cu trei minute. Însă întotdeauna ea fusese cea cu capul pe umeri. Și nu te implica prea mult în relația cu Jean-Pierre până când nu afli mai multe despre el.

– Nu te mai purta ca o babă, o luă Valentina peste picior. Știu tot ce trebuie să știu. E un tip minunat. Și miliardar, adăugă ea ca să fie lucrurile clare.

– Aparențele înșală. Încă nu-l cunoști.

– Nu mai fi atât de panicată, spuse Valentina, iar Sasha râse. Valentina era un pic nebunatică și întotdeauna fusese rebelă, dar se iubeau necondiționat. Ne vedem peste o săptămână, strigă ea spre Sasha, ieșind pe ușa rotativă, îndreptându-se spre trotuar să oprească un taxi și dispărând în viteză după ce urcă în mașină.

Sasha se întoarse la etaj și, câteva minute mai târziu, Alex veni după ea când ieși din sala de nașteri pentru a verifica o fișă.

– De ce nu mi-ai spus că ai o sora geamănă identică?

– Poate că am presupus pur și simplu că știi. E o figură, nu-i așa? Mă scotea din minți când eram mici și mă punea în tot felul de situații stânjenitoare. Mereu aveam necazuri cu părinții din cauza ei. Dădea întotdeauna vina pe mine. Ea și mama sunt destul de apropiate. Tata nu e de acord cu ea și nu prea se înțeleg. Iar ea le urăște pe soția și pe fetele lui.

– Îți dă bătăi de cap, nu glumă, spuse Alex părând în continuare șocat.

Valentina îl impresionase, cu haina ei de leopard, cu rujul roșu strălucitor și tocurile imense.

– Măcar voi putea să vă deosebesc, dacă nu cumva se îmbracă în uniformă medicală și își pune saboți.

– Mai face și asta. Adoră să inducă oamenii în eroare. Îi plăcea să le înnebunească pe colegele mele de apartament, prefăcându-se că sunt eu. Numai Claire ne deosebește. Nimeni altcineva nu poate, nici măcar părinții noștri. Niciodată nu au putut. A fost cumva amuzant să am o soră geamănă, mai puțin atunci când o încasam pentru ea. Mă bucur că ai cunoscut-o înainte să plece din oraş.

– Şi eu, spuse el, dar încă era puţin năucit când se întoarseră amândoi la lucru.

Negreşit, Valentina era un personaj. Alex nu avea nici o îndoială cu privire la sora geamănă de care se îndrăgostise, şi nu era fotomodelul cu haină de leopard.

După ce îi trimise lui Claire încă un buchet extraordinar de flori, George începu să o sune. Ştia exact cum să procedeze. O suna de mai multe ori doar pentru a o saluta şi o întreba ce mai face, înainte să o invite în oraş. Apoi, după o săptămână de telefoane şi flori, o invită la cină, iar ea îi spuse că are de lucru. Bărbatul o curta cu atâta hotărâre că o speriase. George era o forţă demnă de luat în considerare când îşi dorea ceva. Intenţiile lui erau clare şi era evident că nu era dispus să accepte un refuz. George încercă din nou.

– De ce te temi, Claire? o întrebă el în cele din urmă, într-o seară la telefon. Nu-ţi voi face rău. Nu vreau decât să iau cina cu tine şi să te cunosc mai bine.

Ştiau amândoi că ceea ce spunea nu era adevărat. Putea să o rănească dacă se îndrăgostea de el sau putea să o dezamăgească. Claire nu voia să rişte. Şi nu dorea să fie distrasă de la munca ei. Dacă s-ar îndrăgosti de el, şi-ar pierde concentrarea, punându-şi munca în pericol, ceea ce se i se întâmplase mamei sale. Lăsase un bărbat să-i răpească o carieră promiţătoare. Claire nu avea să lase să i se întâmple vreodată aşa ceva. Hotărâse asta din copilărie. Dar George era mult prea seducător. Era uşor să îşi imagineze că se va îndrăgosti de el, cu toată atenţia pe care i-o acorda şi cadourile generoase.

– Sunt prea ocupată ca să ies în oraş, spuse ea. Lucrez la linia de primăvară.

– Trebuie să mănânci, îi reaminti el, uşor obraznic, ca să ai energie. Îţi promit că nu vom sta până târziu în oraş. Vreau doar să mă bucur de o seară cu tine. Ceva îmi spune că s-ar putea să fie important pentru amândoi.

Era incredibil de convingător și foarte șarmant, iar a doua zi, când o făcu să râdă în timpul unei discuții, folosind o abordare mai relaxată, Claire cedă și fu de acord să ia cina cu el în seara următoare. Era furioasă pe ea și îngrozită după ce închise. Era mult mai bun la acest joc decât ea. Era maestru. Și întotdeauna obținea ce dorea.

Când ieșiră în oraș, Claire purtă o rochie neagră simplă și o pereche superbă de pantofi cu toc. Părul ei blond era prins într-un coc elegant și își pusese o pereche de cercei cu diamante, pe care și-i cumpărase ea. Arăta simplu și elegant și extrem de atrăgătoare când George veni să o ia.

– Uau, fu tot ce putu să spună el la început, ceea ce era de necrezut, având în vedere că ieșea cu actrițe celebre și top-modele de 20 de ani.

Era un profesionist în domeniu, însă Claire era aranjată atât de impecabil, iar la restaurant frumusețea ei naturală strălucea ca o rază. George venise să o ia cu un Ferrari negru, cu care mergea la serviciu în fiecare zi, și o duse la restaurantul său preferat din partea de nord a Manhattanului, La Grenouille, unde luară o cină fabuloasă. George îi puse un milion de întrebări. Voia să știe totul despre ea și fu impresionat cât de dedicată era carierei. Claire nu îi spuse despre mama ei și de ce considera că orice relație serioasă era o amenințare la adresa carierei sale. După al doilea pahar de șampanie, îl întreabă de ce nu se căsătorise încă, iar el rămase pe gânduri un moment.

– Ca să fiu sincer, cred că sunt în căutarea femeii perfecte. Tata a părăsit-o pe mama când eram în scutece, iar ea a murit când aveam cinci ani. Cred că amintirea pe care o am despre ea este idealul feminin pe care l-am căutat toată viața și nu l-am găsit niciodată.

– Ce situație înfiorătoare, spuse Claire, referindu-se la faptul că-și pierduse mama când avea cinci ani. Cine te-a crescut?

– Bunica, o femeie extraordinară. A rămas văduvă de tânără și a murit în vara în care am absolvit liceul. Apoi am rămas singur. Am devenit independent și poate puțin reticent să mă implic prea mult, dacă nu era persoana potrivită. Nu am întâlnit niciodată o astfel de persoană. Apoi adăugă, atât de încet încât abia îl auzi:... Poate nu până acum. O privi adânc în clipa aceea, cu o expresie serioasă. Mi s-a întâmplat ceva în seara în care te-am întâlnit cu Morgan. Nu știu ce-a fost, dar am simțit că lumea s-a întors cu susul în jos. N-am mai întâlnit niciodată pe nimeni ca tine. Emani o lumină care vine din interiorul tău. Nu știu dacă vom fi potriviți unul pentru celălalt sau ce se va întâmpla între noi, dar știu că nu m-am mai apropiat niciodată atât de mult de perfecțiune cum se întâmplă cu tine. Inima mi-a stat în loc în momentul în care ne-am întâlnit, îi mărturisi el, apoi o ținu în tăcere de mână, pe sub masă.

Inima ei aproape că rată o bătaie ascultându-l. Era îngrozită. Dacă vorbea serios? Dacă era bărbatul „potrivit" pentru ea și se îndrăgosteau? La ce va trebui să renunțe? Aproape că îi dădură lacrimile când se ținură de mână. Dar nu putea ignora forța cuvintelor lui. Era un bărbat care pierduse tot ce iubise vreodată și întreaga familie până la 18 ani și era dispus să recunoască faptul că nu își mai dăruise inima nimănui, iar acum i-o oferea ei. Habar n-avea ce să facă și primul ei impuls fu să fugă, dar George era atât de afectuos, atât de blând și atât de amabil cu ea, încât nu își dorea decât să se topească în brațele lui.

După aceea, George îi spuse povești amuzante și o făcu să râdă, ca și când nu ar fi existat acea confesiune serioasă din urmă cu puțin timp. O făcu să se simtă în largul ei. Petrecură o seară minunată, apoi bărbatul o duse înapoi acasă, și Claire se simți specială prin simplul fapt că era cu el. George o atrăgea din toate punctele de vedere și era o atracție puternică. Nu mai adăugă nimic despre sentimentele lui pentru ea, dar o sărută tandru pe buze, apoi o conduse la ușă. Nu o atinsese, nu voia să o grăbească și o sărută din nou în fața ușii, dar atunci când o sărută era ca și când ar fi făcut dragoste. Apoi coborî grăbit scările, iar ea intră amețită în apartament.

Era trecut de miezul nopții și toată lumea se dusese la culcare. Claire stătu lângă planșa de desen o vreme, încercând să se concentreze asupra schițelor pe care le făcuse, dar nu vedea decât chipul lui. Voia să-i spună să plece, să nu o ispitească, să nu o ademenească în viața lui, dar voia să fie cu el. Închise luminile și se duse la culcare, gândindu-se la el și la sărutul lor.

Stătea în pat pe jumătate adormită și nu se putea gândi decât la George. Era speranța ei cea mai mare și coșmarul cel mai îngrozitor totodată.

A doua zi, în drum spre serviciu, Claire se gândea tot la el. Luase ziarul *Post* din stația de metrou și îl văzu la pagina șase.

> *Cine era blonda superbă care l-a însoțit aseară pe George Lewis la La Grenouille? El părea în al nouălea cer și ceva ne spune că o vom revedea pe fată des în perioada următoare. Rămâneți cu noi!*

Lui Claire parcă i se opri inima când citi și se simți îngrozitor pentru că nu îi spusese lui Morgan. Nu mai făcuse asta niciodată și era prietena ei cea mai bună.

O sună pe Morgan de îndată ce ajunse la serviciu și își ușură conștiința imediat.

– Am luat cina cu George aseară, îi spuse ea dintr-o suflare.

– George Lewis? Morgan părea uluită.

Își aminti că se întâlniseră în seara în care ea și Claire luaseră cina la restaurantul lui Max, dar nu auzise nimic de la nici unul din ei de atunci, deși George o interogase în legătură cu Claire în ziua în care se întâlniseră. Morgan uitase de asta.

– Mă tot sună de când l-am întâlnit, când eram cu tine. Am refuzat să iau cina cu el, dar în cele din urmă m-a convins. Am mers la La Grenouille.

În timp ce o asculta, Morgan știa că refuzul lui Claire nu făcuse decât să-l facă și mai hotărât să o convingă să accepte. Se așternu o lungă tăcere la finalul convorbirii.

– Ai grijă, Claire. Se pricepe la asta. Poate că va fi altfel cu tine, dar a frânt multe inimi de-a lungul anilor. În clipa în care femeile se prind în mrejele lui, fuge. Cred că are legătură cu faptul că și-a pierdut mama când era copil. Una dintre prietenele lui mi-a spus asta cândva. Am cunoscut-o la o petrecere după ce se despărțiseră.

Claire își aminti ce spusese George cu o seară înainte, dar trebui să recunoască faptul că simțise ceva pentru el. Nu știa dacă era la fel de puternic ca sentimentele lui, dar ceva i se întâmplase când se întâlniseră. Poate că avea dreptate. Dar nu voia să-i împărtășească asta prietenei sale. Se simți subit apărătoarea lui și vru să fie discretă.

– Nu-ți face griji. Sunt mai îngrozită decât el. Nu vreau să se amestece vreun tip în cariera mea, care e mai importantă pentru mine.

Morgan o înțelegea. Și ea simțea același lucru, deși era îndrăgostită de Max. Dar dacă acesta i-ar fi pus cariera în pericol în vreun fel sau dacă ar fi insistat să se căsătorească, ar fi pus capăt relației imediat.

– Nu-mi va frânge inima, o asigură Claire.

– Bine. Și nu vreau să i-o frângi nici tu pe a lui. E băiat bun.

– O să fie bine, o asigură Claire, cu o încredere pe care nu o simțea, dar măcar voise să îi spună lui Morgan că se întâlneau sau că ieșiseră în oraș.

Ce se întâmpla după aceea era treaba lor. Nu se întâmplase nimic încă, dar Claire încă se gândea la sărutul pasional și la cum se simțise. George avea puteri magice și era un bărbat sexy și experimentat.

George o sună pe Claire puțin mai târziu și îi spuse cât de mult îi plăcuse întâlnirea lor. Menționă că voia să o ducă într-o mică excursie sâmbătă, să iasă puțin la aer. Părea că vorbește despre o călătorie cu mașina în Connecticut.

– Te pot aduce înapoi până la cină, dacă ai de lucru în weekend.

Claire era încântată că el ascultase ce îi povestise despre munca ei și fu atât de drăguț că nu putu să îl refuze. George îi spuse că o va lua la ora 9.00, sâmbătă dimineața și îi recomandă să poarte haine lejere și călduroase.

Săptămâna zbură cu gândul la George, care o sună de câteva ori, la prima oră a dimineții, când se trezea, sau seara târziu. Îi trimitea mesaje amuzante toată ziua ca s-o facă să râdă și îi spunea că nu se gândea decât la ea. George nu îi suflase nici o vorbă lui Morgan la birou, și nici Claire. Era viața lui personală și nu i-o împărtășea. Nu vorbea niciodată despre femeile cu care ieșea și era mereu discret.

George o luă pe Claire sâmbătă dimineața, la nouă fix. Purta o haină din piele de oaie, cu o culoare naturală și cizme frumoase, blugi și un pulover gros și își lăsase părul pe spate ca o fetișcană. Fu surprinsă să afle că o ducea în New Jersey, nu în Connecticut, după cum bănuise, dar știa că sunt mici sate frumoase acolo și probabil niște restaurante bune în care se putea lua prânzul. Însă o jumătate de oră mai târziu se trezi la aeroportul Teterboro, mergând cu Ferrariul până la avion. Era imens, și Claire se uită țintă întâi la aeronavă, apoi la George și pentru un moment păru speriată din nou. Unde o ducea?

– M-am gândit să mergem în Vermont astăzi, spuse el, aplecându-se și sărutând-o. Sunt niște promenade frumoase și hanuri drăguțe unde putem lua prânzul. Ne întoarcem după-amiază.

Părea uluită când urcă scara în avionul lui, unde îi așteptau o însoțitoare de zbor și un ofițer care le ieșiseră în întâmpinare. Căpitanul și copilotul primiseră aprobarea pentru decolare și urmau să plece în câteva minute, după ce se așezară pe scaunele confortabile. Câteva minute mai târziu decolară, iar stewardesa le aduse micul dejun.

– Ești bine? o întrebă George cu blândețe, aplecându-se să o sărute.

Micul dejun era delicios. Claire mâncă omletă, brioșe cu afine și un cappuccino, iar el vafe, bacon și cafea neagră. Stătură de vorbă în timpul zborului scurt deasupra zonei New England și, o jumătate de oră mai târziu, aterizară în Vermont, pe o pistă de lângă un mic sat. George îi spuse că schia acolo iarna și că descoperise satul cu un an în urmă. Frunzele copacilor erau ruginii, portocalii și galbene, iar pilotul le închiriase o mașină, care îi aștepta când aterizară, ca să se poată plimba singuri prin zonă. George opri mașina după ce plecară de la aeroport și o sărută pasional, iar ea îi răspunse și îi simți mâna pe interiorul coapsei. Și voia mai mult când el o atinse. Îl simțea aprinzându-se de dorință.

– Mă înnebunești, spuse el răgușit, iar ea zâmbi.

– Și tu la fel, șopti ea, iar el porni mașina din nou, înainte să îi ia valul.

El o tachină și râseră amândoi.

– Mă faci să mă simt ca un puști, unul foarte obraznic. Îmi pare rău, Claire.

Însă ei nu îi părea – îi plăcea la nebunie să fie cu el.

George parcă mașina la marginea pădurii și văzură un lac cu lebede. Coborâră și se plimbară. Era răcoare – toamna venise deja în New England, deși în New York încă nu era atât de rece.

Merseră la un mic han de țară pe care îl știa el, pentru a lua prânzul. Îi luă somnul pe amândoi după aceea, iar George se uită la ceas.

– Cred că ar trebui să ne întoarcem, dacă vrei să ajungi în New York în seara asta. O privi jucăuș, ca un băiat obraznic. Sau... am putea sta aici. Nu trebuie, nu am făcut nici un plan, dar acum, că suntem aici, n-aș vrea să plecăm. Depinde de tine, Claire, tu ești șefa. Fac exact ce spui tu.

Erau doar la a doua întâlnire, și Claire voia să fie chibzuită. Nu era o ușuratică și nu voia ca el să aibă această părere despre ea. Dar hanul unde luaseră prânzul era un loc magic și nu voia decât să fie cu el și să nu se mai întoarcă niciodată. Ezită un moment îndelungat, privindu-l, apoi șopti, cu mâna în palma lui.

– Hai să rămânem.

El închise ochii o clipă, ca și când cuvintele ei erau prea dulci pentru urechile lui, apoi îi deschise și o privi.

– Te iubesc, Claire. Știu că pare o nebunie să spun asta atât de devreme, dar cred că suntem făcuți unul pentru celălalt.

Și ea începea să simtă la fel. Nu mai era panicată sau îngrozită acum – voia să fie cu el. George merse la recepție și rezervă o cameră, apoi sună echipajul avionului și le spuse unde să stea în seara aceea. Iar apoi, râzând ca doi copii, merseră la farmacia locală să-și cumpere periuțe de dinți și ce mai aveau nevoie pentru seara aceea. Nici unul nu plănuise să rămână în Vermont. Nu o sedusese, era o decizie pe care o lăsase să o ia, astfel că Claire se simțea în largul ei și deloc forțată. Apoi se întoarseră grăbiți la han și se cazară. Era o încăpere minunată, cu șemineu și draperii cu flori. Patul era mare, vechi, cu baldachin și cuvertură imensă.

Nu mai știau cum să-și scoată hainele mai repede, iar trupurile lor se îngemănară, mâinile căutându-l cu disperare pe celălalt și se sărutară cu frenezie, urcând în patul mare și confortabil, unde începură să facă dragoste. Fu cea mai pasională partidă de sex pe care o trăise Claire, născută din dorință, pasiune, foamea și setea disperată a amândurora.

– Te-am căutat toată viața, îi spuse el, sărutând-o și câteva clipe mai târziu fu cuprins din nou de dorință.

Făcură dragoste toată noaptea, și Claire îl ținu în brațe, lipit de sânii ei, iar el adormi. Era somnul adânc și liniștit al unui bărbat satisfăcut și fericit. Claire îi trimisese un mesaj lui Morgan mai devreme, spunându-i că nu avea să ajungă acasă în seara aceea, că era în Vermont în weekend și că totul era bine.

Părăsiră camera cu greu a doua zi, după ce făcură dragoste din nou. Stătură lângă patul cu baldachin, simțindu-se ca și când ar fi devenit casa lor. Acolo se născuse dragostea lor, începuse viața lor împreună și știau amândoi că nu îl vor uita niciodată.

Zburară înapoi spre New York târziu în după-amiaza aceea și înainte de a ateriza la Teterboro, George îi zâmbi și o sărută.

– Îți mulțumesc că ai apărut în viața mea, îi spuse el.

– Te iubesc, răspunse ea.

O dovediseră cu vârf și îndesat în noaptea trecută.

– Acesta este doar începutul, îi spuse el, în timp ce zburau peste luminile orașului.

Totul arăta atât de frumos. Lui Claire i se părea că vede totul cu alți ochi. Avionul ateriză lin câteva minute mai târziu, timp în care ei se ținură de mână. Și fie că voise sau nu, Claire știu că începuse o nouă viață.

capitolul 8

Alex și Sasha încercau să petreacă timp împreună ori de câte ori le permitea programul, ceea ce nu se întâmpla atât de des pe cât ar fi vrut. Luau prânzul la cantină, se întâlneau la o gustare la miezul nopții și luau cina în zilele libere. Lucrurile merseseră foarte bine până acum, ba chiar cei doi fuseseră la un film, care le plăcu amândurora și se felicitară că rămăseseră treji. Și dacă cina era socotită drept întâlnire, fură de acord că ajunseseră la a cincea sau la a șasea și că totul mergea bine.

Nici unul nu voia să grăbească lucrurile; își doreau să se cunoască pe cât de bine puteau.

Când se întoarse din Dubai, Valentina o întrebă despre el, iar Sasha îi spuse sec că se întâlneau.

– Asta înseamnă că v-o trageți, nu-i așa? întrebă Valentina direct, iar Sasha mormăi.

– Nu poți să folosești alt cuvânt? Nu mă deranjează vulgaritățile atunci când mă tai la deget sau când se întâmplă ceva la spital, cum ar fi să mi se anuleze ziua liberă, dar urăsc acest cuvânt când este folosit în loc de a face dragoste.

– Nu mai fi așa mironosiță, îi răspunse Valentina.

Era întotdeauna cuvântul pe care îl prefera, iar în cazul ei, Sasha știa că probabil era potrivit.

– Și, ca să-ți răspund la întrebare, nu, nu o facem. Nu vrem să ne grăbim.

– E gay?

Valentina părea șocată și dezamăgită.

– Bineînțeles că nu. Vrem doar să ne cunoaștem unul pe celălalt.

– De când vă vedeți?

– Nu știu, de vreo două săptămâni. Depinde cum privești lucrurile.

– Ești nebună.

– Nici unul din noi nu vrea să facem vreo greșeală.

Sasha era convinsă de ceea ce spunea, chiar dacă surorii ei i se părea că vorbește chineză, căci ea acționa mereu fără să gândească, în special în ceea ce îi privea pe bărbați.

– Și ce dacă greșiți? Termini cu el și îți vezi de drum. Nu trebuie să fie alesul de fiecare dată.

– Poate că pentru mine trebuie, la fel și pentru el, îi răspunse Sasha.

Îl respecta pe Alex pentru felul în care vedea lucrurile și îi împărtășea părerile.

– O, pentru Dumnezeu! exclamă Valentina dându-și ochii peste cap. De când nu ai mai făcut sex?

– Nu e treaba ta, răspunse Sasha.

Sora ei avea dreptate, trecuse mai mult timp decât era dispusă să admită. Acum apăruse Alex, așa că exista o speranță la orizont, dar toate la timpul lor.

– Și când îl voi cunoaște pe Jean-Pierre? schimbă Sasha subiectul.

Se aflau în apartamentul Valentinei, în Tribeca, în ziua liberă a Sashei.

– În vreo zece minute, răspunse Valentina cu un zâmbet larg. A zis că va veni aici și vrea să te cunoască. Pleacă la Paris în seara asta. Ne întâlnim acolo săptămâna viitoare, când voi avea o ședință foto pentru versiunea franceză a revistei *Vogue*.

Soneria se auzi câteva minute mai târziu, Valentina merse să răspundă și, după un moment, în living intră Jean-Pierre, ca și când ar fi fost al lui. Era un bărbat înalt, solid și părea puternic, cu părul grizonant și ochi negri pătrunzători. Dacă l-ar fi întâlnit pe stradă, Sasha ar fi zis că avea o figură răutăcioasă, dar era tot numai un zâmbet când o îmbrățișă și o pupă pe amândoi obrajii și semăna cu un ursuleț de pluș. Unul care și-ar fi mâncat puii. Avea un zâmbet larg, însă privirea era necruțătoare.

– Voiam să te cunosc, spuse el entuziasmat și sincer. Frumoasa tânără doctoriță care aduce copii pe lume. Părinții tăi trebuie să fie foarte mândri.

– Nu tocmai, spuse Sasha zâmbind. Mama a vrut să fiu avocată – crede că meseria mea este cam complicată. Tata este foarte mândru de Valentina. Și soția lui a fost top-model.

El îi făcu semn cu mâna ca și când spusele ei ar fi fost o glumă, deși exista un sâmbure de adevăr în ele, o cuprinse cu brațul pe Valentina și o sărută. Aceasta purta o fustă neagră de piele care abia îi acoperea fundul, cizme negre de velur, lungi până la coapse și cu toc. Sasha era de părere că avea o costumație ușor excentrică, dar lui Jean-Pierre părea să-i placă și își strecură mâna pe sub fusta ei. Sasha era obișnuită să vadă bărbații purtându-se astfel în preajma surorii ei; așa făceau cu toții, iar Valentinei îi plăcea. Dacă Alex i-ar făcut asta în public, l-ar fi pocnit. Zâmbi când își dădu seama că nu o făcuse nici în privat încă, ceea ce îi convenea.

– Sunt foarte îndrăgostit de sora ta, îi spuse el Sashei cu o privire înduioșătoare. Este o femeie minunată și mă face foarte fericit.

Sasha încerca să nu se gândească ce însemna asta.

– Nu am mai fost atât de fericit de când eram tânăr.

Pentru Sasha, asta însemna că folosea Viagra, dar nu voia să se gândească nici la asta. Părea puțin mai respectabil decât prietenii obișnuiți ai Valentinei. Purta un costum de om de afaceri și cravată închisă la culoare de la Hermès și era un pic mai tânăr decât ultimul prieten al Valentinei, dar avea totuși o duritate care o speria și știa instinctiv că ar fi fost periculos să îl superi. Iar Valentina habar n-avea cu ce se ocupa.

– Ai afaceri în State? îl întrebă Sasha, tatonându-l, dar era prea deștept pentru asta.

– Fac afaceri în toată lumea. Lumea este foarte mică acum. Eu și sora ta am fost în Dubai săptămâna trecută și vom merge în Marrakech peste două săptămâni, pentru o scurtă vacanță.

– Ce distractiv, spuse Sasha, încercând să pară serioasă, dar ceva din privirea lui o speria cu adevărat.

Bărbatul părea că are vedere cu raze X. Sasha nu ar fi avut încredere în el nici picată cu ceară. Nu spusese și nu făcuse nimic greșit, dar ceva nu părea deloc în regulă.

Stătură de vorbă o vreme, așezați pe canapeaua din apartamentul Valentinei, și, în cele din urmă, Sasha se ridică și spuse că trebuia să plece. Se întâlnea cu Alex la apartament. Fetele aveau să iasă în oraș, și ea îi promisese că îi va găti cina, avertizându-l că s-ar putea să regrete asta, dar Alex spusese că își asuma riscul. Îi zisese că era un bărbat foarte curajos.

Jean-Pierre o îmbrățișă și o pupă din nou pe amândoi obrajii când plecă, iar Valentina o privi radioasă, convingându-se că Sasha îl plăcea pe prietenul ei, ceea ce nu era cazul. Sasha nu-și dădea seama ce era în neregulă cu el și ce avea de obiectat, dar era sigură că era ceva dubios la mijloc. Spera însă că Valentina nu va afla niciodată și că bărbatul va dispărea înainte să creeze vreo problemă. Indiferent cu ce s-ar fi ocupat, Sasha era sigură că era priceput la ceea ce făcea și, dacă era un lucru ilegal, poate că nu avea să fie prins.

Sasha luă metroul spre nord până în Hell's Kitchen. Alex sosi la mansardă câteva minute după ea, aducând alimentele pe care conveniseră să le pregătească la cină. O privi îndeaproape după ce o sărută și întrebă dacă totul era în regulă. Părea distrasă.

– Da. Tocmai m-am întâlnit cu prietenul Valentinei. Nu pot spune ce nu este în regulă cu el, dar ceva nu mi s-a părut în ordine. Am mai trecut prin situația asta, și ulterior am aflat că cei cu care ieșea vindeau heroină copiilor. Acesta e ceva mai bun sau poate mai cizelat, dar are cea mai răutăcioasă privire pe care am văzut-o vreodată. Vestea bună este că Valentina niciodată nu are relații de durată. Este înnebunită după el, dar asta nu înseamnă nimic pentru ea.

– Nu știu cum pot două surori gemene să fie atât de diferite, spuse el despachetând mâncarea. Nu am văzut diferență mai mare decât între tine și sora ta.

Și credea că era un lucru bun.

– Știu, este straniu, fu ea de acord. E nebună și are cele mai proaste gusturi când vine vorba de bărbați, dar o iubesc oricum.

Alex înțelegea asta și fusese respectuos cu ea și avea grijă ce spunea.

Începură să pregătească cina împreună, bucurându-se de seară, căci știau că fetele aveau să fie plecate, așa că erau numai ei.

Claire încă nu spusese nimănui în afară de Morgan, dar povestea de dragoste cu George mergea bine. În următorul weekend se duceau la Palm Beach cu avionul lui. Brusc, apăruseră un milion de planuri care lui Claire i se păreau amuzante. Bărbatul voia să o ducă la Super Bowl, unde el mergea în fiecare an, la campionatul de baseball World Series, la schi în Courchevel și Megeve, Aspen, Sun Valley, în Caraibe și în sudul Franței, la vară. Îi promisese că vor face multe lucruri împreună și că voia să-și petreacă viața în pat cu ea. Claire încerca – fără să reușească – să nu se lase distrasă de el. De fiecare dată când se așeza la planșa de desen, acasă sau la birou, mintea i-o lua razna și-l vedea gol în fața ei. Ba chiar îi făcuse o schiță, pe care o ascunsese într-un sertar la serviciu. George îi spunea mereu că știa că ea era exact ce îi trebuia. Deși nu voia să creadă încă, Claire știa că așa era. Doar că nu se așteptase ca el să intre în viața ei atât de curând. Uneori se întreba dacă așa i se întâmplase mamei ei când se îndrăgostise până peste cap de tatăl său și îl urmase în San Francisco. Dar Claire știa că acum era diferit. George avea un succes legendar pe Wall Street și era un om de afaceri genial. Oamenii spuneau că avea darul lui Midas[1]. Și nu i-ar cere niciodată să renunțe la cariera ei.

[1] Personaj legendar, cunoscut pentru abilitatea sa de a transforma orice atingea în aur (n.red.)

Claire începea să se gândească la lucruri la care nu se gândise până atunci, cum ar fi căsătorie și copii. George îi deschidea noi orizonturi pe care până atunci le ținuse încuiate în inima ei. Era prea devreme să se gândească la așa ceva sau să facă schimbări în viață, dar se îndrăgostise nebunește de el.

În următorul weekend, când o duse în Florida, petrecură o noapte în Miami, a doua noapte în Palm Beach și se distrară și mai mult decât în Vermont. Deja se cunoșteau bine unul pe celălalt și aflau tot mai multe în fiecare zi. Lui George nu-i plăcea să vorbească despre copilăria sa, dar Claire îi spusese în cele din urmă despre tatăl ei morocănos și despre faptul că mama ei renunțase la carieră pentru el. Îi explică de ce își dorea atât de mult să rămână independentă și să își facă treaba. Nu voia să depindă niciodată de un bărbat, nici măcar de el. Iar George înțelegea.

Merseră la schi nautic în Miami de pe un iaht pe care îl închiriase pentru ziua aceea și mâncară la restaurantele cele mai bune. Claire se simțea ca o prințesă dintr-o poveste, trăind un vis cu el.

– Ce se întâmplă cu Claire? o întrebă Sasha pe Morgan sâmbătă dimineață când făceau cafea în bucătărie.

Abby dormea încă. Stătuse la calculator lucrând la noua piesă și rămăsese trează până târziu, așa că Sasha și Morgan erau singure la masa din bucătărie.

– Este în oraș tot timpul și mereu plecată în weekend, comentă Sasha.

Morgan rămase tăcută o clipă și nu știu ce să spună. Nu cunoștea detaliile, dar știa că Claire plecase cu George în weekend.

– Se vede cu cineva, spuse Morgan simplu.

– Uau, nu mi-a spus nimic. Știi cine e? o întrebă Sasha.

Morgan încuviință din cap, încercând să nu pară îngrijorată.

– George.

Dură un moment până înțelese, apoi Sasha făcu ochii mari.

– Șeful tău?

Morgan încuviință din cap.

– Cum s-a întâmplat asta?

– Luam cina la restaurantul lui Max, George era acolo și a trecut pe la masa noastră. I l-am prezentat lui Claire, iar restul, după cum se spune, este istorie. Sunt înnebuniți unul după celălalt de atunci.

Nu trecuse mult, dar era ceva intens. Ori de câte ori o vedea Morgan, Claire părea în al nouălea cer. Morgan spera doar că va dura, dar nu era convinsă. George era greu de citit, și era și mai greu de anticipat ce va face.

– Crezi că e pe bune cu el? o întrebă Sasha îngrijorată.

– Nu știu. S-ar putea. La un moment dat, o femeie sau alta va pune mâna pe el, și s-ar putea prea bine să fie Claire. Are un palmares de relații scurte, dar, din puținul pe care-l știu și îl simt de la ea, nu cred că a mai fost atât de serios până acum.

– Uau, spuse Sasha din nou. Unde este în weekendul acesta?

– Florida. Au mers cu avionul lui.

– Ce tare pentru ea, dacă va dura relația.

Morgan zâmbi, sperând și ea același lucru.

– Dar tu? întrebă Morgan, în timp ce se așezară la masă cu ceștile de cafea. Cum merge cu tânărul doctor?

– Frumos. Încet, dar sigur. Nici unul dintre noi nu vrea să se grăbească și să stricăm lucrurile.

– Sună bine.

– Funcționează pentru noi.

Sasha rămase în bucătărie după ce Morgan se duse să se îmbrace. Urma să îl ajute pe Max în chestiunile de contabilitate la restaurant. Aveau toate o relație acum, în diverse stadii, trei dintre ele cu bărbați buni, interesanți și valoroși. Singurul măr putred era Ivan, iar Sasha nu putea decât să spere, de dragul lui Abby, că aceasta va scăpa de el curând.

capitolul 9

În octombrie, când Morgan trecea încă o dată în revistă datele strânse pentru o prezentare, ceru niște fișiere de la contabilitate și își dădu seama imediat că nu îi aduseseră ce trebuia. Îi sună, rugându-i să îi trimită fișierele bune și ceva îi atrase atenția pe bilanțuri, în timp ce aștepta să vină cei de la contabilitate să le ia. Fusese făcut un transfer de 100 000 de dolari și o retragere de 20 000, care nu i se păreau în regulă. Banii nu aveau ce căuta în contul acela. Văzu că după o săptămână cele 20 000 fuseseră depuse în mod inexplicabil, iar suta de mii fusese mutată din nou în contul potrivit. Lucrurile nu se legau. Se întrebă dacă fusese o eroare la contabilitate, pe care o corectaseră. Toate cifrele păreau în regulă la final, dar avuseseră loc niște permutări pe care nu și le putea explica. Se gândi să-i spună lui George, dar pentru că banii erau acum în contul corect, nu mai conta cu adevărat. Însă i se păru ciudat. La biroul lor ajungeau o mulțime de bani care intrau și ieșeau, pentru clienți, și Morgan știa că George era foarte priceput la cifre și extrem de atent și își supraveghea registrele contabile cu ochi de vultur. Era un lucru important într-o firmă ca a lor, așa că poate George știa și ceruse să se remedieze situația. Nu era îngrijorător, dat fiind că nu lipseau bani, dar Morgan nu își putea dădea seama ce se întâmplase. Ca să fie sigură, dacă subiectul era deschis ulterior, fotocopie dosarul înainte ca personalul de la contabilitate să vină să-l ia și așeză pagina fotocopiată într-un sertar încuiat în biroul ei. Apoi începu să lucreze la documentarea pe care trebuia să o facă pentru a doua zi. După aceea uită complet de eroarea de contabilitate. Avea noi clienți și foarte mult de lucru.

Morgan observase cât de binedispus era George de când începuse să se vadă cu Claire. Nu îi spusese nimic lui Morgan, dar părea îndrăgostit. Nu îl văzuse niciodată atât de fericit sau relaxat, iar Claire era și ea ca o floare. Ba chiar încetase să se mai plângă de șeful ei.

Și Sasha era fericită. Acum era ocupată, mulțumită și liniștită, iar ea și Alex se distrau. Râdeau mult ori de câte ori bărbatul venea la apartament și luau cina la restaurantul lui Max cel puțin o dată pe săptămână. Iar Alex și Max găteau cina împreună acum, în serile de duminică, la apartament. Max rămase bucătarul-șef, iar Alex era ajutorul lui, dornic să învețe noi trucuri de la el. Alex se potrivea perfect în această familie, iar ceilalți sperau că va rămâne cu ei. Era însă prea curând de anticipat ce avea să se întâmple.

Abby era singura care în mod evident nu era fericită și părea deprimată. Ivan o chinuia și invoca și mai multe scuze cu privire la motivul pentru care nu era în preajmă sau nu era de găsit. Era bolnav, avea o migrenă, își rupsese spatele mutând decorurile, trebuia să se întâlnească în oraș cu sponsori sau cu contabilul, citea piese noi, era epuizat după ce citea piese noi, rămăsese fără baterie la telefon, îl pierdea o dată sau de două ori pe săptămână sau nu avea semnal pe unde umbla. Era ca și când ai fi vrut să prinzi argintul viu. Abby îl căuta constant și îi asculta scuzele când îl găsea. Daphne era din ce în ce mai prezentă, iar el pretindea că încerca să o învețe meserie. Și se părea că tatăl ei îl evita pe Ivan și era mereu într-o călătorie de afaceri, așa că nu se întâlniseră încă. Iar contul lor bancar era aproape gol. Situația lor financiară era disperată.

La teatru, în timp ce Abby continua să picteze decorurile și să se ocupe de curățenie, Daphne era mereu în preajmă, dar Ivan nu voia ca ea să ajute. Îi spusese lui Abby că avea astm și că i-ar face rău, iar tatăl ei ar fi furios. Așa că Abby rămânea sclava, făcând totul pentru el, iar Daphne era noua prințesă. Abby încerca să fie răbdătoare, dar avea nervii întinși la maximum. Iar el era fie prea bolnav, fie prea obosit, fie prea ocupat pentru a veni la apartament ca să petreacă timp cu ea sau nu dormise de zile întregi și nu voia ca ea să petreacă noaptea acasă la el. Devenise ridicol, și până și Abby știa. Dar Ivan nu voia să admită ce se întâmpla. Abby se săturase de vorbele lui. Începea să semene cu mincinosul care era de fapt.

Într-o după-amiază, când Abby o întrebă din politețe pe Daphne despre tatăl ei, pe unde mai călătorea, fata o privi nedumerită și, cu o expresie melancolică, îi zise că murise cu doi ani în urmă. Fu picătura care umplu paharul. Abby nu spuse nimic, dar îl așteptă pe Ivan la teatru când ajunse acolo în seara aceea. Avea o întâlnire cu Daphne la birou, care durǎ aproape o oră, iar când ea ieși din birou îmbujorată și transpirată, Abby intră tăcută. Nu avea să mai amâne de data asta. Dura de prea multă vreme, și Ivan o luase de proastă.

Bărbatul își aranja cureaua când Abby intră și nu trebuia să te gândești prea mult ca să îți dai seama ce făcuseră. Abby încercă să nu se gândească la asta când avea să-l înfrunte. Simțea că o îneacă lacrimile.

– Unde ai fost în după-amiaza asta? îl întrebă, apoi îi aruncă momeala. Ai fost cumva cu tatăl lui Daphne, ca să discutați despre finanțare?

– Da. Ivan părea serios și demn, întorcându-se spre ea și privind-o drept în ochi. Vrea să se gândească mai bine.

– Trebuie să fi fost o întâlnire dificilă pentru tine, spuse ea compătimitoare.

Îi tremurau mâinile, dar el nu le vedea.

– De ce? E un om foarte drăguț și recunoscător pentru ce facem pentru fiica sa.

Ea încuviință din cap și continuă după ce termină Ivan:

– Ai fost la o ședință de spiritism? întrebă ea cu o voce solemnă.

– Bineînțeles că nu. De ce mă întrebi asta?

– Pentru că omul e mort de doi ani. Ar fi trebuit să o întrebi pe Daphne înainte să minți. Pari cam fraier după aceea. De fapt, nu pari doar fraier, te face să arăți ca un nemernic, așa cum de fapt ești. Ai o aventură cu ea, și știu.

El o întrerupse palid.

– Ți-a spus și asta? exclamă panicat.

– Nu, tocmai mi-ai spus tu. Mi-am dat seama de prima dată când Daphne a intrat în teatru și i-ai spus aceleași minciuni pe care mi le-ai spus mie acum trei ani, când mi-ai promis că îmi vei monta piesa. Nu o vei monta niciodată nici pe a ei. De ce te deranjezi să mă ții lângă tine de vreme ce o ai pe ea? Ca să-ți mătur dușumelele și să-ți pictez decorurile? De ce mă minți unde ești, cu cine ești, că ai migrene, că te doare spatele, că ți-ai pierdut telefonul și toate celelalte? Știi ce? Nu-mi pasă. Nu-mi pasă cu cine ți-o tragi și pe cine minți. Am închis ochii și m-am făcut că nu aud timp de trei ani pentru că te-am iubit și te-am crezut. Nu te mai iubesc și nu te mai cred și într-o zi nici ea nu o va mai face și nu mai poți găsi încă o tânără blondă care să ți-o sugă la tine în birou și să și-o tragă cu tine. Ești jalnic. Ești exact ceea ce spune toată lumea despre tine, ești un bou jalnic și arogant. Și am terminat-o cu tine. Ia-o pe Daphne, ia piesa ei, ia toate minciunile și rahaturile și vâră-ți-le undeva. Sper că fata nu va fi la fel de proastă ca mine. Și succes în obținerea banilor de la tatăl ei mort, pentru că îți este foarte recunoscător. Du-te dracului, Ivan Jones! spuse ea răspicat, deschise ușa biroului și o trânti în urma ei când ieși.

Nu se mai simțise atât de bine de luni întregi și, în timp ce traversa scena pentru a pleca din teatru, o văzu pe Daphne într-o parte.

– La revedere, Daphne, spuse Abby trecând pe lângă ea.

– Pleci? o întrebă ea surprinsă.

– Da.

– Cine va curăța teatrul înainte de spectacolul din seara asta?

Părea îngrijorată, iar Abby îi zâmbi.

– Tu. Locul acesta nu se rezumă doar la distracție și felații, să știi. Trebuie să mai și muncești. Distracție plăcută!

Între timp, Ivan ieșise din birou și se holba la ea, nevenindu-i să creadă ceea ce tocmai spusese. Chiar credea că le putea ține pe amândouă în mrejele lui. Abby își dădea seama acum că trebuie să fi fost țicnită să-l iubească și să creadă ce-i spusese.

– Nu poți să pleci, spuse el cu voce slabă, purtându-se ca și când ar fi fost rănit mortal.

– Ba da, pot.

– Vei renunța la principii, la fel ca părinții tăi și vei scrie porcării tot restul vieții, spuse el amenințător.

– Poate că așa va fi, ripostă ea furioasă. Dar nu voi fi o fanfaroană lihnită de foame la 46 de ani, punându-i pe alții să facă toată treaba. Maturizează-te, Ivan, și ia-ți o slujbă. Nu ai nici un sfanț și tocmai ai rămas fără sclavi.

Daphne părea agitată auzind-o și se uită îngrijorată la Ivan.

– Nu voi face curățenie în teatru, spuse ea în timp ce Abby își lua geanta și pleca. Mi-ai spus că îmi vei monta piesa.

Daphne aproape plângea, iar Abby trânti ușa teatrului și ieși.

– Trebuie să o faci, îi spuse Ivan lui Daphne, cu un ton sever.

– Du-te dracului! răspunse Daphne și o urmă pe Abby, scutindu-se de ani de durere.

Abby se întorcea la apartament, cu pas rapid și adrenalina pulsându-i în vene. Îi curgeau lacrimi pe față, dar nu știa și nu-i păsa. După ce apăruse Daphne în peisaj, își dăduse seama că nu îl avusese niciodată pe Ivan, că doar o folosise și că oricum nu merita să fie în viața ei. Fusese o mare fraieră.

Urcă scările în grabă pe 39th Street, până la apartament, și toată lumea era acasă când intră. Arăta ca o nebună cu părul răvășit și fața udă de lacrimi.

– Ce s-a întâmplat? o întrebă Sasha, îngrijorată.

– Tocmai i-am zis lui Ivan să se ducă dracului. Avea o expresie uluită când le spuse. Mi-am dat seama în sfârșit că m-a înșelat cu Daphne și nu am mai putut suporta minciunile și scuzele. M-a mințit mereu. Am terminat-o.

Camera izbucni în aclamații și toate o îmbrățișară. Abby știa că va fi tristă în seara aceea gândindu-se la asta și își va aminti de vremurile bune oricare vor fi fost, dar avea 29 de ani și nu putea să lase tipii ca el s-o folosească. Avea să o ia de la capăt, să facă lucrurile bine data următoare și trebuia să lucreze cu oameni care își țineau cuvântul.

Abby scrisese mult în ultima vreme și se apucase de lucru la romanul ei. Începuse să își dea seama că stilul experimental pe care îl adoptase pentru Ivan îi înăbușea propria voce. Nu avea de gând să-l lase să-i distrugă cariera transformând-o într-o marionetă pe care să o manevreze cum voia el. Nu își dorea decât să se apuce de muncă, să-și urmeze propriul drum și să încerce să uite de al lui. Irosise trei ani atât din punct de vedere personal, cât și profesional.

– Cum am putut să fiu atât de proastă? își întrebă bunele prietene, așezându-se pe canapea și privindu-le. Ați încercat să-mi spuneți și nu am crezut. Voiam ca tot ceea ce îmi spunea el să fie adevărat.

– Este un tip deștept, spuse Morgan pe un ton înțelept. Porecla de Rasputin nu fusese atât de deplasată. Ivan îi manevrează pe cei naivi și creduli și pe femeile care se îndrăgostesc de el. Totul e o iluzie, ca în *Vrăjitorul din Oz*.

– Iar eu eram idioata cu pantofi roșii. Ce le voi spune părinților mei? Mi-am irosit trei ani din viață.

I se ridica ceața de pe ochi și era îngrozitor, dar cel puțin vedea adevărul în cele din urmă.

– Probabil că știau și așteptau să te trezești. Vor fi fericiți că s-a întâmplat asta, spuse Claire cu blândețe și o cuprinse pe Abby în brațe, strângând-o tare.

– Cred că și Daphne a plecat. Am văzut-o ieșind din teatru după ce am plecat eu. Dar mereu va fi o altă Abby sau o altă Daphne, dispusă să-l creadă sau să devină sclava lui.

– Mai devreme sau mai târziu va rămâne fără sclavi. Deja s-a întâmplat asta. E mult mai puțin convingător și atrăgător la 46 de ani decât era chiar și la 43, când l-ai întâlnit, adăugă Morgan.

Luară cina toate patru în seara aceea și vorbiră despre cele întâmplate. Era ca și când Abby ar fi avut trei surori care erau alături de ea când avea nevoie. Avea să își sune părinții și să le spună și lor, dar nu încă. Băură mult vin în seara aceea și se duseră devreme la culcare. Abby nu știa ce va face acum. Se ducea acasă de Ziua Recunoștinței, peste o lună, așa cum făcuse întotdeauna și plănuia să scrie mult la roman înainte de asta. Avea să-și recapete vocea și să și-l scoată din minte pe Ivan.

Plânse în pat în seara aceea, obosită, beată și rușinată. Lucrurile nu puteau decât să se îmbunătățească după asta.

Așteptă câteva zile înainte să o sune pe mama ei și să-i spună ce se întâmplase. Joan Williams nu era furioasă pe ea – era ușurată.

– Știam că Ivan nu este potrivit, dar trebuia să-ți dai singură seama, spuse ea cu blândețe.

– Aș vrea să nu fi durat atât de mult. Trei ani. Ce pierdere de timp, se plânse Abby.

– Sunt sigură că ai înțeles ceva din asta și se va vedea în scrisul tău, îi spuse mama ei încrezătoare.

Avea încredere în fiica ei, în talentul și în mintea ei ascuțită. Ivan nu i le putea lua. Și, spre marea ei uimire, Abby descoperi că mama sa avea dreptate. Datorită furiei clocotitoare pe care o simțea față de Ivan, scrisul ei deveni mai profund, mai clar și mai tranșant decât fusese vreodată. Furia o alimenta și scria mai bine decât scrisese de ani buni. Se închise în apartament, scriind în fiecare zi, când celelalte fete erau la muncă. Nu pierdea vremea. Scria. Asta era menită să facă și își transpuse furia pe hârtie. Era felul ei de a și-l scoate pe Ivan din minte și din viață pentru totdeauna. În sfârșit. Și se va vindeca după ce va reuși să o facă.

capitolul 10

Claire se simțea ca și când ar fi trăit un basm, iar mama ei intui când o sună. Își dădu seama că se întâmplase ceva și întrebă dacă fusese promovată la serviciu. Nici măcar nu-i trecuse prin cap că în viața fiicei ei apăruse un bărbat și că se îndrăgostise. Întâlnirile ei cu bărbații fuseseră aproape inexistente de atâta vreme, încât mama ei nu putea decât să presupună că voioșia din vocea fiicei avea legătură cu munca. Claire nu o mințea niciodată, deși vorbea foarte puțin despre George, chiar și cu colegele ei de apartament. Voia doar să se bucure în intimitate de ceea ce ei doi aveau, pentru o vreme. Însă, ezitând, îi spuse mamei sale despre George.

– Când s-a întâmplat asta?

Sarah era uluită, dar fericită pentru ea. Simțea cât de extaziată era Claire.

– Acum câteva săptămâni, cam o lună.

– Cum l-ai cunoscut? o întrebă la fel de prudentă, nevrând totuși să o tragă de limbă pe fiica ei.

– Este șeful lui Morgan.

– Cel care e mare bancher pe Wall Street? întrebă mama ei, șocată.

– Da.

– Are foarte mulți bani, adăugă mama ei uimită, iar Claire râse.

– Da, așa e. Am fost peste tot în weekenduri, cu avionul lui. Florida, Vermont.

George o ducea la o petrecere în Boston săptămâna următoare. Și mai erau toate acele lucruri din Europa, despre care vorbiseră. Aveau multe visuri și planuri.

– Trebuie să fie puțin copleșitor, nu-i așa, draga mea?

Era îngrijorată pentru ea, dar și încântată. Însă nu voia ca el să-i frângă inima, iar Sarah își reaminti vag că George era cam fustangiu, ceea ce nu era surprinzător pentru un bărbat în floarea vârstei care făcuse o avere. Avea lumea la picioare și acum pe fiica ei în brațe. Spera că era sincer în ceea ce o privea și că nu se mulțumea să se joace cu ea.

– Este ceva serios? o întrebă mama ei, intrând în joc din mers, plină de speranță.

– Totul e foarte nou, dar așa pare pentru amândoi. George spune că m-a așteptat toată viața.

Sarah îi zâmbi prin telefon. Era încântată pentru fiica ei. Era tot ceea ce-și dorea să audă orice femeie.

– Asta ți-ar schimba într-adevăr viața, spuse Sarah gânditoare.

– Da, așa e, răspunse Claire.

Apoi Sarah se gândi la ceva.

– Mai vii acasă de Ziua Recunoștinței?

– Bineînțeles.

Întotdeauna mergea acasă de Ziua Recunoștinței și de Crăciun. Nu voia să își dezamăgească părinții, în special pe mama ei. Sărbătoarea ar fi fost îngrozitoare pentru ea fără unica ei fiică, singură cu un soț depresiv, care abia vorbea cu ea.

– Vrei să îl iei pe George cu tine?

– Nu știu, nu am vorbit despre asta.

Dar nu voia ca el să vadă cât de plicticoşi erau părinţii ei. Sărbătorile lor fuseseră mohorâte în ultimii câţiva ani, tatăl ei făcând mereu comentarii sumbre în legătură situaţia economică şi cea mondială. Nu voia să-l bage pe George în asta, deşi poate că va fi nevoită într-o zi, însă nu încă. Plănuia să îi spună că trebuia să meargă acasă pentru câteva zile. Nu îi plăcea să îl lase singur, dar nu avea de ales.

Când Claire îi pomeni despre asta, fu uşurat şi el.

– Nici să nu stai pe gânduri, o linişti el. Urăsc sărbătorile din tot sufletul. Întotdeauna mă deprimă. Le uram şi când eram copil.

„Nu este de mirare", se gândi Claire, „dacă părinţii lui muriseră şi locuia singur cu bunica lui", dar nu i-o spuse.

– De obicei mă duc la schi în Aspen de Ziua Recunoştinţei şi în Caraibe de Crăciun şi de Anul Nou. Mergi la familia ta fără să mai stai pe gânduri, concluziona George.

Părea încântat că nu îl invitase să meargă cu ea. Nu ar fi mers oricum, dar nu voia să fie invitat şi să o refuze. Funcţiona perfect pentru amândoi. Ziua Recunoştinţei avea să fie peste o lună, dar el era mulţumit că discutaseră despre asta. Acum puteau să meargă fiecare unde voia de sărbători, şi George îi promise că vor zbura în San Francisco într-un weekend obişnuit, ca să îi cunoască părinţii.

Însă, pentru toate celelalte lucruri în afară de sărbători, voia să fie cu ea mereu şi se întâlneau cam la două zile. Claire petrecuse câteva nopţi cu el în apartamentul luxos din Trump Tower, iar el planificase weekenduri amuzante pentru ei. Îi plăcea mult să meargă la petreceri împreună, dar refuză să petreacă noaptea cu ea şi cu colegele ei de apartament la mansardă.

– Sunt prea bătrân ca să petrec o noapte cu toate colegele tale de apartament.

Îi plăcea să aibă intimitate, confort și tot luxul cu care era obișnuit și prefera să doarmă în propriul pat, de preferință cu ea. Îi spuse că putea oricând să rămână în apartamentul său și îi arătă un sertar în care să-și pună lucrurile și un șifonier pentru oaspeți. Însă Claire nu își lăsase încă nimic acolo, părea prea devreme. Lua o mică geantă cu ea când petrecea noaptea la el, pe care o ducea apoi înapoi acasă. Nu voia să pară ca și când s-ar fi mutat la el. Îi respecta spațiul. George trăia singur de multă vreme și avea propriile tabieturi. Un îngrijitor și o menajeră aveau mare grijă de el. Claire încă se simțea puțin ciudat când îi aduceau micul dejun dimineața, dar erau foarte drăguți cu ea. Te puteai obișnui cu o astfel de viață ușoară. Și George vorbea de parcă se aștepta ca ea să fie acolo vreme îndelungată, pentru totdeauna, spera ea. Nu pomenise niciodată de căsătorie, nu se aștepta să o facă și nici nu voia, dar mereu sugera că era femeia visurilor sale, cea pe care o așteptase toată viața. Ba chiar o întrebă într-o zi, când se plimbau în weekend, câți copii voia să aibă, iar ea fu cinstită cu el.

– Nici unul.

George păru surprins.

– Nu am vrut niciodată să am copii cu adevărat. Ar fi o mare povară. Nu putea decât să își amintească de tatăl ei care se plângea mereu când era copilă, făcând-o să se simtă că nu era bine-venită în viața lui. Prefer să am o carieră.

– Poți să le ai pe amândouă, spuse George cu blândețe.

– Nu sunt sigură că aș putea să fiu corectă cu copiii mei.

– E mult mai ușor să ai copii când ai bani, îi reaminti el. Am putea angaja o bonă. Să fiu sincer, nici eu nu am vrut copii, dar m-am răzgândit de când te-am întâlnit pe tine. Dacă ar fi să am vreodată, nu mă pot gândi la o mamă care să fie perfectă pentru copiii mei, în afară de tine.

O cuprinse amețeala când îl auzi. Era complimentul absolut. Totul se derula atât de repede. George se purta de parcă se întâlneau de un an sau doi, nu de o lună. Nimeni nu îi mai spusese vreodată lui Claire „te iubesc" atât de repede. Uneori se panica și încerca să se distanțeze puțin de el, ca să vadă lucrurile cât de cât la rece, dar, de îndată ce o făcea, el simțea și făcea tot posibilul să o readucă aproape.

George știa că iubita lui își făcea griji în privința carierei dacă se implica prea mult în relația cu el, dar o asigură că nu se va amesteca. Și, în ciuda temerilor ei, îi plăcea ceea ce îi spusese. Cui nu i-ar fi plăcut? Îi trimitea mesaje și o suna de trei sau patru ori pe zi. Îl enerva pe Walter ori de câte ori o surprindea la telefon și se răstea la ea să îi spună prietenului ei să o lase mai ușor. Era mitocan și se comporta mai urât după ce văzuse povestea lor de dragoste de la pagina șase. Parcă îi displăcea ce i se întâmpla ei și făcea comentarii despre prietenul său, spunând că probabil lui Claire nu-i mai păsa de slujbă, iar ea îl asigură că nu era adevărat. Încă se întreținea singură, fără să o ajute nimeni, și avea nevoie de bani. Dar atmosfera de la serviciu părea să se înrăutățească. George compensa din plin în weekenduri, și două zile Claire uita de Walter Adams și de pantofii lui urâți și banali. Trimisese alte e-mailuri cu CV-ul ei, dar nimeni nu îi oferise încă o slujbă. Așa că depindea în continuare de șeful ei. Iar George era raza de soare din viața ei. Parcă erau în luna de miere, când totul părea perfect și roz. Până atunci, nu existase nici măcar o urmă de neînțelegere sau ceartă. Claire spera că așa avea să fie mereu.

Sasha și Alex se simțeau și ei bine. Petreceau cât de mult timp puteau împreună și discutau despre munca lor. Încercaseră să-și aranjeze programul ca să poată lucra și să fie de gardă în aceleași zile. Uneori funcționa și făceau lucruri distractive. Mergeau la concerte la Lincoln

Center, Sasha îi cunoscu pe prietenii lui și îi plăcu pe cei mai mulți când luară cina cu ei. Închiriară o mică barcă într-un weekend și navigară pe Long Island Sound. Merseră la piața fermierilor din Union Square și la talciocul din Hell's Kitchen. Cumpărară dovleci pentru spital și îi sculptară de Halloween. Puseră doi la oficiul asistentelor din Secția de travaliu și nașteri, iar pe ceilalți îi dăduseră în salonul de pediatrie, unde copiii se bucurară de ei, iar el îi aminti atunci că se apropiau de cea de-a douăzecea întâlnire. Pierduseră șirul, însă nu se ivise ocazia potrivită de a petrece noaptea împreună. Ca și George, Alex se simțea ciudat să petreacă noaptea în mansardă cu colegele ei, sau cel puțin pentru prima dată. În mica lui garsonieră era dezordine și nu prea era loc. Valentina o întrebase dacă făcuseră sex și îi spusese că era ridicolă când Sasha îi răspunse că nu. Îi povestise că ea și Jean-Pierre făceau sex mereu, în toate locurile posibile, chiar și în avionul lui. Spuse că aveau o problemă, insistând că Alex era probabil gay sau nu i se scula, iar Sasha îi zise că era nepoliticoasă. Alex și Sasha se înțelegeau perfect și nu erau supărați din pricina întârzierii. Și, exact înainte de weekendul de Halloween, lui îi veni o idee.

– Ce-ar fi să mergem la un han drăguț în Connecticut sau Massachusetts în weekend? Avem amândoi liber. Ar fi plăcut să plecăm din oraș pentru două zile.

Ei îi plăcu mult sugestia, și Alex făcu rezervare la un han despre care îi spusese unul dintre rezidenți, în Old Saybrook, Connecticut. Își petrecuse acolo noaptea nunții, cu soția.

Plecară împreună de la spital vineri la miezul nopții și, la 9.00 dimineața, sâmbătă, erau pe autostradă, în drum spre Connecticut, cu mașina lui. Se cazară la micul han, care era amplasat aproape de apă. Simțeau mirosul de sare din aer și auzeau pescărușii din cameră. Și erau câteva restaurante drăguțe în apropiere. Sasha adusese o mică geantă cu ea, iar Alex o duse în cameră. Proprietarii hanului erau doi oameni în vârstă, iar nepoata lor făcea curat în camere după școală. Era exact ce își doriseră și vorbiră să meargă la o plimbare pe plajă, dar Alex o opri înainte să iasă din cameră și o sărută apăsat pe gură. Se sărutau de mai bine de o lună și acum erau singuri tot weekendul. Intențiile lor erau clare. Alex se întrebă dacă Sasha va fi timidă cu el, dar ea îi zâmbi, desfăcându-i cămașa și pantalonii, iar el făcu același lucru cu hainele ei. Așteptaseră îndelung, respectuoși, iar acum erau ca niște vechi prieteni. Nu aveau secrete, mistere sau intenții ascunse, cunoșteau totul unul despre celălalt, mai puțin trupurile, iar Sasha voia să descopere restul acum. Deodată, nu mai putea aștepta nici măcar un minut, și nici el. Urcară în pat rapid și râseră când scârțâi, dar uitară repede de asta, cuprinși de o dorință care îi surprinse pe amândoi. După o lună de așteptare, în care se cunoscuseră unul pe celălalt, acum asta era tot ce își doreau și rămaseră amândoi fără suflare după aceea. Stăteau întinși în pat, iar el îi admira trupul. Era foarte frumoasă, iar ea credea același lucru despre el. Își zâmbiră, apoi se sărutară din nou.

– Te iubesc, spuse el încet.

Așteptase până acum să o spună, dar și-o spuseseră în nenumărate feluri și prin gesturi atente în ultima lună.

– Și eu te iubesc, spuse ea fericită. Simțea că îi aparține acum și că ultimul pod fusese traversat. Sora mea crede că suntem nebuni că am așteptat, dar mă bucur c-am făcut-o.

Stătură în pat vreme îndelungată, apoi făcură duș împreună, se îmbrăcară și ieșiră să exploreze micul oraș. Făcură o plimbare lungă pe plajă, mână în mână, apoi se întoarseră la han și făcură dragoste din nou, înainte de a merge să cineze într-unul din restaurantele din apropiere, care era romantic, intim și luminat doar cu lumânări. Era luna de miere perfectă. Trecură două zile de fericire absolută.

Fură tăcuţi pe drumul de întoarcere, ascultând muzică şi gândindu-se la cele întâmplate în weekendul acela. Sasha se aplecă şi îl sărută, iar el îi zâmbi. Nu se mai simţise nicicând atât de fericit şi de liniştit.

Nu se grăbiseră să ajungă înapoi în oraş, după ultima plimbare pe plajă la sfârşitul zilei.

– Vrei să dormi la apartament? îl întrebă ea în timp ce se îndreptau spre New York.

El ezită, dar nu voia să stea noaptea fără ea, acum, după weekendul petrecut împreună.

– Da, vreau, răspunse el şi îi veni altă idee, dar voia să îşi întrebe părinţii mai întâi.

Găsiră un loc de parcare chiar în faţa clădirii şi urcară. Toate fetele erau acasă, iar Max le gătise cina. Nu lipseau nici Oliver şi Greg. Era plăcut să-i găsească pe toţi acolo. Era ca şi cum s-ar fi întors acasă la familia iubitoare, după luna lor de miere. Nu luaseră cina, iar Max mai avea destul şi pentru ei şi le turnă amândurora câte un pahar de vin. Morgan şi Claire stăteau încă la masă, iar Abby era prinsă într-o conversaţie cu Greg pe canapea, despre cartea ei. George venise şi el la cină, dar plecase acasă. Avea o întâlnire a doua zi dimineaţa devreme, iar Claire hotărâse să rămână la apartament să se poată odihni. Avuseseră un weekend plin. Merseseră în Bermuda cu avionul lui şi stătuseră pe un iaht pe care îl închiriase.

– Unde aţi fost tot weekendul? îi întrebă Max, în timp ce mâncau friptura înăbuşită pe care o pregătise şi care le plăcuse tuturor.

Era reţeta bunicii lui din Irlanda şi o făcuse cu piure şi spanac cu smântână, iar la desert aveau sufleu de ciocolată cu cremă de ou şi lapte.

– Am fost în Connecticut, spuse Alex enigmatic şi zâmbi spre Sasha şi toţi înţeleseră şi se arătară bucuroşi pentru ei.

Nu existau secrete în grup.

Așa cum făceau mereu, stătură de vorbă vreme îndelungată. Lumânările arseseră pe masă și toată lumea era sătulă și relaxată când ceilalți merseră acasă. După ce Sasha ajută la spălatul vaselor, ea și Alex se duseră în camera ei și se băgară în pat ca și când ar fi făcut-o dintotdeauna. Se cuibăriră sub pătură și făcură dragoste din nou și, exact înainte să adoarmă, Alex îi spuse că o iubește, iar ea se lipi de el și îl sărută pe obraz.

– Și eu te iubesc, Alex, spuse ea încet și un moment mai târziu torcea în brațele lui ca o pisică.

Nu trecu mult până la 6.00, când sună alarma ca să meargă la spital. Aveau același program în ziua aceea. Făcu întâi ea duș, apoi îi pregăti micul dejun, în timp ce el se spăla și se îmbrăca. Îl așteptă cu masa pusă când ieși din dormitor. Ceilalți dormeau încă. Sasha și Alex trebuiau să fie la spital la 7.00 și erau de gardă până la 22.00.

– Mulțumesc, spuse el zâmbindu-i.

Fusese mai bine decât se așteptase să stea cu ea. Nimeni nu făcuse caz de asta și se simțea în largul lui. Și Max rămăsese peste noapte, iar mansarda era suficient de mare pentru toți, mai ales că aveau programe diferite. Sasha împărțea baia cu Abby, care nu se trezea înainte de amiază.

– Mă simt de parcă aș fi din nou la facultate, spuse el zâmbind larg, doar că acum era cu femeia pe care o iubea, nu cu câțiva tipi pe care de-abia îi cunoștea.

– Uneori așa mă simt și eu. Dar cred că m-aș simți singură să am propria casă.

Locuia aici cu toată lumea de cinci ani și nu își putea închipui cum ar fi să stea în altă parte. Părăsiră apartamentul în tăcere la 6.45, iar el conduse până la spital și băgă mașina în garaj. Apoi intrară împreună în spital, se sărutară și își urară o zi bună. Sasha zâmbea când ajunse la oficiul asistentelor și se uită la tabla de pe perete pentru a vedea cine era în travaliu, cine născuse, când și câte paciente aveau.

– E casa plină, comentă ea, adresându-se asistentelor.

– Plină ochi. S-au născut șase bebeluși de Halloween. Doi prin cezariană și patru pe cale naturală. A fost agitație toată noaptea. Norocul tău că ai avut liber.

Ea zâmbi și încuviință din cap. Fusese mai mult decât norocoasă. Fusese luna lor de miere. Luă una din fișe și merse să verifice femeile care născuseră noaptea trecută.

Le consultă pe patru dintre ele, apoi apăru Alex cu un cappuccino pentru ea și se întoarse în grabă la muncă.

– Ce-ai făcut ca să meriți asta? o tachină una din asistente.

Îi mai văzuse împreună, iar Alex părea îndrăgostit până peste cap de ea.

– Nu vrei să știi, spuse Sasha cu un zâmbet vinovat și râseră toate.

capitolul 11

Alex își sună părinții să-i întrebe ce planuri aveau pentru Ziua Recunoștinței. Întotdeauna organizau o cină, la care veneau el și fratele său și câțiva prieteni de-ai părinților lor, care nu aveau unde să meargă.

– Aș vrea să vin cu o prietenă, dacă sunteți de acord, îi spuse mamei sale la telefon, iar ea îi răspunse imediat că oricare dintre prietenii lui sau ai lui Ben erau bine-veniți.

Venise cu prieteni de la facultate de câteva ori, dar cu nimeni altcineva de atunci și niciodată cu o femeie. Era o premieră pentru el. Ben avusese o iubită timp de doi ani, care venea la ei, dar se despărțiseră în vara aceea. Așa că acum era rândul lui și bănuise că părinții săi vor fi deschiși la idee, dar voia să-i întrebe oricum, din politețe, înainte de a le spune ceva despre Sasha.

– Cine este? O cunoaștem? îl întrebă mama lui.

– Nu, este cineva cu care ies. O cheamă Sasha Hartman, e și ea rezidentă la NYU și e din Atlanta.

Erau toate informațiile pe care avea să i le dea.

– Sună interesant, spuse mama lui încântată.

Helen Scott își iubea băieții și întotdeauna îi primise cu brațele deschise pe prietenii acestora.

– Poate să stea la noi, mamă? întrebă Alex, simțindu-se din nou ca un copil.

– Bineînțeles. Doar nu crezi că aș lăsa-o să stea la un hotel, nu? Suntem adulți acum. Poate să stea în camera ta dacă vrei, așa cum stătea Angela cu Ben. Îmi va fi dor de ea.

Era o casă plină de bărbați, cu excepția ei, și întotdeauna îi lipsise o fiică. Nici unul dintre fiii ei nu era căsătorit, așa că nu avea nici o noră. Crezuse că Ben se va căsători cu iubita lui, dar pe ea o deranjase mult programul lui solicitant de chirurg ortoped și pusese capăt relației din cauza asta. Chiar și mama lui își dădea seama că era puțin obsesiv cu munca lui și că avea prea mulți pacienți, dar Ben iubea ceea ce făcea, iar Helen îi spusese că femeia potrivită va înțelege, și se pare că Angela nu era pentru el. Dar el fusese foarte supărat după despărțire și nu începuse să își dea întâlniri decât de curând, însă nu era încă nimeni important în viața lui.

Alex discută cu ea câteva minute și fu entuziasmat să stea de vorbă cu Sasha în după-amiaza aceea, când plecară de la spital împreună. Stătuse la apartament cu ea.

– Am sunat-o pe mama astăzi, îi spuse el, în timp ce mergeau spre casă. Am vrut să o întreb înainte să-ți spun ție și este încântată. Aș vrea să vii cu mine acasă de Ziua Recunoștinței, zise el zâmbind, apoi adăugă cu blândețe că este prima femeie pe care o duce acasă.

Ea se aplecă și îl sărută. Era încântată.

– Sunt flatată.

Alex îi spuse că era mândru de ea și că de-abia aștepta să-i cunoască familia. Și ea era entuziasmată. Știa că era foarte important pentru el, și la fel pentru ea.

– Să o iau și pe Valentina? îl tachină ea, iar el mormăi.

– Nu sunt sigur că sunt pregătiți pentru ea, spuse el, iar Sasha râse.

– Nici familia noastră, iar noi suntem rude cu ea, spuse Sasha.

Oricum, nu plănuia să meargă acasă, așa că nu trebuia să-i explice mamei. Era prea neplăcut de sărbători, căci părinții trăgeau de ea, luându-se la întrecere. Nu-i plăcea de mama ei vitregă, deși era o femeie drăguță, iar mama ei era pur și simplu prea dificilă și nu mai pregătise cina de Ziua Recunoștinței de ani buni. În fiecare an mergea acasă la o prietenă și era fericită să nu fie deranjată, așa că aceasta era prima Zi a Recunoștinței petrecută într-o familie pe care nu o avusese Sasha de multă vreme. Mergea la Chicago cu Alex și suna minunat.

– S-ar putea să fiu nevoită să-mi cumpăr o rochie, spuse ea când intrară în apartament. Nu cred că am ceva potrivit cu care să mă îmbrac.

Ar putea împrumuta ceva de la una dintre colegele ei de apartament, ceea ce făcea deseori. Abby era prea mică și mai scundă decât toate, dar Morgan și Claire aveau cam aceleași dimensiuni, iar Valentina la fel, ceea ce ar fi fost exotic, dar cu siguranță nu ținuta potrivită.

– Tata și fratele meu sunt doctori. Poți să porți uniformă medicală și saboți dacă vrei, îi zise Alex, zâmbind cu gura până la urechi.

Era încântat că Sasha venea cu el acasă și voia să-i arate toate locurile lui preferate din Chicago. Avea să fie un weekend fantastic. Sasha îl sună pe Oliver în seara aceea să îi spună că își schimbase planurile și că nu va ajunge la cina lor de Ziua Recunoștinței, iar el se bucură pentru ea.

*

Cu două săptămâni înainte de Ziua Recunoștinței, George și Claire se certară pentru prima dată din cauza unei expoziții comerciale la care trebuia să meargă cu Walter, în Orlando. George voia să vină împreună cu el la o cină oficială, la vila primarului, iar ea îi spusese că nu putea.

– E ridicol, îi zise el în timp ce luau cina la Le Bernadin, cel mai bun restaurant pescăresc din New York și unul din locurile lui preferate. Spune-i că nu mergi cu el. Nu pot să-i spun primarului că nu poți veni la cină pentru că vinzi pantofi în Florida.

O spunea de parcă ar fi mers într-un bazar marocan.

– Iar eu nu pot să-i spun lui Walter să-și vândă singur pantofii urâți pentru că iau cina cu primarul.

– Nici măcar nu-ți plac pantofii pe care îi vinde.

– Nu, nu-mi plac, dar este serviciul meu.

Era prima dată când George punea presiune asupra ei, dar cina era importantă pentru el. Primarul și soția acestuia îi erau clienți și nu voia să îi jignească. Dar ea nu voia să-și ofenseze șeful. Walter era și așa dificil și ar fi citit despre eveniment în ziare. Acum le răsfoia zilnic, în căutarea știrilor despre ea, ca să se poată plânge că petrecea prea mult și de aceea nu-și făcea treaba. Claire nu avea de gând să pună paie pe foc refuzând să meargă la o expoziție comercială importantă cu el, chiar dacă părea nesemnificativ pentru George.

– Nici măcar nu-ți place slujba ta, îi reaminti el. Vrei să-ți dai demisia.

– Este adevărat. Dar nu vreau să fiu concediată. Poate că ți se pare jalnic, dar am nevoie de bani, și asta e serviciul meu.

– Nu am spus că e jalnic, am spus că e ridicol să îi faci pe plac căpcăunului pentru care lucrezi. Lasă-l să-și vândă singur nenorociții ăia de pantofi în Orlando.

– Pentru asta mă plătește.

Nu aveau cum să pună capăt certei, decât dacă ea era de acord să meargă cu el. Însă nu putea, chiar dacă George înțelegea sau nu. Exact de asta se temuse Claire de la început, că va încerca să o forțeze să-și dea demisia la un moment dat, iar apoi va depinde de el. Nu își dorea asta și cu siguranță nu acum, la începutul relației și nici măcar mai târziu. Trebuia să aibă abilitatea de a munci și de a-și câștiga salariul, indiferent că lui îi plăcea sau nu. Îi părea rău că rata petrecerea cu el, dar, dacă nu voia să fie concediată, nu avea de ales. Nu putea să renunțe la slujba de la Arthur Adams până când nu găsea alta, spera că una mai bună, pe care nu avea să o primească dacă era concediată. Știa că George înțelegea ideea, doar că nu-i plăcea că îl refuza. Era ceva neobișnuit pentru el.

Terminară cina în tăcere, iar el o duse bosumflat acasă, în Hell's Kitchen, cu Ferrariul, și se întoarse acasă după ce o lăsă. Oricum nu stătea niciodată cu ea la mansardă, dar nu o invită să doarmă la el în seara aceea. Era furios. Iar ea rămase pe poziții. Dar a doua zi fu deprimată din cauza certei și stătea posomorâtă la birou, când apăru un curier cu un buchet enorm de trandafiri, cu un bilet pe care scria: „Îmi pare rău că am fost atât de nesimțit aseară. Du-te în Orlando. Te iubesc. G". Zâmbi când îl citi și îl sună imediat și îi mulțumi că era înțelegător.

– Îmi pare rău, Claire, eram dezamăgit. Voiam să mă mândresc cu tine la petrecere.

– Aș prefera să fiu cu tine, nu în Orlando, spuse ea sincer, apoi observă că Walter stătea acolo ascultând și îi spuse lui George că trebuia să închidă.

Era o durere de cap de care nu avea nevoie.

– Deci vii în Orlando sau nu? o întrebă șeful furios.

– Bineînțeles că vin.

– Atunci ce-i cu florile?

– Mă iubește, asta-i tot, spuse ea agitată.

– Te vei mărita cu el și îți vei da demisia până la urmă, zise el cu un aer posomorât.

– Nu plec nicăieri, îl asigură ea ferm, doar în Orlando cu tine.

– Bine, spuse el morocănos și ieși din birou.

Claire simțea mereu că pășea pe coji de ouă cu el, dar mai bine cu el decât cu George. Era liniștită că se împăcaseră după prima lor importantă ceartă și că el cedase.

Iar în noaptea aceea, George îi spuse că o ducea undeva în weekend și era o surpriză. Îi zise să își ia haine de vară și Claire de-abia aștepta să afle unde mergeau. El se pricepea să țină secretele și nu află până sâmbătă dimineață, când ajunseră la avion. O ducea în insulele Turks și Caicos. Îi spusese să se gândească la plajă, așa că își luase hainele potrivite. Închiriase o vilă cu piscină în cea mai bună stațiune de pe insulă. George încă se simțea vinovat pentru cearta lor și voia să își ia revanșa, ceea ce și făcu. Abia dacă apucară să se îmbrace tot weekendul, stând în cea mai mare parte în pat, iar în rest, goi lângă piscina lor privată, făcând dragoste sau servindu-li-se cina seara în curtea interioară, care era doar a lor. Fusese un weekend extraordinar.

La două zile după ce se întoarseră, Claire merse în Orlando cu Walter, la clasa economic, cu un zbor comercial și se cazară la un hotel Holiday Inn, iar George se duse la cina oficială a primarului. Claire îl sună imediat după ce se cază la hotel.

– M-ai distrus, îl tachină ea. Știi cum e să călătorești la clasa economic și să stai la un hotel obișnuit, după weekendul nostru incredibil? Mă simt ca Cenușăreasa la bal, fără condurul de sticlă. E aiurea.

El râse și îi spuse că așa-i trebuie dacă nu venise la cină cu el. Dar totodată adăugă că îi era dor de ea și de-abia aștepta să se întoarcă peste două zile.

Expoziția comercială fu la fel de plictisitoare și de epuizantă ca întotdeauna, iar George o duse la cină în seara în care se întoarse. Merseră la restaurantul lui Max și el îi povesti despre seara pe care o ratase. Stătuse lângă soția primarului și Lady Gaga și se plictisise fără ea, ceea ce era greu de imaginat și flatant, având în vedere compania. Nu mai era furios pe ea, doar fericit că se întorsese în New York. Săptămâna următoare el mergea în Aspen, iar ea se ducea în San Francisco pentru a petrece Ziua Recunoștinței cu părinții ei. Lui Claire nu îi plăcea să fie departe de el, dar știa că se va distra pe pârtie și avea prieteni acolo. Mergea de câteva ori pe an și era un bun schior. Avea să se distreze mult mai bine decât ea, fără îndoială.

Marți seara, înainte de weekendul de Ziua Recunoștinței, George comandă la domiciliu propria lor cină festivă, care le fu adusă de firma 21. Mâncarea fu delicioasă. Curcanul nu era uscat, umplutura era perfectă, aveau jeleu de merișoare, piure, diverse legume și dovleac, nuci pecan și plăcintă cu mere și frișcă la desert.

– M-am gândit să avem cina noastră de Ziua Recunoștinței, pentru că nu vom fi împreună, îi spuse el afectuos lui Claire. Îmi pare rău că nu sunt un mare fan al sărbătorilor. Pur și simplu mă întristează, iar Crăciunul este și mai rău. Este cea mai grea zi a anului pentru mine. Mi-aduce aminte de trecut. Aș prefera să îl ignor și să schiez la Aspen, dar îmi vei lipsi, spuse el și o sărută.

După cină merseră în pat. Fuseseră de acord că nu va petrece noaptea la el, pentru că George pleca devreme a doua zi dimineață. Plănuia să se trezească la 5.00 și să plece de-acasă într-o oră. Dar voia să facă dragoste cu ea înainte de a se despărți.

– Am să-ți dau ceva ca să îți amintești când ești în San Francisco, o tachină el și îi oferi o seară memorabilă.

Făcură dragoste la fel de pasional ca prima dată. Era un amant incredibil, și Claire învăța multe de la el. Era răbdător și tandru, îi cunoștea bine trupul și tot ce îi făcea plăcere, iar alteori era atât de pasional că era aproape dur, însă ea îl dorea din nou și din nou. Făcură dragoste de două ori, iar a doua oară el o privi și îi spuse ceva care o tulbură profund.

– Vreau să am copii cu tine într-o zi, Claire. Spune-mi, te rog, că vei fi mama copiilor mei.

Părea atât de serios, încât pe Claire nu o lăsă inima să refuze și, pentru prima dată în viața ei, încuviință din cap, și vorbea serios. El se lipi apoi de ea ca un copil.

– Te iubesc atât de mult, îi spuse el, apoi se ridicară din pat și George o duse acasă, sărutând-o îndelung, înainte să coboare din mașină. Îmi va fi dor de tine. Ai grijă de tine. Ne vedem duminică.

Claire intră în clădire și se simți de parcă plutea, amintindu-și ce spusese. Era deja 2.00 și el trebuia să se trezească peste trei ore. Avea să fie o noapte scurtă pentru el. Dar putea să doarmă în avion în drum spre Colorado. Avionul ei decola la 10.00, așa că și ea trebuia să se trezească devreme.

Fusese o seară frumoasă, George avusese grijă de asta, iar ea se gândea întruna la ce-i spusese după ce făcuseră dragoste a doua oară. Voia sa aibă copii cu ea. Nu era ceva după care tânjea, dar se putea vedea acum având un copil cu el. Nu o ceruse de soție în seara aceea, dar spusese că vrea să fie mama copiilor lui, ceea ce era aproape același lucru. Viitorul ei era legat de al lui acum. Și știa că urma să aibă o viață frumoasă cu el. Era sigură. Era un om pe care puteai conta. Era genul de bărbat cu care ar trebui să te căsătorești, nu ca tatăl ei. George era visul ei împlinit.

capitolul 12

Claire și Abby împărțiră un taxi până la aeroportul Kennedy, pentru că avioanele lor decolau aproape la aceeași oră, al lui Claire spre San Francisco, iar al lui Abby spre L.A. Claire se gândi că până să decoleze ea, probabil că George va fi aterizat deja în Aspen, dar nu primise încă vești de la el. Avea să petreacă o minivacanță liniștită de Ziua Recunoștinței cu părinții ei, așa cum făcea întotdeauna. Nu se mai întâlnea cu vechii prieteni când mergea acasă pentru câteva zile. Era plecată de zece ani, de când se dusese la facultate. Viețile lor erau prea diferite acum, nu mai aveau nimic în comun, și Claire era mai apropiată de colegele sale de apartament din New York. Uneori se întâlnea accidental cu câte un prieten din liceu când ieșea cu mama ei și întotdeauna era surprinsă cât de puțin se schimbaseră viețile lor. Se căsătoriseră cu oamenii cu care se întâlneau în liceu sau locuiau împreună. Câțiva aveau copii acum. Unii lucrau pentru părinții lor sau aveau slujbe neinteresante. Era un oraș mic și, în afară de lumea high-tech din Silicon Valley, erau foarte puține oportunități interesante. Prietenii ei mai întreprinzători se mutaseră în New York și L.A. Claire nu ar fi găsit de lucru acolo în domeniul modei, așa că era bucuroasă că plecase la școala de design din New York și rămăsese acolo. Nu mai încerca să explice.

Abby și Claire stătură de vorbă în drum spre aeroport. Nu prea discutaseră de când Abby se despărțise de Ivan. Fusese ocupată cu scrisul ei zi și noapte. Era ca și cum libertatea i-ar fi dat energie și avea multe de discutat cu părinții ei. Întotdeauna îi dăduseră sfaturi bune și trebuia să se hotărască încotro s-o apuce. Nu își dorea decât să își termine romanul. Mergea bine.

Ivan sunase de câteva ori invocând scuze ieftine pentru comportamentul lui și îi spusese că era singur. Abby nu îi mai răspunsese la telefoane, iar el renunțase repede să mai sune când își dăduse seama că ea nu-l compătimea deloc și nu se răzgândise. Voia să o facă să-i fie milă de el, dar ei nu îi era. Era doar furioasă pe sine însăși pentru timpul pe care îl irosise și pentru că fusese atât de proastă. Îi trebuiseră ani întregi ca să-și dea seama ce ratat era, că o trăgea în mocirlă cu el și că o folosea în toate felurile posibile, iar ea îl lăsase.

– Ne vedem duminică, spuse Claire și se îmbrățișară în fața terminalului.

Claire voia să-și verifice bagajul, iar Abby avea doar unul de mână. Claire își lua întotdeauna prea multe cu ea. Abby dispăru în terminal un minut mai târziu. Claire se uită la telefon, în timp ce își verifica bagajele. George nu o sunase încă, așa că probabil nu aterizase. Spera că vremea era bună. George îi spusese că aeroportul din Aspen era riscant, căci traversai munții și aterizai brusc, dar nu era îngrijorată. Pilotul lui George mai fusese acolo de multe ori.

Zborul lui Alex și al Sashei plecă două ore mai târziu, iar ea își luase un bagaj și mai mare decât al lui Claire pentru cele patru zile în Chicago. Nu era sigură ce să împoarte, așa că își adusese multe haine, majoritatea împrumutate de la Morgan și de la Claire, de la îmbrăcăminte elegantă la haine casual și conservatoare, cu care Morgan mergea la birou. Sasha voia să le facă o impresie bună părinților lui Alex și de fiecare dată când îl întreba, el spunea că acestora nu le va păsa ce va purta ea. Le descrise stilul vestimentar drept comod și îngrijit, și la fel se îmbrăca și el când ieșeau în oraș. Tatăl și fratele său vor purta costum de Ziua Recunoștinței, iar el la fel, altfel se va rezuma la un sacou și pantaloni de stofă, iar tatăl său purta întotdeauna cravată și arăta ca un bancher. Spunea că pacienții lui aveau aceste așteptări de la el. Ca medic chirurg, fratele său purta uniforma medicală în majoritatea timpului. Sasha îl informă mândră pe Alex că nu și-o adusese pe a ei și că nu avea nici saboții cu ea. Își luase niște tenişi, în caz că mergeau să navigheze cu barca fratelui său, pentru că erau marinari pasionați, dar Alex era de părere că probabil avea să fie prea frig pentru ea. Putea să stea acasă cu mama lui sau să exploreze orașul singură. Casa părinților săi era situată pe malul lacului, iar fratele său locuia în cartierul Wicker Park, care era comparabil cu partea de sud a centrului New Yorkului. Alex îi zise că fratele său o ducea foarte bine. O spuse fără invidie, dar cu mândrie, și ea își dădu seama că erau apropiați.

Aterizară la aeroportul O'Hare la 13.00, ora locală, cu un ceas mai devreme decât în New York. Părinții lui erau încă la lucru, iar fratele său venea la cină în seara aceea. Alex știa că vor fi toți curioși să o cunoască, însă nu făcu caz de asta în fața Sashei – era și-așa îndeajuns de emoționată.

Aeroportul era aglomerat și dură o oră până își luară bagajele și încă una până ajunseră acasă. Le deschise menajera, care sări de gâtul lui Alex în clipa în care îl văzu și privi spre Sasha curioasă și zâmbind politicos. Casa de pe Lake Shore Drive i se părea mereu la fel lui Alex și locuiau acolo din copilărie. Era elegantă și tradițională, cu antichități și materiale textile în culori calde. În living erau flori, iar bucătăria era în stil rustic. Familia se aduna acolo deseori. Alex îi arătă Sashei camera lui din copilărie, plină de trofee sportive și suvenire din anii de școală. Diplomele lui de la Yale și Harvard erau pe perete, iar ea privi în jur, zâmbindu-i. Camera fratelui său, vizavi de a lui, era aproape la fel. Băieții împărțeau baia. Camerele lor erau decorate în nuanțe de bleumarin și carouri, dădeau spre grădină, aflându-se la capătul holului, unde se găsea dormitorul mare și însorit al părinților. Alex o conduse spre o cameră de oaspeți, vizavi de dormitor, unde aveau să stea el și Sasha. Vechea lui cameră avea un pat îngust și Alex s-ar fi simțit ciudat să stea acolo cu ea, chiar dacă patul ar fi fost mai mare. Camera de oaspeți era teren neutru și nu stătuse niciodată acolo cu nimeni. Puse jos valiza ei. Camera era decorată cu draperii cu flori, în galben și albastru. Sasha își dădu seama că folosiseră o decoratoare, dacă nu cumva mama lui avea talente în acest sens. Oricum, totul arăta foarte drăguț. Stilul era oarecum englezesc, iar pereții erau galben-deschis, ceea ce făcea ca încăperea să pară însorită, chiar și în iernile din Chicago. Se anunțaseră ninsori în weekend.

Cei doi se opriră în bucătărie și își făcură câte un sendviș, iar Alex sugeră să meargă în centru să se plimbe. Voia să-i arate orașul. Mai avea încă o Toyota veche în garaj. Nu-i lăsase pe părinții lui să o vândă. O folosea când venea acasă, iar menajera o conducea când se ocupa de comisioane și mergea la cumpărături. Mașina porni fără probleme și plecară din Lake Shore Drive spre Michigan Avenue, într-un tur spectaculos pe care Alex îl plănuia de zile întregi. Era entuziasmat că Sasha îl însoțea în orașul natal, iar ea nu mai fusese la Chicago niciodată.

– Aici e clădirea Wrigley și John Hancock Center. Biroul mamei mele este în turnul acela, iar al tatălui meu este la Centrul Medical al Universității din Chicago, în zona Hyde Park. Al lui Ben este în aceeași clădire, la alt etaj.

Doctorii cei mai buni aveau cabinete în acea clădire. Ben începuse să lucreze acolo imediat după terminarea rezidențiatului. Se plimbară prin oraș, care părea mai mic decât New Yorkul, dar avea aceeași atmosferă electrizantă. Era foarte diferit de Atlanta, unde crescuse ea. Magazinele de pe Michigan Avenue avea un aer sofisticat, și Sasha văzu aceleași branduri și magazine de lux ca și în New York, pe care le găseai de altfel în majoritatea orașelor mari. Însă, cu toate acestea, orașul avea un aer distinct, clădirile erau mai înalte decât în New York, și Alex îi spuse că fuseseră concepute pentru a face față vremii, astfel încât impactul climatic să fie cât mai mic posibil. La primele douăzeci de etaje se aflau birouri, apoi urmau patru etaje cu magazine universale, uneori cu câte un restaurant deasupra, iar apoi, următoarele treizeci sau patruzeci de etaje erau ocupate de apartamente, astfel încât nu erai nevoit să ieși afară în zăpadă și ger.

– Viața se desfășoară într-un spațiu restrâns, spuse el zâmbind. Este foarte convenabil, mai ales iarna.

Sasha se gândi că nu i-ar plăcea să locuiască la etajul 60 în nici un oraș, dar avea sens ce spunea Alex.

Parcară mașina și coborâră să se plimbe. Merseră într-o librărie și într-o galerie de artă, și Sasha fu uimită cât de prietenoși erau oamenii. Vânzătorii erau amabili, nerăbdători să-i ajute și intrau în vorbă cu ei. Se întoarseră spre casă pe la 17.30. Sasha începu să se foiască în mașină, iar Alex îi zâmbi și se aplecă să o sărute. Înțelegea de ce era agitată, deși era sigur că temerile ei erau nefondate – își cunoștea părinții și știa cât de amabili și de primitori erau, iar mama lui fusese încântată că venea cu cineva acasă.

– Te vor îndrăgi, repetă el pentru a mia oară, iar ea păru îngrijorată și sceptică.

– Dacă nu mă vor plăcea? întrebă ea nefericită.

Sasha nu mai fusese niciodată atât de agitată înainte de a cunoaște pe cineva. Îl iubea și nu voia să strice lucrurile în vreun fel.

– Dacă nu te plac, rupem legăturile imediat și va trebui să mergi la hotel, spuse el pe un ton serios, iar ea dădea semne de panică, însă el râse. Încetează, te rog. În primul rând, te vor îndrăgi, fără îndoială. În al doilea rând, am 32 de ani, nu 16. Hotărăsc singur, iar tu ești cel mai bun lucru care mi s-a întâmplat vreodată. Părinții mei sunt suficient de deștepți ca să știe asta. Tu ești trofeul aici, nu eu.

– Ești fiul lor. Vor să te protejeze de oameni răi și de femei viclene, spuse ea, zâmbindu-i.

– Ești vicleană? Cum mi-a scăpat asta? Ascultă, atât timp cât nu te îmbraci și nu te porți ca sora ta, totul va fi bine. Și cunoscându-i, dacă aș zice că o iubesc, și ea ar apărea în bikini și pe tocuri, nu ar avea o problemă nici cu asta. Sunt foarte deschiși, chiar dacă par conservatori. Nu mai pune atâta presiune pe tine. Vei vedea ce vreau să spun când îi vei întâlni. Mama este cea mai drăguță femeie din lume. Iubește pe toată lumea. Dacă îi prezinți un ucigaș în serie, îți va explica că a avut o copilărie îngrozitoare și că probabil avusese o zi proastă.

– Aș vrea să pot spune același lucru despre ai mei, zise Sasha melancolică. Mama urăște pe toată lumea și vede partea întunecată în orice situație. Este cel mai dur avocat de divorțuri din Atlanta și presupune ce e mai rău la toată lumea, inclusiv la clienți. Undeva în interiorul ei există un om bun, dar s-a înăsprit cu timpul. Nu are decât lucruri rele de spus despre tata și soția lui. Charlotte nu este o persoană foarte interesantă, dar e o fată drăguță, îl face fericit și au copii drăguți. Mama a explodat la vestea că tata are alți copii și ne spune mereu mie și Valentinei că nu i-a păsat deloc de noi când și-a deschis afacerea.

Bărbatul era proprietarul celor mai profitabile magazine universale din Atlanta și malluri din tot Sudul.

– Nu știu cum a ajuns mama atât de furioasă și de rea, dar așa este, iar lucrurile s-au înrăutățit pe măsură ce a îmbătrânit. Se înțelege mai bine cu Valentina, pentru că sora mea nu îi suportă ieșirile. Ori de câte ori ne întâlnim, mă simt de parcă m-ar fi călcat trenul.

– Mama nu este așa, spuse el cu blândețe. Probabil că va dori să te adopte. A fost foarte tristă când Ben și Angela s-au despărțit. Întotdeauna vrea să avem o relație ca a ei cu tata. Le este bine împreună.

Alex vorbi sincer și, auzindu-l, Sasha își dădu seama că nu mai auzise niciodată de o căsnicie de felul acela. Tatăl ei era drăguț și protector cu mama ei vitregă, dar nu erau nici pe departe egali din punct de vedere intelectual. Uneori, el se purta cu ea ca și cum ar fi fost proastă și nu putea gândi singură, iar ea parcă îl considera tatăl ei și se baza pe el pentru orice lucru și orice decizie. Nu gândea pe cont propriu și nu lua parte la nici un plan important. Mama Sashei fusese prea dură cu tatăl ei, și uneori folosea cuvinte jignitoare la adresa lui. Nu îl considerase la fel de bun ca ea pentru că nu avea aceeași educație, însă avusese un succes foarte mare, în ciuda acestui fapt. Se pricepea la afaceri și era un bărbat inteligent. Mama ei spunea că talentul lui în afaceri nu era decât noroc și că se datora faptului că se aflase în locul și la momentul potrivit. Sasha știa că nu era adevărat și că era o răutate să spună așa ceva despre el, la fel ca toate celelalte lucruri de care continua să îl acuze, inclusiv că fusese un tată groaznic, lucru cu care Valentina era de acord, iar Sasha, nu. Valentina credea că mama lor era o avocată genială, în timp ce Sasha considera că era deșteaptă, însă insuportabilă, cel puțin așa fusese cu ea. Mama lor respecta mai mult cariera de model a Valentinei și celebritatea ei internațională decât cariera medicală a Sashei, avertizând-o că nu va face nici un ban din pricina rigorilor medicinei moderne și a companiilor de asigurări medicale. Banii contau foarte mult pentru ea, mai puțin cei făcuți de tatăl Sashei, de care nu ținea cont, fiindcă erau ai lui. Iar Valentina venera și ea banii, la fel ca mama lor.

– Părinții meu au fost atât de răi unul cu celălalt și atât de nefericiți, spuse ea sinceră, încât nu am vrut niciodată să mă căsătoresc, și tot nu vreau, dacă lucrurile sfârșesc astfel. A fost oarecum o ușurare când au divorțat. Până când el s-a recăsătorit, iar mama a luat-o razna din cauza asta. Refuză să se întâlnească, și doar unul dintre ei a putut să vină când am absolvit.

Sasha nu mai recunoscuse asta în fața nimănui până atunci.

– Care dintre ei a venit la absolvirea ta? întrebă Alex interesat.

– Tata. Mama avea un proces important. A câștigat, ceea ce pentru ea a justificat faptul că nu a fost prezentă. Cred că, dacă i-aș spune vreodată că mă căsătoresc, m-ar ucide. Recidiviștii, așa cum îi numește ea, sunt cei care îi susțin activitatea. S-a ocupat de două sau de trei divorțuri pentru unii dintre clienții ei. Întotdeauna se întorc la ea pentru că face treabă foarte bună și le obține foarte mulți bani de la fostul partener. De obicei, este avocat pentru femei. Nu crede în căsătorie și ne-a spus întotdeauna, mie și Valentinei, să nu o luăm deloc în considerare și să ne mulțumim cu distracția. Valentina a luat-o în serios. Îi plac tipii bogați, indiferent cum fac banii.

În timp ce o spuse, se gândi la Jean-Pierre, care ar fi îngrozit-o. Avea ceva dezgustător, dar Valentinei nu-i păsa și nici măcar nu observa.

– Este greu să îmi imaginez oameni ca părinții tăi, care au făcut totul cum trebuie. Nimeni dintre cunoscuții mei nu a reușit asta. Nu am auzit decât de probleme, și toți părinții prietenilor mei au divorțat în copilărie sau adolescență, adăugă Sasha.

– La fel s-a întâmplat și cu mulți dintre părinții prietenilor mei, spuse Alex încet. Părinții mei s-au căsătorit când erau foarte tineri. Poate că asta ajută. Cumva, au crescut împreună, ne-au făcut la tinerețe și s-au așteptat ca lucrurile să meargă.

Sasha știa ca tatăl său tocmai împlinise 60 de ani, iar mama lui avea 59. Părinții ei aveau aproape aceeași vârstă, dar o experiență de viață foarte diferită. Era greu pentru ea să-și închipuie. Mama ei îi povestea mereu despre căsnicii care se destrămau într-un an. Și rata ridicată de divorțuri la nivel național susținea ceea ce spunea, că pur și simplu căsătoria nu funcționa și că era o idee demodată. După spusele ei, femeile nu mai trebuiau să se căsătorească dacă aveau cariere, și într-o anumită măsură Sasha o credea. Și, în felul ei, la fel și Valentina. Nu mersese la facultate și începuse să obțină mulți bani la 18 ani ca model, iar în prezent câștiga o avere, mai mult decât avea să câștige Sasha vreodată folosindu-și abilitățile și mintea. Însă meseria ei era pe termen lung, pe când a Valentinei, nu. Într-o zi va fi prea bătrână pentru modelling. Făcuse câteva investiții bune, la sfatul tatălui lor, așa că poate se va descurca, iar Sasha știa că el le va ajuta întotdeauna.

Opriră pe aleea familiei Scott la ora 18.00. Toate luminile erau aprinse, iar Mercedesul break al mamei lui Alex era în garaj. Agitată, Sasha îl urmă în casă. Stătea chiar în spatele lui, în holul de la intrare, când mama lui coborî scările cu un zâmbet larg pe față și alergă să-l îmbrățișeze. Era o femeie foarte drăguță. Purta un taior gri-închis, simplu, și pantofi cu toc, avea părul negru, drept, prins la spate, și un colier de perle pe deasupra puloverului. Era exact cum o descrisese Alex, doar că mai tânără, mai drăguță și mai prietenoasă. Nu arăta ca o femeie care avea un fiu de vârsta lui, ca să nu mai spunem de vârsta lui Ben, și avea încă silueta zveltă. În weekend juca golf și tenis cu prietenii. Alex povestise că jucase fotbal[1] pentru amatori cu ei când erau mici. Femeia făcu ochii mari de plăcere în clipa în care o văzu pe Sasha după umărul lui Alex, în timp ce îl îmbrățișa. Și, un moment mai târziu, o îmbrățișă și pe ea, ca și când ar fi cunoscut-o dintotdeauna.

– Suntem foarte bucuroși că ai venit acasă cu Alex! spuse ea sinceră. Te-a târât prin centru toată după-amiaza? Probabil că ai înghețat. Tocmai am aprins focul în birou. Vrei o ceașcă de ceai?

Sasha încuviință din cap, un pic amețită de întâlnirea cu această femeie prietenoasă și deschisă, care părea să fie cu adevărat amabilă și plăcută, și care era atât de ospitalieră cu ea, chiar dacă era o străină.

– Aș vrea, răspunse Sasha urmându-i în biroul ai cărui pereți erau acoperiți cu cărți legate frumos în piele, unele dintre ele fiind ediții princeps, cumpărate la licitație.

[1] Este vorba despre fotbal american (n.red.)

Sasha mai văzu și niște tablouri foarte frumoase pe pereți, multe dintre ele englezești, cu cai, peisaje și câteva bărci. Tuturor din familie le plăcea să navigheze.

Sasha se așeză pe o canapea confortabilă și, un moment mai târziu, menajera le aduse tuturor ceai, pe o tavă de argint. Aveau un stil de viață mai elegant decât să așteptase Sasha, și era limpede că Helen Scott era mândră de casa ei. Părea soția și mama perfectă și în plus avea și o carieră importantă ca avocată. Era impresionant. Mama ei avea o carieră juridică, dar nu-i păsase niciodată de casă. Ura să gătească și vânduse casa familiei, cumpărând un mic apartament fără cameră pentru oaspeți, la șase luni după divorț. Era o avocată foarte bună, însă în nici un caz gospodină. Helen părea că se descurcă bine pe ambele planuri, și auzise de curând zvonuri că era posibil să fie numită la Curtea Superioară, ceea ce fusese întotdeauna visul ei. Ar fi renunțat fără ezitare la cabinetul ei, unde se ocupa de drept antitrust, dacă se întâmpla. Helen nu se baza pe această posibilitate, dar perspectiva era atrăgătoare.

– Pe unde ați fost după-amiază? o întrebă afectuos Helen pe Sasha. Avem niște galerii și evenimente culturale minunate aici. Păcat că nu ai mai mult timp, iar activitățile de pe lac sunt foarte distractive vara, înainte să se facă prea cald. Și, orice ai face, nu-i lăsa pe băieți să te ia cu barca acum. Vei îngheța! o avertiză ea, iar ei râseră. Îmi pare rău că nu am fost acasă când ați ajuns, îi spuse lui Alex. Încercam să rezolv niște lucruri la birou.

Treburile de la birou erau întotdeauna importante, fiul ei știa, însă Helen nu făcea niciodată caz de asta și se preocupa mai mult de cabinetul soțului său. Era fascinată de medicină și întotdeauna spunea că era un doctor frustrat, însă nu avusese niciodată răbdare să studieze medicina și să facă rezidențiatul atâția ani.

– Știu că și tu îți faci rezidențiatul, continuă Helen, îndreptându-și atenția spre Sasha, dar nu cred că Alex mi-a spus ce specializare ai.

– Obstetrică-ginecologie. Vreau să mă ocup de probleme de infertilitate și de cazurile cu risc, în cele din urmă. Momentan fac tot ce este de făcut în obstetrică, însă există multe situații grave acum și nașteri multiple în care pacientele sunt mame mai vârstnice, așa că este destul de interesant.

Helen părea foarte interesată de munca Sashei și o făcu să se relaxeze, adresându-i întrebări inteligente.

– Sasha are o soră geamănă identică, adăugă Alex, iar Helen păru fascinată de asta.

– Întotdeauna am vrut gemeni, spuse Helen, dar nu avem în familie, spuse ea, părând ușor dezamăgită.

– Tata a avut un frate geamăn, dar a murit când erau foarte tineri, spuse Sasha.

Alex nu știuse asta și fu interesat să audă.

– Eu și sora mea suntem absolut identice, îi spuse Sasha lui Helen, mai puțin ca personalitate. Râse. Părinții noștri nu ne distingeau niciodată, ceea ce era foarte distractiv. Profitam de asta ori de câte ori aveam ocazia. Îi scriam lucrările și dădeam examenele în locul ei, iar ea ieșea cu băieții în locul meu și îmi aranja întâlnirile. Apoi stricam totul pentru că eram plictisitoare când ieșeam în oraș. Dar luam note destul de bune la examene.

Râseră cu toții.

– Și ea face medicina? întrebă Helen, sorbind din ceai. În fața lor se afla o farfurie cu fursecuri de casă care miroseau minunat – erau cu turtă dulce și fulgi de ciocolată.

– Nu, este top-model, spuse Sasha simplu. Are o viață mult mai interesantă decât a mea!

Alex încuviință din cap cu tristețe.

– Sasha a omis să îmi spună că are o soră geamănă identică atunci că ne-am întâlnit prima dată, îi explică el mamei lui. Eram în cantina de la spital și mi s-a părut că văd dublu. Nu îmi spusese decât că are o soră. Arătau la fel, dar sunt diferite ca ziua de noapte.

– Sora mea este foarte excentrică, recunoscu Sasha relaxată. Deja se simțea în largul ei în preajma lor și își accepta sora așa cum era. A venit la spital în ziua aceea într-o salopetă mulată care semăna cu un costum de gimnastă, pe tocuri și cu o haină de leopard – o ținută decentă pentru ea. Le păcălește pe colegele mele de apartament mereu, pretinzând că sunt eu, doar că una dintre ele ne deosebește. Părinții noștri ne îmbrăcau la fel, însă în culori diferite și sora mea mă ruga să schimb hainele cu ea. Ei se enervau, și trebuie să recunosc ne plăcea la nebunie. Nimeni nu se prindea care era una și care cealaltă. Dar acum îmi dau seama. Ea nu s-ar îmbrăca niciodată în uniformă medicală și saboți, iar eu nu port altceva. Nimeni din familia mea nu înțelege de ce am vrut să fiu doctor. Și uneori nici eu, spuse ea zâmbind spre Alex, iar el râse.

– Da, nici eu. Încearcă să ne omoare cu programul pe care-l avem. Mergem la întâlnire și ca să vedem cine adoarme primul la masă.

Tatăl și fratele său trecuseră și ei prin asta, așa că Helen știa despre ce vorbeau.

– Niciodată nu puteam să merg la film cu tatăl tău când era rezident. Adormea în timpul prezentărilor filmelor noi și trebuia să îl trezesc la sfârșit, când se derula genericul. De fapt, spuse ea, cu o sclipire în ochi, și acum face la fel. Nimic nu s-a schimbat.

– Ce fac? întrebă un bărbat chipeș, cu păr cărunt, intrând în cameră și sărutându-și soția. Deconspiră secretele familiei?

Privi spre Sasha și îi zâmbi și ei, îmbrățișându-și fiul.

– Nu este un secret că adormi la filme, spuse soția lui, tachinându-l.

– Le-ai spus și că sforăi?

Se prefăcu îngrijorat și își îndreptă atenția spre Sasha. Aceasta era surprinsă cât de bine arăta. Semăna cu Alex, dar era mai înalt și mai în vârstă. Un bărbat foarte chipeș, cu o alură tinerească, la fel ca soția sa. Părinții lui Alex erau un cuplu frumos. Amândoi arătau mai tineri decât erau și puteau pretinde cu ușurință că aveau cu zece ani mai puțin.

– Să nu crezi nimic din ce îți spun despre mine, îi zise el Sashei. Bine ai venit la Chicago! Ne bucurăm că ești aici.

Soția lui îi dădu o ceașcă de ceai, iar el luă un fursec.

– Nu îl putem convinge pe Alex să vină acasă îndeajuns de des. E prea ocupat.

Știau cu toții că era adevărat.

– A trebuit să fim de acord să lucrăm de Crăciun și de Anul Nou ca să primim liber de Ziua Recunoștinței, spuse Alex, iar părinții săi nu erau surprinși.

Trecuseră și ei prin asta cu treizeci de ani în urmă și aveau și copii mici. Tom Scott era la Medicină, iar ea la Drept când li se născuseră copiii. Privind retrospectiv, nu înțelegeau cum reușiseră să se descurce. Helen credea că viața generației de astăzi era mai ușoară, pentru că nu se căsătoreau atât de tineri, deși era de părere că Ben ar fi trebuit să se gândească la asta acum. Fusese pe punctul de a se logodi cu prietena lui, însă se despărțiseră cu câteva luni în urmă. Helen acceptase situația și spunea că era evident că nu fusese fata potrivită. Hotărâse că nu voia să fie soția unui doctor care muncea atât de mult. Și, indiscutabil, fiul lor mai mare era căsătorit cu munca lui. Alex era puțin mai moderat, iar tatăl lor își iubea meseria, dar întotdeauna își făcea timp și pentru familie.

Dăduse un bun exemplu băieților în legătură cu prioritățile și trăiseră în armonie și încă erau foarte apropiați.

– Așadar, ce planuri aveți pentru mâine? Mergem puțin cu barca de dimineață? îl întrebă Tom pe fiul său, cu un ton optimist, iar Helen tresări.

– Sunteți nebuni cu toții. Veți îngheța. Dacă mergeți, nu o luați pe Sasha. Vom găsi ceva de făcut aici. Vom aranja masa, vom întreține focul și poate că vom tricota puțin. Glumea și râseră cu toții. Nu puteți găsi altceva de făcut în afară de a îngheța pe barcă?

– E prea frig pentru tenis, spuse Tom. Juca de câteva ori pe săptămână și se vedea. Și nu mă pricep deloc la scrabble, adăugă și zâmbi larg.

Alex îi spusese Sashei că luau masa de Ziua Recunoștinței la mijlocul după-amiezii, iar familiei sale îi plăcea să își ocupe dimineața cu ceva, de obicei activități energice. În weekend, plănuia să o ducă pe Sasha la un muzeu și la un restaurant drăguț să ia prânzul, și ea voia să meargă puțin la cumpărături, pentru că nu va avea timp înainte de Crăciun, după ce se vor întoarce la spital. Își făcuseră foarte multe planuri.

Stătură de vorbă până la ora cinei și, exact înainte de masă, li se alătură și Ben. Era chiar mai chipeș decât fratele său mai mic. Era cea mai frumoasă familie pe care o văzuse Sasha vreodată și își dori în tăcere ca sora ei să iasă cu cineva ca Ben, însă ea nu s-ar fi deranjat să se uite la el. Era prea normal, sănătos și sincer.

Ben era în mod vădit curios de Sasha și vorbi cu ea în timpul cinei. Puse multe întrebări despre Secția de ortopedie de la NYU, discutară despre programele de rezidențiat la care participau ea și Alex. Conversația fu în mare măsură legată de medicină, iar Helen participă și ea. Soțul ei vorbea mult despre cabinetul lui de cardiologie și știa o mulțime de lucruri. Era foarte informată despre noile tehnologii din chirurgia experimentală. Tatăl lui Alex era foarte interesat de pasiunea Sashei pentru infertilitate și de inovațiile care erau implementate în Europa, pe care le discutară pe larg. Era ușor și plăcut pentru Sasha să stea de vorbă cu oameni care aveau aceleași interese ca ea și, la scurt timp după cină, Ben plecă la apartamentul său, părinții se retraseră în dormitorul lor, iar ea și Alex făcură același lucru.

Sasha se aruncă pe patul confortabil și îi zâmbi lui Alex, iar el îi aruncă o privire radioasă.

– Cum te simți? Îmi pare rău pentru toate discuțiile despre medicină din timpul cinei. E ca și cum ai sta în camera de relaxare a medicilor. Când sunt cu familia mea, parcă aș fi la o convenție medicală.

– Îmi place mult de ei, spuse Sasha zâmbind larg. Sunt foarte drăguți. Familia mea parcă ar fi din telenovele – toată lumea urăște pe cineva, se ceartă sau se vorbesc de rău unii pe alții. Ești așa de norocos. E grozav!

– Și mie-mi plac foarte mult, recunoscu el și era foarte încântat că ea îi plăcea și că se simțise în largul ei toată seara.

Își dădea seama că părinții și fratele său o plăceau, nu că ar fi contat. O iubea oricum, dar era un sentiment foarte plăcut să știe că erau fericiți pentru el și că se potriveau perfect.

Erau prea obosiți ca să facă dragoste în seara aceea și dormiră ca niște copilași în patul mare și confortabil. Părinții lui luau micul dejun și citeau ziarul când Alex și Sasha intrară, iar tatăl lui ridică privirea zâmbind. Era o dimineață senină și generoasă, o zi de iarnă perfectă, tipică pentru Chicago, fără nici un fulg de nea, în ciuda prognozei meteo.

– Ai chef să navigăm? îl întrebă el pe fiul său, în timp ce Helen își dădu ochii peste cap, iar acesta râse.

Mama lui Alex privi dezaprobator spre Sasha.

– Nu-i asculta. Sunt nebuni. Este o boală de familie și e ereditară. Demență incipientă în preajma bărcilor, în special a celor cu vele.

Dar după micul dejun, Alex fu de acord să meargă cu tatăl său, îl sunară pe Ben, urmând să se întâlnească la clubul de iahting.

– Dacă muriți înghețați pe lac, nebunilor, eu și Sasha vom mânca tot curcanul fără voi.

Dar când Sasha îl urmă pe Alex în camera de oaspeți și îl privi îmbrăcându-se, își dori să meargă și ea și-l întrebă dacă putea.

– Vorbești serios? Nu trebuie, Sash. Deja te plac. Nu trebuie să îmi dovedești nimic, nici mie, nici lor.

Nu voia să o facă să se simtă stânjenită sau obligată să li se alăture.

– Pare distractiv. Poate că și eu sunt puțin nebună. Ai o geacă pe care aș putea-o purta?

Îl urmă în fostul lui dormitor, și Alex scoase din dulap câteva geci care ei îi erau mari, dar aveau să-i țină cald. Își alese una și el îi mai dădu o pereche de indispensabili pe care îi purtase când era mai mic și mai slab. Ea se îmbrăcă, își puse două pulovere groase și tenișii pe care și-i adusese, ca să fie sigură că nu tremură, cu o pereche de șosete de lână și, zece minute mai târziu, stăteau în holul de la intrare, gata de plecare. Sasha purta o căciulă de lână pe care i-o dăduse Alex și mănușile ei.

– O, Dumnezeule, încă o persoană nebună în grupul nostru, spuse Helen privind-o pe Sasha, care era înfofolită ca un copil de patru ani, gata să se joace în zăpadă. Nu-i lăsa să te omoare. Nu aș vrea să mănânc singură curcanul.

Îi pupă în semn de rămas-bun, inclusiv pe Sasha, și plecară cu Range Roverul lui Tom. Sasha stătea pe bancheta din spate, entuziasmată că era cu ei.

Ben aștepta la lac, lângă ambarcațiune. Era o veche barcă de lemn, clasică, cu pânze, mândria și bucuria tatălui lor. Ben scosese prelata de pe ea în timp ce aștepta și urcară cu toții. Alex îi arătă Sashei cabinele de sub punte dacă i se făcea prea frig și îi spuse să nu facă pe eroina dacă îngheța, dar era plăcut să stea pe punte, în timp ce se îndepărtau de docuri în aerul rece. Vântul bătea suficient cât să le umfle pânzele, și își petrecură următoarele două ore navigând pe lac. Alex se uită la ea de parcă ar fi găsit trofeul vieții lui, iar Sasha era în extaz. Îi păru rău când se întoarseră la clubul de iahting, după o plimbare nemaipomenită.

– Mă omoară mama ta dacă nu ne întoarcem acum, spuse Tom cu regret.

Aveau cu toții obrajii îmbujorați de la frig și un aer sănătos. Ben se duse la el să se schimbe, iar Tom îi conduse pe Alex și Sasha acasă, unde Helen îi aștepta cu ceai fierbinte. Erau entuziasmați după plimbarea pe lac, iar Helen îl asigură pe fiul ei mai mic că el și Sasha se meritau dacă ei îi plăcuse, iar Sasha insistă sincer că îi plăcuse cu adevărat.

Ben se întoarse după o oră și se așezară în fața focului, în birou, după ce se îmbrăcară, apoi merseră în living când începură să sosească oaspeții. Invitaseră patru prieteni. Două femei văduve și doi bărbați care erau singuri de sărbători pentru că unul era divorțat, iar soția celuilalt era în Seattle, cu fiica lor, care urma să nască. Amândoi erau doctori. Sufrageria arăta frumos după ce Helen așezase masa și o împodobise cu flori și cu decorațiunile lor de Ziua Recunoștinței. Prietenii lor erau interesanți și o companie plăcută, mâncarea fu delicioasă, conversația animată și stătură de vorbă ore în șir, până când oaspeții plecară, iar Ben merse în cele din urmă acasă. Spuseră cu toții că erau atât de sătui încât nu vor mai mânca niciodată, dar Alex știa că a doua zi și tot weekendul vor mânca cu mare entuziasm ce rămăsese. El și Sasha luau cina la un restaurant cu Ben în seara următoare, apoi îi făceau un tur al barurilor și locurilor lor preferate. După ce navigase cu ei în dimineața aceea, Sasha devenise o membră a grupului.

Ea și Alex vorbiră în seara aceea până când adormiră, după ce făcură dragoste, cât de încet putură, ca să nu-i audă părinții lui. Ea îi sună pe ai ei, urându-le sărbători fericite și încercă să dea de Valentina, dar nu reuși și îi trimise un mesaj, făcându-i și ei urări de Ziua Recunoștinței. O găsise pe Morgan la apartament înainte să plece la fratele ei acasă. Sasha îi spuse lui Alex înainte să adoarmă că fusese cea mai frumoasă Zi a Recunoștinței din viața ei și, văzând privirea ei plină de dragoste, o crezu. La fel fusese și pentru el.

capitolul 13

Când Abby ajunse în L.A. miercuri după-amiaza, părinții ei erau încă la muncă. Intră în casa lor din Hancock Park cu cheia pe care i-o lăsaseră sub preș. Maria, care se ocupa de multă vreme de curățenie, plecase deja. Nu mai venea decât dimineața acum, iar casa era tăcută, dar familiară și confortabilă. Mama ei o redecorase cu un an în urmă, cu mobilă modernă și obiecte de artă contemporană. Nu era intimă, dar era frumoasă. Abby se plimbă prin casă, după ce își lăsă micul bagaj în camera ei și se duse să stea în grădină, gândindu-se la ce va face acum și la ce voia să le spună părinților. Știa că sperau că se va muta acasă, acum mai mult ca niciodată, dar nu era pregătită să facă asta. Existau oportunități pentru a scrie și în New York și scria mai bine ca niciodată, creând ficțiune normală de când se despărțise de Ivan. Scrisese câteva nuvele și lucra la romanul ei. Nu își dăduse seama în ultimii trei ani, dar el o ținuse pe loc, căci încercase să se ridice la înălțimea standardelor lui experimentale și ezoterice, care nu i se mai păreau firești și nici nu i se păruseră vreodată cu adevărat. Își dezvolta propria voce din nou și simțea că scrisul ei devenea mai profund decât fusese vreodată. Părinții ei fuseseră foarte răbdători multă vreme și spera că vor fi la fel în continuare. Mai avea nevoie de sprijinul lor financiar și emoțional pentru a-i da timpul necesar ca să scrie.

În garaj era o mașină pe care o folosea când venea acasă, un Volvo vechi din perioada când era în liceu. Era veche, dar încă funcționa. În după-amiaza aceea, Abby se plimbă prin Los Angeles, prin locurile familiare, gândindu-se la viața ei de acum fără Ivan. Era bine să fie în orașul natal. Când se întoarse acasă, părinții ei erau amândoi acolo, bucuroși să o vadă. Nu mai venise acasă de aproape un an, de la Crăciun, și era surprinsă să vadă că părinții ei îmbătrâniseră puțin. Mereu îi vedea tineri și plini de viață, pentru totdeauna. Tatăl ei se plângea că îl durea un genunchi, la care se accidentase jucând tenis, iar mama ei era sănătoasă, dar părea puțin mai în vârstă. Nu mai erau tocmai tineri când se născuse ea, luându-i prin surprindere, iar acum trecuseră de 65 de ani, dar încă erau în putere și nu aveau de gând să o lase mai ușor, iar Abby era bucuroasă că petrecea sărbătorile cu ei.

Vorbiră despre scrisul ei în seara aceea la cină, și se simțiră ușurați să audă că renunțase să creeze piese experimentale pentru a-i face pe plac lui Ivan și că scria din nou materiale mai tradiționale. Comandaseră mâncare sofisticată la domiciliu, pentru că mama ei nu gătea niciodată. Aveau un bucătar care le trimitea mâncare de câteva ori pe săptămână, gătită pe baza unor diete sănătoase, fără grăsimi.

– Deci, ce zici, Abby? întrebă tatăl ei cu blândețe. Ești pregătită să te întorci și să îți încerci mâna aici? Mama ți-ar putea găsi un job de scenarist la aproape orice emisiune ai dori.

Amândoi se gândeau la materiale comerciale, lucru pe care Ivan îl ura la ei.

– Vreau să încerc să-mi găsesc de lucru singură, spuse ea încet, recunoscătoare pentru ajutorul lor. Și-n cele din urmă voia să se întrețină singură, era țelul ei. Nu voia o slujbă pentru că era fiica cuiva. Voia să-și vândă cărțile sau să găsească de lucru datorită talentului ei, nu ajutată de părinți. Nu cred că televiziunea mi se potrivește, spuse ea sincer. Aș vrea să îmi termin romanul și să vând niște nuvele. Aș putea încerca să scriu scenarii mai târziu, dar nu încă.

Îi dădu mamei trei capitole recente din romanul ei în seara aceea, iar a doua zi dimineața aceasta îi spuse că scrisul ei devenise mai puternic și că era impresionată de cât de mult își consolidase și maturizase stilul. Era de părere că stilul ei era foarte cinematografic și ar inspira un film grozav. Abby fu încântată, căci îi respecta părerea mamei sale. Venind din partea ei, era o laudă. Știa că scrisul ei încă avea ceva întunecat, chiar și fără Ivan, dar acum se simțea sigură că era vocea ei și nu a lui.

– V-ar deranja dacă mi-ați acorda încă puțin timp în New York ca să lucrez? întrebă ea cu modestie.

Financiar, era la mila părinților ei, dar întotdeauna o susținuseră și erau în continuare pregătiți să o facă. I-o spuseseră amândoi în mod limpede, și Abby le era recunoscătoare. Întotdeauna fuseseră înțelegători și buni, chiar și în cei trei ani de nebunie cu Ivan, poate mai mult acum că dispăruse din viața ei. Era evident că Abby făcea progrese fără el.

A doua zi, luară cina de Ziua Recunoștinței ca de obicei, cu prieteni pe care părinții ei îi invitau. Abby învățase de la ei să îndrăgească oameni eclectici și interesanți – diferența era că aceștia erau deseori celebri, nu șarlatani ca Ivan, iar Abby nu vedea întotdeauna diferența. Părinții ei nu erau tradiționali, iar la cina lor de Ziua Recunoștinței se adunau în mod normal în jur de douăzeci de oameni care nu aveau unde să se ducă, căci nu aveau familii, iar Joan și Harvey Williams comandau masa la Mr. Chow, cu mâncare chinezească excelentă, mult vin franțuzesc pentru actorii, scriitorii, regizorii și producătorii care se strângeau la masa lor, la o sărbătoare neconvențională. Lui Abby îi plăcuseră întotdeauna și mâncarea, și oamenii pe care îi întâlnea acolo.

Era pe modelul Hollywood, în cel mai bun sens. Unii dintre oaspeți veneau în fiecare an, de douăzeci de ani. Alții erau noi. Unii dispăreau câțiva ani, apoi apăreau din nou după ce reveneau în oraș, terminau un film sau se trezeau între relații, neavând cu cine să petreacă sărbătorile. Nu era nimic trist în asta – în felul lor, erau cu toții învingători, chiar dacă unii păreau să fie inadaptați sau foarte ciudați. Abby crescuse printre oameni ca ei, care o făcuseră să aibă o minte deschisă și o perspectivă largă asupra lumii. Și, chiar dacă părinții ei erau foarte ocupați și nu petreceau prea mult timp cu ea, știa că o iubeau, în ciuda lucrurilor îngrozitoare pe care le spusese Ivan despre ei. Acum se simțea vinovată pentru că îl ascultase și știa că nimic din ceea ce spusese nu era adevărat.

Mama ei intră în dormitorul lui Abby înainte de sosirea oaspeților și o îmbrățișă.

– Știi că te iubim, puiule, nu-i așa? Uneori, simt că parcă am pierdut orice legătură, pentru că tu locuiești atât de departe, iar noi nu ajungem niciodată la New York, căci avem multă treabă în Los Angeles. Nu-mi pasă cu ce te ocupi. Nu vreau decât să fii fericită și să te simți bine tu cu tine. Nu lăsa pe nimeni să te facă să te abați de la drumul tău sau să-ți spună ce să faci, nici măcar pe noi. Nu trebuie să fii nici scriitoare dacă nu vrei să fii. În viață trebuie să îți urmezi propriul vis, nu pe al altcuiva, oricare ar fi acest vis. Tu știi ce este bine pentru tine, mai bine decât oricine altcineva. Iar noi suntem aici să te susținem, orice alegere ai face.

Asta făcuseră în ultimii trei ani, în timp ce Abby îi cântase în strună lui Ivan, și era atât de recunoscătoare că nu renunțaseră la ea și că îi erau alături și acum, mai mult ca niciodată.

– Mulțumesc, mamă, spuse ea, tulburată de cuvintele mamei ei. Încerc din răsputeri.

– Știu că încerci. Vei reuși. Am început să scriu pentru televiziune la 35 de ani. Scriam romane și povestiri și, crede-mă, erau îngrozitoare. Tatăl tău era singurul căruia îi plăceau, și asta pentru că mă iubea. Așa că rezistă și vei găsi formula potrivită de scris pentru tine și rampa de lansare, dacă asta vrei cu adevărat.

Știau amândouă că va fi mult mai ușor fără Ivan. O susținuseră fără ezitare și fuseseră foarte drăguți după despărțirea de Ivan, fără să spună nici măcar o dată „ți-am spus eu".

– Mă simt atât de prost că am irosit așa mult timp cu el, spuse ea cu lacrimi în ochi, iar mama ei o îmbrățișă din nou.

– Nu uita că eu am fost căsătorită doi ani înainte de a-l cunoaște pe tatăl tău. Cel cu care m-am măritat era normal la început, dar a devenit un fanatic religios și a înființat un cult în Argentina, iar atunci l-am părăsit. Toți facem lucruri stupide uneori și avem legături cu cine nu trebuie. Este bine să ai mintea deschisă, dar totodată să știi când să pui piciorul în prag și să închizi ușa. Ai făcut asta cu Ivan. Și ai avut nevoie de tot timpul acela.

Abby nu știa ce făcuse de merita niște părinți atât de înțelegători, dar îi mulțumi lui Dumnezeu că îi avea. Uitase de prima căsătorie a mamei ei. Nu vorbea niciodată despre asta. Nu avea de ce. Părinții săi erau căsătoriți de peste treizeci de ani, erau fericiți și le plăcea în continuare să fie înconjurați de oameni neobișnuiți. Nu se gândiseră niciodată că microbul se va transmite fiicei lor, spre nenorocul ei. Tatăl ei îi spusese asta soției sale când îl întâlniseră prima dată pe Ivan. O lăsaseră să decidă singură, în orice situație, și în cele din urmă dăduse rezultate, după ce trei ani se abătuse de la drum, dar părea că își revenise și că era chiar mai dedicată scrisului ei, care se îmbunătățise după experiențele prin care trecuse.

Oamenii începură să vină pe la 18.00 și la 19.00 erau 26 de oaspeți, în ținute casual diverse, care beau vin și se prinseseră în conversații în living și în jurul piscinei. Mâncarea fu livrată la 20.00, iar oamenii se așezară pe unde găsiră, înăuntru, afară, pe podea, pe scaune și pe canapele, cu farfuriile pe genunchi, bucurându-se de conversația cu ceilalți oaspeți, despre diverse aspecte din showbiz. Era o Zi a Recunoștinței hollywoodiană perfectă, tipică pentru părinții ei, și i se părea normal lui Abby.

Stătea pe podea, în blugi și sandale, îmbrăcată cu o bluză țărănească pe care i-o adusese mama ei dintr-o excursie în Guatemala pe când avea 15 ani, când un bărbat cu barbă, blugi și hanorac de camuflaj se așeză lângă ea, prezentându-se drept Josh Katz. Îi spuse că produce o emisiune TV cu mama ei, iar acum făcea un film artistic în Africa de Sud, despre începuturile apartheidului. Abby știa că era genul de proiect pe care părinții ei îl respectau. Bărbatul avea ochi căprui-închis, calzi, și un vag accent, iar mai târziu spuse că era din Israel și era foarte interesat de subiectele legate de oamenii oprimați, în special femei. Pentru o clipă, Abby se întrebă dacă era versiunea mai bună a lui Ivan, cu replici mai convingătoare, dar totodată știa că, dacă se afla în livingul părinților ei, avea recomandările potrivite și era sincer. Părinții ei erau alergici la mincinoși, motiv pentru care îl urau pe Ivan.

– Cum de ești aici? întrebă Abby, apoi își dădu seama cum sună și își ceru scuze. Vreau să zic, singur de Ziua Recunoștinței. Locuiești în Los Angeles?

– Uneori. Tel Aviv, L.A., New York și oriunde filmez. În Johannesburg momentan, dar mă voi întoarce în câteva săptămâni pentru postproducție. Am doi fii aici. Petrec weekendul cu ei, dar eram liber în seara asta, așa că părinții tăi au fost suficient de drăguți încât să mă invite când au auzit că sunt în oraș. Încep un film aici în șase luni, așa că trebuie să găsesc un apartament, ca să termin filmul acesta și pe următorul. Voi fi aici un an și jumătate.

– Câți ani au copiii tăi?

Lui Abby îi plăcea de el. Părea interesant, plăcut și puțin ciudat, ca părinții ei.

– Șase și unsprezece ani, spuse el mândru și îi arătă o fotografie cu ei pe telefon.

Erau băieți drăguți. Iar el părea să aibă cam 40 de ani.

– Soția mea locuiește aici. Am divorțat acum doi ani, dar încerc să-mi văd copiii ori de câte ori pot. Va fi plăcut să locuiesc aici o vreme. Am înțeles că ești scriitoare.

Ea încuviință din cap, părând nesigură o clipă.

– Ce scrii?

– Am scris piese pentru teatrul experimental în ultimii trei ani. Acum lucrez la un roman și niște nuvele. Am revenit la un stil mai tradițional. Zâmbi. Încerc să văd pe unde mă aflu. Sunt într-o perioadă de tranziție, spuse Abby și râse.

– Uneori ăsta e un lucru bun. Te face să fii deschis la schimbare. Câteodată trebuie să dărâmi totul pentru a construi ceva mai puternic. Cred că se aplică și în viață, și în filme.

– Atunci sunt pe drumul cel bun, zise Abby și râse cu amărăciune, iar el zâmbi.

Îi plăcea de ea și îi plăcea și de părinții ei. Erau oameni buni, onești, cu talent și integritate, ceea ce era rar la Hollywood.

– Pot să citesc ceva din ce ai scris?

Mereu căuta materiale noi, pe care le găsea în locuri surprinzătoare.

– Materialul pe care îl am gata nu este reprezentativ pentru stilul meu actual și pentru ceea ce scriu acum. Iar romanul nu este terminat.

– Ai scris vreodată un scenariu? o întrebă el, iar Abby scutură din cap drept răspuns. Nu-i așa greu de trecut de la o piesă de teatru la scenarii – probabil că ți se va părea ușor. Pot să văd ceva la care lucrezi acum? Câteva capitole din romanul tău? Îi înmână cartea lui de vizită înainte să apuce să răspundă. Trimite-mi ceva. Nu se știe niciodată. S-ar putea să cunosc pe cineva care are nevoie de materialele tale. Așa funcționează. Networking. Așa am întâlnit-o pe mama ta și i-am făcut câteva emisiuni, care m-au ajutat să intru în pâine. Mi-a dat o șansă.

Joan fusese mereu curajoasă în sensul acesta și descoperise talente adevărate, oameni care erau celebri acum, și câțiva neisprăviți. Era dispusă să greșească, lucru care o făcea să fie mai iertătoare cu ceilalți.

– Bine, spuse Abby gânditoare.

Josh era foarte convingător, într-un mod plăcut și pozitiv. Atunci o trase mama ei să vorbească cu altcineva, o veche prietenă de-a lor, pe care n-o mai văzuse din liceu, care părea să aibă 100 de ani acum și era aproape de nerecunoscut după un lifting facial. Era recunoscătoare că mama ei nu își făcuse nici o operație estetică și era ea însăși, chiar dacă puțin mai bătrână.

Când se dezbrăcă, Abby găsi cartea de vizită a lui Josh în buzunar și se întrebă dacă ar trebui să îi trimită câteva nuvele sau vreo două capitole din roman. Îi pomeni de el mamei sale a doua zi dimineața micul dejun lângă piscină, stând la soare. Tatăl ei plecase să joace golf, căci putea încă să o facă, chiar dacă îl durea genunchiul.

– De ce nu? spuse mama ei relaxată. Este un tip foarte talentat și deschis la idei noi. Știam că nu îl putem păstra mult timp. Este prea neconvențional și prea creativ și nu îi place să joace după regulile rețelei de televiziune.

Mama ei se pricepea să facă asta fără să își compromită talentul sau ideile, însă nu toată lumea era capabilă de așa ceva. Avea rara calitate de a se plasa la granița fină dintre comercial și genial, iar audiența o reflecta, în ciuda lucrurilor pe care le spunea Ivan despre ea.

– Trimite-i ceva, o încurajă Joan. Poate că va avea câteva sugestii bune pentru tine și te va prezenta cuiva care face un film independent, dacă asta dorești.

– Poate că da, spuse Abby gânditoare. Nu știu unde voi ajunge, poate mă voi opri la roman sau la film.

Știa că nu-și atinsese scopul final încă. Scrisul ei actual era un proiect în desfășurare.

În după-amiaza aceea deschise computerul și îi trimise lui Josh un e-mail cu primele două capitole ale cărții ei și o nuvelă, spunându-i că-i făcuse plăcere să-l cunoască, apoi uită cu totul de asta și merse la cumpărături cu mama ei, la Maxfield și la niște magazine vintage care le plăceau amândurora. Aveau niște garderobe foarte eclectice și le plăcea să împrumute haine ciudate una de la cealaltă.

Weekendul zbură, Abby se întristă că trebuia să se întoarcă la New York duminică. Părinții ei spuseseră că mergeau în Mexic de Crăciun și o invitară să li se alăture. Dar ea credea că trebuie să stea în New York și să scrie. Nu îi plăcea Mexicul atât de mult ca lor și mereu i se făcea rău. Din anumite puncte de vedere, părinții ei se purtau ca niște oameni care nu aveau copii. O tratau mai mult ca pe o prietenă și mereu făcuseră asta. Însă partea bună a acestui lucru era că îi acceptaseră independența și întotdeauna îi acordaseră libertate. O trataseră mereu ca pe un adult, chiar și atunci când era copil. Erau încântați să o includă în orice activități, dar nu-și schimbaseră niciodată planurile pentru ea. Era bine-venită să li se alăture, dar nu renunțau niciodată la ce voiau să facă, indiferent de hotărârea ei, cum se întâmplase cu plecarea în Mexic de Crăciun.

Abby promise că se va întoarce curând, iar tatăl ei o duse la aeroport și o îmbrățișă strâns când ajunseră acolo.

– Te iubim, Abby, spuse el ținând-o în brațe un moment. Succes cu scrisul!

– Mulțumesc, tată, spuse ea cu ochii umezi.

Chiar și după ultimii trei ani petrecuți cu Ivan, perioadă în care se purtase ca și când ar fi făcut parte dintr-un cult, ei continuau să creadă în ea. Era uimitor, dar astfel de oamenii erau mereu implicați în procesul artistic, crezând profund în spiritul creativ, chiar dacă nu erau părinți perfecți. Îi iubea oricum. Îi făcu tatălui ei cu mâna în timp ce se îndrepta spre cordonul de securitate și după un moment dispăru, urcând la bordul avionului spre New York. Fuseseră patru zile nemaipomenite.

Când ajunse la San Francisco, Claire văzu că nimic nu se schimbase. Nici chiar oamenii care locuiau acolo. Casa părinților ei era un mic imobil victorian, cam neîngrijit, în Pacific Heights. Avea nevoie de o mână de vopsea, dar Sarah păstrase un aer proaspăt pe dinăuntru, chiar și atunci când trebuia să zugrăvească o cameră ea însăși, ceea ce uneori făcea. Chema cei mai ieftini tapițeri pentru a reface mobila, astfel încât soțul ei să nu se plângă de cheltuieli. Tatăl ei părea deprimat, se plângea și era nemulțumit de piața imobiliară. Nu mai vânduse o casă de un an și jumătate, lucru care era din cauza personalității lui, nu a economiei, credea Claire. Cine să fi cumpărat o casă de la cineva care îi spune că nimic nu era bine nici acolo, nici în lume? Iar tatăl ei îl ura pe brokerul imobiliar pentru care lucra.

Mama ei era binedispusă și aranjase casa, făcând-o să strălucească. Pusese și flori în dormitorul lui Claire. Cumpărase un curcan un pic prea mare pentru ei, ca și când ar fi așteptat oaspeți, dar nu mai primeau pe nimeni și rareori se întâlneau cu vechii lor prieteni. Tatăl ei îi eliminase de-a lungul anilor, iar mama nu mai încerca să îl convingă să aibă o viață socială, așa că se întâlnea cu prietenele ei la prânz. Citea mult seara. Și nimeni nu pomenea de faptul că tatăl ei bea prea mult, ceea ce îl adâncise în depresie. Nu se îmbăta niciodată atât de tare încât să cadă din picioare, dar trei sau patru pahare de scotch pe seară erau cam multe, iar Claire și mama ei știau și nu o spuneau niciodată cu voce tare. Îl lăsau pur și simplu să facă ce voia, și după al doilea scotch stătea singur în fața televizorului în fiecare seară, până se ducea la culcare.

Mama lui Claire voia să afle totul despre George după ce fiica ei ajunse acasă, văzând cât de entuziasmată era de el. Încă nu o sunase din Aspen.

Cum nu primise vești de la el după ce sosise, presupuse că George schia deja sau se temea să nu o deranjeze la părinții ei și era sigură că avea s-o sune mai târziu în seara aceea. Dar nu se întâmplă, așa că îl sună ea din camera ei de pe mobil, însă intră căsuța vocală. Dată fiind diferența de fus orar dintre San Francisco și Aspen, se gândi că dormea deja, așa că îi lăsă un mesaj afectuos.

Nu o sună a doua zi de Ziua Recunoștinței, probabil din același motiv. Schia sigur în ziua aceea și știa că ea va lua cina cu părinții ei, dar nu și la ce oră. Claire îi trimise un mesaj, dar el nu răspunse.

Claire începu să se îngrijoreze a doua zi. Nu mai vorbiseră de când o lăsase marți seara târziu la apartament, ceea ce era foarte neobișnuit pentru el. Îi plăcea să știe ce făcea toată ziua, sunând și trimițând mesaje. După trei zile de tăcere, se întrebă dacă ura sărbătorile atât de mult încât se retrăsese în carapacea lui, puțin deprimat. Nu voia să îl pistoneze, să-l deranjeze sau să insiste. Așa că îi trimise alt mesaj afectuos în care îi spunea că-i era dor de el, fără să încerce să-l facă să se simtă vinovat că nu sunase. Era evident că avea nevoie de spațiu, dar urmau să se întoarcă acasă peste două zile, duminică seara, și plănuiau să petreacă noaptea împreună.

Întrebările mamei ei legate de el continuară tot weekendul, iar Claire încercă să răspundă cât de sincer putea că habar n-avea ce le va rezerva viitorul, dar că părea să fie o relație serioasă și el se purta minunat cu ea. Nu-i spusese însă că George îi mărturisise că voia ca ea să fie mama copiilor săi cu o noapte înainte să plece sau că nu mai știa de el de trei zile. Era sigură că era ceva temporar, niciodată nu mai fuseseră atât de apropiați ca în seara de dinaintea plecării ei în San Francisco.

Sâmbătă, simți un val de panică și începu să-și facă griji pentru el, gândindu-se că s-ar fi putut întâmpla ceva. Dacă era bolnav sau se accidentase grav la schi? Era posibil să-și fi rupt amândouă brațele și să nu-și poată folosi mobilul sau era lovit la cap având în vedere că spunea că nu purta cască, dar era un schior pasionat. Dar se gândi că George ar fi rugat pe cineva să o sune, dacă era rănit, sau i-ar fi trimis chiar el un mesaj, dacă era bolnav. Trebuia să creadă că sărbătorile erau și mai grele pentru el decât își imaginase ea. Trebuia să taie orice contact cu ea și era evident deprimat. Își făcea griji că poate îl jignise fără să-și dea seama, dar nimic din ultima lor noapte împreună nu sugera așa ceva. De-abia se putuse desprinde de ea când coborâse din mașină marți noaptea și cu o oră înainte îi spusese că voia să aibă copii cu ea. Cât de furios putea să fie și din ce motiv? Era clar, tăcerea lui nu era din vina ei, dar era oricum alarmantă.

Claire avu grijă ca mama ei să nu își dea seama cât de îngrijorată era și continuă să îi răspundă la întrebări și să schimbe subiectul. Sâmbătă seara, încercă să îl sune de câteva ori și îi lasă mesaje în care spunea că își făcea griji pentru el și cât de mult îl iubea. Nu-i răspunse.

Duminică dimineața, când se îmbarcă în avionul spre New York, Claire încă nu primise nici o veste de la el. Trebuia să ajungă la aeroportul JFK la 16.00 și să se întâlnească amândoi. Sună din mașină, dar nu răspunse nici la mobil, nici la telefonul fix din apartamentul lui. Știa că personalul avea liber și nu voia să îl facă să creadă că îl hărțuia, dar între timp ghemul din stomacul ei se făcuse cât un pumn. Ce se întâmplase și de ce nu suna?

Claire nu primi nici o veste de la el în seara aceea, în timp ce aștepta în apartamentul ei. Abby se întoarse din Los Angeles și îi povesti ce weekend nemaipomenit petrecuse cu părinții ei, iar Sasha și Alex reveniră din Chicago, iar aceasta spuse că avusese o sărbătoare perfectă. Weekendul lui Claire acasă fusese deprimant, după cum se aștepta, ba chiar mai rău din pricina tăcerii inexplicabile a lui George, însă nu le spuse nimic prietenelor sale. Morgan povesti despre cina încântătoare de la Greg și Oliver de Ziua Recunoștinței. Sărbătorile tuturor fuseseră frumoase, mai puțin ale ei. Claire era sigură că exista o explicație simplă și că George își va cere scuze pentru faptul că nu luase legătura cu ea, atunci când o va suna. Iar, între timp, faptul că nu cunoștea motivul o făcea să agonizeze și rămase trează până la 4.00 dimineața, sperând că bărbatul o va suna. Chiar și un telefon după miezul nopții ar fi fost bine-venit – un semn de viață de la bărbatul pe care îl iubea, care voise ca ea să fie mama copiilor lui cu doar cinci zile în urmă și care nu o mai căutase de atunci. Nu avea nici un sens.

Claire se trezi la două ore după ce adormise, cu mult înainte să sune alarma și așteptă să se facă 8.00, ca să-l sune. Angajații lui nu soseau până la 9.00 luni dimineața, așa că nu răspunse nimeni când sună la apartamentul lui, și George tot nu răspundea la mobil, deși ar fi trebuit să se fi întors acasă, dacă nu cumva i se întâmplase ceva grav.

Claire se îmbrăcă în grabă pentru serviciu, fără să-și bea cafeaua sau să ia micul dejun, simțindu-se dezorganizată, distrasă și cu mintea vraiște când ajunse la birou. Așteptă până după 9.00 și sună la birou, știind că întotdeauna George ajungea acolo până la 8.30 ca să se pregătească pentru ziua respectivă. Îi răspunse secretara lui pe linia privată, spunându-i că era într-o ședință. Claire îi zise doar să-i transmită că sunase. Acum era sigură că o va suna.

De-abia mai putea gândi limpede până la prânz și o repezi pe Monique când aceasta intră în biroul ei. Nu avea chef deloc de ea în ziua aceea. Și, în mod providențial, Walter nu intră în biroul ei.

Claire îl sună pe George din nou la prânz și i se spuse că ieșise să ia masa și că va fi în ședințe pe teren toată după-amiaza, nu se va întoarce la birou. Vocea secretarei lui nu trăda nimic. Era plăcută și detașată, iar când Claire închise, îi curgeau lacrimi pe obraji. Era clar că ceva era foarte în neregulă. Dar ce? Și de ce? George refuza să discute cu ea și nu făcuse nimic ca să merite asta. Era atât de panicată și suferea atât de mult din cauza grijilor încât rămase fără aer.

Claire plecă de la birou cu o jumătate de oră mai devreme și îi spuse lui Walter că o lua gripa și avea febră. Nu era greu de crezut, arăta îngrozitor.

Se băgă în pat de îndată ce ajunse acasă și stătu acolo până când o auzi pe Morgan venind după câteva ore și se duse în dormitorul ei.

– Nu vrea să discute cu mine, spuse ea șoptind răgușit, în timp ce Morgan o privea uluită.

Arăta de parcă ar fi fost bătută sau ar fi fost grav bolnavă.

– Cine nu vrea să discute cu tine?

Nu-și putea închipui.

– George. Nu mi-a mai dat nici o veste de când l-am văzut marți seara. Totul era bine, și de atunci nu a mai dat nici un semn. Refuză să îmi răspundă la telefon sau la mesaje. Nimic. Tăcere. Crezi că m-a părăsit?

De-abia putea rosti cuvintele, dar era posibil ca Morgan să știe mai multe decât ea. Poate că George îi spusese.

– Bineînțeles că nu. Alungă-ți gândul. E înnebunit după tine. Morgan păru consternată un moment. Știu că se poartă bizar de sărbători și uneori pur și simplu se deconectează pentru câteva zile. Dacă lucrurile devin prea stresante la birou, uneori își ia liber și pleacă undeva o zi sau două, iar când se întoarce se simte bine. V-ați certat din vreun motiv?

– Nu, deloc.

– L-am văzut astăzi la birou și părea să fie bine. Râdea cu unul dintre clienții noștri. Cred că a avut o zi plină, dar, recunosc, asta nu e o explicație. Poate că ar trebui să-l lași în pace și să vezi ce face. Nu umbla după el. Nu este rănit, nu este mort, e viu. Te va suna.

Dar George nu o făcuse nici două zile mai târziu. Claire nu primise nici un semn de la el de opt zile și nu avea nici o explicație.

Claire își luase două zile libere de la serviciu, pretinzând că avea gripă. Toată lumea de la apartament aflase între timp și umblau în vârful picioarelor, ca și când ar fi murit cineva. Claire ieșea din camera ei cât mai puțin posibil, pentru că nu voia să vadă pe nimeni, iar în seara aceea Morgan îl întrebă pe Max ce credea despre asta.

– Nu știu, spuse el sincer. Bărbații fac lucruri ciudate uneori. Câteodată se mișcă prea repede și se sperie de moarte, iar apoi fug. Dar e un tip serios, cu o afacere responsabilă. Ai zice că, dacă dă înapoi sau dacă s-a răzgândit, ar avea curajul să îi spună.

– Poate că nu, spuse Morgan, în timp ce luau cina seara târziu la restaurant, iar mulțimea începea să se retragă.

Spera că George nu apărea cu altă femeie, dar nu își putea închipui că ar fi avut atâta prost gust încât să o facă, și nici nu îl putea întreba la birou. Era șeful ei și nu discuta niciodată cu ea despre relația lui cu Claire. Tot ce știa auzise de la colega ei de apartament. George nu era genul de om care să își discute viața personală cu angajații, indiferent ce citeau aceștia la pagina de bârfe.

– A părăsit multe femei de-a lungul timpului. Cred că are oarecum o fobie față de relații. Însă nu există nici un motiv să rupă pur și simplu legătura cu ea. Ar trebui să spună ceva. Biata de ea, o ia razna și arată de parcă ar fi murit.

Morgan era supărată și, chiar dacă îl cunoștea atât de bine pe George, nu înțelegea ce se întâmpla.

– Îmi imaginez, spuse Max înțelegător, iar apoi Morgan se gândi la un lucru pe care voise să îl întrebe, dar uita mereu și nu găsise momentul oportun.

– Știu că pare o nebunie, dar acum câteva săptămâni am găsit ceva neobișnuit într-un dosar pe care mi l-au adus cei de la contabilitate din greșeală. Mi-a sărit în ochi de pe foile de calcul. Niște bani care fuseseră puși în contul greșit, altă sumă mai mică, care fusese retrasă și apoi returnată o săptămână mai târziu. Nu lipsea nimic, dar banii fuseseră plimbați în conturile care nu trebuiau. Ce să înțeleg din așa ceva? Crezi că se întâmplă ceva necurat?

George era mereu foarte meticulos când venea vorba despre conturile lor, așa că situația o surprindea.

– Și a investit fonduri într-o companie în care unul dintre directori a fost condamnat cu câțiva ani în urmă, iar apoi acuzațiile au fost retrase. Crezi că se întâmplă ceva bizar? întrebă Morgan.

– Nu, nu cred. George este prea inteligent ca să facă o asemenea prostie și e un tip onest. Are o reputație ireproșabilă. Nu o va distruge riscând să dea de bucluc. Cred că mai curând cineva a greșit la contabilitate, apoi a reglat lucrurile.

– Așa m-am gândit și eu, spuse ea sincer, dar nu se știe niciodată. Uneori se întâmplă lucruri ciudate în domeniul meu. Uită-te la Bernie Madoff.

Era cel mai mare escroc al tuturor timpurilor și fusese condamnat la 150 de ani de închisoare pentru că sustrăsese miliarde de la bănci și de la clienți. Dar nici în cele mai negre coșmaruri Morgan nu și l-ar fi putut imagina pe George făcând așa ceva. Nici Max, ceea ce o liniști.

Avea încredere în judecata lui, și acesta avea un instinct bun când venea vorba de oameni.

– George nu este Bernie Madoff. Max îi zâmbi, apoi redeveni serios. Nu mă îngrijorează că a umblat la registrele contabile, ci mă îngrijorează Claire. După opt zile, lucrurile nu arată bine și nu există prea multe explicații posibile, în afară de una neplăcută. Îmi pare foarte rău pentru ea, spuse el cu blândețe.

Le îndrăgea pe colegele de apartament ale lui Morgan. Erau femei drăguțe, și Max era mai apropiat de ele decât de propriile surori.

– Și eu mă simt îngrozitor din pricina asta, spuse Morgan. E o lovitură grea. Cred că a avut încredere totală în el și îl iubește cu adevărat. Nu știu cum va trece peste dacă a părăsit-o.

– S-ar putea să fie nevoită să o facă, spuse Max pe un ton înțelept. George îi datorează o explicație, dar nu pare că vrea să i-o dea. Ar fi contactat-o până acum dacă avea de gând să o facă.

Morgan încuviință și amândoi rămaseră pe gânduri.

O durea pe Morgan să vadă cât de normal părea George la birou. Se purta ca și când nu s-ar fi întâmplat nimic. Și, în timp ce glumea, stătea de vorbă și trecea de la o ședință la alta, Claire se dădea de ceasul morții, stând în pat și arătând ca un zombie.

La două săptămâni după Ziua Recunoștinței, Claire încă nu primise nici o veste de la el. Se gândise să meargă la el la birou să îi ceară explicații și să îl înfrunte, dar părea melodramatic. Îi scrise o scrisoare întrebându-l ce făcuse de îl supărase, spunându-i cât de mult îl iubea și îi lăsă scrisoarea la apartament. Îi trimise câteva e-mailuri. Era imposibil de înțeles. Îi spusese că o iubea, că era aleasa și că voia ca ea să fie mama copiilor lui, apoi dispăruse. Nu avea nici un sens, și tuturor li se părea o nebunie. Dacă se răzgândise, ar fi îngrozitor, dar nu trebuia decât să-i spună. Era evident pentru toată lumea și mai ales pentru Claire că se speriase de moarte, se panicase și fugise. Dar el fusese cel care stabilise ritmul și se mișcase atât de rapid. El fusese cel care se ținuse după ea și o convinsese în timp ce îi făcea curte, spunându-i că o iubește aproape de la prima întâlnire. Orice motive ar fi avut, dispăruse, în tăcere. După două săptămâni, Claire nu-i mai putea găsi scuze – se terminase. Nu mai simțise niciodată o asemenea durere. Era ca moartea, moartea speranțelor și a visurilor, a dragostei și a tuturor lucrurilor pe care George i le promisese. Claire slăbise cinci kilograme și arăta ca o femeie care ținea doliu.

După o săptămână, se întoarse la serviciu și, ca să înrăutățească lucrurile, Walter o tortura. Până și el își dădea seama că se întâmplase ceva îngrozitor.

– Ce se întâmplă? o întrebă Alex pe Sasha prima dată când o văzu după Ziua Recunoștinței. A murit vreunul din părinții ei?

Nu își putea imagina altă explicație pentru felul în care arăta, decât dacă nu cumva era bolnavă și spera că nu așa stăteau lucrurile.

– Se pare că a fost părăsită. George nu i-a spus nimic – a dispărut pur și simplu.

– Cum adică a dispărut? Adică a plecat din oraș?

– Nu, nu mai vrea să discute cu ea sau să o vadă. Pur și simplu a ignorat-o fără vreo explicație.

– Ce dobitoc, spuse Alex, părând furios. Se dădea peste cap făcându-i curte în toată perioada în care ne vedeam noi. Cum să nu îi spună nimic?

– Nu știu. Dar asta a făcut.

Celelalte încercau să o liniștească fiindu-i în preajmă. Dar în fiecare zi Claire se băga direct în pat după ce venea de la serviciu și dormea tot timpul.

Două zile mai târziu, Walter o chemă în biroul lui. Mai erau zece zile până la Crăciun, și Claire se gândi că avea să-i dea prima de final de an. Muncise din greu și vânzările lor crescuseră ușor. Și, spre marea ei încântare, Monique se întorcea la Paris. Stagiatura ei se încheiase.

– Am tot vrut să vorbesc cu tine de ceva vreme, spuse Walter jucându-se cu două agrafe de pe birou, cărora părea să le acorde toată atenția. Mă gândisem să discutăm acum două săptămâni, dar ți-ai luat concediu medical. Arăți în continuare ca naiba, apropo. Ar trebui să mergi la doctor.

– Sunt bine, spuse ea mohorâtă, așteptând ca el să-i dea cecul ca să poată pleca din biroul lui.

– Știu că nu mai ai nevoie de slujba aceasta cu prietenul tău dichisit care te susține. Vei deveni miliardară în curând.

Claire simți cum i se face greață auzindu-l, dar nu era treaba lui că George o părăsise și nu intenționa să-i spună. Nu comentă.

– Dar fie că te căsătorești cu el sau nu, știu că nu vrei să lucrezi într-o companie ca asta. Vrei să lucrezi pentru una dintre marile companii din moda de lux, Jimmy Choo, Manolo Blahnik, unul din brandurile sexy. Ridică privirea spre ea. Și, ca să fiu sincer, ai talentul necesar. Am auzit că trimiți CV-uri și sunt sigur că una din companiile astea va pune mâna pe tine. Adevărul este că îți irosești talentul aici și nu-mi pot permite să te plătesc. Te concediez, Claire. Îmi pare rău. Nu este personal, e vorba de afaceri. Ne descurcăm cel mai bine cu stilul nostru clasic. Nu avem nevoie de un designer de lux care vrea să facă schimbări. Iar vânzările noastre vor fi mult mai bune fără tine. Pot să fac toate modificările necesare eu însumi.

Claire îl privea țintă, ca și când ar fi vorbit altă limbă.

– Mă concediezi? îngăimă ea, iar el încuviință din cap. Pentru că mi-am trimis CV-ul la alte companii?

– Nu, am vrut să ți-o spun de șase luni. Nu are rost din punct vedere financiar să te păstrăm. Trebuie să faci pantofi sexy pentru altcineva. Îmi pare rău. Succes! Probabil te vei căsători cu tipul acela oricum și nu vei mai dori să lucrezi. Însă orice ai face cu el, nu-mi pot permite să te plătesc. Îți doresc tot binele.

Întinse palma ca să dea mâna cu ea, iar ea i-o strânse, simțind că o cuprinde amorțeala, apoi se întoarse din pragul ușii.

– Îmi dai bonusul de final de an? întrebă Claire, iar el clătină din cap. Salariul?

Lucrase pentru el patru ani și urâse fiecare minut. Ar fi trebuit să primească bani pentru suferințele îndurate.

– Doar pentru două săptămâni, răspunse el pe un ton plat. Nu este personal, e vorba de afaceri, spuse el din nou.

Îi oferea cât mai puțin posibil putea. Nu îi venea să creadă. Era șocată. Ieși din birou, își puse schițele și lucrurile personale într-o cutie și plecă. După ce ajunse în stradă, opri un taxi. Ningea și era udă leoarcă când urcă.

– Pare că ai avut o zi grea, spuse șoferul privind-o în oglinda retrovizoare.

– Am fost concediată, spuse ea cu lacrimi în ochi, care se amestecau cu zăpada topită și machiajul ce-i curgea pe față.

Arăta îngrozitor.

– Îmi pare rău, spuse el și opri aparatul de taxat.

O duse acasă și nu îi ceru bani când Claire privi spre aparat. Nu înregistra.

– Crăciun fericit! spuse șoferul părându-i rău pentru ea, iar Claire îi întoarse urarea, cu lacrimile rostogolindu-i-se pe obraji, în timp ce urca în apartament.

Celelalte fete erau acasă, o văzură și se speriară cât de rău arăta.

– Ce s-a întâmplat? o întrebă Morgan, venind să o ajute să care cutia, iar Claire o privi uluită.

– Tocmai am fost concediată. Nu este personal, e vorba de afaceri. Salariu pentru două săptămâni, fără bonus pentru finalul anului.

Era lovitura de grație după săptămânile infernale de suferință după ce o părăsise George. Habar n-avea ce să le spună părinților ei când se ducea acasă.

Și, în seara aceea, ca și când ar fi avut un radar și simțea nevoia să adauge o insultă la rana pe care o provocase, Claire primi în cele din urmă un semn de la George. Îi trimise un mesaj. Claire îl citi, nevenindu-i să creadă, dar acum nu o mai surprindea nimic. „Îmi pare rău, am fost ocupat până peste cap. Este vina mea, nu a ta. M-am gândit bine. Este decizia potrivită pentru mine. Nu suntem făcuți unul pentru celălalt, Claire. Nu vreau o relație pe termen lung, căsătorie, copii sau o parteneră. Sunt un lup singuratic în sufletul meu și așa vreau să rămân. Mult noroc! Crăciun fericit! G." Se uită la mesaj vreme îndelungată și reciti de nenumărate ori, apoi începu să râdă isteric. Se duse în bucătărie ținând în mână telefonul mobil, în vreme ce fetele o priveau țintă, îngrozite că în cele din urmă își pierduse mințile.

– Este oficial. Tocmai am primit un mesaj de la George după aproape trei săptămâni. M-a părăsit. Printr-un SMS. A spus că este cea mai bună decizie pentru el și mi-a urat Crăciun fericit. Se așeză la masa din bucătărie, simțindu-se ușor isterică. Minunat, părăsită și concediată în aceeași zi, spuse ea, de parcă ar fi fost șocată.

Abby o cuprinse cu brațul fără să spună nici un cuvânt, iar Claire izbucni în hohote de plâns. Dar era straniu de ușurată că George îi scrisese. Cel puțin nu era din vina ei. El stabilise ritmul, el o dorise cu atâta disperare și el o convinsese să iasă la întâlniri. El spusese că o iubea și că voia să aibă copii cu ea și acum o părăsise. Ironia și cruzimea gestului erau aproape insuportabile și Claire știa că nu va mai avea încredere în nici un bărbat vreodată. Colegele ei de apartament o duseră la culcare în seara aceea și stătură cu ea. Sasha se întinse pe pat, lângă ea. Abby stătea pe podea și o mângâia pe păr. Morgan stătea la capătul patului, părând nefericită, privind-o și mângâind-o din când în când pe picior, pe sub pătură. Erau cu ea – nu puteau face nimic altceva. Și, în cele din urmă, Claire plânse până adormi.

capitolul 14

Claire era singura care se ducea acasă de Crăciun. Celelalte rămâneau în New York. Morgan era liberă de la Crăciun până după Anul Nou pentru că birourile erau închise și îl ajuta pe Max la restaurant în timpul aglomerației de sărbători, conducând oamenii la mese când avea nevoie și ajutându-l la contabilitate. Doar așa îl putea vedea în timpul sărbătorilor, pentru că Max lucra zi și noapte, șase zile pe săptămână și îi era recunoscător pentru ajutor. Oricum nu avea o familie la care să meargă, iar Oliver și Greg schiau în New Hampshire cu prietenii.

Părinții lui Abby erau în Mexic, iar ea rămase în New York să lucreze la roman. Alex și Sasha erau de gardă la spital atât de Crăciun, cât și de Anul Nou. Cel puțin erau împreună.

Lui Claire îi părea rău că nu rămânea cu ei. Pe 23 decembrie, când plecă spre San Francisco, parcă se mișca sub apă și se îneca din cauza șocului provocat de cele întâmplate. Nu era nici măcar furioasă – era disperată.

Morgan era foarte supărată pe George. Deși îl respectase întotdeauna, nu mai era cazul acum. Era imposibil să respecți un bărbat care putea fi atât de crud cu prietena ei. Claire suferea îngrozitor pentru că el îi frânsese inima. De-abia se putea gândi la Crăciun și nu voia să meargă acasă. Ar fi preferat să rămână cu prietenele ei în New York, dar nu voia să o dezamăgească pe mama ei. Înainte de a-și pierde slujba, Claire îi cumpărase acesteia o poșetă scumpă și spera să-i placă, iar tatălui ei un pulover, pe care nu și le mai putea permite acum, dar era Crăciunul și nu le spuse că fusese concediată. Era îngrozită ca va petrece sărbătorile cu ei. Habar n-aveau că George o părăsise și că își pierduse serviciul. Avea să-i spună mamei sale când va fi acolo, după Crăciun, rugând-o să îi zică și tatălui ei după ce pleca. Nu suporta să îi audă îngrijorările și perspectiva deprimantă asupra vieții. Eșecul îi era familiar.

Zborul avu o întârziere de trei ore din cauza vremii din San Francisco și a furtunilor din toată țara, motiv pentru care fu un zbor cu turbulențe. Nu-i păsa. Dacă avionul se prăbușea pe drum, avea să fie o ușurare. Nu va trebui să își ridice șomajul, să caute o nouă slujbă sau să-și trăiască restul vieții fără George, urându-l pentru ceea ce făcuse.

Plănuia să își trimită CV-ul la alte firme când se întorcea și să le spună că era disponibilă imediat, acum că și-a dat demisia. Când îi vor verifica recomandările, vor afla că a fost concediată. Era sigură că Walter le va spune, dar nu putea face nimic pentru a-l opri.

Luă un taxi de la aeroport, iar mama ei o aștepta acasă. Terminaseră cina; tatăl ei era deja în fața televizorului, uitându-se la Discovery Channel, cu o băutură în mână, iar mama o urmă în camera ei, în timp ce despacheta.

– Ai slăbit îngrozitor, spuse Sarah, îngrijorată.

Claire slăbise cinci kilograme în cele patru săptămâni care trecuseră de la Ziua Recunoștinței.

– Am avut gripă. Au avut toate colegele mele de apartament.

Claire minți, nefiind pregătită să îi spună adevărul. Nu putea transpune în cuvinte oroarea acelei povești.

Mama sa împodobise bradul în living, așa cum făcea întotdeauna, chiar dacă tatăl ei se plângea că putea să ia foc. Claire nu știa cum avea să supraviețuiască în cele patru zile câte plănuise să stea acolo.

– Ce mai face George? întrebă Sarah zâmbind cu blândețe, în timp ce o privea pe Claire despachetând.

De data asta își adusese foarte puține lucruri și părea să trăiască în blugi și pulovere negre. Era într-un fel de doliu după George și după inima ei care murise.

– E bine, spuse ea, prefăcându-se că se uita după ceva în valiză, astfel încât mama ei să nu-i poată vedea fața.

– Ce ți-a dat de Crăciun?

„Un pumn în gură“, fu singurul răspuns care îi veni în minte, în timp ce continua să caute prin valiză. Sarah se întrebase dacă George îi va da lui Claire un inel de logodnă sau poate că aștepta Anul Nou, pe care Claire spusese inițial că îl va petrece cu el.

– O poșetă, veni răspunsul necugetat care îi trecu prin minte când se întoarse spre mama ei. Îmi pare foarte rău, mamă, dar pentru mine e mult mai târziu, cu trei ore în plus, și sunt încă slăbită după gripă. Te superi dacă mă duc la culcare?

Știa că mama ei se aștepta să petreacă timp împreună când venea acasă, dar pur și simplu nu putea în seara aceea. Și trebuia să supraviețuiască și în Ajunul Crăciunului și în ziua de Crăciun.

– Bineînțeles că nu, draga mea. Putem vorbi mâine. Vrei o ceașcă de ceai?

Mama ei era mereu atât de drăguță cu ea, încât Claire se simțea îngrozitor că o refuza, dar trebuia să fie singură, măcar în seara aceea.

– Nu, mulțumesc.

Claire o îmbrățișă și un minut mai târziu mama ei se duse în camera sa pentru a citi, așa cum făcea în fiecare seară. După 20 de minute, Claire dormea dusă.

A doua zi își ajută mama să facă fursecurile și o privi în timp ce pregătea curcanul, pe care i-l puse apoi în cuptor. Claire aranjă masa, pe care Sarah o decorase de Crăciun pentru ei trei, aşa cum făcea întotdeauna. Iar apoi aveau să meargă la slujba de la miezul nopţii, la catedrala Grace. Tatăl lui Claire nu mai mergea cu ele de ani buni.

Era frig când coborâră treptele catedralei de vizavi de Huntington Park, plin de luminile strălucitoare şi colorate din copaci, iar Claire îşi strecură mâna pe după braţul mamei ei, rămânând să le privească un minut. Sarah nu întrebă nimic, dar simţea că era ceva în neregulă şi o văzu pe Claire ştergându-şi lacrimile în timpul slujbei. Urcară în maşină să meargă acasă, iar pe drum Claire fu foarte tăcută.

– Mulţumesc c-ai venit acasă, spuse Sarah încet când opriră în faţa garajului. Ştiu că nu este distractiv pentru tine.

– Îmi place să fiu cu tine, mamă, spuse Claire sinceră. Era adevărat şi nu o mai putea minţi. Se întoarse spre mama ei în maşină. George m-a părăsit şi am fost concediată. Nu am vrut să-ţi spun la telefon şi îmi pare rău să-ţi spun acum.

Mama ei o cuprinse în tăcere în braţe şi o ţinu strâns, în timp ce Claire plângea.

– Îmi pare foarte rău, spuse ea liniştind-o.

Nu o întrebă ce se întâmplase. Nu conta. Rezultatul final era ceea ce conta şi faptul că fiica ei avea inima frântă.

– Îmi pare foarte rău.

– Da, şi mie, îi spuse ea mamei, desprinzându-se şi zâmbind printre lacrimi. A spus că este un lup singuratic. Dar el este cel care a grăbit totul şi se purta de parcă am fi fost împreună de ani. S-a speriat de moarte, apoi a fugit.

– Crezi că se va linişti şi se va întoarce?

– Nici o şansă.

Îşi făcea curaj să îi vadă numele în orice moment asociat cu al altcuiva, la pagina de bârfe. Ştia că se va întâmpla mai devreme sau mai târziu. George terminase relația cu ea, și Claire nu voia să ofere false speranțe, nici ei, nici mamei. Mesajul fusese clar.

– Iar Walter este un ticălos și urăsc pantofii lui.

Râse și își suflă nasul într-un șervețel pe care i-l dădu mama ei, și de data aceasta râse și Sarah.

– Nici măcar eu nu i-aș purta la vârsta mea, îi spuse lui Claire și chicotiră amândouă.

– Voi începe să-mi trimit CV-ul după Anul Nou. Ceva o să apară.

Claire avea talentul necesar pentru a concepe și altceva, nu numai pantofi. Încălțămintea era punctul forte și pasiunea ei, dar era dispusă să facă și haine și avea pregătirea necesară de la școala Parsons.

– Îmi pare rău că ți-am spus toate lucrurile astea în seara asta. Voiam să aștept până după Crăciun.

Dar era liniștită că-i spusese acum. Mama ei era întotdeauna atât de înțelegătoare și de optimistă. Se simțea fericită că venise acasă, chiar dacă avea inima frântă.

– Nu-ți face griji pentru mine, mamă. Voi găsi de lucru.

Nu voia ca mama ei să creadă că va fi o povară pentru ei. La 28 de ani, își dorea să stea pe propriile picioare. Iar părinții ei nu aveau banii necesari pentru a o ajuta. Nu aștepta nimic de la ei, în afară de dragostea mamei sale.

– Vrei să-mi faci o favoare? Te rog să nu-i spui tatei până când plec. Nu vreau să aud ce are de zis.

Sarah încuviință din cap. Înțelegea.

Intrară în casă apoi, merseră în bucătărie și băutură o ceașcă de ceai de mușețel. Tatăl lui Claire se dusese la culcare, iar casa era liniștită. Cele două femei stătură de vorbă. Sarah părea gânditoare, analizând ceea ce îi povestise Claire, și puțin mai târziu se duseră la culcare.

Dimineața, Claire și mama ei schimbară cadouri, lângă brad. Sarah fu extrem de încântată de poșeta Channel şi fu impresionată, căci trebuie să fi costat mult, mai ales în situaţia dată. Claire îi dădu tatălui ei puloverul după ce acesta se trezi. Îi plăcu şi îi mulţumi. Cu toţii se simţeau bine.

Apoi Claire se duse în dormitor şi le trimise e-mailuri colegelor ei de apartament, urându-le Crăciun fericit, iar când închise computerul, mama ei intră în cameră şi închise uşa încet în urma ei, apoi se aşeză pe patul fiicei sale. Părea că are ceva important să-i spună. Se gândise toată noaptea la asta.

– S-a întâmplat ceva?

Claire se îngrijoră brusc, dar mama ei clătină din cap.

– Nu, vreau să îţi împărtăşesc ceva ce nu am spus nimănui. Ştii, am avut multe proiecte mărunte de decorare de-a lungul anilor. Tatăl tău nu a ştiut niciodată despre toate, dar am strâns bani pentru şcoala ta şi pentru mine. Ei bine, am mai avut şi nişte proiecte mai mari şi economisesc bani de mulţi ani.

Claire îşi dădea seama ce voia să spună mama ei, dar clătină din cap.

– Nu vreau bani de la tine, mamă. Am economisit puţin şi pot să trăiesc din asta şi din şomaj până când voi găsi altă slujbă. Voi merge la o firmă de recrutări când mă întorc. Vreau să îţi păstrezi banii.

– Vreau să mă asculţi până la capăt, spuse ea cu un ton hotărât. Am mai mulţi bani puşi deoparte decât crezi tu. Nimeni nu ştie despre ei, doar tu şi cu mine. Vreau să investesc într-o firmă mică de pantofi. Ştiu cum să conduc o afacere de design interior şi pantofii nu pot fi cu mult mai diferiţi. Am putea să începem cu un buget mic. Şi ai putea face pantofii pe care îi doreşti. Dacă avem succes, poţi să-mi dai banii înapoi într-o zi. Dar nu îmi doresc asta. Vreau să fim partenere. Claire o privea uimită, iar apoi mama ei o ului şi mai mult. Aş putea veni la New York pentru câteva luni, poate chiar şase luni sau un an, să te ajut să pui lucrurile în mişcare.

Aş putea sta cu tine, dacă sunteţi de acord, tu şi celelalte fete, şi am putea lucra împreună.

Iar când îi spuse câţi bani strânsese, Claire era cât pe ce să cadă de pe pat. Era mai mult decât destul pentru a înfiinţa o firmă mică de pantofi. Claire cunoştea detaliile contabile ale afacerii lui Walter, iar mama ei avea o sumă mult mai mare. Cu un asemenea capital, puteau să obţină un împrumut dacă aveau nevoie de mai mult.

– Dar tata?

Claire nu-şi imagina că mama ei l-ar lăsa singur atât de mult cât spusese. Sarah ezită înainte de a răspunde.

– Cred că a venit timpul să mă întorc la New York şi să îmi revendic viaţa. Mă gândesc de ceva vreme la asta. Ar fi oportunitatea perfectă pentru amândouă, zise Sarah şi zâmbi spre Claire care se duse la ea şi o îmbrăţişă strâns.

– Eşti incredibilă, mamă. Mi-ar plăcea enorm să stai cu mine, dacă nu te deranjează că vom dormi în acelaşi pat. Le voi întreba pe fete, dar sunt sigură că vor fi de acord. Dar tu eşti sigură? E un pas mare pentru tine.

Sarah trăia în San Francisco de treizeci de ani, era nefericită de mult timp şi voia să facă ceva înainte de a fi prea târziu. Dacă îşi putea ajuta şi fiica totodată, simţea că era decizia potrivită pentru ea. Nu avea nici o îndoială.

– Este timpul ca tatăl tău să se gândească la viaţa lui şi să îşi dea seama ce vrea să facă înainte de a fi prea bătrân pentru a se bucura. Şi dacă nu vrea, e treaba lui.

Era tristă în timp ce o spuse, dar îi zâmbi lui Claire.

– Dumnezeule, mamă! Claire îi zâmbea larg. Nu pot să cred că faci asta pentru mine.

– Pentru cine altcineva să o fac? Eşti singurul meu copil.

Sarah o privea radioasă, la fel şi Claire, şi se îmbrăţişară din nou. Aveau un plan.

– Știi, am putea lucra cu aceeași fabrică pe care o folosește Walter, în Italia. Fac lucruri minunate și au prețuri rezonabile. Am putea încerca în Brazilia, dar îmi place mai mult cum lucrează cei din Italia.

Mintea lui Claire lucra deja frenetic. Mama ei transformase deja cel mai urât Crăciun din viața ei într-unul plin de speranță. Avea să își înființeze propria afacere cu pantofi și va face tot ce putea pentru a avea succes. Apoi redeveni serioasă.

– Când îi vei spune lui tata?

– După ce pleci. Nu e nevoie să asiști la asta. Îi voi spune că înființăm o afacere împreună. Nu trebuie să știe de unde provin banii. Intenționez să-i spun că îl părăseam oricum. Nu vreau să te învinovățească pentru asta. Și este adevărat. Aveam de gând să-ți spun înainte să pleci că îl părăsesc. Trebuia să o fac de mult.

– Îl mai iubești, mamă? întrebă Claire încet.

Știa că va fi un pas mare pentru mama ei. Îl protejase timp de treizeci de ani, ca pe un copil, și se sacrificase, pe ea și tot ce dorise, în acest răstimp.

– Nu știu, răspunse ea cu sinceritate. E greu să-l iubești așa cum este. Nu e vorba doar că bea, ci și cum vede viața. Îmi plăcea cum era înainte să dea greș în afaceri. Avea încredere în el pe atunci, dar a devenit un bărbat foarte trist și mohorât. Nu mai vreau otrava asta. Este prea puternică. Și așa e îndeajuns de rău să îmbătrânești – nu vreau să am alături un bărbat nefericit. Prefer să fiu singură. Poate că asta îl va trezi și va face câteva schimbări. Și vreau să încerc să trăiesc din nou în New York. Am niște clienți minunați aici pentru care mă pot ocupa de decorat, dar mi-ar plăcea mult să joc în liga mare din nou. Sau asta am crezut că voiam – acum vom face pantofi! Aproape chicoti când o spuse, iar Claire zâmbi larg. Dar vreau să le întrebi pe fete dacă pot să stau în apartament. Voi înțelege dacă nu sunt de acord. Aș economisi niște bani dacă aș putea sta cu voi, dar nu e neapărată nevoie. Îmi pot găsi un apartament mic pentru câteva luni, dacă e mai bine pentru tine.

– Ar fi distractiv să stai cu mine la mansardă, și fetele te iubesc. Voi întreba și îți voi spune adevărul. Când vrei să vii?

Sarah se gândi un minut.

– E prea devreme în prima săptămână din ianuarie? Ar trebui să ne apucăm de treabă.

Claire simți că o ia amețeala ascultând-o. Avea să își înființeze propria firmă de pantofi! Nici măcar nu visase vreodată la așa ceva.

– Sună bine, spuse Claire referindu-se la sosirea ei. Cum îi vom spune?

Mama ei nu ezită nici o clipă.

– Claire Kelly Designs, desigur. Cum altfel?

Cele două femei se îmbrățișară din nou, iar Claire îi mulțumi din suflet și deschise calculatorul iarăși după ce Sarah ieși din cameră. Le scrise un e-mail comun celor trei colege de apartament, le spuse că își înființa propria firmă de pantofi cu mama ei și le întrebă dacă le-ar deranja ca aceasta să stea cu ele câteva luni, până când puneau afacerea pe picioare și le asigură că nu s-ar supăra dacă o refuzau.

Toate trei răspunseră imediat. Erau încântate pentru Claire în legătură cu firma de pantofi și bucuroase să o primească pe mama ei. Morgan adăugase: „Sper că gătește mai bine decât tine“, dar îl aveau pe Max pentru asta. Claire se duse să-i transmită mamei răspunsul lor. Era în dormitor, făcându-și ordine în șifonier și Claire știa de ce. Se pregătea pentru New York.

– Răspunsul este da, îi spuse ea pe un ton misterios mamei sale. Unanim.

Sarah o privi bucuroasă și ridică degetul mare în sus în semn de aprobare. Avea 55 de ani și înființa o firmă de pantofi.

– Te iubesc, mamă, spuse Claire ieșind din dormitorul ei și întorcându-se în camera sa.

Pleca peste două zile, și acum de-abia aștepta să se întoarcă și să înceapă ce și-au propus. Aveau mult de lucru și trebuiau să meargă în Italia pentru a se întâlni cu cei de la fabrică, să discute în legătură cu producția și să semneze un contract. Era prea frumos ca să fie adevărat, dar se întâmpla.

Cu două săptămâni în urmă, pierduse totul, iar acum începea o viață nouă. Se întâmplase un miracol – totul datorită mamei ei. Claire spera că avea să fie un miracol și pentru Sarah. Și, cine știe, poate că tatăl ei avea să se trezească la realitate.

Alex și Sasha erau de gardă la spital în Ajunul Crăciunului și stăteau în camera de relaxare a doctorilor, mâncând un sendviș. Ea se ocupa de două femei care intraseră prematur în travaliu și erau la primul copil. Știa că va dura o eternitate și probabil nu vor naște până dimineață, dar oricum trebuia să stea la spital. La Terapie intensivă neonatală era liniște. Trei bebeluși fuseseră luați acasă cu o zi înainte, iar ceilalți se simțeau bine. Asistentele stăteau cu ochii pe ei, în timp ce Sasha și Alex stăteau de vorbă și mâncau sendvișul cu curcan pe care el îl cumpărase de la magazinul de jos.

– Crăciun fericit! spuse ea zâmbind larg. Poate anul viitor vom mânca la cină curcan, nu un sendviș.

Nici unul din ei nu părea nefericit și erau recunoscători că erau împreună. Sasha îi povestise lui Alex despre Valentina și prietenul ei francez. Erau la Paris și trebuiau să se întoarcă peste două zile.

– Nu pot să cred că încă este cu el, spuse Sasha. De obicei nu rezistă atât de mult. Au trecut trei luni.

Părinții lui Alex îi sunaseră mai devreme pe mobilul lui și le uraseră amândurora Crăciun fericit.

Sashei îi plăcuse enorm să petreacă Ziua Recunoștinței cu ei și le trimisese flori pentru a le mulțumi și, de Crăciun, o cutie de bomboane de două kilograme și jumătate. Ea și Alex nu își oferiseră încă darurile și voiau să o facă după ce își terminau tura în seara de Crăciun. Alex îi cumpărase o căciulă călduroasă și mănuși și o pereche de saboți medicali, în glumă.

Apoi el scoase o cutie cu fursecuri din buzunar, pe care i-o cumpărase de la cantină și i-o dădu când își termină jumătatea de sendviș.

– Desertul, spuse el când ea ezită.

– Poate că ar trebui să le păstrez pentru mai târziu. Va fi o noapte lungă, zise și privi gânditoare la cutie.

– Haide, îți mai iau dacă vrei. Cantina e deschisă toată noaptea.

Ea cedă și băgă mâna în cutie, însă nu putu ajunge la fursecuri. Erau prinse înăuntru. Se uită înăuntru și văzu în schimb o cutiuță neagră, de catifea, apoi îl privi pe Alex speriată.

– Ce e?

Inima îi bătea tare când o scoase, privindu-l uluită.

– Cred că fursecurile sunt însoțite de un premiu! spuse el cu un zâmbet larg. Ea ținu cutia în mână, în timp ce el puse un genunchi la pământ în sala de relaxare a doctorilor și spuse încet: Sasha, te iubesc din toată inima și cu toată ființa mea. Îți ofer tot ce am și tot ce sunt. Vrei să te căsătorești cu mine?

– Dumnezeule, spuse ea și începu să plângă când el deschise cutiuța și îi puse un inel frumos, cu diamant, pe mâna tremurândă. Doamne... Te iubesc... A câta întâlnire este asta? întrebă ea râzând printre lacrimi.

Nu se vedeau decât de trei luni, dar era absolut sigur că era iubirea vieții lui. Le spusese părinților săi de Ziua Recunoștinței ce intenționa să facă și ei îl aprobaseră din toată inima. Tatăl lui îi împrumutase bani pentru inel, pe care Alex intenționa să-i înapoieze. Apoi o sărută și o privi.

- Nu mi-ai răspuns. „Doamne, a câta întâlnire este asta“ nu este un răspuns limpede.

- Da! Da... Dumnezeule. Ce îi voi spune mamei? Nu crede în căsătorie, zise Sasha panicată.

- Spune-i că noi credem, răspunse el încet și o cuprinse în brațe, iar ea ridică mâna să admire inelul frumos pe care tocmai i-l dăduse.

- Când ne căsătorim? întrebă ea, copleșită de idee.

- Ce zici de luna iunie?

Ea încuviință din cap și stătură de vorbă, îmbrățișându-se și râzând, când intră una din asistentele de la travaliu și îi văzu. Era Sally, asistenta preferată a amândurora.

- Ce faceți aici?

Îi îndrăgea pe amândoi și întotdeauna îi plăcuse să lucreze cu Sasha când era de serviciu.

- Tocmai ne-am logodit, îi spuse Sasha fericită.

- Felicitări! le ură ea din suflet, apoi se întoarse la treabă. Avem puțină acțiune în sala doi. E un travaliu dificil, dilatația a ajuns la zece. Mama e gata să împingă. Avem nevoie de tine.

- Când s-a întâmplat atât de repede? întrebă Sasha ridicându-se repede. Era la doi când m-am uitat.

- Poate că bebelușul s-a săturat să aștepte. De unde să știu? Tu ești doctorul, așa că mișcă-ți fundul acolo și treci la treabă. Te rog să mă scuzi, spuse ea întorcându-se spre Alex cu un zâmbet larg, logodnica ta este de serviciu. Este doctorul de gardă în seara aceasta. Și dă-i înapoi inelul, îi spuse Sashei. Nu îl poți purta când te ocupi de nașteri.

Avea dreptate. Sasha i-l dădu înapoi, iar el îl puse în cutie și îl bagă în buzunar.

- Nu-l pierde, spuse ea și îl sărută repede, apoi alergă după asistentă, fluturând mâna spre viitorul ei soț.

Copilul din sala doi începuse să iasă când intră Sasha grăbită în sala de nașteri. Ajunse exact la timp pentru a-l prinde; era o fetiță care se născu după ce mama împinse de două ori, iar părinții râdeau și plângeau minunându-se de ea. Sasha tăie cordonul ombilical și o așeză pe burta mamei, apoi la sân, iar proaspăta mamă o strânse în brațe și privi drăgăstos spre soțul ei, spunându-i cât de mult îl iubește. Și, în timp ce se uita la ei, Sasha nu se putea gândi decât că într-o bună zi așa vor fi ea și Alex.

capitolul 15

Când plecară de la spital în seara de Crăciun, Alex și Sasha se întâlniră cu ceilalți la restaurantul lui Max, după ce trecuseră pe la mansardă să facă duș și să se schimbe și după ce făcuseră dragoste pentru a-și sărbători logodna. Amândoi erau radioși când intrară în restaurant, Sasha cu inelul de logodnă pe deget, dar nu avea de gând să le spună până când nu-l vedeau. Bea un pahar de vin, pentru că nu mai erau de gardă în seara aceea și ținea paharul în mâna stângă, când Morgan scoase un țipăt pătrunzător, uitându-se la ea.

– O, Doamne! Ce e ăla?

Max părea îngrozit, gândindu-se că văzuse un șoarece sau un gândac, apoi Abby văzu inelul și scoase și ea un țipăt.

– Ce-ați pățit? strigă Max la ele, iar între timp Greg și Oliver îl văzuseră și ei și râdeau.

– Ne-am logodit! strigă Sasha. Ne căsătorim.

– O, pentru Dumnezeu, credeam că avem șobolani. Max se întoarse spre Morgan. Să nu mai țipi așa vreodată, decât dacă împușcă cineva vreun client.

Toată lumea râdea și se îmbrățișa, iar Max comandă cea mai bună șampanie pe care o avea.

– Când te-a cerut?

Morgan voia să afle toate detaliile, iar Sasha le spuse.

Și Alex era foarte mândru, în timp ce primea felicitări de la toată lumea.

– I-ai spus mamei tale? o întrebă Morgan, iar Sasha clătină din cap.

– I-am sunat pe părinții lui Alex și pe fratele lui aseară. Mă gândeam să îi sun pe ai mei și pe Valentina mâine. Mai întâi am vrut să ne acordăm puțin timp să ne bucurăm.

– Va fi probabil amuzant cu mama ta, o tachină Morgan.

Știa că mama Sashei nu era o susținătoare a căsătoriei și că va încerca să o convingă să renunțe. Era de părere că tatăl Sashei era un tip cumsecade, dar mama ei era dracul gol și rareori se purta frumos cu fiica ei sau cu oricine altcineva.

– Cred că Valentina se întoarce de la Paris mâine sau poimâine. Și voi veți fi domnișoare de onoare, le spuse ea lui Morgan și lui Abby, împreună cu Claire, desigur. Trebuie să îi trimit lui Claire un e-mail să-i spun. Ne gândim să ne căsătorim în iunie. Le comunică toate detaliile, în timp ce beau șampanie. Și Valentina va fi domnișoară de onoare, bineînțeles.

– Cine se va ocupa de organizare? întrebă Morgan.

– Încă nu știu. Nu ne-am gândit la asta.

Nici măcar nu-i trecuse prin cap Sashei.

– Aveți nevoie de cineva care organizează nunți. Altfel o veți lua razna. Sunteți prea ocupați, și nu o văd pe mama ta planificând o nuntă. Ar fi ca și când ați angaja-o pe Cruella De Vil să vă plimbe câinii.

Râseră cu toții.

– Va distribui fluturași cu legea divorțului în biserică.

Ascultând-o, Sasha își dădu seama că aveau de luat multe hotărâri – dacă să se căsătorească la biserică sau nu, în Atlanta sau New York, dacă să fie o nuntă mare sau una mică – ca să nu mai spunem de cine avea să plătească nunta. Momentan, voia doar să se bucure de clipele acelea cu Alex, înainte să înceapă nebunia și să fie nevoită să se gândească la toate detaliile. Părea că Morgan avea dreptate, vor avea nevoie de cineva care să organizeze nunta.

Vorbiră despre e-mailul de la Claire legat de mutarea mamei ei în mansardă pentru câteva luni, astfel încât Claire să își poată înființa afacerea cu pantofi împreună cu ea. Erau toate fericite pentru ea, o plăceau pe mama ei și credeau că va fi bine. Era o femeie liniștită și, dacă pe Claire nu o deranja că vor sta în același dormitor, avea să funcționeze.

Se simțiră bine cu toții la cină în seara aceea, apoi se întoarseră la apartament. A doua zi, Sasha o sună pe mama ei. Se întorsese deja la birou după Crăciun.

Vorbiră despre nimicuri câteva minute, ceea ce nu era niciodată ușor cu ea, apoi Sasha decise să strângă din dinți și să treacă la subiect.

– Vreau să-ți spun ceva, mamă, zise ea, simțindu-se ca și când ar fi avut 10 ani și ar fi dat de bucluc la școală.

– Renunți la medicină ca să te apuci de drept? Asta ar fi o veste bună, zise Muriel glumind doar pe jumătate.

– De fapt, nu. Am un iubit minunat și ne căsătorim. M-am logodit.

– De cât timp te întâlnești cu el și de ce eu nu știu nimic?

„Pentru că ești o babă acră“, voi Sasha să-i spună, dar nu o făcu.

– Nu ne vedem de prea multă vreme și am vrut să fiu sigură că este o relație serioasă înainte să-ți spun.

– De cât timp? întrebă Muriel Hartman, părând că interoghează un martor.

– De trei luni.

– E ridicol! Nu vă cunoașteți. Știi care este rata de succes în cazul oamenilor care se căsătoresc după trei luni?

– Sunt sigură că uneori funcționează. Am petrecut foarte mult timp împreună.

– Cu ce se ocupă?

Rechizitoriul continua.

– Este rezident la NYU, ca mine, la pediatrie.

– Sper că ești pregătită să mori de foame. Nu va face bani, și nici tu. Cu ce se ocupă părinții lui?

Sasha ura felul în care vedea mama ei lucrurile și ce spunea. Dar nu era deloc surprinsă. De aceea o suna rareori.

– Tatăl lui este cardiolog, iar mama e avocată în Chicago. Mai mult de atât nu îi putea spune. Sunt oameni foarte drăguți. I-am cunoscut de Ziua Recunoștinței.

– Ei bine, nu plătesc nunta. Nu cred în căsătorie.

– Nu te-am sunat ca să contribui la nunta mea, spuse Sasha nervoasă. Te-am sunat să-ți spun doar că mă căsătoresc și speram să mă feliciți, dacă nu cer prea mult.

– Felicitări, spuse Muriel sec. Sunt sigură că tatăl tău va plăti pentru nuntă, adăugă ea furioasă. L-ai sunat?

– Nu. Te-am sunat pe tine întâi.

– Drăguț din partea ta, spuse ea, surprinsă. Când te căsătorești?

– Poate că în iunie. Nu am stabilit încă data. De-abia ne-am logodit.

– Ei bine, felicitări, spuse din nou, deși cred că faci o greșeală. Ar trebui să locuiți împreună câțiva ani și probabil că după aceea nu vei mai dori să te căsătorești. Și să nu faci copii! adăugă pe un ton sever, ceea ce era o palmă directă la adresa Valentinei și a Sashei.

„Ce-ar fi să nu am o mamă?“ voia să o întrebe Sasha. Se gândi că, într-adevăr, mama ei era cea mai nesuferită femeie pe care o întâlnise vreodată.

– Nu uita să-mi transmiți data nunții ca să mi-o notez în agendă.

– Mulțumesc, mamă, spuse Sasha și închise.

Aşteptase ca Alex să plece înainte de a o suna, ca să nu fie şocat de conversaţie, şi fu bucuroasă că procedase astfel.

Îl sună pe tatăl ei, iar el se arătă încântat pentru ea, o felicită imediat și adăugă că de-abia aștepta să-l cunoască pe Alex. Spuse tot ce trebuia să spună, apoi i-o dădu pe soţia lui la telefon, pentru a o felicita și ea, ceea ce fu mult mai bine decât conversaţia cu mama ei.

– Unde vă căsătoriţi? întrebă el.

– Nu ştim încă, tată. Poate la New York. Trăiesc aici de multă vreme, toţi prietenii mei sunt aici acum şi e greu să organizezi nunta în altă parte.

– Ei bine, oriunde decizi, nu uita că vreau să plătesc nunta. Oricât ar costa. Şi trebuie să angajezi pe cineva care să o organizeze. E costisitor, dar nu ai timp să te ocupi singură.

Exact asta spusese și Morgan. Sasha fu înduioşată de generozitatea constantă a tatălui ei. Continua să o ajute financiar chiar și la 32 de ani și niciodată nu se plânsese. Ştia cât de mult muncea şi, într-o zi, după rezidenţiat, avea să se întreţină singură, deşi mai dura o vreme.

– Aţi stabilit data?

– Cândva în iunie. Trebuie să ne gândim.

El ezită un moment, apoi adăugă că va fi bine, orice ar fi ales.

– Mulţumesc încă o dată, tată.

Era impresionată că se oferise fără ezitare să plătească nunta, spre deosebire de mama ei, care avea să fie o simplă invitată.

– Să veniţi amândoi în Atlanta, ca să-l cunoaștem pe mire.

– Vom veni de îndată ce putem. Avem un program destul de încărcat.

– Dăm o petrecere de logodnă când veniţi.

Sasha îi mulţumi din nou și închise, uşurată că lucrurile decurseseră atât de bine cu tatăl ei şi conform aşteptărilor cu mama sa. Cel puţin acum ştiau şi nu se puteau plânge că nu le spusese. În cele din urmă, trebuiau să aleagă locul, data şi să găsească pe cineva care să se ocupe de organizare. Sasha fusese puţin copleşită când se întâlnise cu Alex la prânz. Aveau liber toată ziua şi toată seara. Zâmbi văzându-şi inelul de logodnă strălucind pe deget. Îi făcu semn cu mâna lui Abby înainte să plece. Stătea la computer şi ridică degetul mare în semn de aprobare.

De la Ziua Recunoştinţei, Abby stătea ţintuită la calculator, lucrând la romanul şi la nuvelele ei. Şi era fericită de rezultate. Era dedicată muncii ei. Părinţii o sunaseră din Mexic în timpul vacanţei şi erau încântaţi să audă că muncea pe brânci. După cum spusese mama ei, eforturile erau întotdeauna răsplătite.

Abby fusese oarecum singură în această vacanţă. Părinţii ei erau plecaţi în călătorie, Ivan ieşise din viaţa ei, deşi nu îi lipsea aproape deloc. Claire era în San Francisco, Sasha şi Alex munceau mult, Morgan se afla la restaurant cu Max şi erau momente când Abby se simţea foarte tristă. Scrisul reuşea să o distragă, dar nu era ca şi când ar fi avut cu cine să stea de vorbă. În după-amiaza aceea ieşi la plimbare ca să ia puţin aer şi trecu pe lângă o clinică pentru animale de companie, în ferestrele căreia Abby văzu afişe cu anunţuri cu câini şi pisici, buni pentru adopţie. Erau câteva combinaţii de chihuahua care semănau puţin cu căţeluşul lui Oliver şi Greg, un mops corcit cu un beagle, numit „puggle“, şi nişte câini pufoşi cu mult păr, care erau tot corcituri. Preferatul ei dintre cei menţionaţi pe afiş era un Chihuahua-Dachshund, pe care îl numiseră „chiweenie“, ceea ce o făcu să râdă. Şi, simţindu-se atrasă irezistibil de fotografii, Abby intră în clinică. Un indicator îi arăta că centrul de adopţie era sus şi urmă săgeţile spre etajul al doilea, unde se trezi uitându-se pe fereastră la căţeluşi abandonaţi, care îți frângeau inima. Erau și câteva pisici, unele foarte bătrâne. Toate animalele de la clinică fuseseră salvate, unele găsite de oameni și aduse acolo, altele aduse de stăpânii lor, pentru a scăpa de ele. I se părea trist lui Abby, și toate aveau nevoie de o casă. I se umplură ochii de lacrimi privindu-le, căci toate erau extrem de triste. Apoi se trezi aproape față-n față cu un câine negru enorm, care o privea țintă, lătrând ca și când i-ar fi spus „ia-mă acasă".

– Nu te uita așa la mine, îi spuse ea prin geam, iar el lătră din nou, ca și când nu accepta să fie contrazis. Nu pot, zise ea privindu-l drept în ochi. Locuiesc într-un apartament.

Câinele lătră din nou, ca și când ar fi spus „nu-mi pasă". Abby plecă de lângă el și acesta începu să latre disperat, în timp ce ea privea la o cățelușă pe tăblița căreia scria că este un Lhasa Apso. Era foarte bătrână. Și, deodată, Abby știa că trebuia să plece înainte de a face o greșeală îngrozitoare, întorcându-se acasă cu un câine. Mersese să-i vadă de dragul de a se uita la ei, pentru a se înveseli, iar acum o făceau să i se strângă inima. Câinele negru imens continua să latre, ridicându-se în cușca lui. Era înalt cât un om.

– Ce este? îl întrebă Abby pe îngrijitorul care trecu pe lângă ea.

– E un Mare Danez. Are doi ani și a fost câine de spectacole, dar proprietarul l-a lăsat aici pentru că s-a mutat. Nu i-am găsit casă. Îl cheamă Charlie. E băiat bun. Vrei să-l cunoști?

Abby se simțea ca și când ar fi avut o întâlnire. Și, înainte să poată refuza, spuse „Bine", cu un ușor sentiment de panică. Nu se temea de câine, ci de ea însăși.

Charlie ieși din separeul în care stătea și veni politicos, se așeză în fața ei și întinse laba să i-o scuture.

– Bună, Charlie, spuse Abby cu blândețe. Vreau să fie clar. Nu pot să te iau acasă cu mine. Am trei colege, locuiesc într-un apartament și m-ar ucide.

Ochii lui triști îi reamintiră că era o mansardă foarte spațioasă.

– Câte kilograme are? îl întrebă pe îngrijitor din curiozitate.

– 90 de kilograme.

– O, Doamne! exclamă ea.

Ivan nu avea decât 83. Charlie era cât un bărbat, mai mare în unele cazuri. Stătea privind-o, așteptând, și Abby își dădea seama că era foarte bine dresat. Dar ce să faci cu un câine de 90 de kilograme?

– Ce mănâncă, o halcă de vită?

– 10 sau 12 castroane de boabe pe zi sau vreo două conserve de mâncare pentru câini.

Lui Abby nu i se părea mult, având în vedere cât de mare era.

– Doarme mult și e foarte cuminte, adăugă îngrijitorul, iar Charlie întinse laba, implorând-o pe Abby din priviri.

– Nu te uita așa la mine, îi spuse ea câinelui direct. Nu te pot ajuta. Ți-am spus, am colege de apartament.

Ochii lui Charlie parcă spuneau: „Și ce dacă?" Abby purta o întreagă conversație cu fața lui foarte expresivă. Și nu o lăsa să plece.

– Atacă oamenii? A mușcat vreodată pe cineva?

– Niciodată. Îngrijitorul părea ofensat. Este cel mai bun câine de aici și seamănă cu o pisică speriată. Se ascunde când ceilalți câini devin agresivi. Nu cred că știe cât de mare este. Crede că e un cățel-jucărie.

– Mă voi gândi, îi spuse ea îngrijitorului și își luă la revedere de la Charlie, apoi începu să coboare scările.

Charlie scăpă de lângă îngrijitor și fugi după ea, apoi se întinse scâncind la picioarele ei. Lui Abby aproape că-i dădură lacrimile în timp ce-l mângâia și-i spuse să se întoarcă. Apoi își puse labele pe cap, ca și când ar fi fost cea mai rea veste pe care o primise vreodată și nu voia să o audă. Abby se așeză lângă el pe scări și îi mângâie blana, iar el o privi implorând-o să îl ia cu ea. Simți că o cuprinde un val de nebunie, se ridică, se întoarse spre îngrijitor și spuse: „Îl iau". Îngrijitorul era radios, iar Charlie lătră, apoi acesta îi puse o întrebare.

– Aveți grădină? Are nevoie să se plimbe.

– Locuiesc într-o mansardă de aproape 300 de metri pătrați.

– E bine.

Îngrijitorul se duse să ia o lesă pentru Charlie, dieta pe care o urma, vitaminele pe care le lua, o foaie cu instrucțiuni și hârtiile de adopție pe care Abby trebuia să le completeze. Câinele stătea lipit de ea, iar ea îl privea cu un aer sever.

– Dacă se enervează pe mine și mă dau afară e numai vina ta. Ai face bine să fii drăguț când ajungem acasă.

Câinele aproape că părea să încuviințeze din cap, iar îngrijitorul puse totul într-o pungă după ce Abby semnă hârtiile și plăti taxa de adopție de zece dolari pentru câine. Nu era vorba de bani, era vorba despre dragoste și a-i găsi o casă bună.

– Gata, să mergem, spuse ea, iar el o urmă pe scări politicos.

Cățelul câștigase. Abby îl plimbă în drum spre apartament, iar câinele o urma. Arăta ca un căluț și oamenii îi ocoleau, nefiind siguri dacă animalul enorm era prietenos. Dar nu reacționase la nimic în drum spre casă – oameni care se plimbau, copii, biciclete, role, alți câini. Pășea alături de Abby și, la un moment dat, când un câine mic lătră la el, se panică și Abby își aminti că îngrijitorul îi spusese cât era de laș.

Alergă pe scări și fu ușurată când văzu că nu era nimeni acasă. Charlie adulmecă apartamentul, apoi se așeză la picioarele ei, iar ea îi zâmbi larg. Avea să fie distractiv, dacă nu o omorau fetele. După cum se uita la ea, parcă i-ar fi vorbit. Când Abby se aşeză la computer să lucreze, Charlie adormi. Totul fu bine până când se întoarse Morgan acasă de la restaurant, în timpul unei pauze, pentru a-şi schimba pantofii. O dureau picioarele, căci nu stătuse jos deloc din pricina aglomeraţiei de la prânz şi voia să-şi pună nişte pantofi fără toc. O văzu pe Abby lucrând, apoi zări fiara enormă şi ţipă îngrozită. Abby sări în picioare, iar Charlie se ascunse sub scaun, tremurând îngrozit din cauza ţipătului. „Dar cel puţin nu a atacat-o“, se gândi Abby recunoscătoare. Câinele se ascundea în spatele scaunului, tremurând ca o frunză, cu nişte ochi care o implorau pe Abby să-l protejeze.

– Ce este *ăla*? întrebă Morgan apropiindu-se de ei cu o expresie hotărâtă.

– Ăla? spuse Abby nevinovată. Aa, ăsta. E un câine.

– Nu, nu e, e un cal. Şi cum a ajuns aici?

– Pe scări, spuse Abby agitată.

Ea era mică de înălţime, ceea ce făcea ca dimensiunea câinelui să fie şi mai disproporţionată, iar Morgan era cea mai înaltă dintre fete.

– Şi de ce a urcat scările? întrebă Morgan, aruncându-i o privire dură.

– Era prea mare să-l car în braţe, răspunse Abby.

– De ce este aici? Nu-mi spune că s-a mutat cu noi, în timp ce eu îl ajutam pe Max la restaurant.

– Ăăă... Ei bine... de fapt... stăpânul lui s-a mutat, iar el m-a privit atât de patetic, încât nu am putut, a trebuit să... e vina lui, de fapt.

Charlie privea pe după scaun, pentru că nu mai ţipase nimeni şi, sesizând un moment oportun, se îndreptă spre Morgan şi întinse laba.

Aceasta o scutură şi aproape că zâmbi, ceea ce Abby considera a fi un semn bun. Iar Morgan fu uşurată să vadă că nu era agresiv, chiar dacă era imens.

– Îl cheamă Charlie, apropo, spuse Abby.

– Abby, te rog, spune-mi că nu ai cumpărat câinele acesta.

– Nu l-am cumpărat. L-am adoptat. Am plătit doar zece dolari, și Charlie primește mâncare gratis o săptămână.

– Nu-l poți ține în apartament. Nu este corect pentru câine. Trebuie să locuiască la o fermă, la țară, sau ceva de genul.

În timp ce Morgan vorbea, câinele se rostogoli pe spate cu labele în aer, ca să arate cât de mult îi plăcea noua lui casă.

– Nu-mi vine să cred că ai făcut asta.

– Nici mie, spuse Abby sincer, în timp ce intrau Sasha și Alex.

Charlie se ascunse din nou după scaun.

– Stați să vedeți ce a adus Abby acasă, spuse Morgan cu o expresie de amuzament și exasperare, în timp ce Alex și Sasha se apropiară.

Charlie era invizibil în spatele scaunului, ascunzându-se speriat iar.

– Ce a adus acasă? întrebă Sasha zâmbind, gândindu-se că era ceva de mâncare sau o piesă de mobilier și, în timp ce întreba, un cap enorm să ivi de după scaun, iar ea tresări. Dumnezeule! Ce e ăla?

– Pretinde că este un câine, dar de fapt e un cal. Îl cheamă Charlie.

Auzindu-și numele, câinele ieși și veni să își bage botul în mâna lui Alex. Poate că îi amintea de stăpânul care se mutase.

– Grozav! Te place. Ia-l acasă, îi spuse Morgan lui Alex.

– Glumești? E mai mare decât tot apartamentul meu și nu stau niciodată acolo.

– Nici noi, sublinie Morgan. Lucrăm toate.

– Eu nu, spuse Abby sfioasă. Sunt acasă tot timpul acum. O să stea cu mine.

– Locuiește aici? întrebă Sasha panicată.

– De ce ești îngrijorată? Te muți în iunie.

Era prima dată când o spunea cineva de la logodna ei, și deodată își dădură seama cu toții ce însemna nunta ei. Avea să se mute. Iar Charlie tocmai venise.

– Ei bine, încă nu am plecat. Abby, nu te poți ocupa de un câine atât de mare, spuse Sasha, gândind într-o manieră practică.

– E foarte cuminte, îi pledă ea cazul, în timp ce Charlie aștepta verdictul – pleca sau rămânea.

– Ce-ar fi să încercăm, să vedem dacă merge? Dacă nu merge și cățelul face probleme, Abby îl poate duce înapoi de unde l-a luat, sugeră Alex.

Morgan nu părea prea convinsă, dar suna rezonabil pentru Sasha și Abby, care spuseră amândouă că era în regulă. Și, ca și când ar fi știut despre ce vorbeau, câinele se întinse din nou oftând și își lungi picioarele, închizând ochii, iar un minut mai târziu dormea dus.

– E drăgălaș, spuse Abby, privind spre el, în timp ce colegele ei râseră, iar Alex zâmbi larg.

– Nu ne plictisim deloc aici, comentă Alex.

– Nu puteai să-ți iei un chihuahua sau ceva mic? întrebă Morgan, ducându-se să își ia pantofii.

– A vorbit cu mine, le spuse Abby lui Alex și Sasha, iar tânărul se aplecă să-l mângâie, și Charlie mârâi de plăcere.

Era un câine norocos. Și, pentru moment, cel puțin, avea o casă.

capitolul 16

În seara aceea, Sasha încercă din nou să dea de Valentina pentru a-i spune de logodnă, dar intră direct căsuța vocală. Nu voia să-i lase un simplu mesaj, pentru că era vorba de ceva atât de important. Iar a doua zi, ea și Alex fură la spital și nu mai avu timp să o sune. Toate femeile însărcinate care ar fi trebuit să nască înainte de Crăciun – ceea ce nu se întâmplase – nășteau în ziua aceea, la două zile după sărbătoare. Alex și Sasha erau logodiți de trei zile.

La 22.00 în seara aceea, Sasha era de gardă de 14 ore și în cele din urmă prinse o pauză. Tocmai făcuse o ultimă cezariană și pusese un băiețel de 4 kilograme și jumătate în brațele mamei sale.

– Nu cred că a mai rămas vreun copil nenăscut în New York. Cred că i-am adus pe toți pe lume astăzi, spuse ea în timp ce Alex o masă pe spate în camera de relaxare a doctorilor, când îi sună telefonul mobil. Se uită și văzu un număr pe care nu îl cunoștea. Doctor Hartman, spuse ea la telefon, în caz că era o pacientă.

– Locotenentul O'Rourke, poliția New York, spuse vocea formal. Sora dumneavoastră este la noi. Sunteți menționată ca persoană de contact în caz de urgență și ruda cea mai apropiată.

Pulsul Sashei o luă razna în timp ce asculta.

– Sora dumneavoastră este bine, continuă el pe un ton morocănos, dar a fost rănită la scena unei crime. Victima a fost împușcată în spate, iar glonțul a trecut prin ea și s-a oprit în piciorul surorii dumneavoastră. Nu a atins artera, dar a pierdut destul de mult sânge. Este conștientă și se află la Secția de traume de la spitalul NYU.

– O, Dumnezeule, sunt la etaj. Cobor imediat, spuse Sasha și închise, privindu-l îngrozită pe Alex.

– Ce s-a întâmplat?

– Valentina. Cineva a fost omorât, iar glonțul a trecut prin victimă și s-a oprit în piciorul ei. Este la Secția de traume.

– Aici?

Ea încuviință din cap și ieși în fugă din camera doctorilor, ducându-se la oficiul asistentelor.

– Cheamă pe cineva să mă înlocuiască, spuse ea încercând să pară mai calmă decât era. Sora mea a fost împușcată. Este jos, la Traume. Dacă nu poți găsi pe nimeni, mă întorc. Nu avem pe nimeni în travaliu.

– Încă, spuse asistenta, șocată de ceea ce îi spusese Sasha. Sora ta se simte bine?

– Nu știu. Cred. A fost împușcată în picior.

Îl sărută pe Alex, luându-și rămas-bun – trebuia să se întoarcă la lucru – și plecă în viteză, coborând scările spre etajul principal, unde se afla Secția de traume. Întrebă de Valentina și o găsi într-un separeu, înconjurată de polițiști, acoperită de sânge din cap până în picioare și isterică.

– Ce s-a întâmplat? o întrebă Sasha.

Era foarte palidă, doctorii îi examinau piciorul și îi făcuseră un calmant.

– L-au ucis pe Jean-Pierre. Ne-am întors astăzi. În timp ce făceam dragoste cineva a tras în el. Glonțul a trecut prin el și s-a oprit în piciorul meu. Dar l-a ucis.

Valentina suspina și era șocată.

Sasha privi cum fu sedată și părăsi separeul când Valentina adormi. Merse să-l caute pe locotenentul O'Rourke. Acesta o aștepta afară. După ce se prezentă, Sasha observă că bărbatul fu foarte surprins când o văzu. O duse într-un salon pentru a-i explica. Kevin O'Rourke, un irlandez solid, o informă imediat că era de la Secția de omucideri a poliției din New York.

– Prietenul surorii dumneavoastră era traficant de arme, spuse el simplu. Unul dintre cei mai mari din Franța. Și-a extins operațiunile în Statele Unite și Caraibe acum câteva luni. Îl urmărim de când a ajuns aici. Tocmai a încheiat o afacere mare în Franța. Nu știm încă despre ce e vorba – așteptăm vești de la Interpol. Cineva a ajuns la el astăzi. L-au împușcat în timp ce erau... ăăă... în pat. Glonțul i-a trecut prin inimă, a luat-o în jos, prin spate, i-a ieşit prin piept şi s-a oprit în partea de sus a coapsei ei, unde se află acum. Asta e tot ce ştim pentru moment. Va trebui să vorbim cu sora dumneavoastră să aflăm ce ştie, după ce va fi scos glonţul. Acum nu este în stare să vorbească. A fost foarte norocoasă – glonţul i-ar fi putut atinge o arteră şi ar fi murit, zise el pe un ton foarte serios.

– Valentina are probleme? întrebă Sasha direct.

– Nu, din câte ştim noi. Am văzut-o cu el de câteva luni. Poate ne ajută să identificăm nişte indivizi. Însă tipii aceştia nu le divulgă iubitelor informaţii. Cu noi nu are probleme, pentru moment, dar va avea cu ei, oricine ar fi criminalii. E posibil ca Valentina să fi văzut cine a tras. Dacă e aşa, e în mare pericol. Jean-Pierre nu era un traficant mărunt – de curând a trecut la vânzarea de arme nucleare către ţările din Orientul Mijlociu şi unor indivizi de naţionalităţi diverse. Şi autorităţile franceze îl urmăreau.

– Ce veţi face pentru a o proteja? întrebă Sasha panicată, încă îngrijorată că ea însăşi ar putea să aibă probleme cu legea.

Kevin O'Rourke nu fu prea încântat să răspundă.

– Cu zece minute în urmă credeam că avem o problemă; acum avem două. Nu am ştiut că are o soră geamănă. Va trebui să dispăreţi o vreme.

– Nu pot dispărea cu ea, spuse Sasha ferm. Sunt rezidentă la Secţia de obstetrică. Nu pot să-mi iau liber cât căutaţi ucigaşul.

– S-ar putea să fiţi nevoită, spuse el, pe un ton grav.

– Nu pot, spuse Sasha, fără să cedeze.

Nu avea de gând să îşi distrugă rezidenţiatul din cauza Valentinei. Muncise prea mult pentru asta.

– S-ar putea ca şi viaţa dumneavoastră să fie în pericol.

– Nu are nimeni nici un motiv să facă legătura între ea şi mine. Valentina se învârte în cercuri cu pretenţii prin toată lumea. Eu sunt aici tot timpul, în sala de nașteri.

– Vom vorbi despre asta, spuse el, renunțând la subiect când chirurgul veni să discute cu Sasha.

Urmau să o ducă pe Valentina în sala de operații să îi extragă glonțul. Doctorul o informă că pierduse sânge, dar semnele vitale erau stabile și urma să facă o transfuzie de sânge. Sasha merse să o vadă pe Valentina din nou. Era adormită din cauza sedativului administrat înaintea operației, și Sasha o sărută, spunându-i că va fi bine, apoi o duseră cu targa. Sasha nu intră în sala de operații, și câteva minute mai târziu i se alătură și Alex. Găsise pe cineva care să-i țină locul o vreme. Sasha îl puse la curent cu ce se întâmplase și ce-i spusese locotenentul despre Jean-Pierre. Era extrem de îngrijorător, mai ales cu privire la riscurile viitoare la care era expusă Valentina din cauza criminalului.

– Am avut o presimțire îngrozitoare când l-am cunoscut. Nu știu unde îi găsește. Dar ăsta i-a întrecut pe toți, zise Sasha foarte supărată.

– Poate așa va învăța o lecție, spuse Alex, trist.

Sasha încuviință din cap, dar între timp întâmplarea avea să-i schimbe dramatic viața Valentinei dacă trebuia să se ascundă, posibil pentru o vreme îndelungată. Iar Sasha nu avea de gând să meargă cu ea. Nu-i spuse lui Alex despre riscul la care se expunea și ea și ce îi spusese locotenentul, iar apoi el se întoarse la muncă, la etaj.

Două ore mai târziu, Valentina se afla într-un salon privat, la Secția de chirurgie. Doi polițiști vegheau la ușă și o asistentă se afla în salon, pentru a se asigura că Valentina nu va sângera din nou. Sasha stătu câteva minute cu ea, dar Valentina era somnoroasă din cauza anestezicului și a calmantelor și nu vorbea coerent. Sasha ieși din salon și se pregătea să se întoarcă la lucru când locotenentul veni să o caute din nou.

– Cum se simte? o întrebă el.

– Nu e prea conștientă, din cauza medicamentelor. Altfel este bine.

Chirurgul îi spusese cât de norocoasă fusese Valentina – glonțul nu provocase răni majore. S-ar fi putut întâmpla orice – și-ar fi putut pierde piciorul sau putea muri. Era o dovadă certă pentru Sasha că sora sa pierduse controlul asupra vieții ei și nu gândea deloc când venea vorba de bărbați.

– A spus ceva despre individ? întrebă Sasha.

– Doar că era o persoană minunată și că o trata ca pe o regină. L-am întâlnit o dată și mi s-a părut înspăimântător. Valentina are o slăbiciune pentru tipii răi.

– A nimerit premiul cel mare de data asta, spuse el, dând glas gândurilor Sashei despre sora ei. Vom sta de vorbă cu ea mâine cu privire la dispariția ei temporară și vrem să știm dacă îl poate identifica pe cel care a tras. Vrem să vorbim și cu dumneavoastră.

– V-am spus, nu plec nicăieri. Am o slujbă serioasă aici și nu era prietenul meu.

– Poate că nu, însă arătați leit ca sora dumneavoastră. Dacă nu ne dați voie să vă protejăm, atunci va trebui să vă schimbați înfățișarea radical. Vă putem ajuta. Dar nu puteți să umblați de colo-colo arătând ca ea, sau e posibil să dați peste tipul acela din greșeală și vă va ucide. Oamenii aceștia nu glumesc niciodată.

Sasha aflase asta în seara aceea. La fel și Valentina.

– Unde o veți duce?

– Undeva unde să fie în siguranță, în afara orașului. Avem locuri sigure. Va trebui să coopereze cu noi. Iar dumneavoastră trebuie să faceți tot posibilul pentru a schimba felul în care arătați, ca să nu atrageți atenția. Nu vrem să fiți rănită de oamenii aceștia, spuse el amabil.

Era nevinovată, spre deosebire de Valentina, care își asumase riscul de a avea legături cu criminali, chiar dacă Sasha nu știa în ce măsură. Era limpede că Jean-Pierre nu era un simplu om de afaceri și Valentina trebuie să o fi știut, chiar dacă nu cunoștea detalii. Bărbatul nu era o persoană integră. Îi confiscaseră avionul în seara aceea și descoperiseră cala plină de arme ascunse.

– Sunteți de gardă în seara asta? o întrebă el, iar ea încuviință din cap.

– Până la 6.00 dimineața.

– Voi trimite doi polițiști să vă însoțească la etaj și apoi acasă. Vreau să fie mereu în preajma dumneavoastră, până când vom prinde ucigașul.

– Pot să fie îmbrăcați în civil?

Locotenentul se gândi un minut și încuviință din cap. Era mai bine așa.

– Bine. Vreau să poarte uniforme de spital cât sunt aici. Nu vreau să vorbească lumea că mă urmăresc polițiștii.

– Îi puteți mulțumi surorii dumneavoastră pentru asta, spuse el sec, iar Sasha încuviință din cap.

– Știu.

Locotenentul trimise doi polițiști la ea și îi puse să îmbrace uniforma albastră de chirurg înainte să urce. Li se vedeau armele pe sub materialul subțire, iar Sasha le impuse să îmbrace halate albe de doctor peste uniforme. Funcționă, și locotenentul râse când îi văzu.

– Exact ca la televizor, își tachină el subordonații. Încercați să nu fiți dați în judecată pentru malpraxis – secția nu va plăti pentru asta.

Apoi cei doi merseră cu Sasha la etaj. Și, în mod miraculos, nu fusese internată nici o femeie în travaliu. Cei doi polițiști deghizați o urmau peste tot și stătură cu ea în camera doctorilor în timp ce moțăia. Săriră în picioare alarmați, în clipa în care Alex intră pe ușă să vadă ce face. O trase deoparte într-un colț al încăperii pentru a sta de vorbă cu ea.

– Ce e cu cei doi tipi deghizați?

– Sunt aici să mă protejeze, șopti ea. S-ar putea să am nevoie de ei o vreme.

Își dădu seama că s-ar putea să aibă nevoie de permisiunea directorului programului de rezidențiat. Sora ei o pusese într-o ipostază extrem de delicată. Când plecă la 6.00 cu Alex, cei doi polițiști îi urmară acasă, gata să stea la ușa apartamentului. Sasha îi invită în bucătărie și le oferi o cafea. Marele Danez îi privi interesat, își înălță capul gigantic și adormi la loc. Sasha și Alex le spuseră noapte bună, merseră în dormitorul ei și se băgară în pat. Alex era îngrijorat pentru ea și nu-i plăcea ce se întâmpla.

– Ce îmi ascunzi? o întrebă el pe Sasha.

Nu voia să-l mintă.

– Se tem că ucigașul ar putea să o urmărească pe Valentina dacă crede că îl poate identifica.

– La naiba! Iar tu arăți exact ca ea.

– Dar ei nu știu asta. Nimeni nu ne-a văzut vreodată împreună. L-am întâlnit pe Jean-Pierre o singură dată. Nu va veni nimeni după mine. Doar că polițiștii nu vor ca tipul acela să dea accidental peste mine și să mă confunde cu ea.

– Și ce vor face? întrebă Alex posomorât.

– O vor duce pe Valentina într-un loc sigur până îl vor găsi pe ucigaș, poate cu ajutorul unui informator. Le-am spus că eu nu mă pot ascunde, așa că trebuie să îmi schimbe înfățișarea pentru o vreme.

– Cum? Cu un nas de clovn?

Alex nu era amuzat și nu mai avusese niciodată de-a face cu ceva de genul acesta. Nici ea.

– Nu știu. Îmi vor spune mâine.

– Ce nebunie, spuse Alex, stând în pat și ținând-o în brațe, cuprins de grijă. S-ar putea să o omor chiar eu pe sora ta.

– Sper că va învăța o lecție. Trebuie să-și bage mințile-n cap. Ar face bine ca ăsta să fi fost ultimul ticălos cu care s-a întâlnit.

El încuviință din cap și stătură acolo până adormiră, cu polițiștii în bucătărie.

La 8.00, Sasha se ridică încet pentru a-și suna părinții în Atlanta să le spună ce se întâmplase. Mama ei păru detașată, deși Sasha își dădea seama că era supărată, iar tatăl lor se sperie și se oferi să vină până la New York. Îi spuse că îl va anunța, dar credea că o vor duce repede pe Valentina într-un loc sigur.

După aceea vorbi cu Valentina, pe linia de la spital. Se simțea îngrozitor și plângea după Jean-Pierre.

– Vindea arme nucleare, îi spuse Sasha pe un ton mânios.

– Cu mine se purta minunat, plânse Valentina.

– Ucidea oameni. Trebuie să te trezești la realitate. Ar fi putut să te omoare și pe tine.

– Știu, spuse ea tristă. A fost cât pe-aci. Doctorul a spus că, dacă mi-ar fi atins artera, aș fi murit.

– Exact. L-ai văzut pe cel care l-a împușcat?

– Nu. Făceam dragoste. Aveam ochii închiși și m-am trezit cu el deasupra mea, împroșcându-mă cu sânge. Nu am văzut nimic. Ce vor face polițiștii cu mine acum?

– Cred că te vor duce într-un loc sigur.

– Cei de la agenția mea vor fi furioși, spuse ea îngrijorată. Am două ședințe foto săptămâna viitoare pentru *Bazaar*.

– Eu voi fi și mai furioasă dacă te omoară, spuse Sasha și îi promise că va veni mai târziu să o vadă, dacă o vor lăsa polițiștii.

Polițiștii din bucătărie schimbaseră tura, și Alex se trezi după două ore și o găsi pe Sasha vorbind cu locotenentul care venise să o vadă și cu trei agenți de poliție de la informații, specializați în misiunile sub acoperire. Se uitară cu atenție la ea, la structura osoasă, la păr și la ochi. Le luă o oră să decidă ce trebuiau să facă. Îi făcură recomandări locotenentului, în timp ce Sasha îi asculta cu inima strânsă. Nu suna bine.

Trebuiră să-i taie părul blond, lung și să îl vopsească șaten. Îi dădură lentile de contact pentru a-i schimba culoarea ochilor din verde în albastru. Voiau să poarte pantofi fără toc și haine largi, nimic strâmt și sexy, ca sora ei, ceea ce ea nu purta oricum, și nu voiau să pară la fel de înaltă ca Valentina, care purta tocuri întotdeauna. Se gândiră că lungimea și culoarea părului, ca și ochii albaștri, în loc de verzi, vor fi de ajuns. Nu mai puteau face prea multe. Voiau să pară comună, să nu atragă atenția ca sora ei, dar Sasha era în continuare o femeie drăguță. Și dezbăteau dacă să îi dea lentile căprui în loc de unele albastre.

Sasha plânse când îi tăiară părul și îl vopsiră șaten. O tunseră scurt, băiețește, și îi stătea bine, de fapt, dar Alex păru trist. Îi plăcea foarte mult părul ei.

– Va crește la loc, spuse ea, apoi învăță cum să-și pună lentilele.

Hotărâră să i le dea pe cele albastre și fură cu toții șocați de diferență. Părea, într-adevăr, cu totul altă persoană și nu mai semăna deloc cu Valentina și nici cu ea însăși. Când Abby și Morgan veniră la micul dejun, rămaseră uluite, și Sasha le povesti ce se întâmplase cu o seară înainte.

Locotenentul O'Rourke plecă puțin mai târziu cu echipa sa. Doi ofițeri în civil, îmbrăcați cu blugi și tricouri, cu jachete de baseball sub care să-și ascundă armele, rămaseră la apartament. Sasha simți că viața ei fusese dată peste cap. Locotenentul îi spuse că nu-și putea vizita sora – nu voia să le vadă nimeni împreună. Valentina urma să fie externată înainte de amiază și dusă într-un loc secret, până când îl găseau pe cel care îl împușcase pe Jean-Pierre.

Cele trei femei și Alex stăteau în bucătărie la masă, discutând, iar cei doi polițiști se retraseră discret într-un colț al camerei, jucându-se cu câinele. Fusese o noapte îngrozitoare. Sasha trebuia să se vadă cu coordonatorul programului de rezidențiat pentru a da explicații înainte de a intra în gardă în seara aceea.

Apoi Morgan merse să lucreze la restaurant, iar Alex ieși puțin să ia o gură de aer și să își aducă niște haine de acasă. Avea să stea cu Sasha în mansardă până când ucigașul va fi găsit. Se întoarse mai târziu în după-amiaza aceea și ieși la plimbare cu Charlie, în timp ce Sasha dormea, iar Abby lucra la computer.

Pe la 17.00, Claire veni acasă din San Francisco și se arătă nedumerită. În bucătărie erau doi bărbați pe care nu îi cunoștea. Sasha arăta de nerecunoscut, iar pe canapea sforăia un câine cât un cal.

– Ce naiba se întâmplă aici? îl întrebă ea pe Alex, care o privi trist.

– Bună întrebare. Valentina ne-a transformat viața în iad aseară și era cât pe-aci să fie ucisă.

Sasha îi explică, iar Claire rămase uluită. Era cea mai urâtă poveste pe care o auzise vreodată. Și, partea veselă, nu-i venea să creadă cât de mare era câinele pe care îl adusese Abby acasă, dar recunoscu faptul că era drăguț. Acesta îi întinse laba și ei, apoi îi linse mâna cu o limbă cât o șuncă. După o vreme, Claire se așeză pe canapea și râse.

– Ei bine, cel puțin nu e plictisitor aici, spuse ea, iar Alex râse.

– Nimeni nu ar suspecta vreodată locul acesta de așa ceva.

Nu aveau voie să ia legătura cu Valentina și, din punctul lui de vedere, era o ușurare. Sasha îi spuse că erau logodiți, iar Claire îi felicită pe amândoi. La scurt timp după aceea, Valentina sună de la spital, luându-și rămas-bun înlăcrimată.

La 19.00, în seara aceea, Sasha merse să se întâlnească cu directorul programului de rezidențiat, care nu era încântat de situație, dar fu de acord să o lase să lucreze, pentru că era bine deghizată și avea să fie însoțită în permanență de polițiști înarmați, sub acoperire. O avertiză că nu voia ca pacienții sau personalul să fie perturbați, iar Sasha îi promise că nu se va întâmpla asta. Nu voia decât să-și facă treaba.

La 20.00 se întâlni cu ceilalți la restaurantul lui Max și luară o cină lejeră, iar cei doi polițiști stătură la o masă în apropiere. Claire vorbi despre firma de pantofi pe care o înființa cu mama ei, și toți se arătară încântați pentru ea. Sasha și Alex făcuseră schimb de tură în seara aceea și fu o ușurare să fie împreună și să se poarte ca niște oameni normali, deși Sasha părea diferită, dar putea să își arate inelul. Erau toți de acord că fusese o lună nebună, care includea o logodnă, o crimă și un câine. Ca să nu mai pomenească de inima frântă a lui Claire, de faptul că fusese concediată și că punea bazele unei afaceri cu mama ei.

– Și ce vom face de revelion? întrebă Oliver când apăru cu Greg la desert și nimeni nu avu un răspuns.

– Muncim, spuseră Sasha și Alex la unison.

Morgan îl ajuta întotdeauna pe Max la restaurant, ceea ce însemna că numai Claire și Abby erau libere, neavând parteneri. Greg le sugeră să meargă în Times Square la miezul nopții, apoi să vină la restaurantul lui Max și să ia cina cu el și Morgan după ce se linișteau lucrurile.

– Pare un plan bun, spuse Oliver, zâmbind spre cele două femei.

– Să sperăm că va fi începutul unui an grozav, adăugă Max și ridicară cu toții paharele toastând, iar apoi ciocniră din nou pentru cuplul proaspăt logodit.

capitolul 17

La două zile după ce Valentina fu dusă într-un loc necunoscut, pentru propria protecție, Abby scria liniștită la birou, iar Charlie dormea la picioarele ei. Îi sună mobilul. Era Josh Katz, producătorul pe care îl cunoscuse la părinții ei acasă, de Ziua Recunoștinței. Nu se mai gândise la el de o lună, de când îl întâlnise.

– Sunt în New York de Anul Nou.

Se mutase în Los Angeles de când o văzuse, dar își vizita niște prieteni în New York în weekend.

– Am citit ce mi-ai trimis. E puternic.

Abby nu era sigură dacă era rău sau bine, dar îi mulțumi pentru că citise și spuse că lucrase alte capitole din roman, care erau și mai cinematografice.

– Sună interesant. Ai timp să ne vedem? o întrebă el, iar ea se gândi, pentru că voia să termine ce scria în după-amiaza aceea.

– Bineînțeles. Când?

– Ce zici de astăzi? Acum? Stau în Chelsea și aș putea veni într-o jumătate de oră. Îmi pare rău că nu te-am anunțat din timp. Nu eram sigur că voi putea pleca. A trebuit să mă întâlnesc cu niște oameni postproducție pentru filmul pe care îl termin acum.

– E în regulă. Lucrez de multă vreme. Pot să fac o pauză.

Nu-și dădea seama dacă întâlnirea era în interes de afaceri sau personală, dar își putea face timp.

Josh ajunse după o jumătate de oră. Era mai înalt decât își amintea Abby și purta o canadiană și un pulover gros. Îl observă pe Charlie imediat și îl mângâie.

– Grozav câine!

Era genul de câine pe care bărbații îl îndrăgeau.

– M-a adoptat acum câteva zile. Încă ne împrietenim.

Îi zâmbi lui Josh și îi oferi un pahar de vin, iar el acceptă în schimb o ceașcă de cafea. Nu pierdu vremea și trecu la subiect. Nu era adeptul conversației de formă și era interesat doar de munca lui. Iar acum de-a ei.

– Am venit să-ți fac o ofertă. Mi-a plăcut ce mi-ai trimis. Scrii chestii grozave, întunecate, dar îmi place genul. Lucrez la un film acum și e exact pe stilul tău. Avem un scenariu, dar aș vrea să-l schimb. Am nevoie de cineva care să îl rescrie. Se bazează pe o carte pe care am cumpărat-o cu ani în urmă. N-am făcut nimic cu ea, dar cred că i-a venit timpul. Se potrivește cu atmosfera actuală din țară. Și în momentul în care ți-am citit materialele, am știut că ești perfectă pentru asta. Vreau să te angajez să scrii scenariul.

Ea făcu ochii mari auzind.

– Pur și simplu?

– Exact, răspunse și îi zâmbi. Am un instinct grozav când vine vorba de a potrivi lucrurile. Ești perfectă să te ocupi de scenariu pe baza acestei cărți.

Îi spuse titlul, iar ea râse.

– Era Biblia mea acum cinci ani. O citeam în fiecare seară.

– Atunci am avut dreptate, zise Josh și zâmbi.

– Dar nu este ușor întunecată. Este foarte întunecată, îl corectă ea.

– La fel este și ceea ce scrii tu, însă sunt și niște tușe de frivolitate care îmi plac. Știi cum să râzi de tine și se vede.

– Așadar, ce ar trebui să fac?

– Trebuie să scrii un scenariu cu care să putem lucra. Pot să îți arăt cum. Mi-ai spus chiar tu că scrisul tău devine mai cinematografic. Te pot ajuta când termin postproducția la care lucrez acum. Am nevoie de tine în Los Angeles, pentru un an, începând din martie.

Abby se schimbă la față când îl auzi, și el observă.

– Te poți întoarce aici peste un an. Nu trebuie să te muți definitiv în Los Angeles. Poți sta acolo un an cât lucrăm la film. Apoi faci ce dorești; te vei putea lăuda cu un film independent și vei putea stabili condițiile la următorul, dacă cel pe care-l facem împreună va avea succes. Ți-ai putea crea un nume, iar lumea s-ar putea să vrea să te angajeze.

Se pricepea la vânzări, și pentru o clipă Abby se întrebă dacă părinții ei aveau vreun rol în asta, dar el era prea independent pentru așa ceva. Era nonconformist, și ei îi plăcea asta la el. Și părea un bărbat cinstit.

Îi spuse cu cât voia să o plătească și erau mai mulți bani decât Abby ar fi sperat să obțină, mai ales în această etapă a carierei, când nu își publicase încă romanul.

– De ce îmi dai șansa asta?

– Pentru că eu cred că ești bună și ești proaspătă. Nu ești plictisită de Hollywood și nu faci compromisuri. Scrisul tău are o deschidere tranșantă care îmi place foarte mult. Te gândești la propunerea mea?

– Dacă rămân la Hollywood pentru totdeauna?

– Asta înseamnă că ceea ce faci are succes. Există destine mai rele decât acesta, draga mea prietenă. Poți locui oriunde între filme. Eu așa fac. Nu este o viață rea. Și nu mă deranjează să stau în Los Angeles când lucrez. Ai tot ce-ți trebuie acolo.

Abby auzea vocea lui Ivan în minte țipând „trădătoareo“ în timp ce îl asculta. Dar era atât de rău? Să facă un film independent cu un tip care voia să-i plătească bani adevărați pentru munca ei? Părea să respecte în mod sincer ce scrisese și nu voia să îi schimbe stilul.

– Mă voi gândi, spuse ea, iar el se ridică. Ce fac băieții tăi?

El zâmbi când îl întrebă.

– Ți-ai amintit. Foarte bine, mulțumesc. Petrecem doar sărbătorile împreună. Sunt la o vârstă potrivită. Îi pot lua peste tot și ne distrăm. Aș vrea să am mai mulți.

– Poate că vei avea într-o zi, spuse ea cu amabilitate.

Cu siguranță nu era prea bătrân.

– Probabil că nu, ținând cont de felul în care lucrez. O scoteam din minți pe soția mea când eram căsătoriți. Spunea că lucrez tot timpul, și nu se înșela. Acum am lăsat-o mai ușor, dar nu mult, însă îmi place să petrec timp cu băieții mei, și în rest sunt ocupat.

– Și eu, zise Abby și îi zâmbi.

Acum scria ceea ce îi plăcea, nu pentru a-i face pe plac lui Ivan, ci sieși.

– Atunci vino și lucrează la filmul meu. O să fie și filmul tău, spuse el, sunând foarte convingător, iar ea râse.

– Mă voi gândi și te voi anunța.

Și dacă se gândea doar la bani era tentant și îi plăcea enorm cartea pe care avea să se bazeze filmul. Dar nu era sigură. Nu voia să plece din New York, însă filmul lui ar fi fost perfect, exact ce voia. Dacă ar fi fost în New York, ar fi acceptat imediat. Îi împărtăși rezervele ei.

– Te poți întoarce oricând aici, îi reaminti el încă o dată înainte de a pleca.

Ea rămase vreme îndelungată gândindu-se la ce discutaseră și mângâind câinele care o privea întrebător, ca și cum știa că se întâmpla ceva.

– Vrei să ne mutăm în Los Angeles? îl întrebă ea, iar el dădu din coadă și lăsă capul jos din nou, ca și când era prea obosit ca să tragă o concluzie și lăsa totul în seama ei. Mulțumesc mult, spuse ea. Ce vrei să spui, să mă hotărăsc singură? Dacă mă mut, te muți cu mine, așa că ai face bine să te gândești. În Los Angeles este foarte cald și neplăcut.

Dar la fel era și în New York. Însă Josh avea dreptate, se putea întoarce oricând, cu prestigiul pe care i-l oferea un film independent. Avea 29 de ani și poate era timpul să își ia o slujbă adevărată și să facă bani, nu doar să vorbească despre asta și să scrie pentru sine. Erau decizii importante pentru ea și putea fi începutul unei cariere adevărate.

A doua zi era revelionul, iar Greg și Oliver le luară pe Claire și Abby la o plimbare până în Times Square. Mulțimea era imensă când ajunseră, iar atmosfera era festivă. Când începu numărătoarea inversă, toată lumea țipă, în timp ce bila puternic luminată se lăsă în jos[1], moment transmis la televizor în toată lumea. Își urară la mulți ani

[1] Potrivit tradiției, un glob uriaș de cristal este coborât la miezul nopții pentru a saluta trecerea în noul an. (n.red)

și se îndreptară spre restaurantul lui Max, unde el le rezervase o masă și li se alătură împreună cu Morgan la 1.00. Era un mod perfect de a petrece seara, alături de prieteni buni.

Băură șampanie și erau cu toții un pic amețiți când plecară la 2.00. Când ajunse acasă, Abby îl găsi pe Charlie sforăind în patul ei. Îl împinse cu blândețe și se așeză lângă el, gândindu-se la oferta lui Josh. Și, exact înainte să adoarmă, știu că ajunsese la o hotărâre. Șampania o ajutase. Era o oportunitate minunată și nu putea să o lase să-i scape. Era o șansă de a deveni independentă financiar și de a-și face un nume. Ce putea să ceară mai mult? Și era timpul să se maturizeze. Ceea ce făcuse pentru Ivan fusese o treabă de amatori. Nu o mai putea face. Trebuia să accepte acest proiect și să vadă dacă putea reuși în lumea reală. Iar un film independent bazat pe o carte pe care o îndrăgea era o modalitate plăcută de a începe o carieră serioasă. Nu putea cere nimic mai bun. Peste un an, când va termina filmul, se va întoarce la New York. Și nu „se întorcea“ la nimic. Progresa. Nu trebuia să plece până în martie. Mai avea două luni de stat cu prietenii ei cei mai buni în apartament. Apoi va merge în Los Angeles pentru un an. Doar un an. Simțise deja că va învăța o mulțime de lucruri cu Josh. Își promise înainte de a adormi că, dacă va simți la fel a doua zi dimineața, îl va suna.

Charlie o îmboldi la 9.00. Voia să iasă afară și nu îi păsa dacă ea era mahmură. Abby îl plimbă în vecinătate și se întoarse, apoi puse mâna pe telefon și sună. Josh răspunse imediat și părea că îi era la fel de rău ca și ei.

– Îmi pare rău că te sun atât de devreme, spuse ea, cerându-și scuze.

– Nu-ți face griji, spuse el cu o voce matinală răgușită, îngroșată de prea multe shoturi de tequila pe care le băuse cu o seară înainte.

Stătea cu un scriitor care bea foarte mult. Josh simți că ceea ce urma să audă era important. Știuse din momentul în care îi sunase telefonul, la fel cum știuse din clipa în care citise materialul pe care Abby i-l trimisese. Urma să se întâmple ceva extrem de important, pentru amândoi.

– Sunt de acord, spuse ea încet. Vreau. Vreau cu adevărat. Și mă pot întoarce oricând.

– Da, poți. Plec mâine. Vrei să luăm cina în seara asta? Putem să stăm de vorbă.

– Ar fi drăguț. Vrei să vii aici? Luăm cina cu toții la 19.00, cu prietenele mele, la apartament.

– Mi-ar plăcea. Și, Abby, să știi că ești o scriitoare nemaipomenită. Vom face un film fantastic împreună.

– Știu. De-asta am acceptat.

– Ne vedem mai târziu, spuse el.

Știa deja adresa, pentru că fusese acolo pentru a-i face oferta. Era doar începutul. Aveau să li se întâmple lucruri extraordinare. Și, după ce închise, se întinse în pat zâmbind, știind că încheiase cea mai bună afacere din viața lui.

capitolul 18

Când se adunară la apartament în prima zi din noul an, toți erau mahmuri. Max adusese mâncarea rămasă de la restaurant. Nu mai avea energie să gătească. Faptul că Josh Katz li se alătura la cină fu neașteptat, dar cea mai mare surpriză a serii surveni atunci când, la finalul mesei, Abby le spuse că fusese de acord să lucreze la următorul film al lui Josh și că va pleca în Los Angeles în martie. Pentru o clipă, toți rămaseră tăcuți, șocați când aflară, apoi urmă o ploaie de întrebări. Cât va lipsi? Când se întorcea? Când pleca? Iar Josh simți o undă de vinovăție văzând tristețea de pe chipurile colegelor ei de apartament. Deodată, își dădură toate seama că Sasha se va muta după nuntă, iar acum Abby pleca la Los Angeles să facă un film. Și avea lacrimi în ochi când le spuse că va lipsi un an. Dar promise să vină în vizită. Brusc, jumătate din locatare aveau să plece, și își dădeau cu toții seama că, dacă filmul va avea succes, probabil Abby va rămâne în Los Angeles. Vestea aruncă o umbră de tristețe asupra serii. Erau fericiți pentru ea, dar fu un șoc să își dea seama că, în șase luni, doar Claire și Morgan vor mai locui în apartamentul din Hell's Kitchen, care, timp de nouă ani, fusese căminul a două dintre ele și al tuturor în ultimii cinci ani. Avea să fie o mare schimbare.

– Cred că prietenii tăi mă vor urî, îi șopti Josh lui Abby înainte să plece.

– Sunt fericiți pentru mine. Doar că va fi o schimbare.

Era în continuare sigură că luase hotărârea corectă. Și îl lua pe Charlie cu ea.

– Ne vedem în martie, spuse Josh îmbrățișând-o în semn de rămas-bun.

Era bucuros că venise la cină și îi cunoscuse prietenii. Îi plăcea pe toți și erau oameni buni.

Cei doi polițiști în civil care o protejau pe Sasha li se alăturaseră și ei. Fusese o cină zgomotoasă și prietenoasă, în familie, ca de obicei, deși toată lumea rămase tăcută după plecarea lui Josh, la gândul că Abby nu va mai locui acolo. Faptul că Sasha se căsătorea, iar Abby pleca în Los Angeles pentru un an, făcea ca schimbarea să plutească aer, ceea ce îi întrista pe toți. Era un mod dulce-amar de a începe anul.

A doua zi dimineața, Morgan nu auzi alarma și fugi pe ușă înainte să se trezească ceilalți. Era prima zi de muncă după vacanță și avea o mie de lucruri de făcut, dar, când ajunse la birou, îi deschiseră ușa doi bărbați necunoscuți și, când intră, era haos. Vreo șase agenți FBI luau cutii din sala de arhive și alți cinci le ridicau computerele.

– Ce naiba se întâmplă aici? îl întrebă ea pe unul dintre ei, cuprinsă de un val de panică.

Apoi văzu că alți doi agenți ieșeau din biroul lui George, cu el. Era în cătușe și o privi fără să o vadă, trecând pe lângă ea, ca și când nu ar fi întâlnit-o în viața lui.

Folosiră sala de conferințe pentru a interoga angajații, în timp ce Morgan aștepta în biroul ei. Le spuseseră că nimeni nu putea să plece. Le fuseseră luate telefoanele, cu promisiunea că li se vor înapoia mai târziu, iar oamenii stăteau în grupuri, șoptind în tot biroul. Nimeni nu știa ce se întâmpla. Iar ea nu află mai multe nici după ce o intervievară. Doi agenți FBI luau notițe și al treilea o interoga.

O întrebară dacă știa ceva despre sistemul lor de contabilitate și despre registrele contabile și care erau îndatoririle ei mai exact. Voiau să știe ce clienți văzuse cu George și care erau clienții ei. Morgan își aminti de neregulile pe care le observase recent și le spuse, iar ei voiră să știe dacă raportase cuiva sau dacă discutase despre asta cu George. Morgan spuse că nu o făcuse. Le mărturisi că i se păruse ciudat, dar chiar dacă banii erau în alte conturi decât se aștepta ea, nu lipsea nimic, astfel că crezuse că poate era o eroare de contabilitate care fusese corectată. La finalul discuției de două ore, îi spuseră că era anchetată și nu putea părăsi orașul. Morgan îi întrebă direct de ce era acuzat George, pentru că fusese luat încătușat și îi spuseră că avea să fie condamnat pentru că pusese la cale o schemă Ponzi bine camuflată, similară cu cea a lui Bernie Madoff, dar pe o scară mult mai mică. Își înșelase investitorii, luând bani pe care de fapt nu îi investea și nu avea să-i returneze niciodată.

– E imposibil, spuse Morgan luând apărarea angajatorului ei. E meticulos în afacerile lui.

Apoi își aminti de numele de pe lista de directori care o îngrijorase, pentru că fusese condamnat. Dar tot nu și-l putea imagina pe George făcând lucrurile de care era acuzat. Trebuia să fie o greșeală la mijloc.

I se permise să plece de la birou la 18.00 și i se spuse să nu se întoarcă. Toți angajații erau investigați și fuseseră concediați. Firma era închisă, iar conturile lor erau puse sub poprire. Când Morgan plecă de la birou, primi înapoi telefonul, și când ieși din clădire, era în stare de șoc. Luă taxiul spre Hell's Kitchen și se opri să-l vadă pe Max la restaurant. Avea nevoie disperată să vadă un chip prietenos și familiar. Izbucni în lacrimi de îndată ce îl văzu și îi spuse ce se întâmplase. Era și el la fel de uimit. Dar în seara aceea știrea era peste tot, pe internet, la televizor. George Lewis era anchetat și, mai mult decât probabil, urma să fie condamnat de un mare juriu pentru că furase milioane de la investitorii săi. Cauțiunea fusese stabilită la zece milioane de dolari, fiind pus sub acuzație la nivel federal, și se așteptau să iasă din închisoare în ziua aceea.

Claire fu uluită când auzi veștile. Se întreba dacă avea vreo legătură cu faptul că o părăsise, dar bănui că cele două evenimente nu erau legate și că era un delincvent sau un mincinos patologic. Lupul singuratic era un escroc. A doua zi dimineață, ea și Morgan stăteau în bucătărie citind ziarele, prea șocate ca să spună ceva.

– Se pare că și eu am rămas fără serviciu, îi spuse Morgan lui Claire. Era panicată în privința viitorului ei și îi spusese și lui Max cu o seară înainte. Nu mă va mai angaja nimeni.

Mereu vor exista îndoieli dacă nu cumva participase la schema Ponzi, dar ea habar nu avea ce făcuse George.

Agenții federali veniră să o vadă la apartament și o chestionară din nou. Morgan le spusese deja tot ce știa și repetă informațiile. Îl interogaseră și pe Max la restaurant, vrând să știe ce îi povestise Morgan despre slujba ei. El le zisese că Morgan îl întrebase ce credea despre neregulile pe care le găsise și că-i spusese că părerea lui era că aveau de-a face cu niște greșeli de contabilitate, iar ea fusese de acord. Însă nici unul dintre ei nu bănuise ceva de genul acesta, un furt de milioane de dolari de la investitori. George acționase într-o manieră inteligentă.

Morgan nu știa ce să facă în zilele care urmară după închiderea firmei și, ca să nu-și piardă mințile din cauza aceasta și să o țină ocupată, Max o întrebă dacă voia să-l ajute la restaurant, cu contabilitatea. Fu recunoscătoare pentru că îi dăduse o activitate, și Max se oferi să-i plătească un salariu, însă ea refuză. Dar merse la muncă în fiecare zi cu el. Era o perioadă groaznică pentru ea și se agăță de el ca de o stâncă în furtună.

Mama lui Claire sosi în mijlocul întregului haos și fu șocată de cele aflate. George păruse perfect din descrierea lui Claire și se dovedise un escroc de mare clasă.

– Slavă Domnului că nu te mai vedeai cu el când s-au întâmplat toate astea, îi spuse ea lui Claire. Crezi că bănuia că avea să fie prins?

– Nu cred. Se pare că îl monitorizau de luni întregi, prin intermediul băncii. Morgan spune că habar n-avuse nici ea. A fost o lovitură îngrozitoare pentru ea.

Morgan nu putuse să doarmă și îi cădea părul ca urmare a traumei prin care trecea. Încă nu știa dacă aveau s-o condamne și pe ea. O mai interogaseră de câteva ori, și nimic nu era concludent încă. Nu-și putea căuta altceva de lucru până când nu era absolvită de orice vină. Claire era sigură că va fi găsită nevinovată, constatându-se că nu avea cunoștință de activitățile lui George, dar, între timp, viața lui Morgan era pe muchie de cuțit, iar viitorul ei, nesigur.

A doua zi, la cafea, după ce sosi Sarah, Claire o întrebă cum primise tatăl ei vestea plecării.

– A fost șocat, răspunse mama ei încet. Nu a crezut niciodată că o voi face. Dar mă bucur c-am făcut-o.

Acum depinde ce vrea să facă el cu viața lui, fără mine. Eu trebuie să am grijă de mine.

Claire nu o mai auzise pe mama ei vorbind astfel și era mândră de ea. Era mai puternică decât sperase Claire vreodată și îi dovedea că îți poți aduna forțele și o poți lua de la capăt la orice vârstă. Trecuseră săptămâni de la despărțirea de George, și Claire încă se resimțea, dar se dovedise a fi o binecuvântare, având în vedere tot ce i se întâmpla lui. Apoi cele două femei se apucară de treabă. Aveau foarte multe lucruri de făcut.

Dat fiind că Valentina se ascundea de un criminal, prietenul ei fusese asasinat, George fusese condamnat pentru infracțiuni federale, după o despărțire șocantă de Claire, apoi aceasta fusese concediată de Walter, că pe Sasha o protejau doi polițiști în civil, iar Abby anunțase că pleca în martie și Sasha în iunie, atmosfera din apartament era negreșit sumbră, în ciuda entuziasmului lui Claire legat de înființarea afacerii, al Sashei ca urmare a căsătoriei anunțate și al filmului lui Abby.

Claire îi arătă mamei ei schițele la care lucrase de la Crăciun, și Sarah le găsi foarte bune.

– Când mergem în Italia? întrebă mama ei, părând entuziasmată, iar Claire zâmbi.

Avea să fie distractiv.

– Poate luna viitoare, după ce vom avea destule schițe pentru prima noastră linie. Dacă mergem în februarie, ar trebui să avem mostre până în aprilie, la timp pentru a le prezenta cu ele la o expoziție comercială ca să primim comenzi pentru toamnă.

Claire știa cum mergeau treburile, așa că îi explică mamei sale diversele aspecte ale afacerii și alcătuiră un plan de acțiune. Aveau foarte mult de lucru. După ce se înțelegeau cu cei de la fabrică, își puteau stabili prețul. Claire voia să încerce să mențină un preț scăzut, oferind modele de lux, dar urma să fie o provocare. Însă, în cele din urmă, avea sentimentul că are libertatea să facă modelele pe care și le dorea după ce fusese sufocată de Walter ani în șir.

Odată cu trecerea săptămânilor, portofoliul ei prindea contur și făcură programare la fabrică la jumătatea lui februarie. Cu o săptămână înainte să plece, Morgan fu informată că nu exista nici o dovadă că fusese implicată în infracțiunea lui George și că era absolvită de orice bănuieli. Fu o ușurare enormă. Dar polițiștii o rugară să rămână disponibilă pentru viitoare întâlniri dacă vor avea nevoie de mai multe informații pentru cazul procurorului federal împotriva lui George.

– Ca să mă exprim direct, îi spuse Morgan lui Max după ce fusese absolvită de marele juriu, George este într-un mare rahat.

Acum își dădea seama că nu îl cunoscuse niciodată cu adevărat sau de ce era capabil. Nimeni nu îl cunoscuse. Era un sociopat clasic, fără conștiință, căruia nu-i păsa de oamenii pe care îi rănea, la fel cum nu-i păsase de ceea ce îi făcuse lui Claire, întinzându-i o cursă și făcând-o să aibă încredere în el, în timp ce ea lăsase garda jos, devenind vulnerabilă în fața lui, pentru ca apoi el să plece. Morgan se trezi întrebându-se dacă plănuise să o rănească și dacă îi trecuse și lui Claire prin minte lucrul ăsta. În caz că da, era și mai bolnav decât credeau.

În același timp, Sasha păstra legătura cu locotenentul O'Rourke cu privire la situația surorii ei, dar acesta nu avea vești. Vorbiseră cu toți informatorii pe care îi aveau, dar nimeni nu știa nimic. Cel puțin, sora ei era în siguranță. Dar Sasha se săturase să arate ciudat și să fie urmărită peste tot de doi polițiști în civil.

Ea și Alex munceau mai mult decât o făcuseră vreodată, iar când Sarah și Claire plecară în Italia, încă nu ajunseseră în Atlanta, ca Alex să-i cunoască părinții. Nu primeau niciodată mai mult de o zi liberă, dar erau hotărâți să ajungă acolo înainte de nuntă. Și nu găsiseră nici pe cineva care să le organizeze nunta. Sasha habar n-avea unde să caute sau pe cine să întrebe. În cele din urmă, Oliver găsi pe cineva, printr-un client a cărui fiică tocmai se căsătorise, dar nunta costase o avere și Sasha nu voia să profite în mod nejustificat de tatăl ei, oricât de drăguț era în privința aceasta.

– Păcat că Valentina nu poate găsi un tip bun. Dacă ați fi avut o nuntă dublă, poate că ați fi obținut o reducere de grup, o tachină Oliver într-o seară la telefon.

Ea și Alex aveau întâlnire cu organizatorul de nunți a doua zi. Era drăguț să se ocupe și de ceva plăcut. În perioada aceea, la apartament nu vorbeau decât despre condamnarea lui George și despre faptul că Morgan fusese absolvită. Aceasta decisese să îl ajute în continuare pe Max cu contabilitatea la restaurant, iar el considera că era genială. Uitându-se în registre, își dăduse seama că barmanul băga o parte din bani în buzunar. Max îi arătase dovezile, omul recunoscuse și fusese înlocuit imediat. Morgan intenționa să-și caute de lucru, dar dorea să-și recapete echilibrul și siguranța înainte de a merge la o firmă de recrutare și de a căuta ceva pe Wall Street. Nu se simțea pregătită încă – ce se întâmplase fusese prea șocant și încă apăreau știri în media în fiecare zi.

Pe de altă parte, știrea despre uciderea prietenului Valentinei dispăruse fără urmă. Era doar un alt gangster care fusese omorât de ai lui. Apăruse în ziare la o zi după crimă și atât. În articol se spunea că fusese o femeie cu el, dar nu era pomenit numele Valentinei, la cererea poliției, pentru siguranța ei. Sasha habar n-avea unde era și nu primise vești de la ea. Nu comunicau între ele, la cererea poliției.

Sasha și Alex nu erau siguri dacă să râdă sau să plângă când o întâlniră pe cea care organiza nunți. Era englezoaică, o chema Prunella și semăna mai mult cu un antreprenor de pompe funebre decât cu o persoană care planifica nunți, cu costumul ei negru sobru și părul vopsit negru ca pana corbului, strâns într-un coc mic la spate. Oliver le spusese că fusese balerină în tinerețe, dar lui Alex i se părea că fusese gardian la închisoare și îi șopti Sashei, când femeia ieși pentru scurt timp din încăpere, că îl speria de moarte.

– Poate că se pricepe la ceea ce face, spuse Sasha optimistă, dar nu o plăcea nici ea.

Însă nu aveau pe nimeni altcineva. Puținii candidați de care auziseră și de care se interesaseră costau o avere, iar serviciile Prunellei erau puțin mai ieftine. Aceasta îi rugase să descrie nunta lor de vis și fură de acord amândoi că ar fi bine să fie una mai mică, de vreo 100 de invitați.

– Sunteți siguri? întrebă ea cu o expresie dezaprobatoare, iar ei încuviințară din cap.

Alex spuse că și părinții lui avuseseră cam tot atâția invitați. Aceștia se oferiseră să organizeze nunta în Chicago, cu petrecerea acasă, dar Alex și Sasha se puseseră de acord să se căsătorească în New York.

– Aveți vreo idee cu privire la loc? îi întrebă ea. S-ar putea să fie deja prea târziu pentru luna iunie, anul acesta, și este posibil să așteptați un an pentru un spațiu foarte bun.

– Nu vrem să așteptăm un an, spuse Sasha ferm, iar Prunella ridică dintr-o sprânceană cu o întrebare nerostită. Nu sunt însărcinată. Dar am vrea să ne căsătorim anul *acesta* în iunie, spuse ea, privind-o pe englezoaică în ochi.

– Am avut multe mirese însărcinate în ultima vreme, spuse Prunella pufnind. Vremurile moderne. Una dintre ele s-a dus la spital de la petrecere. Așadar, unde ați prefera? Într-o grădină? Într-un restaurant? La un hotel? Înăuntru, afară? După-amiaza? Seara?

Opțiunile erau amețitoare și nu ajunseseră la nici o concluzie când ieșiră din biroul ei, pe care îl avea la domiciliu, pe East 68th Street.

– Înțeleg de ce oamenii merg în Vegas, spuse Alex copleșit. Poate că ar trebui să facem nunta în Chicago, spuse el vag.

– Prietenii noștri sunt aici, îi reaminti Sasha. Și nu vreau să mă căsătoresc nici în Atlanta.

Când Oliver o sună pe Sasha să vadă dacă o plăcuse pe Prunella, îi descrise întâlnirea și cât de enervantă fusese. Apoi vorbi cu el despre cum să se organizeze.

– Nunțile făcute seara sunt mai amuzante și mai elegante, spuse el. Ce ziceți, să fie acasă la cineva care are o grădină? Lasă-mă să mă gândesc la asta. Vreți să vă căsătoriți la biserică?

– Probabil.

Sashei îi plăcea ideea de grădină, mai ales că nunta era în iunie, dar nu-i venea nimic în minte, apoi Oliver o sună a doua zi.

– Nu știu dacă este o idee nebunească sau nu, dar cunosc o femeie care are o grădină frumoasă pe acoperișul apartamentului ei de lux de pe 5th Avenue, care dă spre Central Park. L-am mai închiriat de la ea până acum pentru clienți și e foarte selectivă cu cei cărora le închiriază. Nu sunt sigur ce părere va avea despre o nuntă. Deține ultimele două etaje, așa că nu ar trebui să vă faceți griji că se vor plânge vecinii. Ne-ar lăsa să stăm până târziu. Nu era ieftin, însă nu era nici o sumă ridicolă. Dacă vreți, o sun. În plus, nu e ca la un hotel, unde trebuie să faci rezervare cu ani înainte. Știți data?

– 14 iunie? spuse Sasha ezitant.

I se părea o zi bună, cu vreme caldă și înainte de weekendul de 4 Iulie și planurile de vară ale oamenilor.

– Te anunț.

O sună zece minute mai târziu, când Sasha era în drum spre spital. Ea și Alex aveau program diferit în ziua aceea.

– S-a rezolvat, spuse Oliver. 14 iunie. Nuntă seara. A spus că puteți să aveți 120 de oameni. Vă ocupați de catering, de flori, de orchestră și așa mai departe. Ea oferă sala.

Oliver îi spuse un preț care le păru rezonabil amândurora.

– Sună perfect, zise Sasha încântată.

– Clienților mei le-a plăcut enorm când și-au organizat evenimentele acolo. Unul a fost corporatist, celălalt privat – a fost bine în ambele situații.

– Aș vrea să fii tu cel care ne organizează nunta, spuse ea tristă.

Oliver făcea ca totul să pară atât de ușor și avea resurse incredibile.

– Nu pot, nunțile sunt un coșmar. Nu vreau unul. Dacă mă voi căsători vreodată, mă voi duce la capela Elvis din Las Vegas.

– Asta a spus Alex ieri, mărturisi ea părând mohorâtă din nou.

– Fac rezervarea?

– Da, îi voi spune Prunellei.

Sasha o sună exact înainte să ajungă la spital și îi spuse că găsiseră locul pentru petrecere.

– Atunci trebuie să anunțăm imediat invitații ca să își rezerve data în calendar, spuse ea imperios. Și trebuie să vă alegeți invitațiile imediat. Trebuie să fie printate acum. Nu mai sunt decât patru luni până la nuntă. Practic, e mâine. Avem treabă, spuse ea sever.

– Poți să-mi trimiți o listă cu ce trebuie să facem? o întrebă Sasha, simțindu-se la fel de copleșită ca Alex cu o zi înainte.

– O voi face de îndată ce semnați contractul.

Îi dăduse o copie și solicită un avans mare, iar Sasha voia aprobarea tatălui ei, însă nu avea timp să i-l trimită.

– Mă voi ocupa de asta, spuse ea supusă.

Prunella o speria și pe ea.

– Ne-am putea întâlni din nou la 16.30, spuse organizatoarea, pe un ton afectat.

– Sunt în sala de nașteri până mâine. Trebuie să-i trimit tatălui meu contractul pentru a-l aproba.

– Foarte bine. Nu ai timp de pierdut, îi reaminti ea din nou Sashei care tocmai ajunsese la spital.

– Te sun în curând, promise Sasha, apoi uită de ea de îndată ce intră în Secția de travaliu și nașteri.

Aveau patru nașteri în așteptare, o moașă care îi scotea pe toți din minți cu cererile ei pentru pacienta sa, doi gemeni prematuri care veniseră cu ambulanța.

– O, ce zi minunată, îi spuse ea lui Sally de la oficiul asistentelor alergând să se schimbe. Avem anestezist pe secție?

– Nu încă, îi răspunse asistenta în timp ce Sasha trecu în fugă pe lângă ea.

– Caută doi – se pare că vom avea nevoie de ei.

Se auzeau țipete din cele două săli. „Bun venit în lumea mea!“, se gândi Sasha în sinea ei. Dar era mult mai ușor decât să organizeze o nuntă. Știa ce să facă. Nunțile erau un mister pentru ea și nu avea o mamă care să o sfătuiască. Muriel nici măcar nu voia să discute despre asta cu ea. Două minute mai târziu, intră în prima sală de travaliu și ajunse exact la timp pentru a-i spune mamei să împingă după ce o verifică.

– Suntem la 10. Haide, îi spuse ea mamei care plângea în timp ce vomita, apoi țipă la soțul ei și refuză să împingă. Vreau să îți văd băiețelul, tu nu? o întrebă Sasha zâmbindu-i calmă, iar tânăra încuviință din cap, apoi începu să împingă furioasă, țipând.

Nu dorise anestezie epidurală, hotărâse să nască natural, iar acum era prea târziu și trebuia să suporte chinurile, iar Sasha își dădea seama că era un copil mare. Nu avea să fie ușor.

– Trebuie să mai împingem o dată... Încă o dată... îi spuse femeii care se zbătea în chinurile nașterii. Încă o dată... Încă o dată. Te descurci minunat.

Îi zâmbi, iar femeia continuă să țipe și vomită din nou. Era o naștere dificilă, pe care Sasha știa că femeia și-o va aminti mereu, și ar fi fost mult mai ușor cu epidurala, dar trebuia să se descurce cu ce aveau, un bebeluș mare, o mamă care plângea și nici un medicament. Mai împinse vreo oră și, în cele din urmă, copilul apăru, îi alunecă în mâini, și Sasha îl întoarse. Mama plângea și râdea deopotrivă. Agonia se încheiase în minutul în care ieșise bebelușul.

– Bravo, mămico! o lăudă Sasha.

Se pricepea atât de bine la ceea ce făcea și îi plăcea foarte mult. Era un sentiment minunat să știe că însemna ceva pentru oameni. O jumătate de oră mai târziu, după ce o cusu pe femeie, Sasha ieși din sala de nașteri și trecu grăbită pe lângă oficiul asistentelor, iar Sally o strigă.

– Te-a sunat de trei ori o femeie pe nume Prunella, spuse ea, iar Sasha se opri nevenindu-i să creadă.

– Glumești?

– Mi-a spus că trebuie să dau de tine imediat, dar i-am zis că ești în mijlocul unei nașteri. Era urgent?

– Nu, nu era. Este cea care îmi organizează nunta. Poate să aștepte.

Sally râse, iar Sasha dispăru în următoarea sală, exact când paramedicii o aduseră pe targă pe femeia care avea gemeni la 34 de săptămâni. Trebuiră să-l cheme pe unul dintre doctori, căci Sasha nu putea să fie peste tot în același timp. Paramedicii îi predară pacienta și îi urară noroc.

Era una din acele zile nebune, cu nașteri toată ziua. Sasha rămase la spital până la miezul nopții, iar Alex era la apartament când ea ajunse acolo aproape la 1.00. Dormea în patul ei și se răsuci somnoros, privind-o, când o auzi intrând.

– Prunella e furioasă pe tine. Nu ai sunat-o, spuse el adormit.

– Zău? Am fost ocupată.

Capela lui Elvis părea o opțiune din ce în ce mai bună pe zi ce trecea. Sasha își scoase uniforma de medic, aruncă saboții și se strecură în pat alături de el, și, cinci minute mai târziu, dormeau amândoi. Prunella putea să aștepte.

capitolul 19

Claire și mama ei se îmbarcară într-un avion care zbura spre Milano, de pe aeroportul JFK, de Valentine's Day. Lui Claire i se părea potrivit să petreacă ziua aceea cu mama ei în acest an și erau încântate amândouă de călătorie. Zburau la clasa economic pentru a cheltui mai puțini bani, însă nici măcar asta nu le putea strica buna dispoziție. Avionul era plin de italieni nerăbdători să ajungă acasă și, în timp ce asculta conversațiile din jurul ei, ale celor de lângă ea sau ale celor care strigau la prietenii aflați în rândurile din spate, Claire își aminti de luxul opulent din avionul lui George, de călătoriile pe care le făcuseră împreună și de cât de bine se distraseră. Însă uite unde ajunsese acum și cine se dovedise a fi. Era încă greu de crezut. Mai întâi șocul faptului că o părăsise, apoi descoperirea infracțiunilor pe care acesta le comisese. Era un om fără inimă sau conștiință, un sociopat perfect.

Claire și-l alungă din minte și se concentră la ce făceau și la destinația spre care se îndreptau. Își luase laptopul cu ea pentru a-i arăta mamei ultimele schițe. Aveau foarte multe de făcut pentru a-și lansa afacerea, iar colegele ei de apartament fuseseră răbdătoare cu livrarea mostrelor de culori, a celor de piele și a materialor și uneltelor de care aveau nevoie pentru a le arăta în cele din urmă clienților. Găsiră un avocat care le ajută să înființeze firma. Prima expoziție comercială la care aveau să participe era în Las Vegas, ceea ce li se părea amuzant amândurora. Însă nu mai mult decât călătoria la Milano.

Parabiago se afla în ceea ce era cunoscut drept „ținutul pantofilor" din Italia, unde se găseau cele mai bune fabrici. Cele două stăteau în Milano, la mai puțin de o oră distanță, la un mic hotel lângă Via Montenapoleone, unde se aflau cele mai bune magazine și unde intenționau să meargă după ce terminau întâlnirile. Milano era Mecca lumii modei, iar Sarah nu mai fusese niciodată acolo. Orașul era cunoscut nu doar pentru brandurile importante care proveneau de aici, cum ar fi Prada și Gucci, ci și pentru blănurile fabuloase. Claire ardea de nerăbdare să meargă la cumpărături, dar încerca să păstreze banii pentru afacere. Mama ei fusese generoasă, dar Claire voia să contribuie și ea. Fură de acord să meargă o zi la cumpărături înainte de a pleca.

Lui Sarah îi plăceau mult modelele pe care i le arătase Claire pe computer. Erau sofisticate și elegante, în culori neutre simple, și ar fi fost un plus de valoare în orice garderobă. Mai erau vreo șase perechi de pantofi mai excentrici și jucăuși, la care Claire spera că nu va rezista nici o femeie. Existau două perechi de pantofi simpli, de seară, foarte eleganți și trei perechi de pantofi fără toc drăguți. Și, în cele din urmă, Claire voia să facă și cizme. Dacă produceau toate desenele pe care le aduseseră cu ele, vor avea douăzeci de stiluri diferite în prima linie. În funcție de comenzile pe care le primeau la expoziția comercială, aveau să-și dea seama ce doreau magazinele de la ele pentru a suplimenta brandurile pe care le aveau deja. Și, după ce ajungeau la fabrică, vor trebui să aleagă calitatea pielii și culorile pentru fiecare stil. Exista o mare diversitate la nivelul calității și al prețurilor posibile și aveau de luat multe decizii cu bugetul lor limitat. Dar, datorită mamei ei, aveau suficientă mână liberă, mult mai mult decât avusese Claire când lucra pentru Walter Adams. În sfârșit avea șansa să conceapă pantofii pe care și-i dorea. Îi era foarte recunoscătoare mamei sale pentru șansa pe care i-o dădea.

Stătură de vorbă în timpul prânzului din avion, Sarah se uită la un film, iar Claire răsfoi numerele din *Women's Wear Daily*. Rămăsese în urmă în ultima vreme, în timp ce lucra la colecție, și voia să vadă prezentările de modă din sezonul de toamnă, de la Săptămâna Modei din New York, pentru a se asigura că se îndrepta în direcția potrivită cu designul pantofilor ei. Avea multe de inclus în planurile lor. Realizarea pantofilor și materialele pe care le vor folosi erau și ele importante. După ce citi ziarele pe care le luase cu ea, Claire adormi și se trezi când aterizau la Milano.

Malpensa, aeroportul din Milano, era renumit pentru haosul care domnea acolo, întârzierile mari și numărul exagerat de mare de furturi. Cele două avură nevoie de o oră ca să își ridice bagajele și în cele din urmă urcară într-un taxi spre hotel, care era mic, simplu și curat. Era tot ce aveau nevoie și merseră la o plimbare pentru a arunca o privire în jur. Nu era un oraș frumos, dar era centrul lumii modei.

Luară cina la o mică trattoria, și Claire observă că localnicii o admirau atât pe ea, cât și pe mama ei și presupuneau că erau prietene. Vârsta nu conta în Italia. Sarah era încă o femeie frumoasă, iar bărbații o priveau la fel de mult ca pe Claire, iar ea părea să se bucure de atenția primită. Chiar și atunci când nu intenționau să curteze femeile, italienii le arătau limpede că le găseau atrăgătoare. Se simțiră foarte bine amândouă, iar Claire fu și mai atentă a doua zi când se îmbrăcă. Le plăcea atunci când știau că cineva le observa, chiar dacă era un străin, care le arunca o privire pasageră și o umbră de zâmbet, în timp ce trecea pe lângă ele.

A doua zi luară o mașină cu șofer și merseră în orașul Parabiago. Erau trei fabrici care puteau fi opțiuni bune pentru ele, în opinia lui Claire, și una era cea pe care o folosea Walter Adams. Aveau întâlniri la toate trei. Și, la 10.00 în dimineața aceea, se apucară de treabă. Prima fabrică la care merseră era cea la care fusese de câteva ori cu Walter, și cei de acolo își aminteau de ea. Claire știa că era una dintre cele mai de încredere și respectate fabrici din Italia. Lucrau foarte bine și se ocupau de producție pentru câteva branduri importante din State și din toată Europa. Claire se gândi că era o opțiune bună și că s-ar putea să o folosească, dar voia totodată să le vadă și pe celelalte pentru a face o comparație. Era cea mai importantă decizie pe care aveau s-o ia.

La 11.00 ajunseră la o fabrică mai mică și mai artizanală. Mulți dintre pantofii lor erau făcuți de mână. Erau frumoși, cu elemente uimitor de sofisticate și detalii delicate, dar lui Claire i se păru că erau prea înzorzonați pentru modelele ei și probabil nu îndeajuns de rezistenți pentru clienții lor. Punctul lor forte erau pantofii de seară, și turul atelierelor de lucru fu fascinant, iar prețurile proporțional mai ridicate, din cauza orelor de muncă manuală pe care le investeau în ceea ce făceau. Produceau pantofi pentru două mari case de modă din Paris, iar fondatorul companiei făcuse, cu secole în urmă, pantofi pentru Maria Antoaneta și toate reginele Italiei. Cei care lucrau acolo erau extrem de mândri de asta. Lui Claire îi plăcu turul, dar nu simți că erau potriviți pentru ele. Aveau nevoie de ceva mai tineresc și mai contemporan, care să reprezinte mai bine clientul spre care voia să țintească. Cea de-a treia fabrică era uimitor de modernă și avea ateliere impresionante, în care erau expuse produsele lor actuale și vechi. Făcuseră pantofi pentru aproape toate brandurile de lux populare și câteva linii secundare, la prețul lor. Fabrica era deținută de Biagio Machiolini și de cei doi fii ai săi și, ca și celelalte, era o afacere de familie de generații întregi. Erau veri cu proprietarii celei de-a doua fabrici pe care o văzuseră. Totul era modern, nou și incitant, și al doilea fiu al proprietarului, Cezare, era entuziasmat de noul lor brand și de schițele lui Claire. Îi arătă tot ce făcuse, îi explică viziunea ei și stătură de vorbă două ore, apoi tatăl și fratele său Roberto li se alăturară și le invitară pe Claire și pe Sarah la prânz și la un tur mai amănunțit. Plecară de la fabrică la 16.00, după ce sosiseră la prânz. Se aflau în Parabiago de la 10.00 dimineața, iar prețurile oferite, cu o reducere pentru primul an pentru a le ajuta să se lanseze, aveau să le fie de mare folos. Claire avea o copie a contractului în servietă, scris în engleză, astfel încât ea și mama ei să-l analizeze la hotel și să-l trimită prin e-mail avocatului lor de la New York. Claire era familiarizată cu contractele, căci se ocupase de ele la Walter și știa la ce să se aștepte. Și, când îl citi cu grijă în camera de la hotel, nu descoperi surprize, era exact ce spuseseră patronii. Toate trei fabricile aveau reputații excelente, și Claire știa că vor fi pe mâini bune, indiferent cu care ar lucra. Era o chestiune de alegere și de preferințe și de un oarecare grad de potrivire, pentru că aveau să lucreze împreună îndeaproape, iar fabrica va trebui să răspundă prompt nevoilor și solicitărilor lor.

– Ce crezi, mamă? o întrebă Claire, stând întinsă în pat și lăsând contractul jos.

Avuseseră o zi grozavă și aflaseră amândouă o mulțime despre subtilitățile afacerii. Era imposibil să nu fii impresionat de istoria din spatele fiecărei afaceri și de măiestria celor de la fiecare fabrică.

– Cred că tu ar trebui să iei decizia, spuse Sarah sinceră. Știi mai multe decât mine despre asta, adăugă ea cu modestie.

Respectul pentru fiica ei era și mai mare acum, după ce o văzuse la întâlnirile pe care le avuseseră toată ziua. Știa ce face și era un designer foarte talentat.

Examinară toate cele trei opțiuni, iar Claire voia să îi permită să aibă un cuvânt de spus, pentru că era singurul investitor, însă ea prefera a treia fabrică, fără îndoială, iar mama ei fu de aceeași părere.

– Iar tatăl este foarte chipeş, spuse Sarah cu un licăr în ochi.

– La fel şi fiii, adăugă Claire.

Cezare şi Roberto aveau amândoi în jur de 40 de ani şi fuseseră amuzanţi la prânz. Familiei Machiolini îi plăcea ideea unei echipe alcătuite din mamă şi fiică, care puseseră bazele unei afaceri, într-o bună tradiţie europeană, deşi afacerea lor fusese în familie de generaţii întregi.

În seara aceea, cele două femei luară iarăşi cina la un restaurant din apropiere şi reveniră la fabrică a doua zi pentru a stabili ultimele detalii. Primiseră veşti de la avocat, care le dădu aprobarea. Claire şi Sarah semnară contractul împreună şi îşi strânseră mâinile cu toţii. Cezare fu de acord să le livreze toate cele douăzeci de prototipuri înainte de 1 aprilie. Nu mai erau decât şase săptămâni, dar familia Machiolini avea o fabrică mare şi eficientă şi le asigură că vor putea respecta cu uşurinţă termenul-limită şi vor putea face modificări ulterioare, după probe. Claire îşi dădu seama că va avea nevoie de un model cu mărimea 37 în Europa, ceea ce însemna 6,5-7 în State. Putea să folosească pe oricine cu picioare normale, având nevoie de o părere cu privire la confort şi siguranţă. Talpa trebuia să fie arcuită perfect, tocurile trebuiau să susţină piciorul în mod adecvat şi partea din faţă trebuia să fie suficient de înaltă încât să fie comodă, fără a fi prea bombată. Dar, având în vedere cât de serioşi erau în producţie, nu se aştepta să aibă probleme. Povara cădea pe umerii ei, căci acum trebuia să creeze pantofi de damă la un preţ potrivit, pentru piaţa adecvată şi să îi vândă prin intermediul magazinelor potrivite. Expoziţia comercială din Las Vegas avea să fie foarte importantă pentru ele şi oferea feedbackul de care aveau nevoie. Era posibil să decidă să nu mai producă unele dintre modele dacă angrosiştii credeau că nu sunt practice, au o piaţă prea limitată sau un preţ prea mare.

Claire avea să încerce să mențină niște modele simple, astfel încât costurile de producție să nu înghită profiturile. Trebuia să se gândească la multe lucruri și le transmise digital celor din familia Machiolini toate desenele după care să lucreze.

După un pahar de vin, se despărțiră prieteni și cele două femei refuzară încă un prânz. Voiau să aibă timp de cumpărături înainte de a pleca a doua zi. Trebuiau să se întoarcă la New York și să se apuce de toate planurile viitoare. Și, în mod ironic, în seara aceea Claire primi un e-mail de la biroul de resurse umane al firmei Jimmy Choo. Răspundeau CV-ului pe care îl trimisese și voiau să se întâlnească. Îl trimisese cu trei luni în urmă, iar acum viața ei o luase în altă direcție. Cu trei luni în urmă, nu ar fi stat pe gânduri, dar acum era prea târziu. Claire le mulțumi și le spuse că era deja implicată în alt proiect. Era amuzant cum funcționau lucrurile în viață.

Pe drumul spre New York, Claire se concentră asupra schițelor ei. Își cumpărase o jachetă frumoasă de la Prada, trei perechi de pantofi de la un magazin de care nu auzise niciodată, care erau irezistibil de sexy, dar cam exagerați pentru linia ei și o rochie albă din bumbac, pe care s-o poarte în vara aceea. Sarah își cumpărase un pulover, niște pantaloni frumos croiți și o fustă de la Prada. Dar, mai important, călătoria fusese un succes extraordinar pentru noua lor afacere. Claire Kelly Designs demarase și funcționa, iar familia Machiolini avea să îi transforme visurile în ceva palpabil. Claire era atât de entuziasmată că nu-și mai încăpea în piele.

Observă că mama ei primise un mesaj de îndată ce aterizară la JFK.

– De la cine era?

Claire se întrebă dacă era de la Biagio Machiolini, care fusese cucerit de mama ei și era doar puțin mai în vârstă decât ea, deși avea o soție și șase copii, ceea ce nu îl împiedicase să flirteze.

– De la tatăl tău, răspunse Sarah sfioasă. Îi este dor de mine. Întreba cum a fost în Italia. I-am spus că a mers bine și că ne-am distrat de minune.

Era încă șocat că soția sa o ajuta pe fiica lor în afaceri și că era capabilă să o facă. Începea să își dea seama că existau multe lucruri pe care nu le știa despre ea. Iar absența ei îi arătase cât de importantă era pentru el și îi demonstra că fusese convins multă vreme că va fi mereu lângă el.

– Este bine? întrebă Claire prudentă.

Lua foarte rar legătura cu tatăl ei. Nu prea aveau ce să-și spună.

– Sper, spuse Sarah încet și schimbă subiectul, în timp ce se duceau să-și recupereze bagajele.

Sarah fusese la fel de neobosită ca fiica ei în călătorie și era nerăbdătoare să se apuce de lucru. În câteva luni, Claire voia să angajeze pe cineva care să le ajute, poate pentru târgul de la Las Vegas, dar nu aveau încă nevoie de ajutor. Erau mai mult decât dispuse să facă toată treaba, fiind chiar gata să ridice și chestiile grele, cum se întâmplă când ajunseră mostrele. Amândouă erau muncitoare și aveau multă energie. În taxi, în drum spre Hell's Kitchen, purtară discuții animate, făcând schimb de idei. Fuseseră plecate patru zile și parcă trecuse o lună, însă afacerea lor pornise cu dreptul.

La sfârșitul lui februarie, când era în tura de noapte, locotenentul O'Rourke o sună pe Sasha la spital. Mesajul spunea că era urgent, și ea se temu că i se întâmplase ceva Valentinei. Nu mai vorbiseră și nu se mai văzuseră de două luni, ceea ce era o premieră în viața lor. Chiar și atunci când călătoreau sau când Sasha fusese la facultate, nu treceau niciodată mai mult de câteva zile fără să vorbească. Tăcerea fusese dură și dureroasă pentru amândouă.

Cu mâna tremurătoare, Sasha îl sună pe locotenent și așteptă cu sufletul la gură să audă ce avea să-i spună. Ca de obicei, acesta fu direct.

– L-am prins. Se pare că Jean-Pierre a înșelat pe cineva în afacerile cu arme, a plecat cu un comision mai mare decât conveniseră și le-a livrat marfă de mâna a doua. Trebuia să plătească. Așa că l-au omorât. Datorită unuia din informatorii noștri, l-am prins pe cel care a făcut-o, iar francezii au pus mâna pe cel care a dat ordinul. Nu vor să-l extrădeze, dar îl vor judeca în Franța. Ucigașul e la noi. E în arest și îl ținem aici. Nu cred că au urmărit-o vreo clipă pe sora ta. Dar nu aveam de unde să știm. Trebuia să fim siguri, pentru amândouă. Îi dăm drumul, iar dumneavoastră puteți renunța la noua înfățișare.

Mai important, erau în siguranță acum.

– Le spun băieților mei să plece dacă vreți.

Sasha se obișnuise cu ei. Erau opt bărbați care o protejau, prin rotație. Erau drăguți cu toată lumea la apartament, ajutau ori de câte ori puteau și erau prietenoși cu asistentele la spital.

– Ne vor lipsi, spuse Sasha amabilă, iar el râse.

– Și sora dumneavoastră nouă. Dar asta este cu totul altă poveste. E o mare figură, comentă el, iar Sasha se întrebă ce mai făcuse.

„O mare figură“ era un eufemism, după cum știa prea bine. Comportamentul ei prostesc și alegerile periculoase îi băgaseră în tot haosul acela, periclitându-le viețile în ultimele două luni. Sasha îi mulțumi și îl sună pe Alex la spital imediat după ce închise.

– L-au prins pe ucigaș, spuse ea, oftând sonor, iar Alex închise ochii ușurat.

Nu mai fusese atât de stresat în viața lui, de-atâtea griji pentru ea. Nici măcar polițiștii sub acoperire care o însoțeau non-stop nu îl linișteau complet.

– Slavă Domnului!

Zece minute mai târziu, cei doi bărbați care fuseseră de serviciu în seara aceea veniră să-și ia rămas-bun de la ea. Locotenentul O'Rourke îi sunase deja și le spusese că erau liberi. Sasha le mulțumi și îi îmbrățișă pe amândoi și aceștia plecară. Coșmarul se terminase, la fel de repede pe cât începuse. Sasha le trimise părinților un mesaj pentru a le povesti. După aceea, era alegerea Valentinei dacă îi contacta sau nu, dacă își cerea scuze pentru grijile pe care le provocase tuturor. Dar probabil că nu avea să o facă, din câte o cunoștea pe sora ei.

Valentina nu-și cerea niciodată scuze pentru nimic.

Dar, dacă se mai întâlnea vreodată cu cineva dubios, Sasha avea să-i spună că nu o mai putea vedea. Luase această decizie în ultimele două luni. Era corect și față de ea, și față de Alex. Văzuse cât de mult suferise. Nu le spusese nimic părinților lui, ca să nu-i îngrijoreze, dar îi era greu și lui, pentru că erau apropiați și ar fi fost speriați din cauza lui și a Sashei, întrebându-se în ce se băgase. Nimeni din familia lor nu mai avusese de-a face cu vreun traficant de arme nucleare sau cu vreun ucigaș. De data asta, Valentina întrecuse toate limitele – se mai apropiase de prăpastie, însă nu atât de mult. O pusese în pericol fără să vrea și pe sora ei vitregă, deși Sasha era sigură că nu se gândise niciodată la această posibilitate când începuse să se vadă cu Jean-Pierre și închisese ochii la ce făcea. Era evident că ducea un stil de viață periculos. Dar Valentinei îi plăcea acel lux pe care îl implica asta. Iar Sashei i se păru interesant că cei doi bărbați fabulos de bogați și extrem de generoși cu care intraseră în contact recent, Jean-Pierre și George, erau infractori la nivel înalt. Era recunoscătoare și fericită cu Alex, la o scară mult mai umană. Dacă Valentina ar fi dorit o viață decentă, ar fi găsit pe cineva ca el, însă știa că un astfel de bărbat i s-ar părea plictisitor.

În cariera ei de top-model, Valentina dezvoltase gusturi și obiceiuri periculoase și legături dăunătoare. Nu toată lumea o folosea în acel scop, însă ea, da. Era un preț scump pe care îl plătea pentru senzații tari, costisitoare. Și armata de bodyguarzi și huligani înarmați a lui Jean-Pierre ar fi trebuit să o avertizeze cu ce se ocupa acesta.

În seara aceea, Sasha se întoarse acasă de la spital cu Alex și vorbiră despre asta. Erau amândoi afectați de experiență și ușurați că drama se sfârșise.

Când o sună pe Valentina dimineața, Sashei îi dădură lacrimile auzind-o. În ciuda necazurilor pe care aceasta le pricinuise, pentru toată lumea și mai ales pentru sora ei, erau în continuare gemene și între ele exista o legătură indestructibilă.

– Mi-a fost foarte dor de tine, șopti Sasha la telefon, cu lacrimile rostogolindu-i-se pe obraji. Am fost cu toții foarte îngrijorați pentru tine.

– Și eu, spuse Valentina cu nerușinare. La dracu', m-au dus la o mănăstire în Arizona. Nici măcar la un ranch cu băieți drăguți, în afară de polițiștii pe care i-au trimis cu mine. O mănăstire cu preoți și călugărițe. A trebuit să port o rasă călugărească și să lucrez în grădina de legume. În unele zile îmi părea rău că tipul ăla nu m-a împușcat.

Cum era de așteptat, nu spuse nici un cuvânt despre Sasha și despre necazurile pe care i le pricinuise.

– Mi-ar plăcea mult să te văd într-o rasă călugărească, zise Sasha, râse și își șterse lacrimile de pe față.

– Nu conta pe asta. În plus, trebuie să o înapoiez când plec. Cei de aici cred că este magică sau ceva de genul ăsta.

– Probabil că nu vor să o transformi într-o minijupă și să o porți fără lenjerie intimă și cu tocuri.

Sora ei geamănă era capabilă de așa ceva, și o știau amândouă.

– Aș vrea să mă fi gândit la asta. Sandalele pe care le-am purtat mi-au făcut bătături și bășici. Picioarele mele sunt terminate.

Era tot ce putea spune după două luni în care stătuse ascunsă pentru a nu fi găsită de ucigași, dar părea binedispusă și era încântată că se întorcea la New York.

– Vin astăzi cu avionul, spuse nonșalant, ca și când s-ar fi întors de la o ședință foto pentru revista *Vogue*.

– De-abia aștept să te văd, spuse Sasha din suflet. A fost greu să nu te pot suna.

– Știu. Și pentru mine, recunoscu Valentina. Lucrezi astăzi?

– Nu până diseară.

Mai vorbiră câteva minute, apoi închiseră.

În după-amiaza aceea, Claire și mama ei se uitau pe foile de calcul pe canapea. Abby își pregătea bagajul în camera ei, ceea ce făcea de săptămâni întregi când nu scria. Charlie stătea în bătaia soarelui lângă fereastră, iar Morgan tocmai sosise de la cumpărături când auziră soneria, iar Sasha deschise și o îmbrățișă pe Valentina în toată splendoarea ei, cu o fustă de piele scurtă și neagră, pulover roșu și cizme până la coapse și tocuri cui. Săriră una în brațele celeilalte, strângându-se cu putere, apoi Valentina țipă privindu-și sora geamănă.

– Ce s-a întâmplat cu părul tău?

Era încă scurt și șaten-închis.

– Tu ești de vină. Au trebuit să-mi schimbe înfățișarea, spuse Sasha.

Era prima zi în care nu purta lentilele de contact albastre, de două luni încoace, pe care le aruncase.

– Asta *da*, sacrificiu. Probabil că Alex mă urăște. Arăți ca dracu' brunetă, zise Valentina și zâmbi larg.

– Mulțumesc.

Atunci observă că în spatele ei stătea un bărbat, care părea stânjenit. Era un tip puternic, chipeş, cu umeri laţi şi figură tânără. Purta un tricou alb, blugi, cizme de cowboy tocite şi o geacă subţire de fâş, pe care scria NYPD. Sub ea se vedea o umflătură suspectă, iar Sasha îşi dădu seama acum că era un toc de umăr pentru pistol, pe care sperase să nu-l mai vadă vreodată.

– Mai ai nevoie de protecţie? întrebă ea aproape şoptit.

Locotenentul O'Rourke spusese că s-a terminat totul, însă Valentina încă era însoţită de un poliţist.

– O fată are întotdeauna nevoie de protecţie, zâmbi ea sfioasă peste umăr. El este Bert. A fost în misiune în Arizona, deghizat în preot. Arătam foarte drăguţi împreună, preot şi călugăriţă.

Râse, iar el zâmbi plin de adoraţie spre ea, apoi înclină din cap spre Sasha. Părea cu şase sau şapte ani mai mic decât sora ei. Şi, dintr-odată, Sasha îşi dădu seama ce căuta acolo. Valentina îl adusese acasă ca trofeu de război. Privindu-l, Sasha îşi aminti comentariul critic al locotenentului despre sora ei, când spusese că era „o mare figură". Acum înţelegea de ce se exprimase astfel. Valentina avea o relaţie cu unul dintre poliţişti. Sasha era sigură că nu apreciaseră asta la mănăstire. Valentina era incorigibilă. Întotdeauna exista un tip, de preferinţă cu o armă. Dar măcar acesta era de partea potrivită a legii. Sasha se întrebă ce-o să facă Valentina cu el, acum că revenise în propria lume. Viaţa de top-model avea să îi scoată în cale alte tentaţii foarte curând, cu toţi acei oameni sofisticaţi pe care îi cunoştea. Tânărul ei poliţist cu tricou va rezista cam cinci minute în lumea ei. Sasha îl invită să intre şi să ia loc, iar el ezită, apoi se duse să mângâie câinele. Bărbaţii păreau să-l iubească pe Charlie – toţi bărbaţii din cameră gravitau întotdeauna spre el.

Abby ieşi din cameră, îi văzu şi o îmbrăţişă pe Valentina. Claire şi mama sa făcură acelaşi lucru. Întotdeauna era ciudat să o vadă – era ca și când ar fi văzut-o pe Sasha, și totuși erau complet diferite, dar te așteptai să fie aceeași persoană. Însă deosebirea era ca de la cer la pământ.

– Bine ai revenit, spuse Abby pe un ton călduros, încercând să nu se holbeze la Bert, curioasă să afle cine era.

De fapt, era mai mare decât părea, însă nu cu mult.

– Vrei să te las singură cu fetele? o întrebă el politicos pe Valentina, schimbând o privire intimă, care explica întreaga poveste din ultimele două luni și ce făcuse la mănăstire ca să se distreze.

Schimbase partenerii, însă nu și jocul.

– Sigur, spuse Valentina cu nonșalanță. Vrei să te întorci peste jumătate de oră?

El părusă fie de acord fără probleme și făcu așa cum îi spuse.

– Pot să scot câinele la plimbare? întrebă el, zâmbind larg.

– I-ar plăcea la nebunie, răspunse Abby, iar câinele se ridică și îi întinse laba lui Bert, care o scutură solemn.

– Am lucrat cu un ciobănesc german o vreme, spuse el serios, la Narcotice. Era nemaipomenit, dar a fost împușcat și a trebuit să fie eutanasiat.

– Ce noroc că noi nu ți-am făcut asta, îi spuse Sasha surorii ei, în timp ce Abby îi dădu lesa lui Bert, iar el și Charlie plecară.

Sasha se întoarse spre Valentina cu o expresie serioasă.

– Ce dracu' faci? Câți ani are?

– 29. Dar arată ca un puști. Însă este adult. Foarte.

Îi aruncă surorii ei o privire lascivă, și Sasha mormăi exasperată.

– Ce vei face cu el acum? Bietul băiat va fi mâncat de viu în lumea ta.

– M-am schimbat, spuse Valentina sfioasă. Nu vreau să mai umblu cu ticăloși. Și ce e mai bine decât să ieși cu un polițist? E un tip de treabă și joacă în echipa care trebuie. Mă simt în siguranță cu el.

Sashei îi părea rău să audă asta, deși trebuia să recunoască faptul că era un progres față de Jean-Pierre, căci mai rău de atât nu putea să găsească.

– Ce zici de un doctor sau de un avocat?

– Da, cum ar fi tipul ăla drăguț pentru care lucra Morgan, care va sta în închisoare în următorii o sută de ani. Nu toți ticăloșii își dau arama pe față, îi spuse ea surorii ei mai inocente.

Sasha dusese o viață mai liniștită, căci așa dorise. Și, inițial, și Valentina la fel. Se pierduse undeva pe drum, când dăduse prea curând de gustul banilor, al celebrității și goana spre succes.

– Îmi place de Bert. Mă face fericită și este o persoană drăguță. Are grijă de mine. Nu este complicat. Nu-i pasă cine am fost sau de ce. Trăiește în prezent.

– Chiar vrei să fii cu un polițist? Își dă demisia pentru tine?

Sasha spera că nu, căci Valentina l-ar părăsi cât ai clipi dacă apărea cineva mai interesant. Era sigură că sora ei geamănă avea să-i frângă inima și posibil să-i distrugă cariera și nu i-ar fi păsat absolut deloc. Făcea ce-i convenea, pe moment, fără să-i pese câtuși de puțin de răul provocat. Sasha își iubea sora, dar știa cât de egoistă era. Era narcisistă până în măduva oaselor.

– Nu-mi pasă cu ce se ocupă. E drăguț cu mine, spuse ea simplu.

– Și este sărac, îi reaminti Sasha. Nu-ți plac bărbații săraci.

Acesta era alt aspect al problemei. Valentina dădea bir cu fugiții pentru bani de fiecare dată, și majoritatea bărbaților pe care îi întâlnea, care aveau grămezi de bani, erau dubioși sau periculoși. Iar el nu era astfel.

– Am eu pentru amândoi, spuse Valentina relaxată, apoi se așeză lângă Claire și mama ei.

Abby se întorsese în camera ei să împacheteze.

– Ce puneți la cale? întrebă Valentina.

– Ne-am înființat o firmă de pantofi, răspunse Claire. Mama a venit să mă ajute și locuiește aici acum. Iar Abby se mută în Los Angeles să lucreze la un film, pentru un an.

– Este o schimbare mare.

Valentina părea surprinsă. Distribuția personajelor de la mansardă fusese aceeași de-a lungul anilor. Era șocant când te gândeai că una dintre ele pleca, apoi Valentina își dădu seama că va pleca și sora ei după ce se va căsători.

– Cum merge cu nunta? întrebă ea.

– Este în iunie. În New York. Ești domnișoară de onoare, o informă Sasha. La fel și fetele. Pe 14 iunie. Ai face bine să fii acolo, spuse sora ei pe un ton serios.

– Pot să vin cu Bert? întrebă Valentina inocentă.

– Dacă va mai fi în preajmă până atunci, ceea ce mă îndoiesc.

Mai erau trei luni și jumătate până atunci, vreme îndelungată pentru ca sora ei să rămână cu același tip.

– Vom vedea, spuse Valentina vag.

Atunci se întoarse Bert cu Charlie și o sărută ușor când intră.

– Grozav câine! Ar trebui să ne luăm și noi unul, îi spuse Valentinei, iar ea încuviință din cap.

Părea dispusă să facă orice pentru el. Sasha își aminti ca Patty Hearst[1] se căsătorise cu unul din bodyguarzii ei, așa că femeile făceau asta câteodată și se atașau de bărbații care le protejau. Poate că funcționa. Valentina

[1] Patricia Hearst (n. 1954) este nepoata lui William Hearst, un magnat de presă. În anii 1970 a fost răpită de o grupare teroristă, a decis să li se alăture pentru a supraviețui și a fost condamnată la șapte ani de închisoare. În 1997 s-a căsătorit cu fostul ei bodyguard. (n.red.)

o sărută, apoi plecă cu Bert la apartamentul ei din Tribeca. Jean-Pierre fusese ucis la el acasă, nu la ea, așa că apartamentul ei era „curat“. În după-amiaza aceea, Bert își adusese câteva lucruri și Valentina îl invitase să se mute la ea. Misiunea lui se încheiase, însă viața lor împreună de-abia începea. Sasha clătină din cap când plecară, iar Claire îi zâmbi cu înțeles.

– Cel puțin are o slujbă bună și nu va merge la închisoare, comentă ea.

Era mai mult decât putea spune despre bărbatul de care fusese îndrăgostită, care ieșise pe cauțiune, ducând în continuare o viață de lux, conform paginii șase. Primea bani de undeva. Claire se întoarse la foile de calcul, iar Sasha o ajută pe Morgan să pună cumpărăturile la locul lor, gândindu-se la Valentina. Era bine că se întorsese.

La începutul lui martie, când plecă Abby, fu sfâșietor. Era ca și când fetele ar fi pierdut un picior, un braț sau o parte esențială din ființa lor. Abby era o parte importantă din familia pe care și-o alcătuiseră singure și locuise acolo în ultimii nouă ani cu Claire. Plânseră toate și fură deprimate zile în șir. Abby stătea cu părinții ei în Los Angeles, dar plănuia să-și cumpere apartamentul ei. Spuse că se va întoarce într-un an, dar nimeni nu o crezu. Avea să fie vrăjită de viața de la Hollywood, mai ales dacă filmul lui Josh va avea succes, ceea ce părea probabil.

Îl luă pe Charlie cu ea, iar casa părea moartă. O săptămână mai târziu, Sasha se întoarse acasă de la spital și o găsi pe Morgan plângând în bucătărie. Era greu de ghicit de ce plângea – avea multe motive să o facă. Slujba pe care o pierduse. Faptul că era posibil să nu mai găsească niciodată una la fel de bună – viitorul angajator ar putea să nu aibă încredere în ea și nu era exclus să nu-și găsească de lucru. Fusese pătată ireversibil de acțiunile lui George, poate pentru totdeauna. Și tuturor le era dor de Abby.

Sasha o cuprinse în brațe și o îmbrățișă.

– Și mie mi-e dor de ea.

Era ca și când și-ar fi pierdut sora mai mică. Chiar și în timpul problemelor cu Ivan, fusese o prezență caldă și iubitoare, care le înseninase viața. Și, dat fiind că Morgan era deprimată din cauza serviciului, atmosfera din apartament fusese foarte apăsătoare. În timp ce Sasha o îmbrățișa, Morgan scutură din cap și suspină.

– Nu e vorba de Abby, reuși ea să rostească.

– Vei găsi altă slujbă.

Știa că lui Morgan îi plăcea să lucreze la restaurantul lui Max pentru moment, dar își făcea griji în privința viitorului carierei ei. Morgan clătină din cap, iar Sasha o privi, nedumerită de ce hohotea, părând de neconsolat.

– Sunt însărcinată! exclamă Morgan repede și se prăbuși pe un scaun din bucătărie, copleșită de durere.

– O, Dumnezeule, spuse Sasha și se așeză lângă ea.

Nu li se întâmplase niciodată, nici uneia dintre ele. Erau prudente și responsabile și aveau un stoc nelimitat de prezervative în ambele băi, pe care le putea folosi toată lumea. Erau mature și aveau mare grijă.

– Cum s-a întâmplat?

– Nu știu. Am luat antibiotic pentru o infecție la ureche – poate a anulat efectul anticoncepționalelor sau am ratat vreo pastilă. Sunt în două luni, zise și o privi tristă pe Sasha. Tocmai mi-am dat seama și am făcut un test. Am încurcat-o. Nu mi-a venit ciclul când s-a închis firma. Am crezut că e din cauza stresului.

– I-ai spus lui Max?

Morgan clătină din cap. Era sigură că se întâmplase când fusese arestat George. Făcuseră sex mai mult decât de obicei, pentru a se liniști. Iar acum cel mai îngrozitor coșmar al ei devenise real *și* rămăsese și fără serviciu.

– Dacă i-aș spune, ar vrea să păstrăm copilul și știe că nu vreau copii. Se va despărți de mine dacă fac avort. Este irlandez și catolic. Iubește copiii. Vreau să fac avort, Sash. Nici măcar nu-i pot spune. Apoi privi cu speranță spre prietena ei. Ai vrea să o faci tu?

Morgan avea încredere totală în ea.

– Nu, dar îți pot recomanda pe cineva care o poate face, dacă asta vrei. Însă probabil ar trebui să-i spui lui Max. Se va înfuria și mai tare dacă va afla mai târziu și își va da seama că l-ai mințit.

– Știu. Oricum ar fi, nu este bine. Și nu îl voi păstra. Nu pot. Copiii mă îngrozesc, mereu a fost așa. Nu am instincte materne deloc.

– S-ar putea să fii surprinsă, spuse Sasha cu blândețe. Îl iubești, asta ajută.

Stând la masa din bucătărie, Morgan nu putu decât să plângă în timp ce Sasha o ținea în brațe. Spuse că era cel mai rău lucru care i se întâmplase vreodată, iar Sashei îi fu milă de ea. Morgan era distrusă, iar Max își dădu seama singur că era însărcinată când vomită de trei ori în dimineața următoare. O întrebă, iar fața ei îi spuse întreaga poveste. Nu voia să-l mintă, negând. Izbucni în lacrimi de îndată ce o întrebă.

– De ce nu mi-ai spus? o întrebă el cu un zâmbet larg, luând-o în brațe.

Era încântat.

– Nu îl vreau, spuse ea cu glas îndurerat. Mereu ți-am spus asta. Nu vreau copii.

– Pe cei planificați, da, înțeleg. Dar acum s-a întâmplat. Nu poți să îl ignori. Este copilul nostru.

Avea lacrimi în ochi când o spuse și era șocat de expresia ei. Morgan era ca un animal încolțit și ar fi făcut orice pentru a supraviețui.

– Nu este un copil. Este o greșeală, un accident. În clipa asta este un nimic, spuse ea panicată.

– Prostii, o știi prea bine. De când ești însărcinată?

Părea la fel de năucit ca ea, doar că din motivul contrar. El dorea copilul, ea nu. Era dispus să lupte pentru supraviețuirea lui, ea voia să-l omoare. Avea să se transforme într-o luptă grea.

– Două luni, răspunse ea sec. Voi face avort, rosti cu privire oțelită.

– Când?

– În curând.

– Peste cadavrul meu! Sasha se ocupă?

Ochii îi scânteiau de furie.

– A refuzat, spuse Morgan sinceră.

– Cel puțin există o ființă umană normală pe-aici. Vreau să știi că, dacă faci avort, nu te voi ierta niciodată și s-a terminat între noi.

– Știu, spuse ea încet.

Dar nu se răzgândi. Nu voise să se întâmple asta. Nu voise ca el să afle, căci știa că se va termina așa, probabil pentru totdeauna. Știa că era adevărat când spusese că nu o va ierta niciodată. Era împotriva tuturor convingerilor lui și își dorea copilul lor, întotdeauna îl dorise. Apoi Max plecă din apartament trântind ușa, și nu petrecu noaptea cu ea. Lupta pe care o purtau din cauza sarcinii nedorite era începutul sfârșitului, oricum ar fi fost, oricine ar fi câștigat.

capitolul 20

Războiul pricinuit de fătul din pântecele lui Morgan dură săptămâni în șir. Max refuza să doarmă la apartament și îi spuse lui Morgan să nu vină la restaurant până nu se hotăra. În mintea lui nu era decât o singură decizie – să păstreze copilul. Nu exista altă opțiune pentru el.

Nu se mai văzură deloc, iar Morgan era sigură că își dorea avortul, dar încă nu făcuse o programare pentru că știa că atunci nu îl va mai revedea niciodată pe Max.

El o avertizase, și vorbea serios, iar ea îl credea. Îl iubea, însă nu și pe copilul lui. Iar pentru el era unul și același lucru - nu existau nuanțe de gri și nici un motiv întemeiat pentru a face avort. Era o decizie da sau nu, de a-l păstra sau a renunța la el. Nu putea să-l aibă și să-l trimită înapoi. Ba chiar o rugase să păstreze copilul și să îl lase pe el să-l crească, dar ea refuzase. I se părea ciudat. Nu avea să aducă un copil pe lume, apoi să renunțe la el. I se părea mai logic să pună capăt situației înainte de a se întâmpla și de a le distruge viețile, însă deja se întâmplase.

Morgan încercă să îi explice din nou ce simțea, dar el refuză să o asculte. Nu voia să audă decât că se răzgândise. Ea rămăsese la hotărârea ei, dar încă nu făcuse avort.

– Trebuie să faci ceva în curând, îi spuse Sasha, nevoind să o influențeze. Fie îl păstrezi, fie întrerupi sarcina. Te apropii de trei luni și după aceea nu vei mai putea face avort.

– Știu. Simt că-l pierd și pe el și copilul în același timp.

Sasha nu o contrazise. Max vorbise cu ea și era vehement, nu doar moral sau religios, ci pentru că o iubea pe Morgan și își dorise mereu să aibă un copil împreună. Și se gândi că era singura lui șansă - Morgan nu va mai permite să se întâmple asta vreodată. Sasha credea că el avea dreptate în privința asta. Era o traumă imensă pentru ea.

Trei săptămâni, Morgan stătuse în apartament sperând că Max se va răzgândi, dar el refuza să vorbească cu ea. Nu îi răspunse la nici unul din e-mailurile sau mesajele trimise, în care încercase să-i explice poziția ei.

– E un mare dobitoc, îi spuse ea Sashei.

– E de neînduplecat, fără îndoială. Cei mai mulți bărbați nu vor un copil. El vrea.

– Preferă să mă piardă pe mine mai degrabă decât copilul, adăugă Morgan.

Max sunase chiar și un avocat și se interesase cu privire la o hotărâre judecătorească, pentru a o opri, căci era și copilul său, dar era corpul ei, iar tribunalul respecta asta și refuza să se amestece. Era dreptul ei să aleagă. Max era foarte supărat și îi era dor de ea. Dar refuza să dea înapoi. Spusese clar că, dacă avorta, relația lor se încheia.

Între timp, Morgan devenise foarte emotivă și plângea tot timpul. Mai avea câteva zile pentru a se decide, iar Sasha se duse cu ea la doctor pentru a o susține când avea să ia hotărârea finală. Știind că îl va pierde pe Max dacă avorta, avea ezitări. Dar îl voia pe el, nu copilul.

Când merse la doctor, i se făcu o ecografie color și 3D și copilul era sănătos. Avea inima puternică și totul era perfect. Morgan plânse și mai tare după ce îl văzu și vorbi cu doctorița despre avort. Avea de gând să sune a doua zi să facă programarea, iar medicul nu încercă să o influențeze nicicum. O asigură că o putea programa a doua zi după-amiază, dacă aceasta era hotărârea ei.

Plânse întruna în drum spre casă. Era convinsă că bebelușul avea să-i distrugă viața. Își aminti de copilăria ei îngrozitoare, de mama ei beată și de tatăl iresponsabil, care o înșela. Viața nefericită pe care o duseseră până când muriseră de tineri și nu avuseseră nici o bucurie de pe urma copiilor lor, neoferindu-le nimic nici ei, nici fratelui ei. Nu voia să treacă printr-un asemenea coșmar, care era mult mai viu pentru ea decât bebelușul văzut la ecografia 3D.

Când ajunse la apartament, se duse la culcare, după ce vomită din nou. Se simțea rău tot timpul; Sasha credea că era din cauză că nu mânca și că era atât de supărată, ceea ce înrăutățea lucrurile. Trecuse prin multe în ultimele trei luni, după ce-și pierduse serviciul, iar acum rămăsese însărcinată fără să-și dorească.

Sasha pleca la muncă după ce o verifica. Morgan nu făcea decât să stea în pat plângând. Sasha și Alex discutară despre asta în seara aceea.

– Sincer, nu cred că ar trebui să păstreze copilul, îi spuse ea lui Alex. Este traumatizată. Cei care sunt atât de hotărâți să nu aibă copii nu ar trebui să îi aibă.

– Atunci de ce nu face avort?

– Nu vrea să-l piardă pe Max, și asta se va întâmpla dacă o face. S-a oferit să aibă grijă singur de copil dacă îl va aduce pe lume și i-l va da, dar ea refuză.

– Pare o nebunie, spuse Alex, părându-i rău pentru amândoi.

– Este. Pentru unii oameni, nu este atât de ușor să facă un copil. Pentru alții, este o obsesie. Sarcina poate provoca o mulțime de probleme. E nemaipomenit când e bine, simplu și fără complicații, dar nu întotdeauna se întâmplă altfel.

Aceasta era una dintre cele mai complicate situații pe care le văzuse vreodată. Morgan era atât de disperată, sfâșiată între cele două opțiuni, încât Sasha se temea să nu fie tentată să se sinucidă. Era îngrozită, oricum s-ar fi sfârșit. Sasha încercă să îl facă pe Max să înțeleagă acest lucru când trecu pe la restaurant pentru a bea o cafea cu el la începutul săptămânii, dar el nu voia să audă. Pentru el era simplu. Năștea copilul și rămâneau împreună sau avorta și se despărțeau.

– Nu este ușor, îi spuse ea.

– Pentru mine, da, zise Max și încheie conversația.

Termenul-limită pentru avort era următoarea zi de luni, iar în acel weekend Sasha și Alex mergeau în Atlanta, ca să-i cunoască pe părinții ei. Sasha nu era nerăbdătoare și ar fi preferat să rămână acasă să îi țină companie lui Morgan, dar nu putea anula. Nu mai aveau alt weekend liber decât peste două luni, iar nunta era peste trei, așa că zburară la Atlanta vineri seara. Tatăl ei îi invitase să stea cu el, dar voiau să aibă puțină intimitate, pentru a-și trage sufletul între întâlnirile cu părinții care se dușmăneau, așa că stăteau la un hotel.

În seara aceea, luară cina la un restaurant care îi plăcea mamei ei. Aceasta îl examină pe Alex, ca și când ar fi fost un teren pe care îl cumpăra și îi puse o mie de întrebări despre părinții lui și mai ales despre cabinetul de avocatură al mamei sale. Căutase informații despre ea pe internet și era impresionată, dar nu o recunoștea.

– Știi că nu cred în căsătorie, nu-i așa? îl întrebă ea pe Alex, iar acesta încuviință din cap.

Era puțin cam intimidat de ea și credea că era cea mai dură ființă umană pe care o întâlnise vreodată, bărbat sau femeie.

– Da, știu asta, doamnă Hartman, răspunse politicos.

– Muriel. 60% din căsătoriile de astăzi se încheie cu un divorț, iar statisticile sunt în creștere. De ce să te obosești? Pierzi proprietăți, venituri și plătești pensie alimentară. Este o investiție proastă. Ai pierde mai puțini bani jucând „21“ în Las Vegas. Măcar acolo ai o șansă dacă primești o mână bună. Chiar dacă ai parte de o mână bună în căsătorie, lucrurile iau o întorsătură proastă, mai devreme sau mai târziu. Unul sigur ajunge să înșele, dacă nu amândoi. Oamenii se îngrașă, îmbătrânesc sau devin plictisitori. Nu mai poți să stai de vorbă cu partenerul. Ajungi să îl urăști. Nu mai faci sex. Totul pare sexy și romantic la început, dar nu durează. Și când se întâmplă asta, îți dorești să nu fie așa. Urmați-mi sfatul – locuiți împreună, nu vă puneți banii laolaltă și nu îi irosiți pe nuntă sau vă veți arunca viața pe fereastră căsătorindu-vă. Credeți-mă, îmi veți mulțumi într-o zi pentru cel mai bun sfat pe care vi l-a dat cineva vreodată. Aud povești nefericite în fiecare zi.

– Poate pentru că poveștile bune nu ajung la urechile unui avocat de divorțuri, spuse Alex încăpățânat. Părinții mei au o relație trainică și sunt căsătoriți de 38 de ani.

– Este un accident. Ca în cazul gemenilor. Nu se întâmplă des. Și poate că nu știi povestea adevărată. Mulți părinți o ascund.

– Nu, cred că se iubesc cu adevărat.

Și de iubire adevărată își dorea să aibă parte și el cu Sasha. Muriel Hartman nu făcu decât să ridice din umeri și sublinie că nu credea în așa ceva. Era o femeie atrăgătoare fizic, într-un mod dur, dar avea cea mai rea și mai furioasă privire pe care Alex o văzuse vreodată și riduri adânci pe față.

Sasha încercă să plece de la restaurant cât mai repede posibil și sugeră să ia o gustare împreună duminică înainte de zbor. Însă mama ei juca golf cu două prietene judecătoare și nu putea să vină.

– Presupun că vă întâlniți cu tatăl tău și cu proasta aia de nevastă-sa mâine, spuse ea cu răceală.

– Da, așa e, răspunse Sasha cu dinții încleștați.

– Succes, adăugă ea sarcastic. Ne vedem la nuntă, i se adresă lui Alex, își îmbrățișă fiica cu stângăcie, fără pic de căldură, urcă în Jaguarul ei și dispăru.

Alex părea cât pe-aci să se prăbușească pe trotuar.

– E o femeie foarte dură, spuse el privind spre Sasha. Cum ai crescut cu ea?

– Nu era atât de rea atunci, înainte de divorț. Au fost nefericiți mult timp, dar în tăcere. Apoi el a părăsit-o, iar ea s-a transformat în vrăjitoarea din povestea *Vrăjitorul din Oz*. Între timp plecasem de acasă, slavă Domnului. Îl vorbea constant de rău pe tata după ce a părăsit-o. Cred că i-a rănit orgoliul. Dar după ce el a cunoscut-o pe Charlotte, femeia cu care este căsătorit acum, mama a luat-o razna. Nu l-a iertat niciodată că și-a refăcut viața și că este fericit cu altă femeie. Cu atât mai mult cu cât Charlotte este mai tânără și frumoasă. Mama este furioasă că tata are alți copii. Acum urăște pe toată lumea. Nu știu cum o suportă clienții. Trebuie să îl urăști rău de tot pe cel de care divorțezi ca să o angajezi pe ea.

Îi face praf. Sora mea insistă că era cumsecade cândva. Eu nu-mi amintesc. Se înțelege mai bine cu Valentina. Eu nu o mai scot la capăt cu ea. Sasha părea epuizată, și Alex o cuprinse pe după umeri. Este foarte diferită de părinții tăi, nu-i așa? Seamănă cu o familie de la o emisiune TV în comparație cu ai mei, care parcă ar fi desprinși dintr-un film de groază. Încerc să nu mai vin acasă. E pur și simplu prea greu. Iar Valentina îl urăște pe tata. Crede că a transformat-o pe mama în ceea ce este pentru că a părăsit-o și spune că soția lui este superficială. Este, dar îl iubește; e ceea ce-și dorește el și chiar e drăguță în felul ei. Nu suntem cele mai bune prietene, dar o plac. Tata a încercat să îngroape securea războiului cu mama, dar ea nu vrea.

Muriel Hartman era furioasă pe lume.

– Face ca lucrurile să fie foarte dificile, spuse Alex când se întoarseră la hotel.

Atlanta părea un oraș plăcut, dar nu avuseseră timp să-l exploreze și Sasha nu își dorea decât să plece cât mai repede. Nici măcar nu își sună vechii prieteni. Mama ei îi răpise și plăcerea asta.

A doua zi se întâlniră cu tatăl ei la club, pentru a lua prânzul. Steve Hartman era un bărbat chipeș și era greu să ți-l imaginezi cu Muriel chiar și pentru o zi, ca să nu mai spunem timp de 26 de ani, cât fuseseră căsătoriți înainte de a o părăsi. Nu era vreun intelectual sau vreun savant, dar era un om de afaceri inteligent, care se descurca foarte bine. Nu era atât de isteț sau abil ca mama Sashei, dar era o persoană blândă și prietenoasă, iar Alex îl plăcu.

După prânz merseră în Buckhead, zona rezidențială de lux din Atlanta, unde locuia tatăl Sashei. Aveau o casă enormă, care semăna mai degrabă cu o moșie, cu un teren de tenis și piscină de dimensiuni olimpice, iar aleea de la intrare era încadrată de copaci bătrâni și frumoși. Era construită în stil sudist. Pe gazon văzură o tânără încântătoare, desculță, care zâmbea și le făcu vioi cu mâna când se apropiară, și două fetițe frumoase. Steve părea extaziat când coborî din mașină, le aruncă în aer și își sărută soția. După ce Alex și Sasha coborâră din mașina închiriată, ea întrezări o problemă la orizont, una mare. Charlotte era însărcinată din nou, lucru pe care tatăl ei nu-l pomenise, iar Muriel avea să facă un mare scandal la nuntă, când avea să afle. Era încă o dovadă în plus a căsniciei lui fericite cu altcineva. Mama ei nu mai voise niciodată copii după gemene, iar tatăl ei își dorise întotdeauna să aibă mai mulți. Acum avea. Muriel nu-l iertase niciodată că își refăcuse viața fără ea și că era fericit.

– Felicitări, spuse Sasha după ce o îmbrățișă pe Charlotte, arătând spre burta ei rotundă de sub rochia drăguță de vară. E minunat.

– Da, așa e, spuse tatăl ei, privindu-și soția radios.

Ea avea 30 de ani, după cum îi spusese deja lui Alex, cu doi ani mai mică decât Sasha, ceea ce nu dăduse tocmai bine pentru nici unul dintre ei când se căsătoriseră, ea având 23 de ani, dar nu mai conta pentru Sasha. Valentina era de părere că era dezgustător, iar acum era în aceeași situație cu Bert, care era mai tânăr decât ea, deși nu cu atâția ani. Între tatăl ei și Charlotte era o diferență de aproape treizeci de ani. Și n-avea nici o importanță, dacă pentru ei funcționa?

– Când trebuie să naști? întrebă Sasha, rugându-se să fie înainte de nuntă.

– În august, spuse Charlotte cu accentul ei sudist, care o enerva întotdeauna pe Valentina.

Asta însemna că avea să fie însărcinată în șapte luni la nuntă – imaginea splendorii materne la brațul tatălui său. Sasha aproape că icni auzind-o.

– Vei putea să vii la New York, la nuntă? întrebă ea cu un zâmbet fals.

– Doctorul spune că pot să călătoresc până la opt luni. Fetele mele s-au născut amândouă cu întârziere.

Sasha încuviință din cap, cu inima strânsă. Încă un motiv de îngrijorare la nuntă. „Capelă a lui Elvis, venim", se gândi ea.

Stăteau lângă piscină, în timp ce o fată în uniformă le aduse limonadă, ceai cu gheață și fursecuri cu lămâie, iar Steve îi oferi lui Alex o băutură dulce cu mentă, numită Pimm's Cup, pe care o refuză, și bău doar limonadă, care era delicioasă. Fetițele înotau și stăteau de vorbă, apoi veni o bonă care le șterse cu prosopul după ce ieșiră din apă. Și mama ei avusese ajutor pentru ea și Valentina, în timp ce practica avocatura, dar bonele fuseseră întotdeauna alese la întâmplare – tinere din zonă, studente și fete din străinătate care lucrau ca *au pair*[1]. Bona lui Steve și a lui Charlotte era englezoaică și avea pregătire de specialitate; era extrem de politicoasă, ca și copilele care se cățărară pe Sasha numind-o sora mai mare, iar ea le tachină și le alergă pe gazon. Erau drăguțe și aveau o viață minunată. Mama lor nu muncea și nu o mai făcuse de când renunțase la cariera de top-model pentru a se căsători cu Steve, iar de atunci nu mai privise înapoi. Toată ziua mergea la cumpărături, își făcea manichiura, se ocupa puțin de proiecte caritabile și lua prânzul cu prietenele.

Steve îl întrebă pe Alex despre rezidențiat și vorbiră până la ora cinei, apoi luară masa devreme în foișorul de pe gazon. Plecară la 20.00, iar Sasha nu își dorea decât să se întoarcă la New York. Nu se compara cu weekendul petrecut cu părinții lui la Chicago, când chiar se distraseră. În familia lui Alex, aveau toți medicina în comun, iar mama lui era cea mai drăguță femeie pe care o întâlnise vreodată, căreia chiar părea să-i pese de felul în care se simțea Sasha.

---

[1] Termen francez care se referă la o persoană tânără care locuiește în condiții de egalitate cu o familie dintr-o țară străină. Ajută la îngrijirea copiilor și/sau treburi domestice și primește un salariu rezonabil. (n.red.)

– Mulțumesc că ai avut atâta răbdare. Părinții mei mă epuizează.

Își lăsă capul pe tetieră, extenuată, în timp ce se întorceau la hotel cu mașina.

– Tatăl tău este de treabă, spuse el sincer.

Aveau aceeași părere despre mama ei și vorbiseră despre asta cu o seară în urmă. Tatăl ei și Charlotte păreau desprinși dintr-un film sudist și nu păruseră niciodată reali. Nimeni nu era niciodată obosit, murdar, dezordonat, nimeni nu înjura, nu vorbea despre probleme sau despre lucrurile de care îi păsa ei. Totul rămânea foarte superficial.

– Mama va face apoplexie la nuntă, când va vedea că Charlotte e însărcinată din nou, deși ar fi trebuit să se obișnuiască până acum. Sunt divorțați de aproape opt ani. Cred că va fi furioasă până în ziua în care va muri și oricum nu ar fi vrut să mai fie căsătorită cu el. Amândoi erau nefericiți. Cred că a uitat.

– Poate orgoliul este de vină. Charlotte e mai tânără decât tine și e o fată foarte drăguță, ceea ce nu ajută deloc, spuse Alex obiectiv.

– Da, așa este.

Sasha oftă. Era prea târziu ca să prindă un avion în seara aceea, dar găsi un zbor a doua zi dimineață, mai devreme, și plecară de la hotel la 8.00, ajungând în New York la 13.00. Îi venea să pupe pământul.

– Ei bine, s-a terminat, spuse ea, urcând într-un taxi la aeroport. Nu mai trebuie să-i vedem până la nuntă. Nu dai înapoi? întrebă ea, iar Alex râse.

– Bineînțeles că nu. Doar să nu mă lași vreodată singur cu mama ta. Mă sperie de moarte.

– Nu-ți face griji, nu te voi lăsa. Promit. Nici tu să nu mă lași.

El fu de acord.

Merseră la apartament să își lase lucrurile și nu era nimeni acasă, nici măcar Morgan, care de-abia dacă ieșise în ultima vreme. Sasha spera că era un semn bun.

*

În momentul acela, Morgan stătea pe malul râului, gândindu-se la viața ei. Nu voia copilul, dar simțea că are o responsabilitate față de el. Nu era vina lui că rămăsese însărcinată. Luase o hotărâre. Îl va păstra. Dar se despărțea de Max. Faptul că voise să o părăsească dacă nu aducea pe lume copilul îi spusese ce avea nevoie să știe. Nu voia să fie dorită pentru copilul lor. Iar dacă nu era dispus să-i rămână alături, oricare ar fi fost decizia, nu o iubea cu adevărat. Max va primi dreptul la vizite, ba chiar copilul putea să fie sub tutela amândurora, dacă dorea, dar nu o putea avea pe ea. Stricase totul.

Îi scrisese o scrisoare și i-o pusese la poștă. Nu se mai întorcea la restaurant și nu voia să-l mai vadă. Se terminase și avea să îl anunțe când se va naște copilul, în octombrie, pentru că asta era tot ce îl interesa. Apoi merse singură la o plimbare lungă.

capitolul 21

Morgan rămase la decizia pe care o luase în legătură cu Max și copilul. El scoase un geamăt când primi scrisoarea la restaurant și încercă să o sune, dar ea nu voia să-i răspundă. Îi lăsase hainele la restaurant. Nu mai vorbiseră de patru săptămâni, de la ultimatumul lui, iar acum situația se schimbase. Morgan nu voia să discute cu el. Max se simțea neajutorat, căci nu putea să ia legătura cu ea. Închisese ușa și intenționa să o lase închisă. În cele din urmă, Max o sună disperat pe Sasha.

– Trebuie să stați de vorbă, spuse Sasha calmă.

– Crede că nu o iubesc, că iubesc doar copilul.

Amenințarea lui că o va părăsi dacă va face avort o supărase prea tare.

– Vreau copilul pentru că o iubesc, nu în locul ei.

– Este foarte emotivă acum, îi explică Sasha.

– Nu vrea să mă vadă.

– Nici tu nu ai vrut s-o vezi patru săptămâni.

– Voiam să o presez să îl păstreze. Nu încercam să mă despart de ea.

– Ai spus că nu te vei mai vedea cu ea niciodată dacă face avort. Acum îl păstrează și nu vrea să te vadă ea pe tine.

– Ce pot să fac, Sash? E un dezastru.

– Știu. Poate să ai răbdare.

– Vreau să fiu cu ea și să o ajut. Este copilul nostru și o iubesc.

– Cred că toată mizeria cu slujba ei, iar acum asta i-a pus capac, spuse Sasha cu tristețe.

La apartament, Morgan era foarte tăcută; dormea mult și făcea plimbări lungi în fiecare zi. Fizic se simțea mai bine, dar Sasha își dădea seama că era deprimată. Era foarte tăcută la mesele de duminică seara, pe care le gătea Oliver acum. Era ciudat fără Abby și Max.

Morgan decise să le spună celorlalți despre copil mai târziu, când se va vedea sarcina. Nu era fericită și nu voia să se prefacă. Singurul căruia îi spusese era fratele ei, iar Oliver și Greg fură încântați și promiseră să nu spună nimănui. Morgan nu avea chef să sărbătorească. Era în doliu după viața ei, după Max și după cariera pierdută. Sunase o firmă de recrutări pentru o slujbă pe termen scurt, de patru sau cinci luni, dar nu se ivise nimic încă.

Puse un avocat să-l contacteze pe Max cu privire la o înțelegere legată de dreptul de vizitare și oferta de a negocia o posibilă tutelă comună. Max crezuse că Morgan glumea când pomenise despre asta în scrisoare. Aproape că îl omora faptul că lua legătura cu el prin intermediul unui avocat. Nu se juca. În scrisoare spunea că nu știa ce sex are copilul, nici nu voia să afle și că îi va spune după ce se va naște acesta. Lacrimile i se rostogoleau pe obraji în timp ce citea. Morgan ieșise din viața lui, chiar dacă avea să fie mama copilului său.

Max vorbi și cu Oliver, care spuse că sora lui era cea mai încăpățânată femeie pe care o cunoscuse vreodată. Oliver îi zise că era extrem de supărată și afirmase foarte apăsat că nu voia să stea de vorbă cu Max. Nu putea decât să aștepte până la nașterea copilului, să vadă dacă se va îndupleca atunci, dar mai erau cinci luni, o eternitate pentru el. Nici măcar nu se putea concentra la muncă, îi sărea țandăra cu angajații și, ori de câte ori gătea, ardea mâncarea. Era obsedat de Morgan și de bebeluș. Încă avea cheia de la apartament, dar nu îndrăznea să o folosească pentru a o vedea. Probabil că ar fi sunat la poliție și ar fi cerut să fie arestat. Max știa acum că era capabilă de așa ceva. Din punctul ei de vedere, Morgan considera că nu mai era cale de întors. Relația ei cu Max se încheiase, iar el primise mesajul clar și răspicat.

Mostrele de pantofi ale lui Claire sosiră din Italia în prima săptămână din aprilie și erau superbe. Țipă de bucurie când le văzu și dansă prin cameră împreună cu mama ei, râzând. Sosiseră exact la timp pentru expoziția comercială din Las Vegas. Claire angajase pe cineva, care să meargă cu ele și să lucreze o vreme în New York, după ce se întorceau, iar colegele ei de apartament aveau răbdare cu numeroasele cutii și mostre care soseau la apartament. Cu permisiunea Sashei și a lui Morgan, Claire transformase dormitorul lui Abby în depozit și dormea în camera ei împreună cu mama sa. În living erau alte cutii. Angajase pe cineva care să probeze pantofii într-o după-amiază, pentru a-i testa. Acea persoană spuse că erau nemaipomeniți și că tocurile erau așezate într-un unghi potrivit. Claire era entuziasmată peste măsură când se îmbarcară în avion spre Las Vegas.

Stătură la MGM Grand și petrecu cea mai mare parte a zilei la centrul pentru convenții, cu mama sa și Claudia, noua angajată. Își așezară mostrele frumos și câţiva comercianţi veniră şi se uitară la ele, printre care achizitori de la câteva lanţuri mari de magazine universale. Îi puseră întrebări despre stil, disponibilitate şi preţ, capacitate de livrare şi cantitate, care era o problemă pentru magazinele mari. Claire putea acoperi comenzile pentru un magazin, dar nu pentru zece filiale, până când începeau să producă pe o scară mai largă, iar acesta era doar primul sezon. Însă reacţia la modelele lor era pozitivă din partea tuturor. Reprezentanţilor departamentelor de achiziţii le plăcea marfa.

A doua zi, Claire avu cea mai mare satisfacţie. Îl văzu pe Walter în cealaltă parte a încăperii, iar el se apropie de ele, încercând să fie nonşalant, în timp ce se holba la pantofii de pe masă. Claire aproape că râse şi li-l arătă Claudiei şi mamei sale. Apoi el veni drept spre ea.

– Ai cui sunt pantofii pe care-i vinzi acum? întrebă el pe un ton arţăgos, iar ea îi zâmbi, arătând spre sigla lor, cu logoul pe care îl concepuse chiar ea.

Scria clar Claire Kelly Designs, şi Walter aproape că rămase cu gura căscată.

– Unde i-ai făcut? o interogă el, şocat.

– În Italia, fu singura informaţie pe care i-o dădu, apoi se întoarse spre un achizitor care venise a doua oară, de data asta pentru a face o comandă.

Şi, un minut mai târziu, Walter dispăru. La sfârşitul târgului aveau comenzi considerabile, îndeajuns cât să-şi lanseze afacerea şi să reziste de-a lungul unui sezon. Claire şi mama ei erau radioase şi bătură palma una cu cealaltă şi cu tânăra angajată. Le fusese de mare folos în timpul târgului, iar Claire decise să o păstreze. Târgul fusese o experienţă minunată. Claire Kelly Designs se lansase pe piaţă, iar în toamnă avea să fie în unele din cele mai bune magazine universale din ţară.

– Mulţumesc, mamă, spuse Claire, în timp ce strângeau. Nu îţi voi putea mulţumi niciodată îndeajuns.

Sarah nu făcu decât să zâmbească și o strânse în brațe. De aceea venise la New York. Și îi plăcea enorm că înființaseră împreună o firmă, la fel și lui Claire. Știa că îi va fi recunoscătoare pentru totdeauna mamei sale pentru oportunitatea pe care i-o oferise.

La începutul lui mai, Morgan era însărcinată în patru luni și nu se mai putea ascunde. Încă nu îi spusese lui Claire și nimănui altcuiva. Doar Sasha știa, fratele ei și partenerul acestuia. Era stânjenită că va afla mama lui Claire. Toată lumea știa că ea și Max se despărțiseră, dar refuza să discute detaliile sau să spună de ce. Nu mai vorbise cu Max de două luni. Până la urmă, el nu mai putu suporta și într-o dimineață se așeză pe treptele din fața clădirii, așteptând ca ea să iasă. Știa că va apărea mai devreme sau mai târziu. Morgan cobori la o oră după ce el ajunse acolo, pentru a se duce la cursurile de Pilates pentru femei însărcinate. Arăta bine, era în formă și nu se îngrășase decât foarte puțin – doar la față era un pic mai împlinită.

Se sperie când îl văzu și încercă să se întoarcă în clădire, dar el o opri.

– Morgan, este o nebunie. Vorbește cu mine, o imploră el.

Arăta ca un nebun cum stătea acolo. Nu se gândise la nimic și la nimeni altcineva timp de două luni.

– De ce? Nu mai avem ce să ne spunem. S-a terminat, zise ea pe un ton glacial.

– Nu, de-abia începe, spuse el arătând spre burta ei. Nu trebuie să fie așa. Nu voiam să faci avort pentru că te iubesc și îmi doream copilul nostru.

– Nu, nu m-ai iubit. Mi-ai spus că mă vei părăsi dacă nu-l păstrez. Voiai un copil. Poți să-l vizitezi după ce se naște. Pe mine lasă-mă în pace. Era categorică, furioasă și extrem de rănită. Nu ai avut nici un pic de respect pentru ceea ce îmi doream eu sau pentru dreptul meu de a lua hotărârea.

– Eram supărat. Nu te-aş fi părăsit.

Părea să aibă mari mustrări de conştiinţă.

– Nu ai vorbit cu mine trei săptămâni când aveam nevoie de susţinerea ta și m-ai amenințat că mă vei abandona.

– Am greşit. Apoi o întrebă ce se întrebase şi el timp de o lună: De ce l-ai păstrat?

– Mi-am dat seama că nu e bine să procedez altfel. A fost greşeala noastră, nu a copilului. Am decis să îmi asum responsabilitatea.

– Măcar eşti fericită câtuşi de puţin? întrebă el cu tristeţe.

– Nu, răspunse ea sincer. Nu îl minţise niciodată. De ce aş fi? Te-am vrut pe tine, nu copilul. Nu am avut niciodată îndoieli în privinţa asta. Acum te-am pierdut şi am rămas cu un copil pe care nu l-am dorit.

Dar avea să facă ce trebuie. Aşa era ea. Nu era vina copilului. Era a lor.

– Nu m-ai pierdut, spuse el nefericit. Nu poţi să mă pierzi, chiar dacă nu mă mai vrei.

Ea nu răspunse, şi Max văzu că ochii i se umplură de lacrimi şi se întoarse, iar el o cuprinse în braţe.

– Îmi pare rău că am stricat lucrurile.

Îşi dădu seama în clipa aceea că ar fi trebuit probabil să o lase să facă avortul. Morgan îi spusese întotdeauna că nu voia copii şi nu se răzgândise, nici măcar după ce rămăsese însărcinată.

– Îmi pare rău. A fost o greşeală îngrozitoare. Cum pot îndrepta lucrurile? o întrebă el, evident disperat.

– Nu poţi. S-a terminat între noi. Ne-am ales cu un copil pe care nu-l doream nici unul şi care nu ar fi trebuit să fie conceput.

– Presupun că mulţi copii trec prin situaţia asta iniţial, dar părinţii ajung să îi iubească mai târziu.

– Poate, spuse ea, dar nu era cazul ei și nu se aștepta să i se întâmple.

Își va face datoria, dar nimeni nu o putea forța să-și dorească bebelușul. Max încercase, iar situația se întorsese împotriva lui. Dar Morgan luase singură hotărârea de a-l păstra. Nu îl putea învinovăți pentru asta și o știa.

– Mulțumesc că ai trecut pe aici, spuse ea și încercă să-l ocolească, coborând treptele, dar el nu vru să o lase.

Părea la fel de încăpățânat ca ea.

– Nu plec până când nu ești de acord ca măcar să încerci să faci lucrurile să funcționeze între noi. Hai să ne mai dăm o șansă. Dacă mă urăști, voi pleca.

– Nu te urăsc, spuse ea, obosită și dezamăgită. Nu mai știu ce simt.

– Este un început, spuse el, nelăsând-o să plece. Te rog, Morgan, te rog, dă-mi încă o șansă.

Ea nu răspunse. Nu făcu decât să îl privească țintă, apoi simți o crampă stranie în adâncul pântecului și se cutremură.

– Ce-a fost asta?

Max văzuse.

– Nimic, minți ea, apoi simți încă o crampă.

Până atunci nu mai simțise așa ceva. Semăna cu niște dureri menstruale puternice.

– S-a întâmplat ceva? Spune-mi adevărul.

O ținu, iar ea tresări din nou și se îndoi de mijloc.

– Nu știu. Dintr-odată, am niște crampe foarte puternice.

– De la mâncare sau de la copil?

– Poate de la copil.

Se întoarse să o apuce din nou pe scări, iar el o urmă, îngrijorat că o supărase. Urcară, și Morgan se duse la baie în apartament, iar când ieși era pământie.

– Sângerez, spuse ea speriată.

– Hai să mergem la spital. Nu plec.

Nu voia să plece și nu îl contrazise. Se gândea că s-ar putea să piardă sarcina, ceea ce ar fi fost o soluție simplă la problemelor lor, dar brusc nu își mai dorea asta.

Coborâră împreună scările și ieșiră în stradă, iar Morgan se opri de două ori, căci o cuprinseră iarăși crampele și simțea umezeală. Max opri un taxi, o ajută să urce și o ținu de mână până la spital. Morgan o sună pe Sasha din mașină. Era de gardă și îi spuse unde să meargă, adăugând că va veni să o vadă.

Când ajunseră la spital, Sasha îi aștepta și o duse într-o sală de consultații, întrebând dacă voia să o consulte altcineva, dar Morgan prefera să o facă ea. Avea încredere în Sasha mai mult decât în oricine altcineva, și în timp ce Sasha o consultă cu blândețe, începu să plângă.

– Se întâmplă asta pentru că nu l-am dorit, spuse ea încet. Mă pedepsește Dumnezeu.

– Nu, nu-i așa. Se mai întâmplă lucruri de genul ăsta. Sasha vedea că sângera, dar nu abundent. Hai să facem o ecografie să vedem ce se întâmplă, spuse ea scoțându-și mănușa, în timp ce Morgan nu se putea opri din plâns.

Simțea copilul mișcându-se – începuse cu doar câteva zile în urmă – și era ciudat, ca și când ar fi avut fluturi în stomac.

Sasha o așeză într-un scaun cu rotile și o împinse de-a lungul holului, iar Max le urmă îngrijorat.

– Ce se întâmplă? întrebă el.

– Nu știm încă, răspunse Sasha.

O duseră imediat să facă ecografia, în timp ce Max așteptă afară. Tehnicianul mișcă aparatul pe abdomenul tare al lui Morgan. Vedeau copilul pe ecran; se mișca și părea liniștit, apoi începu să-și sugă degetul mare. Tehnicianul spuse că părea a fi un cheag, dar unul mic.

– Se mai întâmplă uneori, explică Sasha. Poate cauza sângerare. Probabil se va resorbi de la sine. Este posibil să îl fi lovit copilul.

– E din cauza mea? Am făcut Pilates în fiecare zi ca să rămân în formă, spuse Morgan simțindu-se vinovată.

– Ar trebui să te oprești o săptămână sau două și să te odihnești, pentru a lăsa cheagul să se dizolve. Nu-i va face rău copilului.

Morgan închise ochii, apoi începu să suspine.

– Am crezut că l-am omorât pentru că nu-l doream.

– Acum cum te simți? o întrebă Sasha cu blândețe.

– Speriată. Dar nu vreau să-l pierd.

Sasha încuviință, zâmbind.

– Sună bine. Vrei să-l vezi pe Max? întrebă ea prudentă.

Fusese mirată să-i vadă împreună. Morgan încuviință, iar Sasha merse după el. Îi arătară imaginile pe ecranul 3D, mai mare și mai luminos, ca să vadă mai bine. Copilul încă își sugea degetul mare când intră Max. Se uită la ecran și izbucni în lacrimi aplecându-se să o sărute pe Morgan.

– Te iubesc mult. Îmi pare rău că am fost dobitoc.

– Și eu, spuse ea zâmbindu-i printre lacrimi. Nu vreau să pierd copilul.

Se simțea ca și când ar fi trebuit să le spună tuturor, ca să nu se întâmple. Ceea ce nu era exclus, dar Sasha nu păruse îngrijorată.

– Vreți să știți ce sex are? îi întrebă ea pe amândoi, iar ei încuviințară la unison și râseră, ținându-se de mână.

Max nu mai văzuse ceva mai frumos în viața lui în afară de femeia pe care o iubea și de copilul din pântecul ei. Și, în timp ce priveau, Sasha le arătă un punct de pe ecran și zâmbi.

– Este băiat.

Max zâmbi larg și o sărută din nou pe Morgan, iar ea îi zâmbi tandru. Păreau doi părinți fericiți, nu doi oameni care se despărțiseră și nu-și mai vorbiseră de două luni. Sasha era încântată și ea pentru ei.

Apoi Morgan se îmbrăcă, iar Sasha spuse că putea merge acasă și ar trebui să stea liniștită o săptămână sau două.

– Nu mai face Pilates două săptămâni. Și nici sex de împăcare 14 zile, vă rog.

Le dădu două copii cu fotografia copilului și plecară uluiți, după ce îi mulțumiră Sashei.

În câteva ore, totul se schimbase la 180 de grade. Max se întorsese în viața ei, iar ea făcuse pace cu durerea și despărțirea temporară prin care trecuseră. Petrecură restul zilei împreună la apartament, relaxându-se, apoi el se gândi la ceva.

– Vrei să te întorci la restaurant? Registrele contabile sunt un dezastru de când ai plecat.

Zâmbea larg și o cuprinse cu brațul, iar ea râse.

– Asta voiai, de fapt? îl tachină ea.

– Da, copilul nu este decât o atracție secundară. Am nevoie să mă ajuți cu statele de plată și mărunțișul.

Iar râseră și se sărutară. Lucrurile păreau să se însenineze, apoi Morgan se desprinse de el cu o expresie serioasă.

– Dar să știi că nu mă căsătoresc cu tine. Asta strică totul. Putem să păstrăm copilul, dar nu vreau să mă căsătoresc.

– Ești o femeie foarte dificilă, spuse el cu căldură. Putem să locuim împreună?

– Da. Dar fără să ne căsătorim. Ar strica tot romantismul din relația noastră.

Pentru ea, căsătoria era un coșmar, ca aceea a părinților ei.

– Ești nebună, dar te iubesc. După cel de-al zecelea copil, ne putem căsători? Îmi plac familiile irlandeze numeroase.

– Bine, dar mă mai gândesc numai după al zecelea.

În timp ce glumeau, Morgan își dădu seama că vor trebui să se mute. Nu mai puteau să locuiască la mansardă cu copilul. Astfel, la apartament va rămâne doar Claire. Morgan intenționase să stea acolo singură cu copilul și cu Claire. Aveau loc acum, fără Abby și după ce Sasha avea să plece în iunie. Dar Max și copilul erau prea mult pentru Claire și nu părea corect față de ea. Și, fiind un cuplu cu un copil, aveau nevoie de propria casă.

Claire și mama ei se întoarseră de la întrevederea de la Bergdorf puțin mai târziu, părând încântate. Claire fu surprinsă să îl vadă pe Max acolo, la fel cum fusese și Sasha când îi văzuse împreună mai devreme.

– Vom avea un copil, spuse Morgan pe nepusă masă, zâmbind larg.

Deodată devenea realitate.

– Un băiețel, adăugă Max.

– Dar nu ne căsătorim, spuse Morgan zâmbind.

– Ar ucide romantismul relației, făcu el, imitând-o pe Morgan și râseră cu toții.

– Felicitări! spuse Claire uimită. Când trebuie să se nască?

– În octombrie.

Claire înțelese restul. Vor trebui să se mute, iar ea și mama sa vor rămâne singure în mansardă. Putea conduce afacerea de aici. Acum își putea permite să plătească singură chiria, însă avea să-i fie dor de prietenele ei și era șocant și trist cât de rapid se schimbaseră lucrurile. Poate că Abby se va întoarce peste un an, așa cum spusese, dar nu conta nici pe asta. Și, odată cu sosirea verii, va locui singură în mansardă, cu mama ei.

capitolul 22

Pe măsură ce luna mai înainta, Prunella o scotea pe Sasha din minți. Invitațiile fuseseră trimise, gravate de Cartier. Erau foarte simple și elegante. Aleseseră meniul, aveau să bea un pahar de vin la apartament și încercaseră cinci torturi de nuntă de la trei cofetari specializați în astfel de evenimente. Iar Max oferea vinul și șampania ca dar de nuntă.

Prunella recomandase un fotograf și un cameraman, insistând că aveau nevoie de ei. Alesese fețe de masă din dantelă și șervețele de pânză, la solicitarea Sashei și avea propriul set de sfeșnice, iar firma de catering aducea paharele de cristal, argintăria și porțelanurile. Vizitaseră apartamentul de lux de pe 5th Avenue, unde țineau petrecerea, și descoperiseră o bisericuță în apropiere, unde puteau oficia nunta la ora 18.00. Evenimentul serii trebuia să înceapă la 20.00. Sasha reuși să ia toate deciziile în puținul ei timp liber de la spital. Nici ea, nici Alex nu mai avuseseră vreun weekend liber de când fuseseră în Atlanta, în martie.

Sasha își găsi rochia absolut accidental, într-o revistă pe care o citea în camera de relaxare a medicilor. Era o rochie simplă de satin, albă, cu o jachetă de dantelă pe deasupra, pe care și-o putea scoate la petrecere și cu un voal tot din dantelă. Jacheta avea o trenă lungă și frumoasă. Nu avusese timp să o probeze, așa că merse Valentina la probă în locul ei, iar Sasha se îndrăgosti când o văzu într-o poză pe telefon, pe care i-o trimisese sora ei, deși Valentinei i se păru banală.

– De ce nu-ți iei ceva sexy, cu un decolteu și fără spate?

Rochia era perfectă pentru Sasha. Rochiile domnișoarelor de onoare erau de un bej cald, simple, fără bretele, iar Valentina spuse că ar fi arătat mai bine dacă ar fi fost roșii. Totul era cu bun-gust și simplu. Buchetele domnișoarelor de onoare aveau să fie făcute din mici orhidee bej, iar al Sashei din lăcrămioare. Se gândise ca surorilor sale vitrege să presare petale de flori în drum spre altar, dar ar fi iscat un scandal cu mama ei și nu merita.

Bărbații aveau să poarte costum, iar Alex se îmbrăca în frac, cu cravată albă. Iar Helen Scott îi spusese că va purta bleumarin. Muriel nu se hotărâse, dar văzuse o rochie verde-smarald care îi plăcea, sau poate una aurie.

În mod uimitor, totul decurgea conform programului, iar Prunella se dovedise la fel de organizată și de eficientă pe cât i se spusese lui Oliver. Sasha nu o putea suporta, dar, trebuia să recunoască, făcea o treabă minunată. Chiar și așa, Sasha era agitată din cauza tuturor detaliilor care trebuiau să fie perfecte în ziua cea mare. Erau atâtea lucruri care ar fi putut merge prost. Helen se tot oferea să o ajute, dar Prunella părea că deține controlul.

Cu o lună înainte de nuntă, colegele de apartament ale Sashei plănuiră o cină a burlăcițelor pentru ea. Nu își putu lua liber tot weekendul, dar o cină suna distractiv. Abby promisese să vină din Los Angeles, și era invitată și mama lui Claire. Mergeau la Soho House. Sasha avea chiar o rochie pentru acest eveniment, și încă una, neagră, scurtă și sexy, pentru cina pe care o dădeau părinții lui Alex cu o seară înainte de nuntă, la Metropolitan Club, unde erau membri, prin clubul pereche din Chicago.

Părul Sashei redevenea blond, deși era încă scurt. Ca să poată scăpa de nuanța șatenă, avea să se tundă înainte de nuntă o coafeză pe care i-o recomandase Valentina. Alex lua și el parte la cina burlacilor în aceeași seară ca ea, într-un salon privat, la un club de noapte din centru.

Cina burlăcițelor fu extraordinară. Abby stătea în apartament cu ele. Claire dăduse la o parte cutiile de pantofi de pe pat. Abby le mărturisi în timpul mesei că se vedea cu Josh și că îi îndrăgea pe băieții acestuia. Morgan vorbi despre bebeluș. Ea și Max căutau deja un apartament și voiau să se mute în vara aceea, înainte de a deveni imensă. Sasha și Alex nu își găsiseră casă, dar căutau și ei. Nu voiau decât ceva pe termen scurt.

Sasha intenţiona să se transfere cu rezidenţiatul la Universitatea din Chicago, după ce Alex îl termina pe al lui. Le surâdea amândurora să îşi deschidă cabinet în oraşul lui natal. Sashei îi plăcea ideea foarte mult, în plus, aveau să locuiască aproape de fratele şi de părinţii lui.

Toată lumea discuta despre planurile sale, despre nuntă, despre copil şi despre filmul lui Abby. Erau foarte multe de povestit.

Erau toate relaxate şi fericite când se întoarseră la apartament, iar Claire o privi cu tristeţe pe mama ei.

– Cred că vom rămâne doar noi două aici, mamă. Toată lumea se mută.

Încă se întrista când se gândea la asta. Mama ei nu spuse nimic un minut, iar celelalte se duseră la culcare, după multă şampanie. Doar Morgan nu băuse, dar se băgase şi ea în pat. La 2.00 dimineaţa, Sarah o luă pe Claire de mână cu o expresie uşor sfioasă, în timp ce se aşezară pe canapea.

– Şi eu am nişte planuri. Nu mai ai nevoie de mine aici. Afacerea prinde aripi. O ai pe Claudia să te ajute şi este foarte bună. Ştii cum să conduci afacerea aceasta fără mine. Am fost implicată doar de dragul distracţiei şi al experienţei şi pentru a te susţine la început. O voi face în continuare, dar cred că este timpul să mă întorc acasă.

– În San Francisco? Claire părea uluită. Credeam că îţi place aici.

– Îmi place. Au fost cinci luni fantastice. A fost cel mai bun lucru care mi s-a întâmplat vreodată, în afară de naşterea ta. Am stat de vorbă cu tatăl tău. Se străduieşte. S-a lăsat de băut acum două luni şi vrea să începem să călătorim şi să facem lucruri împreună. Poate că nu e perfect, dar îl iubesc şi am vrea amândoi să încercăm, să vedem cum merge.

Claire părea fericită şi tristă totodată. Îi plăcuse foarte mult să o aibă pe mama ei alături. Umpluse un gol imens și îi dăduse oportunitatea pe care altfel nu ar fi avut-o niciodată. Îi era veșnic recunoscătoare. Acum avea să locuiască singură în mansardă. Deodată se simțea mult prea matură.

– Când pleci?

Claire părea tristă. Mama ei o îmbrățișă.

– Mă gândeam că peste o lună, după nuntă, ar fi un moment potrivit.

Claire încuviință din cap. Trebuia să se gândească la multe lucruri, dar vedea că mama ei considera că era ceea ce trebuia să facă. Și i se luminară ochii când vorbi despre faptul că va face lucruri cu Jim. Claire știu că nu se putea agăța de mama ei pentru totdeauna. Ultimele cinci luni fuseseră un răgaz minunat, în care își revenise după loviturile pe care le primise.

– Știi, trebuie să te gândești și tu un pic mai mult să ieși în oraș, îi sugeră mama ei.

Știau amândouă la ce se referea, dar Claire spunea întotdeauna că nu era pregătită. Trecuseră șase luni de când George o părăsise. Nu își revenise încă. Mama ei era de părere că ar trebui să încerce. Claire nu voia decât să muncească, ceea ce făcuse și înainte să-l cunoască pe George, iar acum chiar mai mult. Dar dacă tatăl ei se putea schimba, Claire se întreba dacă nu putea face și ea același lucru. Era un gând.

Se duseră la culcare în seara aceea, în patul pe care îl împărțiseră, iar Claire se întristă gândindu-se că mama ei va pleca. Se întoarse spre ea în întuneric și văzu că Sarah era trează.

– O să-mi fie dor de tine, mamă, spuse ea încet. Îți mulțumesc pentru tot ce ai făcut. Nu aș fi reușit fără tine. Totul mergea prost, iar apoi tu ai îndreptat lucrurile cu cel mai mare dar din viața mea.

– Pentru asta sunt mamele, răspunse Sarah, își sărută fiica pe obraz și adormiră ținându-se de mână.

Era ca și când ar fi fost copil din nou și se simțea în siguranță.

capitolul 23

În ziua cinei de dinaintea nunții, Sasha și domnișoarele sale de onoare merseră să-și facă manichiura și pedichiura într-un loc recomandat de Valentina. Cu o zi înainte, Sasha se tunsese într-un stil bob elegant pentru nuntă, și avea tot părul blond acum. De-abia aștepta să poarte noua rochie neagră scurtă și sexy în seara aceea. Fetele râdeau și vorbeau la salonul de manichiură când sună tatăl ei. Sosiseră din Atlanta în dimineața aceea, cu copiii și bona. Muriel trebuia să ajungă după-amiază, iar familia Scott ajunsese cu o seară înainte. Alex și Sasha trecuseră pe la hotel să îi îmbrățișeze. Stăteau la Plaza, iar Ben ieși cu ei după aceea și stătuseră până foarte târziu, dar se distraseră.

– Ce s-a întâmplat, tată? îl întrebă Sasha când îi văzu numele pe ecran.

Nu mai era de gardă și intrase oficial în concediu cu o zi înainte. Avea două săptămâni libere pentru luna de miere pe care urmau să o petreacă la Paris. Nu se putea gândi la nimic mai romantic decât Parisul în iunie, cu Alex.

– Avem o mică problemă, îi spuse el, cu o voce aparent calmă.

– Ce s-a întâmplat? întrebă Sasha, îngrijorată.

– Charlotte are contracții, unele puternice, și nu e decât în șapte luni. Nu ar trebui să se întâmple. Crede că a intrat în travaliu.

– Și-a sunat doctorul? întrebă Sasha.

– Da, dar nu o poate consulta la telefon. Crede că ar trebui să o vadă cineva. Ca să fiu sincer, și eu. Durerile sunt destul de puternice și survin la cinci minute.

– Vrei să îți recomand pe cineva?

Sasha se transformase subit din fiică în doctor.

– Vrei să o consulți tu?

– Charlotte dorește asta? întrebă Sasha sincer.

– Da, vrea. Amândoi vrem. Ești ocupată?

Sasha era uluită.

„Eu? Mă căsătoresc mâine? Cu o cină care are loc în seara asta, înaintea unei nunți pentru o sută de oameni? Bineînțeles că nu. Stăteam degeaba, mâncând bomboane și așteptam să suni."

– E în regulă, ne putem întâlni la spital în douăzeci de minute, își reveni ea.

I se uscaseră unghiile și purta sandale, așa că nu își strica oja de pe unghiile de la picioare, care era de un roz pal și se numea Ballerina de la Channel. Le spuse celorlalte că trebuia să plece, iar ele o implorară să rămână. Se întorceau la apartament să bea șampanie.

– Charlotte are o problemă. I-am promis tatălui meu că mă duc să o văd, zise Sasha pe un ton serios.

– Este însărcinată? întrebă Morgan, surprinsă.

– În șapte luni.

Claire își dădu ochii peste cap.

– Mama ta va muri de plăcere.

– Întotdeauna, spuse Sasha, fiind de acord cu ea și plecă de la salonul de manichiură să găsească un taxi.

Purta pantaloni scurți și tricou. Ajunse la spital în zece minute și își puse uniforma medicală. Tatăl ei și Charlotte erau exact în spatele ei. Ea stătea pe un scaun cu rotile, încovoiată de durere. Arăta ca o femeie în travaliu. La șapte luni, nu era bine.

Sasha îi duse într-o sală de consultații din Secția de travaliu și nașteri și le spuse asistentelor că era acolo.

– Nu trebuia să te căsătorești? o întrebă una dintre ele.

– De-abia mâine. Mă plictiseam acasă. Nu e nimic interesant la televizor, spuse ea și merse lângă tatălui ei și soția acestuia.

Charlotte plângea și era speriată.

– Fetele s-au născut prematur? o întrebă Sasha calm.

– Nu, mai târziu decât era termenul, răspunse ea, săgetată de o nouă contracție.

– Ce ai făcut astăzi? Ai ridicat ceva greu? Valiza? Copiii?

– Nu... Ei bine... Oarecum. Am ridicat-o pe Lizzy puțin, dar am mai făcut asta. Și e destul de ușoară.

Sasha încuviință din cap. În mod normal, nu ar fi trebuit să pățească nimic, decât dacă avea o predispoziție pentru travaliu înainte de termen, ceea ce nu era cazul, și era tânără.

– Ați făcut sex? Ceva de genul? întrebă ea, prefăcându-se că nu era vorba despre tatăl ei, iar el păru rușinat, iar Charlotte chicoti.

„O, Dumnezeule!"

– Să fie din cauza asta?

Charlotte păru brusc vinovată, iar tatăl Sashei își drese glasul.

– Ar putea. Orgasmele pot declanșa travaliul. Hai să verificăm.

Le zâmbi relaxată amândurora, așa cum ar fi făcut cu oricare pacientă, și Steve stătu lângă soția sa cât timp ce Sasha o examină. Sângera puțin, dar apa nu se rupsese și colul era închis, așa că nu se întâmplase încă nimic grav. Le spuse ce descoperise și fură amândoi ușurați.

– Însă nu ai scăpat încă. Contracțiile vor pune lucrurile în mișcare dacă nu le oprim. Dacă nu te deranjează, aș vrea să îți fac o injecție să văd dacă va opri contracțiile. Și vreau să stai la pat câteva zile.

– Dar voi rata nunta, spuse ea tristă.

– Ce alegi? o întrebă Sasha cu blândețe. Tortul și un copil născut cu două luni prea devreme, mâine sau poimâine, ori un copil frumos și sănătos peste două luni?

– Copil peste două luni, spuse Charlotte tristă, iar Steve se apleacă și o sărută. Dar mi-am cumpărat o rochie roz așa drăguță pentru seara asta și una roșie splendidă pentru mâine.

– M-aș simți mult mai bine să te știu în pat, fără contracții, spuse Sasha sinceră.

– Și eu, spuse Steve cu voce fermă, ținându-și soția de mână. Poți să-i faci injecția? întrebă el, având încredere în fiica sa și fiindu-i recunoscător pentru ajutor.

Fusese minunată. Se duse după injecție și se întoarse câteva minute mai târziu, iar Charlotte nici măcar nu simți înțepătura. Sasha rugă o asistentă să conecteze un monitor fetal și totul părea în regulă. Fătul era mare, dar părinții spuseră că nu erau gemeni și nici nu păreau, doar un făt mare.

Sasha se întoarse la oficiul asistentelor pentru a vedea ce se întâmplă.

– Pur și simplu nu poți să stai departe de locul ăsta, nu-i așa? o tachinară asistentele, iar Sasha observă că era 17.00 și îl sună pe Alex pentru a-i spune unde era, promițându-i că va ajunge la cină la timp.

Mai avea destul timp să se îmbrace. Apoi merse din nou să vadă ce făcea mama ei vitregă. Contracțiile erau persistente, dar se domoliseră puțin. Sasha așteptă două ore, îi mai făcu o injecție și o sedă, fiind de părere că o va ajuta. Între timp se făcuse 19.00 și avea să întârzie la cină. Trebuia să facă baie și să se îmbrace.

Contracțiile încetară aproape de tot la 20.00, după a doua injecție, iar Charlotte moțăia deja și Sasha îi spuse tatălui său că ar trebui să petreacă noaptea la spital. Se puteau întoarce la hotel a doua zi, dar acum dorea ca asistentele să îi țină sub observație, pe ea și pe bebeluș, iar tatăl ei fu de acord.

– Cred că ar trebui să stau cu ea aici, în noaptea asta, spuse el în șoaptă și Sasha încuviință.

Fiicele lui erau la hotel cu bona. Avea să rateze cina de dinaintea nunții organizată de familia Scott, dar

Sasha spera că va fi prezent a doua zi, să o conducă spre altar, și îi spuse.

– Bineînțeles.

Se făcuse 20.30 și nu mai avea cum să se ducă acasă să se îmbrace. Alex îi trimitea mesaje de o oră, și ea îi tot promitea că va ajunge, să nu-și facă griji. Nu putea să lipsească de la cina de dinaintea nunții ei și nu putea ajunge acasă să se schimbe. Nu avea de ales, trebuia să meargă așa cum era. Era mai bine decât să nu ajungă deloc și știa că nu se așezau la masă până la 21.00.

Mai aruncă o privire la Charlotte, care dormea, și îi spuse tatălui ei să sune dacă aveau nevoie de ea, transmițându-le același lucru și asistentelor. Apoi fugi la lift îmbrăcată în uniforma medicală și opri un taxi pe stradă, îi dădu adresa și spuse că se grăbea foarte tare. Pe drum își dădu seama că Charlotte rezolvase o problemă majoră. Nu putea să vină la cină și nici la nuntă, iar Muriel nu avea să vadă că era însărcinată și nici să-i suporte tinerețea și frumusețea. Iar mama ei nu va trebui să-l vadă pe tatăl său decât într-o seară, nu în două, pentru că acesta stătea cu Charlotte în seara aceea. „Da!" își spuse ea când opriră în fața la Metropolitan Club. Plăti și sări din mașină, luând-o la goană. Era tentată să-i spună portarului în livrea, pe lângă care trecea cu viteză: „A chemat cineva un doctor?", dar hotărî să se abțină și intră în încăperea frumoasă, plină de flori, la cina organizată de viitorii ei socri, în uniformă medicală și sandale. Dacă nu venea așa, ar fi ajuns la 22.00, după ce se termina cina. Cu coada ochiului, văzu privirea surprinsă a lui Alex și pe cea a colegelor ei de apartament, când se duse să o găsească pe Helen să-și ceară scuze.

– Îmi pare foarte rău. Soția tatălui meu a intrat în travaliu înainte de termen și am fost la spital cu ei până acum. Nu am putut să ajung acasă să mă schimb.

Helen zâmbi larg și o îmbrățișă cu căldură.

– Nu-ţi face nici o problemă. Arăţi adorabil. Îmi place enorm părul tău. Cum se simte soţia tatălui tău?

Era o femeie uimitoare, iar Sasha o îmbrăţişă din nou şi Alex li se alătură.

– Cred că va fi bine. Am internat-o în seara asta.

– Ce s-a întâmplat? o întrebă Alex şocat de hainele ei.

– Fie veneam aşa, fie în pantaloni scurţi. Am ales asta. Sau să vin după cină. Charlotte a intrat în travaliu înainte de termen.

– Şi te-au sunat pe tine?

Părea uluit, deşi ştia că nimic nu îl mai surprindea acum – mama, sora ei, divorţuri nefericite şi travaliu înainte de termen.

– Pe cine altcineva să sune în New York?

– S-ar fi putut duce la Urgenţe. Este cina de dinaintea nunţii.

Părea puţin enervat, dar mama lui înţelegea.

– Ştiu. Îmi pare rău. Te iubesc. Dar să vedem lucrurile din altă perspectivă – Charlotte nu este aici în seara asta şi nu poate veni nici mâine. I-am prescris să stea la pat. Iar mama nu o va lua razna.

El râse gândindu-se la jumătatea plină a paharului. Apoi, după ce îi ceru permisiunea lui Helen, Sasha urcă pe scenă, de unde tatăl lui Alex şi câţiva oaspeţi aveau să ţină discursuri după cină. Luă microfonul, adresându-se invitaţilor:

– Bună seara tuturor. Eu sunt mireasa. Până mâine mă numesc doctor Hartman. Voiam să ştiţi că, aşa cum ştiu prietenii mei apropiaţi şi familia, acestea sunt singurele haine pe care le am, spuse ea arătând spre uniforma medicală, şi toată lumea râse. Dar vă rog să nu vă îngrijoraţi. Sora mea îmi împrumută o rochie pentru mâine. Şi mulţumesc familiei Scott pentru această cină minunată.

Lăsă microfonul jos şi alergă spre masă, aşezându-se lângă Alex.

– Sper că nu este adevărat, spuse el serios pentru un minut.

– Ce?

– Că sora ta îți împrumută o rochie mâine.

Ea râse.

– Așteaptă și ai să vezi.

În seara aceea, Valentina purta o rochie aurie foarte scurtă, spectaculoasă și venise însoțită de Bert care era mândru să îi fie alături.

Helen se ocupase de locurile oaspeților și o așezase pe Muriel la masa lor, propunându-și să discute cu ea. Muriel părea că se distrează de minune. Vorbi cu Sasha mai târziu și îi aruncă o încruntătură dezaprobatoare.

– De ce nu ești în rochie?

– Am fost prinsă la spital cu o urgență, spuse ea vag, iar mama ei se îndepărtă clătinând din cap.

Discursurile se desfășurară bine și fură foarte înduioșătoare, în special cele ținute de colegele ei de apartament și de tatăl lui Alex. Tatăl ei avea să vorbească la nuntă împreună cu Ben, cavalerul de onoare.

Sasha se despărți de Alex după seara aceea, ca să nu o vadă până la nuntă. Petrecea noaptea la mansardă cu fetele. În drum spre casă, sună la spital pentru a verifica starea lui Charlotte. Află că dormea; contracțiile încetaseră și în salon fusese adus un pat pentru tatăl ei. Totul era bine.

Sasha se întoarse la apartamentul din Hell's Kitchen, în ultima ei seară de femeie nemăritată, cu prietenele sale cele mai bune.

capitolul 24

Ziua cea mare sosi, senină și însorită, pe 14 iunie. Nu era nici prea cald, nici prea rece, iar Sasha fu într-o continuă agitație. Tatăl ei și Charlotte se întorseseră la hotel, și femeia se odihnea în pat.

Coafeza veni la 15.00 să-i aranjeze părul și să le coafeze pe celelalte. Iar la 16.00 se machie. Făcu duș înainte să sosească lumea. Sarah făcuse sendvișuri pentru toți, dar Sasha nu putea să mănânce. Era prea agitată. Mama ei se oferise să vină să o ajute, dar nu avea nevoie de ea și nu voia să îi fie în preajmă, așa că îi spuse că nu era cazul. Dar Valentina era acolo, arătând fabulos. Cu Bert aveau să se întâlnească la biserică. În mod uimitor, nu se despărțiseră, nici la trei luni după ce se întorseseră din Arizona, iar Valentina insista că era „exact ce trebuia". Cel puțin o ținea departe de probleme. Îl luase la evenimente și la petreceri cu ea, și el se distra. Lucra în continuare la poliție și toată secția vorbea despre el și prietena lui top-model; apăreau des în presă. Valentina părea un pic mai normală acum și parcă nu mai voia să șocheze pe toată lumea. Relația cu Bert o liniștise puțin, iar ea adusese veselie și strălucire în viața lui Bert. Apăruseră la pagina șase de câteva ori. Bert era numit bodyguardul care te dădea pe spate al top-modelului Valentina. Erau un cuplu surprinzător.

Apoi veni marele moment, iar prietenele Sashei îi ridicară rochia de mireasă deasupra capului, cu ajutorul lui Sarah. Abby stătea pe un scaun pentru a le ajuta și avură grijă să nu-i strice părul sau machiajul. Coafeza îi puse voalul lung din dantelă peste părul scurt. Imediat după ce fu gata, Alex sună să-i spună cât de mult o iubea și vorbiră câteva minute.

Fetele se ocupaseră și de chestiunea cu ceva vechi și ceva nou. Sasha legase o batistă din dantelă de-a bunicii ei în jurul buchetului, rochia era nouă, Valentina îi dăduse niște bikini din dantelă bleu, iar Sarah îi împrumutase un șirag de perle. Sashei îi părea rău că o ajuta mama lui Claire să se îmbrace și nu a ei, dar Muriel ar fi supărat-o, iar Sasha nu voia să riște. Se întâlnea cu tatăl ei la biserică și merse singură până în centru, în limuzina pe care acesta i-o închiriase. Fetele veniră cu altă limuzină, exact în spatele ei. Le simțea aproape, încurajând-o. Prunella le aștepta la biserică, în casa parohială unde se adunaseră, în timp ce cavalerii lui Alex conduceau oamenii spre locurile lor în biserică, pe care florăreasa o umpluse cu flori albe. Prunella preluă controlul imediat ce sosiră. Aranjă pe toată lumea în ordinea potrivită, lăsând-o pe Valentina la urmă și pe colegele de apartament ale Sashei înaintea ei, în ordinea înălțimii, Abby, Claire și Morgan. Și, în momentul în care mama ei și familia Scott se așezară la locurile lor, procesiunea începu. Urmă o pauză scurtă după ce fetele se aliniară lângă altar, alături de cavalerii lui Alex, toți prietenii de la facultate și fratele său, în calitate de cavaler de onoare. Apoi Sasha și tatăl ei înaintară spre altar, eleganți și solemni, și ea văzu că Alex rămăsese fără respirație când se apropie de el. Era momentul perfect al vieții ei.

Își rostiră jurămintele și schimbară verighetele, apoi fură declarați soț și soție. Alex o sărută și totul se încețoșă până când începu petrecerea și primul dans cu Alex, apoi cu tatăl ei. Apoi Sasha fu cât pe-aci să leșine când văzu că tatăl ei o invită pe mama sa la dans, iar Muriel îi zâmbi și dansară, părând chiar că se simțeau bine.

Jim venise din San Francisco pentru a o însoți pe Sarah la nuntă. Josh era acolo cu Abby, îmbrăcat într-un frac adevărat, nu în hanorac de camuflaj. Zâmbeau și se țineau de mână. Părinții lui Abby, Joan și Harvey, veniseră și ei, iar Max stătea mândru lângă Morgan. Bert nu se dezlipi de Valentina nici o clipă și părea să fie mai degrabă bodyguardul decât prietenul ei, dar era indiscutabil chipeș, și Sasha observă mai târziu că era un dansator grozav, iar sora ei îl privea cu adorație și nu făcu nimic scandalos nici la nuntă, nici la petrecere, fiind surprinzător de liniștită.

Apartamentul de lux era perfect, iar seara era caldă și adia briza. Totul era luminat de lumânări și îl așezară pe Ben Scott lângă Claire, pentru că amândoi erau fără parteneri. Sasha nu era sigură că ea îl va plăcea, dar îi văzu vorbind și râzând în cea mai mare parte a serii și chiar dansară de câteva ori.

– Ce te-a făcut să te muți în Hell's Kitchen? o întrebă el când se așezară prima dată jos, iar ea râse.

– Era ieftin și eu eram săracă. Încă sunt, dar nu la fel ca atunci. Și încă îmi place.

O întrebă cu ce se ocupa și îi spuse că era designer de pantofi și că tocmai își înființase propria firmă. I se părea interesant și distractiv, și Claire îi povesti despre fabrica din Italia și târgul comercial din Las Vegas, iar lui păru să-i facă plăcere să asculte.

– Va fi ciudat la apartament acum, spuse ea melancolică în timpul cinei. Am locuit acolo nouă ani cu fetele. Una a plecat în martie și celelalte două se mută vara aceasta.

– Nu ești pregătită să rămâi singură acolo?

– Nu sunt sigură, spuse ea sincer. Nu am încercat niciodată. Nu știu dacă sunt atât de matură, zise ea, părând ezitant.

– Ai fost vreodată în Chicago? o întrebă el.

– Nu, nu am fost.

Dar plănuia să îi viziteze pe Sasha și Alex după ce se mutau acolo.

– Ar trebui să vii cândva. Îți place să navighezi?

– Îmi place la nebunie. Sunt din San Francisco. Navigam în golf când eram mică.

– Am o barcă pentru tine spuse el râzând și stătură de vorbă toată seara când nu dansau, iar Sasha îi dădu coate lui Alex, arătând spre ei discret.

– Poate că avem noroc, șopti ea.

– Întotdeauna m-am gândit că ar fi grozavă pentru el, îi mărturisi Alex miresei sale. Doar că nu știam cum să-i fac să se întâlnească. Nunta a fost ocazia perfectă.

– Acum nu trebuie decât să o facem pe Claire să vină la Chicago, spuse Sasha gânditoare.

– E băiat mare – își poate permite un bilet până la New York. Mă întreb dacă i-a spus despre barcă.

Râseră amândoi, apoi merseră să o salute pe mama lui și după aceea pe-a ei. Pentru prima dată, Muriel nu avu nici un comentariu răutăcios. Sasha fu șocată, în timp ce dansa în brațele lui Alex.

– Apropo, se pare că avem un polițist în familie, comentă Alex. Știu că pare o nebunie, dar cred că e bun pentru ea. Ți-am spus în ultima vreme cât de bună ești tu pentru mine?

– Nu în ultimele cinci minute, îl tachină ea. Spune-mi din nou.

Apoi Alex o sărută. Și, cu coada ochiului, o vedea pe Prunella peste tot, supraveghind buna desfășurare a petrecerii. Era grozavă și purta o rochie neagră sobră, care o făcea să arate ca unul din membrii familiei Adams cu părul ei negru. Dar își făcea treaba ireproșabil.

Sasha și Alex merseră să stea de vorbă cu Oliver și cu Greg. Se simțeau foarte bine, iar Oliver dansă de câteva ori cu sora lui și o tachină în privința burții. Se rotunjise bine în ultima lună. Morgan era mândră de ea acum și se obișnuise cu ideea, cu ajutorul lui Max. Atâta vreme cât promisese că nu se vor căsători niciodată, fusese de acord să facă oricâți copii își dorea.

Mai târziu în seara aceea, Sasha stătea cu toate colegele ei de apartament. Își aminteau de începuturi, când ea și Morgan se mutaseră și cât de bine le fusese atâta vreme.

– Ce ne vom face una fără alta? spuse Sasha tristă.

– Vom lua avionul să ne vedem, cred, zise Morgan.

– Eu și Josh ne vom muta înapoi peste un an, le asigură Abby și voiau să o creadă.

Claire le privi pe toate și își dădu seama cât de norocoase erau și că era incredibil că găsiseră bărbați buni care le deveniseră parteneri, în ciuda greșelilor făcute pe parcurs. Josh era perfect pentru Abby și îi lansa cariera, iar Alex și Sasha erau făcuți unul pentru celălalt. Max era cel mai bun lucru care i se întâmplase vreodată lui Morgan, iar Claire supraviețuise cruzimii lui George. În timp ce stăteau împreună, Sasha văzu că Ben aștepta la o distanță discretă să danseze din nou cu Claire. Toată lumea era de acord că apartamentul din Hell's Kitchen va fi casa tuturor pentru totdeauna.

– Veniți și stați cu mine oricând doriți, le reaminti Claire, apoi Ben își făcu puțin curaj să o răpească de lângă prietenele ei, ducând-o pe ringul de dans.

– Acum să vorbim despre călătoria ta la Chicago ca să vezi barca noastră. Ar fi perfect pe 4 Iulie, îi spuse el în timp ce dansau.

Apoi veni momentul să taie tortul. Și după aceea să arunce buchetul, iar Prunella îi dădu Sashei un buchet pe care să-l arunce ca să nu trebuiască să renunțe la cel adevărat. Toate femeile necăsătorite se aliniară frumos, la îndrumările Prunellei. Bărbații se dădură deoparte, iar Alex își privi mireasa cu adorație, așteptând să plece cu ea.

Sasha se urcă pe un scăunel ca să le poată arunca buchetul mai tare și mai sus decât se așteptaseră fetele. Acesta zbură peste capetele femeilor, trecu de Claire, unde Sasha ar fi vrut să ajungă. Și, fără măcar să vrea, Greg întinse mâna instinctiv și-l prinse, în timp ce Oliver îl privea uimit.

– Portarul din mine este de vină, spuse Greg, ca și când și-ar fi cerut scuze și toată lumea râse.

Cu un gest galant, Greg i-l dădu lui Claire.

Alex și Sasha mai zăboviră puțin și în cele din urmă plecară de la petrecere, în timp ce toată lumea arunca petale de trandafiri spre ei pe 5th Avenue, unde era parcată o cabrioletă albă trasă de cai albi, așteptând să-i ducă la Plaza, unde aveau să-și petreacă noaptea nunții, înainte de a pleca spre Paris dimineața.

Când se întoarse să le facă ușor cu mâna, ultimele chipuri pe care le văzu Sasha fură cele trei femei cu care locuise în Hell's Kitchen, stând alături de bărbații lor. Ben era cu Claire și acesta o cuprinsese cu brațul. Era o imagine drăguță, în timp ce caii albi tropoteau pe 5th Avenue, îndreptându-se se spre Plaza și spre viitor. Era o noapte frumoasă.

Mansarda din Hell's Kitchen rămase în inimile lor pentru totdeauna. Totul începuse acolo, iar dragostea și legăturile pe care le creaseră nu aveau să se sfârșească niciodată.

În aceeași colecție au apărut:

1. Danielle Steel, *O femeie împlinită*
2. Danielle Steel, *Cu fiecare zi*
3. Nora Roberts, *Vis în alb*
4. Nora Roberts, *Parfumul iubirii*
5. Nora Roberts, *Trăiește clipa*
6. Nora Roberts, *Fericiți pentru totdeauna*
7. Danielle Steel, *Legături de familie*
8. Danielle Steel, *Moștenirea*
9. Danielle Steel, *Misterele dragostei*
10. Danielle Steel, *Strada Charles 44*
11. Nora Roberts, *Comori tăinuite*
12. Barbara Delinsky, *Evadarea*
13. Jackie Collins, *Celebritate*
14. Danielle Steel, *Luminile Sudului*
15. Mary Jo Putney, *O nouă viață*
16. Mary Jo Putney, *Umbrele trecutului*
17. Mary Jo Putney, *Pasiune și onoare*
18. Danielle Steel, *Petrecerea*
19. Eloise James, *Un sărut la miezul nopții*
20. Eloise James, *Atingerea dragostei*
21. Sandra Brown, *Dulce mânie*
22. Sandra Brown, *Confruntarea*
23. Jackie Collins, *Zeița răzbunării*
24. Sandra Brown, *Sărutul ispitei*
25. Danielle Steel, *Conacul*
26. Sandra Brown, *Furtună în paradis*
27. Danielle Steel, *Îngerul păzitor*
28. Nora Roberts, *Vieți la limită* – vol. 1
29. Nora Roberts, *Vieți la limită* – vol. 2
30. Fern Michaels, *Un Crăciun de neuitat*
31. Fern Michaels, *O dorință de Crăciun*
32. Joanna Trollope, *Nurorile*

33. Joanna Trollope, *O altă familie*
34. Mary Jo Putney, *O iubire imposibilă* - vol. 1
35. Mary Jo Putney, *O iubire imposibilă* - vol. 2
36. Jo Beverley, *Mireasă fără voie*
37. Pamela Morsi, *O femeie de succes*
38. Danielle Steel, *Miracolul*
39. Jacqueline Susann, *Valea păpușilor* – vol. 1
40. Jacqueline Susann, *Valea păpușilor* – vol. 2
41. Mary Jo Putney, *Compromisul inimii*
42. Nancy Thayer, *Pași pe nisip*
43. Amanda Quick, *Alchimia dragostei*
44. Ellen Maister, *Vieți paralele*
45. Amanda Quick, *Tainele trecutului*
46. Diane Chamberlain, *Minciuni din dragoste*
47. Amanda Scott, *Regele furtunilor*
48. Diane Chamberlain, *Secrete și trădări* – vol. 1
49. Diane Chamberlain, *Secrete și trădări* – vol. 2
50. Jo Beverley, *Fericire periculoasă*
51. Diane Chamberlain, *Înainte de furtună*
52. Danielle Steel, *Două vieți*
53. Mary Jo Putney, *Dansul pasiunii*
54. Elin Hilderbrand, *Insula*
55. Danielle Steel, *Rugăciuni ascultate*
56. Sarah Jio, *Anotimpul regăsirii*
57. Nora Roberts, *Visuri împlinite*
58. Luanne Rice, *Barca de argint*
59. Mary Jo Putney, *Taina contesei*
60. Santa Montefiore, *Casa de la malul mării* – vol. 1
61. Santa Montefiore, *Casa de la malul mării* – vol. 2
62. Danielle Steel, *Vârstele dragostei*
63. Loretta Chase, *Seducție*
64. Judy Astley, *Iubiri clandestine*
65. Amanda Quick, *Nesocotita*
66. Ulrika Jonsson, *Suflete regăsite*
67. Danielle Steel, *Hotel Vendôme*
68. Anne Golon, *Angelica. Marchiza îngerilor*
69. Nora Roberts, *Îmblânzitoarea de suflete*

70. Elizabeth Noble, *Iubiri de altădată*
71. Amanda Quick, *Scandal*
72. Leila Meacham, *Trandafiri* – vol. 1
73. Leila Meacham, *Trandafiri* – vol. 2
74. Anne Golon, *Angelica. Logodnica vândută*
75. Fern Michaels, *Noi începuturi*
76. Amanda Quick, *O relație periculoasă*
77. Elizabeth Noble, *Scrisori pentru fiicele mele*
78. Nora Roberts, *Treptele iubirii*
79. Daisy Goodwin, *Ultima mea ducesă*
80. Danielle Steel, *Ecouri*
81. Anne Golon, Angelica. *Serbări regale*
82. Helen Warner, *Invitație la nuntă*
83. Jill Shalvis, *Irezistibil*
84. Amanda Quick, *Legământul iubirii*
85. Nora Roberts, *Pași spre fericire*
86. Luanne Rice, *Un albastru infinit*
87. Danielle Steel, *Surprizele vieții*
88. Amanda Quick, *Dorința*
89. Lisa Jewell, *Petrecerea lui Ralph*
90. Mary Jo Putney, *Când dragostea te schimbă*
91. Helen Simonson, *Ultima cucerire*
92. Fern Michaels, *În căutarea fericirii*
93. Julia Quinn, Eloisa James, *Patru nunți și o moștenire*
94. Rebecca Chance, *Fete rele* – vol. 1
95. Rebecca Chance, *Fete rele* – vol. 2
96. Ana Damian, *Scenariu pentru dragoste*
97. Mary Jo Putney, *Călătorie spre iubire*
98. Jane Lovering, *Muzica inimii*
99. Lisa Jackson, *Iubire vinovată*
100. Beth Kendrick, *Greșeli din dragoste*
101. Danielle Steel, *Dincolo de aparențe*
102. Nora Roberts, *Iubire peste timp*
103. Kristin Hannah, *A doua șansă*
104. Julia Quinn, Eloisa James, *Aleasa inimii*
105. Nora Roberts, *Martora*
106. Nancy Thayer, *Vara iubirii regăsite*

107. Mary Jo Putney, *Curcubeie sfărâmate*
108. Amanda Quick, *O aventură de-o noapte*
109. Eileen Goudge, *Chipurile dragostei*
110. Mary Jo Putney, *Râul de foc*
111. Amanda Quick, *Șarada iubirii*
112. Amanda Quick, *Frumoasa și Bestia*
113. Judy Duarte, *Legături miraculoase*
114. Amanda Quick, *Misterul Afroditei*
115. Joanna Trollope, *O pasiune interzisă*
116. Amanda Quick, *Rendez-vous la miezul nopții*
117. Mary Jo Putney, *Îmblânzirea unui rebel*
118. Amanda Quick, *Capcanele iubirii*
119. Mary Jo Putney, *Aventurile unei lady*
120. Jackie Collins, *Jocuri periculoase*
121. David Nicholls, *O zi*
122. Julie Maxwell, *Fațetele dragostei*
123. Amanda Quick, *O pradă ușoară*
124. Mary Jo Putney, *Daruri periculoase*
125. Mary Jo Putney, *O alegere dificilă*
126. Jojo Moyes, *Jertfa iubirii*
127. Mary Jo Putney, *Caruselul inimilor*
128. Barbara Taylor, Bradford, *Puterea dragostei*
129. Mary Jo Putney, *Mătase și umbre*
130. Nora Roberts, *Îndrăznește să visezi*
131. Elizabeth Naughton, *Așteaptă-mă*
132. Nora Roberts, *Păstrează-ți visul*
133. Mary Jo Putney, *Săruturi furate*
134. Barbara Cartland, *Triumful dragostei*
135. Mary Jo Putney, *Mătase și secrete*
136. Barbara Cartland, *Întoarcerea în paradis*
137. Amanda Quick, *Un sărut periculos*
138. Nora Roberts, *Cântecul de sirenă*
139. Amanda Quick, *Secretele nopții*
140. Mary Jo Putney, *Văluri de mătase*
141. Barbara Cartland, *Pe aripile iubirii*
142. Nora Roberts, *Găsește-ți visul*
143. Amanda Quick, *Logodnică de împrumut*

144. Jo Beverley, *Dulcele păcat al iubirii*
145. Nora Roberts, *Magia destinului*
146. Amanda Quick, *Atracție periculoasă*
147. Eloisa James, *Jocul dragostei*
148. Nora Roberts, *Magia umbrei*
149. Margot Berwin, *Aroma pasiunii*
150. Amanda Quick, *Otrava perfectă*
151. Mary Jo Putney, *Tunete și trandafiri*
152. Nora Roberts, *Legături primejdioase* – vol. 1
153. Nora Roberts, *Legături primejdioase* – vol. 2
154. Barbara Taylor Bradford, *Gustul dragostei*
155. Danielle Steel, *Până la sfârșitul veacurilor*
156. Eloisa James, *Alegerea perfectă*
157. Amanda Quick, *O iubire neconvențională*
158. Nora Roberts, *Dalia albastră*
159. Danielle Steel, *La prima vedere*
160. Jude Deveraux, *Adevărata dragoste*
161. Nora Roberts, *Dalia albastră – Visul Stellei*
162. Nora Roberts, *Trandafirul negru*
163. Amanda Quick, *O aventură riscantă*
164. Mary Jo Putney, *Copilul sălbatic*
165. Nora Roberts, *Crinul roșu*
166. Amanda Quick, *Cristalul Nopții*
167. Sandra Brown, *Amintiri înșelătoare*
168. Danielle Steel, *Păcatele mamei*
169. Linda Howard, *O inimă neîmblânzită*
170. Amanda Qucik, *Focul din oglinzi*
171. Mary Jo Putney, *Mireasa din China*
172. Danielle Steel, *Trădarea*
173. Nora Roberts, *Misterele nopții*
174. Linda Howard, *Alegerea inimii*
175. Mary Jo Putney, *Un târg neobișnuit*
176. Amanda Quick, *Grădinile de Cristal*
177. Jude Deveraux, *Mai presus de timp*
178. Linda Howard, *O noapte de neuitat*
179. Danielle Steel, *Prieteni pentru totdeauna*
180. Mary Jo Putney, *Blestemul trecutului*

181. Amanda Quick, *Suflete sălbatice*
182. Lisa Jackson, *Păcatul originar*
183. Mary Jo Putney, *Iubire regăsită*
184. Nora Roberts, *Refugiul* - vol. 1
185. Nora Roberts, *Refugiul* - vol. 2
186. Sidney Sheldon, *Îngerul întunericului*
187. Amanda Quick, *Afaceri de familie*
188. Mary Jo Putney, *Jurăminte neobișnuite*
189. Nora Roberts, *Magia trecutului*
190. J.D. Robb, *Sanctuarul*
191. Mary Jo Putney, *Focul ascuns*
192. Barbara Cartland, *În sfârșit, dragostea*
193. Sandra Brown, *În căutarea adevărului*
194. Mary Balogh, *Primul pas: Căsătoria*
195. Amanda Quick, *Femeia misterioasă*
196. Mary Jo Putney, *Revelația*
197. Nora Roberts, *Tributul* – vol. 1
198. Nora Roberts, *Tributul* – vol. 2
199. Julie Garwood, *Dansul umbrelor*
200. Mary Jo Putney, *Capriciile destinului*
201. Sandra Brown, *Dispariția*
202. Mary Balogh, *Al doilea pas: Seducția*
203. Sidney Sheldon, *Evadarea*
204. Amanda Quick, *Casa de sticlă*
205. Sandra Brown, *Arșița nopții*
206. Mary Jo Putney, *Descântec de dragoste*
207. Linda Howard, *Plăcere exclusivă*
208. Mary Balogh, *La final apare dragostea*
209. Amanda Quick, *Ape adânci*
210. Mary Jo Putney, *Sărutul sorții*
211. Sandra Brown, *Fascinație secretă*
212. Mary Carter, *Totul pentru tine*
213. Amanda Quick, *Întoarcerea în Eclipse Bay*
214. Mary Jo Putney, *Magie furată*
215. Nora Roberts, *Steaua ascunsă*
216. Mary Balogh, *Ispitirea unui înger*
217. Linda Howard, *Un joc de noroc*

218. Amanda Quick, *Noi începuturi în Eclipse Bay*
219. Sandra Brown, *Păcatele trecutului*
220. Sylvia Day, *Atracţia*
221. Nora Roberts, *Steaua captivă*
222. Julie Garwood, *Pasiuni mocnite*
223. Amanda Quick, *O vară în Eclipse Bay*
224. Sandra Brown, *Amintiri și secrete*
225. Julie Garwood, *Pasiuni mocnite*
226. Nora Roberts, *Steaua secretă*
227. Sylvia Day, *Revelaţia*
228. Marek Halter, *Khadija – Iubirile Orientului*
229. Sandra Brown, *Invidia*
230. Nora Roberts, *Întoarcerea lui Rafe MacKade*
231. Amanda Quick, *O iubire primejdioasă*
232. Sylvia Day, *Împlinirea*
233. Nora Roberts, *Mândria lui Jared MacKade*
234. Marek Halter, *Fatima – Iubirile Orientului*
235. Mary Jo Putney, *Magie îndepărtată*
236. Amanda Quick, *Logodnă de convenienţă*
237. Sidney Sheldon, *O zi prea îndepărtată*
238. Nora Roberts, *Inima lui Devin MacKade*
239. Amanda Quick, *Grădina amăgirilor*
240. Sandra Brown, *Necunoscutul*
241. Nora Roberts, *Subjugarea lui Shane MacKade*
242. Marek Halter, *Aicha – Iubirile Orientului*
243. Sidney Sheldoon, *Mărire și decădere*
244. Amanda Quick, *Un înger păzitor*
245. Nora Roberts, *Ameţitor ca vinul*
246. Mary Jo Putney, *Ademenirea unui sfânt*
247. Amanda Quick, *Cheia misterelor*
248. Anne Golon, *Angelica. Supliciul de la Nôtre-Dame*
249. Nora Roberts, *Un pariu pe soartă*
250. Sidney Sheldon, *Spune-mi ce visezi*
251. Amanda Quick, *Ochi de vis*
252. Anne Golon, *Angelica. Lumini și umbre*
253. Winston Graham, *Ross Poldark. Începuturi*
254. Nora Roberts, *Provocarea sorţii*

255. Sidney Sheldon, *Stăpânul jocului*
256. May Balogh, *Inimă de piatră*
257. Winston Graham, *Demelza*
258. Nora Roberts, *Posibilități nenumărate*
259. Amanda Quick, *Surori secrete*
260. May Balogh, *Cântec tăcut*
261. Winston Graham, *Poldark. Jeremy Poldark*
262. Nora Roberts, *Singurătatea unui bărbat*
263. Mary Balogh, *Hoțul de visuri*
264. Amanda Quick, *Parteneri perfecți*
265. Sarah Jio, *Destine înlănțuite*
266. Winston Graham, *Poldark. Warleggan*
267. Nora Roberts, *Acum și pentru totdeauna*
267. Nora Roberts, *Acum și pentru totdeauna*
268. Amanda Quick, *Dragostea e oarbă*
269. Sonali Dev, *O iubire neașteptată*
270. Mary Balogh, *Dorința*
271. Nora Roberts, *Miresele MacGregor*
272. Mary Balogh, *Din toată inima*
273. Sidney Sheldon, *De cealaltă parte a miezului nopții*
274. Amanda Quick, *Dragostea nu are reguli*
275. Susan Elizabeth Phillips, *Trandafirul sălbatic*
276. Nora Roberts, *Mâna câștigătoare*
277. Sandra Brown, *Dragoste sub presiune*
278. Susan Elizabeth Phillips, *Amintiri de neuitat*
279. Amanda Quick, *Talente ascunse*
280. Nora Roberts, *Mirii MacGregor*
281. Jill Shalvis, *Dorința inimii*
282. Susan Elizabeth Phillips, *O clipă de răgaz*
283. Sandra Brown, *Amintirea unui sărut*
284. Amanda Quick, *Scânteia pasiunii*
285. Susan Elizabeth Phillips, *Sărutul unui înger*
286. Nora Roberts, *Vecinul perfect – Iubirea învinge*
287. Mary Jo Putney, *Ispășire prin iubire*
288. Sandra Brown, *Fiorii primei iubiri*
289. Jill Shalvis, *Îndrăgostită nebunește*
290. Nora Roberts, *Curtând-o pe Catherine*

291. Mary Balogh, *Soție de ocazie*
292. Sandra Brown, *Răpirea*
293. Amanda Quick, *O rază de speranță*
294. Jill Shalvis, *Noroc în dragoste*
295. Nora Roberts, *Un bărbat pentru Amanda*
296. Mary Balogh, *Doamna cu umbrelă neagră*
297. Nora Roberts, *Din dragoste pentru Lilah*
298. Alexander McCall Smith, *Emma*
299. Sandra Brown, *Să iubești din nou*
300. Amanda Quick, *Lumina din adâncuri*
301. Nora Roberts, *Cucerind-o pe Suzanna*
302. Amanda Quick, *O șansă incredibilă*
303. Val MacDermid, *Mănăstirea Northanger*
304. Sidney Sheldon, *Secrete de familie*
305. Nora Roberts, *Perechea lui Megan*
306. Joanna Trollope, *Rațiune și simțire*
307. Mary Balogh, *Înșelătoria*
308. Amanda Quick, *Până când moartea ne va despărți*
309. Debbie Macomber, *Încă o șansă*
310. Amanda Quick, *Pasiune de vis*
311. Sidney Sheldon, *Nimic nu durează o veșnicie*
312. Mary Balogh, *Ultimul vals*
313. Nora Roberts, *Îmblânzind-o pe Natasha*
314. Sidney Sheldon, *Planuri perfecte*
315. Mary Balogh, *O altfel de ducesă*
316. Nora Roberts, *Ademenirea unei doamne*
317. Debbie Macomber, *Speranțe renăscute*
318. Robin Carr, *Viața dorită*
319. Nora Roberts, *Îndrăgostindu-mă de Rachel*
320. Amanda Quick, *Un sărut exotic*
321. Mary Balogh, *Totul pentru dragoste*
322. Robyn Carr, *Refugiul inimii*
323. Sidney Sheldon, *Chipul din umbră*
324. Amanda Quick, *Dulce Armonie*
325. Nora Roberts, *Pasiunea lui Alexi*
326. Madeline Hunter, *Capitularea domnișoarei Fairbourne*
327. Mary Balogh, *Totul pentru fericire*

328. Susan Elizabeth Phillips, *Trebuia să fii tu*
329. Amanda Quick, *Giuvaierele nopţii*
330. Madeline Hunter, *Cucerirea lui Lady Cassandra*
331. Nora Roberts, *Aşteptându-l pe Nick*
332. Susan Elizabeth Phillips, *Un loc pentru inima ta*
333. Amanda Quick, *Flacăra de cristal*
334. Sarah Addison Allen, *Grădina fermecată*
335. Nora Roberts, *Cu gândul la Kate*
336. Susan Elizabeth Phillips, *Un partener ideal*
337. Mary Jo Putney, *Rebelul de altădată*
338. Sandra Brown, *Dovada perfectă*
339. Mary Balogh, *Între decenţă şi dorinţă*
340. Amanda Quick, *Puteri nebănuite*
341. Susan Elizabeth Phillips, *Învaţă să visezi*
342. Mary Balogh, *Încurcătura*
343. Madeline Hunter, *Complicatiile dragostei*
344. Amanda Quick, *Darul focului*
345. Sandra Brown, *Sub pretextul iubirii*
346. Sarah Addison Allen, *Anotimpul dragostei*
347. Susan Elizabeth Phillips, *Ce îşi doreşte inima*
348. Santa Montefiore, *Magia*
349. Amanda Quick, *Când toate fetele au dispărut*
350. Nora Roberts, *Soarele nu apune niciodată*
351. Susan Elizabeth Phillips, *Găseşte-mi perechea*
352. Sandra Brown, *Fantomele trecutului*
353. Nora Roberts, *O idilă regală*
354. Barbara Taylor Bradford, *Doamnele de la Cavendon*
355. Amanda Quick, *Fata care ştia prea multe*
356. Sandra Brown, *Întoarcerea lui Sunny Chandler*
357. Hannah Howell, *Legământul dragostei*
358. Santa Montefiore, *Fata de la castel*
359. Nora Roberts, *Sărutul unui prinţ*
360. Madeline Hunter, *Pariul unui gentleman*
361. Mary Balogh, *O soţie ascultătoare*
362. Nora Roberts, *Un principe cuceritor*
363. Hannah Howell, *Pasiune şi mândrie*
364. Sandra Brown, *Demon Rumm*

365. Elizabeth Hoyt, *Arșița*
366. Nora Roberts, *Prințesa incognito*
367. Hannah Howell, *Cuceritorul*
368. Sandra Brown, *O propunere îndrăzneață*
369. Mary Balogh, *Totul pentru căsătorie*
370. Hannah Howell, *Cavalerul scoțian*
371. Sandra Brown, *Dublura*
372. Nora Roberts, *Lungul drum spre mâine*
373. Mary Balogh, *Iubirea e un joc periculos*
374. Elizabeth Hoyt, *Din dragoste pentru Pete*
375. Sarah MacLean, *O soție potrivită pentru un marchiz*
376. Sandra Brown, *Scandalul*
377. Mary Balogh, *Faimosul libertin*
378. Elizabeth Hoyt, *O dată pentru totdeauna*
379. Johanna Lindsey, *Când inima dictează*
380. Carly Phillips, *Îndrăznește să iubești*
381. Lorraine Heath, *Un bărbat îndrăgostit*
382. Mary Jo Putney, *Fecioara din harem*
383. Susan Elizabeth Phillips, *Un cuceritor înnăscut*
384. Suzanne Enoch, *Pariul pe iubire*
385. Carly Phillips, *Îndrăznește să dorești*
386. Lorraine Heath, *O aventură de-o noapte*
387. Amanda Quick, *Doamna dispărută*
388. SE Phillips *Prima stea a nopții*
389. Mary Balogh, *Totul pentru aventură*
390. Suzanne Enoch, *Îmblânzirea unui crai*
391. Sarah MacLean, *O iubită potrivită pentru un conte*
392. LS Hilton, *Maestra*
393. SE Phillips, *Scânteia pasiunii*
394. Nora Roberts, *Obsesia*
395. Jojo Moyes, *Silver Bay*
396. LS Hilton, *Domina*
397. Nora Roberts, *În lumina stelelor*
398. Jill Shalvis, *În sfârșit, iubirea*

01.03.19

17. august 2020

01.06.22